KiWi

1859

Das Buch
Seitdem er klar denken kann, und das ist im Sommer 1994 erst seit einigen Monaten der Fall, sammelt Sascha Labude, ein etwas verträumter 13-Jähriger, dem es manchmal so vorkommt, als sei er unsichtbar, einzigartige Wörter. Wie zum Beispiel Ling, ein Wort, das aus China stammt und das Geräusch beschreibt, wenn zwei Jade-Steine aneinanderschlagen. Dabei gibt es in Klein Krebslow, der Plattenbausiedlung, in der Sascha und sein bester, klavierspielender und Elton John verehrender Freund Sonny aufwachsen, eigentlich nur Beton und ein paar Kiesel.
Und auch sonst ist Saschas Leben relativ ereignislos, sofern man außer Acht lässt, dass das alte Land untergegangen und Saschas Vater verstummt ist, und dass die Pawelkes, die scheußlichsten Schläger der Siedlung, im selben Aufgang wohnen wie er.
Doch dann zieht Juri nach Klein Krebslow. Ein geheimnisvolles Mädchen, das alles über die Sterne und die Entstehung des Universums zu wissen scheint. Nur wo sie selbst herkommt, darüber will sie nichts erzählen. Als Sascha und Juri zufällig beobachten, wie die Pawelkes den alten Irren zusammenschlagen, einen Mann, über den viele Gerüchte durch die Siedlung geistern, beginnt für die zwei ein alles verändernder Sommer, nach dem kaum noch etwas so ist, wie es einmal war.

Der Autor
Björn Stephan, geboren 1987 und in Schwerin aufgewachsen, lebt in München. Als Reporter schreibt er für die *ZEIT* und das *SZ*-Magazin. Seine Reportagen wurden vielfach ausgezeichnet, unter anderem mit dem Reporterpreis und dem Deutschen Sozialpreis. Für sein literarisches Debüt »Nur vom Weltraum aus ist die Erde blau« erhielt er den Ulla-Hahn-Autorenpreis, den Kunst- und Kulturpreis der Landeshauptstadt Schwerin und stand 2021 auf der Shortlist des Fontane-Literaturpreises.

BJÖRN STEPHAN

NUR VOM WELTRAUM AUS IST DIE ERDE BLAU

Roman

Kiepenheuer & Witsch

Für Mareike

»Die Geschichten, die wir über uns selbst erzählen, mögen nicht wahr sein, aber sie sind alles, was wir haben.«

J. M. Coetzee

Klein Krebslow, 6. Oktober 2019

Weglaufen, auch das hatte sie erwogen. Einfach weglaufen und abhauen. So hatte sie es ja immer gemacht. Doch wie weit war sie damit gekommen? Sie öffnete die Tür. Die Wohnung lag vor ihr. Stumm und vertraut, laut und fremd. Geschrumpft wie die ganze Siedlung. Es roch nach Erbsensuppe und merkwürdigerweise nach Anis. Sie hatte auch keine Erklärung dafür. Ouzo hatte ihre Mutter nie gemocht. Eigentlich nur Klaren. Und ganz früher den Blauen Würger. Aber woher wusste sie schon, was sie gemocht hatte? Sie hatte ihre Mutter seit Jahren nicht mehr gesehen. Erst jetzt wieder im Krankenhaus. Es war ihr schwergefallen, sie wiederzuerkennen. Das Gesicht eingefallen, die Augen geschlossen, der Atem ganz flach. Vermutlich hatte ihre Mutter nichts von dem verstanden, was sie ihr ins Ohr geflüstert hatte. Sie zog die Gardine beiseite. Vergilbte Rüschen, das Fenster auf Kipp, draußen ein Himmel aus Beton und spärliches Licht, sonst nichts. Die Trinker schliefen noch. Ihre Mutter war tot, Leberzirrhose. Wenn sie sich hier umschaute, könnte es auch Einsamkeit gewesen sein. Sie konnte nicht einmal mehr heulen, sie war leer geweint. Vielleicht sollte sie lieber wieder gehen. Irgendwann würde der Vermieter die Tür schon aufbrechen lassen und all das entsorgen, was noch von ihrem Leben übrig war. Vielleicht wäre das am besten. Abschließen und nie zurückkehren. Sie stellte die Kartons ab. Die Wohnung war aufgeräumt, beinahe zu ordentlich, der Teppich wie frisch gesaugt. Als hätte ihre Mutter versucht, sich auf das Unausweichliche vorzubereiten. Auf dem Küchentisch eine Wachsdecke, kein Schnaps. Im Kühlschrank erfrorene Tomaten und ein noch verschlossenes Glas mit Sauerfleisch. Im Regal alte Bücher, die Rücken gebrochen, »Die Kumiaks«, Band 1–3. Darin eingeklebt eine Karte, mit Schreibmaschine beschrieben: »Liebe Genossin Petra, anlässlich deines 15-jährigen Dienstjubiläums danken wir Dir recht herzlich für die bisher geleistete Arbeit.« Was bleibt, wenn ein Mensch nicht mehr ist? Sie dachte darüber nach, während sie weiter durch die Wohnung streifte. Im Schlafzimmer eine Tagesdecke mit Blümchenmuster, faltenlos. Der Spiegelschrank, noch immer derselbe. Gestaute Luft. Sie ließ ihre Finger durch die Kleider gleiten. Röcke, Blusen, Hosen mit Bundfalte, dünner Stoff, fester Stoff, Lederimitat, ein Blazer aus Kunstseide, nie getragen. Das konnte alles weg. Wertlos geworden, wenn es überhaupt je einen Wert besessen hatte. Sie musste hier raus. Womöglich war das Leben ja nichts anderes als eine endlose Reihe von Abschieden. Nur noch ein letzter Blick in ihr Kinderzimmer. Ihre Mutter hatte kaum etwas verändert. An der Wand noch dieselben Poster, Natural Born Killers und die Sex Pistols, die Farben längst verblasst. Daneben eine rissige Schulkarte des Planetensystems. Und auf dem Bücherregal das Kinderbuch mit dem gelben Cover und der roten Schrift, das sie einst so geliebt hatte, »Walja, die erste Kosmonautin«. Zerfledderte Seiten, zerronnene Zeit. Nur sie war eine andere geworden. Sie fühlte sich alt. Das Einzige, was neu zu sein schien und sie nicht sofort wiedererkannt hatte, war dieser Umschlag. Er lag mitten auf dem Schreibtisch, A4, ohne Fenster. Sie nahm ihn in die Hand. Er war schwerer als erwartet, sie drehte ihn um. Die Adresse, mit Füller geschrieben, sprang ihr entgegen. Darauf ihr Name, seltsam, ihn gerade hier zu lesen.

JURI KÖHN,
C/O PETRA KÖHN
WLADIMIR-KOMAROW-STR. 14
19061 KLEIN KREBSLOW

Sie setzte sich. Der Stuhl war zu klein. Sie öffnete den Umschlag. Das Reißen von Papier. Ihr Blick wanderte über die Seiten, die Handschrift kam ihr bekannt vor. Sie fing an zu lesen.

Liebe Juri,

eigentlich denke ich nicht mehr oft an die Siedlung. Ich denke überhaupt nur sehr selten an die Vergangenheit. Ich habe keine Bibliothek der einzigartigen Wörter eröffnet oder die 7001. Sprache erfunden. Ich bin auch nicht der Sonne gefolgt. Dafür habe ich alles, was ich nie haben wollte. ~~Und selbst wenn es mir vielleicht nicht gut geht, geht es mir auf keinen Fall~~

Die Dinge ändern sich.

Und ich glaube, das ist okay. Weil ich inzwischen begriffen habe, dass das Leben bestimmt ist von Gelegenheiten, auch von denen, die wir verpassen. Doch vielleicht ist das auch nur ein schlauer Satz. Und das Problem mit schlauen Sätzen ist ja meistens, dass sie gut klingen, aber in Wahrheit nicht stimmen.

Die Wahrheit ist: Ich habe so lange gebraucht, um dich zu vergessen. Und eigentlich hatte ich mir vorgenommen, dir nie wieder zu schreiben. Doch dann habe ich im Radio zufällig einen Bericht über die Voyager-Sonden gehört, von denen du mir erzählt hattest. Die zwei Voyager-Sonden, die seit 1977 auf unterschiedlichen Bahnen von der Erde weg durchs Weltall fliegen. Erinnerst du dich?

Im Radio hieß es, dass sie inzwischen den interstellaren Raum erreicht haben, als erste von Menschen erbaute Objekte überhaupt. Sie sind jetzt Milliarden Kilometer von uns entfernt. Aber noch immer funken sie Signale an die Erde. Und noch immer tragen sie zwei goldene Platten an Bord.

Die zwei goldenen Platten, die aussehen wie Schallplatten aus Gold und die den Außerirdischen, sofern sie ihnen in die Hände fallen, erzählen sollen, wer wir Menschen waren. Oder zumindest, wer wir glaubten zu sein. Weißt du noch, was drauf ist?

Ich habe es gegoogelt: Grußbotschaften in 55 Sprachen, ein Brief von Jimmy Carter und 90 Minuten Musik. Beethovens fünfte Symphonie und ein peruanisches Hochzeitslied, ein Nachtgesang der Navajo und Chuck Berrys »Johnny B. Goode«. Außerdem Geräusche von Regen und jaulenden Hunden, von einem schlagenden Herzen und einem anfahrenden Zug. Und dann sind da noch 116 Bilder.

Ich habe sie mir angeschaut, alle 116. Bilder von mathematischen Formeln und der Anatomie des Menschen. Eine befruchtete Eizelle, eine stillende Mutter mit Säugling. Die Golden Gate Bridge und das Taj Mahal. Delfine, Adler, Schimpansen. Ein Blatt mit Regentropfen. Der Sprinter Walerij Borsow beim 200-Meter-Lauf der Olympischen Spiele 1972. Ein Diagramm der Erde vor drei Milliarden Jahren.

Jedenfalls kam mir, als ich mir diese Bilder anschaute, etwas in den Sinn, das ich längst vergessen glaubte. Ich wusste nicht einmal, ob es überhaupt noch existiert. Doch nach langem Suchen habe ich es schließlich wiedergefunden, zwischen meinen alten Zeugnissen und anderem Kram. Es ist sozusagen meine goldene Schallplatte: ein Stapel Papier.

Er ist schon ein wenig vergilbt und die Ecken sind gewellt. Ich habe ihn vor langer Zeit beschrieben. Ich kann gar nicht sagen, für wen: für dich? Für mich? Die Außerirdischen? Oder einfach nur, um das, was längst vergangen ist, eine Sekunde lang festzuhalten, bevor es für immer vergeht?

Ich weiß bloß, dass auf diesem Stapel, dieser Schallplatte aus Papier unsere Geschichte ist. So wie ich mich an sie erinnert habe, als ich die Hoffnung, dass du jemals wieder auftauchen könntest, endgültig begrub. (Ich glaube, es muss 1996 gewesen sein, ungefähr zwei Jahre, nachdem du verschwunden bist.)

Du weißt ja, was Herr Reza immer gesagt hat: Wir erzählen unsere Geschichte, so wie sie uns am besten passt. Und vielleicht passt es dir gar nicht, wenn du sie liest. Auch mir kommen einige Dinge seltsam vor und ich bin mir nicht mehr sicher, ob sich wirklich alles so zugetragen hat. Aber weißt du was? Ich glaube, das spielt keine Rolle. Weil wir sowieso nichts Besseres zustande bringen. Und weil das, was wir verschweigen, manchmal mehr verrät als das, was wir erzählen.

Wobei es natürlich sein mag, dass das lediglich ein weiterer schlauer Satz ist. Und es mag auch sein, dass man besser nicht an die Orte seiner Kindheit zurück-

kehren sollte, da es immer ernüchternd und desillusionierend ist. Doch als ich die Geschichte nun erneut gelesen habe, sah ich alles wieder vor mir, genauso, wie es damals gewesen war:

Die gelb-weißen Blocks aus Beton, hineingewürfelt in eine Brache. Die verwitterte Lenin-Statue und das Getreidesilo am Horizont. Die Heizungsrohre, die wie eine silberne Schlange durch die Landschaft kriechen. Die Hochspannungsleitungen, die den Himmel zerschneiden. Der Schlot der alten Eisengießerei, stolz nach oben gereckt, obwohl er schon lange keinen Rauch mehr ausspie.

Damals war das unsere Welt. Damals kam sie mir nicht einmal hässlich vor. Heute allerdings geht es mir so, wie es den Außerirdischen wahrscheinlich mit den Fotos auf den goldenen Platten gehen würde: Das alles erscheint mir wie eine andere Zeit auf einem anderen Planeten. Ich weiß nicht, wie du das siehst? Vielleicht warst du wirklich im Sternenstädtchen oder in Baikonur? Vielleicht hast du wirklich eine Rakete gebaut und bist durchs Weltall geflogen? Ich würde es dir zutrauen, ich habe dir immer alles zugetraut …

Auch wenn du den Stapel vermutlich sowieso ungelesen wegschmeißen wirst, möchte ich sie dir trotzdem schenken, diese Geschichte. Mir hat sie geholfen zu begreifen, dass Erinnern auch Vergessen bedeutet und dass wir das mit der Voyager-Sonde immer falsch verstanden haben: Es ist gar nicht so wichtig zu wissen, woher man kommt. Es ist viel wichtiger zu wissen, wohin man will.

Vielleicht hilft es dir ja auch dabei.

~~*Und falls nicht …*~~

Ich habe überlegt, dir zum Abschied noch ein letztes Wort zu schenken, aber mir fällt keins mehr ein.

~~Dein~~ Sascha

Juri legte den Brief beiseite. Ihr war schwindlig geworden. Hatte ihre Mutter den Umschlag extra hier hingelegt? In dem Wissen, dass sie ihn so finden würde? Sie stand auf, lief in den Flur, warf sich ihre Jacke über. Nahm nur ihre Kamera mit, die kleine, alte Leica, und ihr Handy. Sie würde wiederkommen. Das war klar. Oder eben auch nicht.

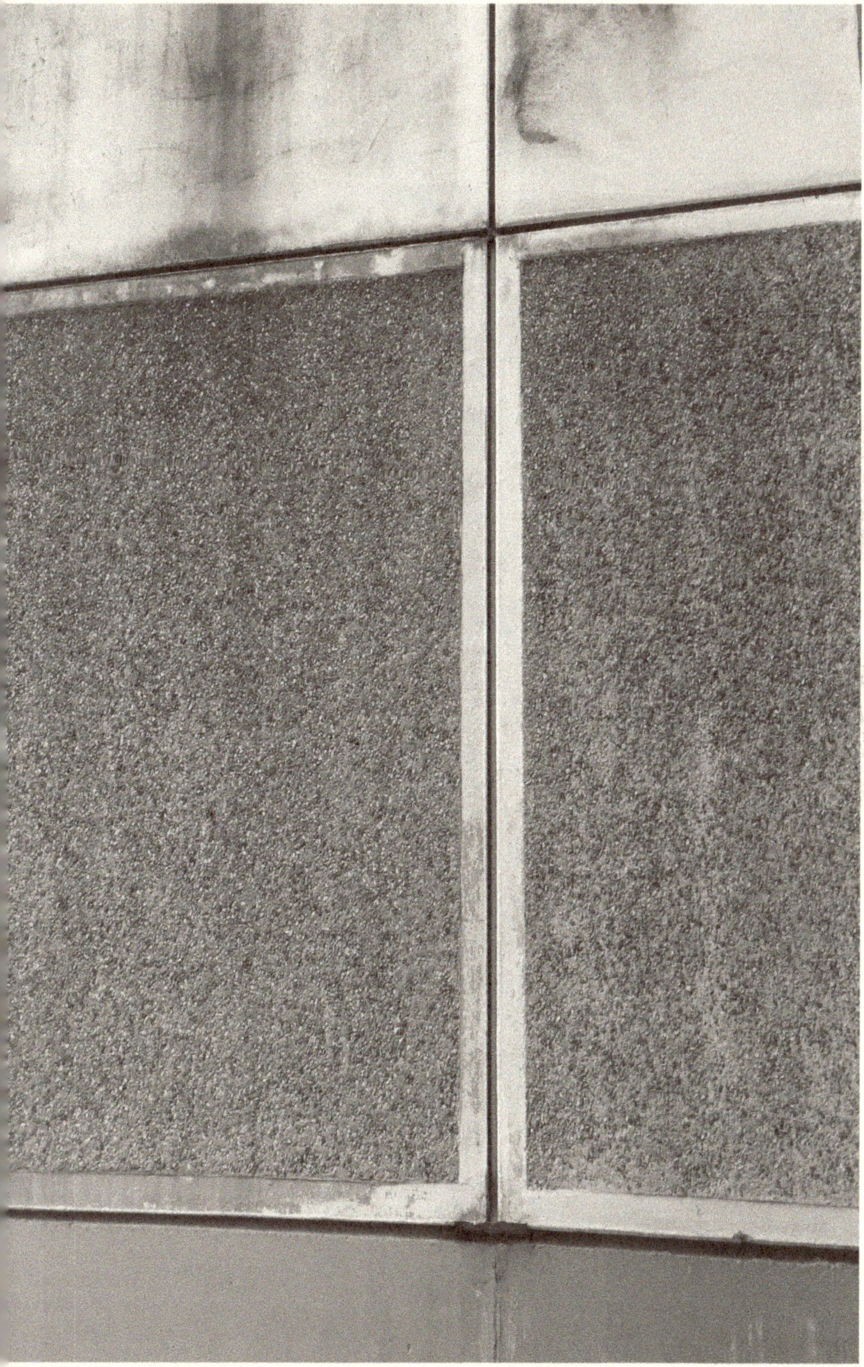

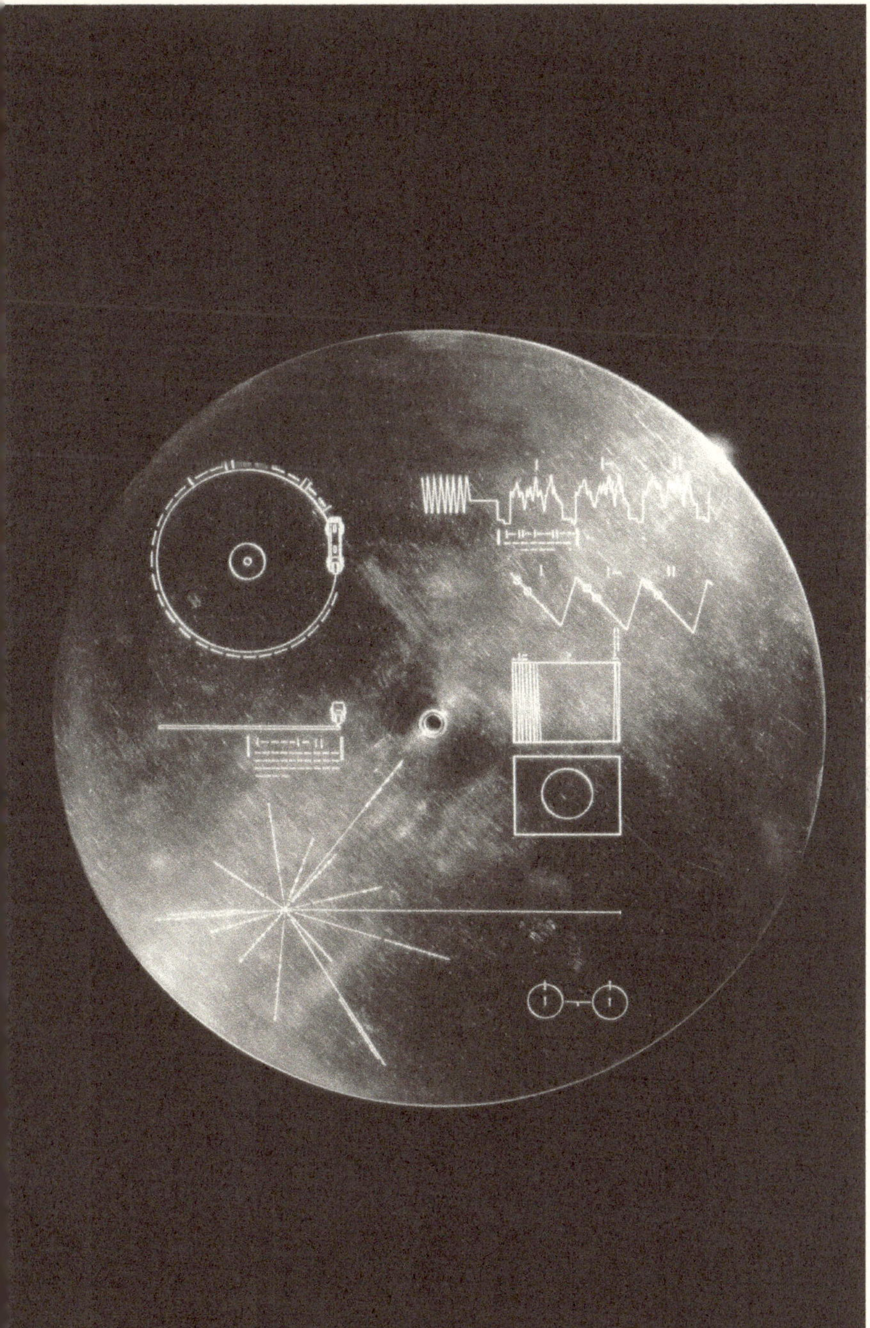

1

Seitdem ich klar denken kann, und das war damals noch nicht lange der Fall, erst seit einigen Monaten, würde ich schätzen, sammele ich seltene Wörter. Also, eigentlich ist *selten* das falsche Wort, es sind eher einzigartige Wörter, und was ich damit meine, ist, dass sie eine ganz bestimmte Sache beschreiben, für die es in anderen Sprachen keinen Ausdruck gibt. Wie zum Beispiel *Ling,* eines meiner drei, nein fünf Lieblingswörter.

Es kommt aus China und beschreibt das Geräusch, wenn zwei Jadesteine aneinanderschlagen. Ich hatte noch nie Jadesteine in der Hand und war mir auch nicht sicher, was Jade überhaupt ist, weil es bei uns in der Siedlung vor allem Beton gab und höchstens ein paar Kiesel. Doch seitdem ich das Wort in einem von Herrn Rezas alten Büchern gelesen hatte und in meinem Mund knetete wie HubbaBubba, konnte ich mir vorstellen, wie es klingt.

Ling.

Wie alle meine einzigartigen Wörter habe ich es in das Heft mit dem braunen Ledereinband geschrieben, das meine Mutter mir einmal geschenkt hatte und das ich nun in einem Schuhkarton unter meinem Bett versteckte. Die Wörter, von denen ich die meisten in alten Büchern oder Lexika aufgestöbert habe, sind ganz verschieden: Manche einsilbig und bescheiden dürr, manche stolz und angeberisch mit vielen Vokalen, manche unaussprechlich und auf eine geheimnisvolle Art schön. Viele kommen aus Sprachen, die so eigenartig klingen, dass ich mich fragte, ob es sie tatsächlich gibt oder ob jemand, der so belesen und einfallsreich ist wie Herr Reza, sie nur erfunden hatte.

Das mit den Wörtern und dem Heft war übrigens mein Geheimnis, das sage ich besser gleich. Wobei es jetzt nicht mehr geheim ist. Aber damals war es sogar mein monstergrößtes Geheimnis (noch viel größer als das, dass ich vorm Sportunterricht einmal heimlich in die Umkleidekabine der Mädchen gespäht und Sabrina Kabautzkys epische Brüste gesehen hatte; *episch* bedeutet übrigens sehr groß).

Ich hatte mir geschworen, niemandem von meinem Heft zu erzählen, woran ich mich gehalten hatte. Na ja, jedenfalls bis ich es Juri verriet.

Juri, aber dazu komme ich später noch, war schöner als das schönste Wort, das ich kannte, und selbstverständlich tausendmal schöner als Sabrina Kabautzky. Ich hatte gehofft, ich könnte sie mit meinen einzigartigen Wörtern beeindrucken und gleichzeitig hatte ich befürchtet, sie könnte mich hart auslachen. Was Juri natürlich nicht tat. Stattdessen schmunzelte sie, was vielleicht noch schlimmer war. Denn ihr Schmunzeln war schwer zu deuten und ich mir nicht sicher: Schmunzelte sie mich an? Oder schmunzelte sie mich aus?

So war das. Und all das gehört zur Geschichte. Obwohl ich eigentlich etwas anderes erzählen wollte.

Ich wollte erzählen, dass mir ein Wort fehlte. Egal, wie oft ich auf neue Wörter stieß und sie in mein Heft eintrug, ich konnte es nicht finden. Es war das Wort, das beschreibt, was mir passiert war. Das beschreibt, wie es ist, wenn du den Ort, den du am meisten liebst, verlassen musst. Der Ort war Klein Krebslow, aber das sagte keiner von uns. Wir sagten einfach: »die Siedlung«, und eigentlich war die Siedlung auch gar nichts Besonderes, außer dass sie mein Zuhause war. Und eigentlich hatte ich die Siedlung auch nie sonderlich geliebt, bis mir klar wurde, dass ich mich von ihr trennen musste.

Das ist zwei Jahre her. Ich war 13 und es war Sommer, und das ist kein Wunder, denn damals war ja irgendwie immer Sommer. Obwohl das bei genauerer Betrachtung vermutlich auch Quatsch ist. Aber was kein Quatsch ist und woran ich mich mehr als nur schemenhaft erinnere, ist, dass dieser Sommer unerträglich war und heiß. Wobei er nicht unerträglich war, weil er so heiß war, sondern weil mein ganzes Leben ruiniert war (*ruiniert* ist ein anderes, ein vornehmeres Wort für *versaut*).

Weil sie mich angelogen und mich verraten hatten.

Sie sind meine Eltern.

Sie = Eltern = ruiniert = versaut.

Das dachte ich, während ich im Bett lag, mit geschlossenen Augen. Im Zimmer rechts von mir, nur getrennt von einer dünnen Wand aus Gipskarton oder so, schlief Nina, meine kleine Schwester. Im Zimmer dahinter machten meine Eltern sich allmählich bettfertig. Nur ich fand keine Ruhe.

Normalerweise, wenn ich zu aufgewühlt zum Schlafen, aber zu müde zum Lesen war, stellte ich mir vor, wie die Helden der Romane, die ich so liebte, aus ihren Büchern krabbelten und zum Leben erwachten. Wie sie sich streckten und beugten und dann behutsam an den Rand meines Regals aus Birkenfurnier tänzelten, sich hinsetzten und mir, die Beine in der Luft baumelnd, von ihren Abenteuern erzählten. Frisco Kid und Harka, der Sohn der großen Bärin, waren meistens da und manchmal, wenn sein Floß ihn an mein Ufer trieb, auch Huckleberry Finn.

Doch seit einiger Zeit waren Harka und die anderen verschwunden. Sosehr ich mich auch anstrengte, sosehr ich sie anflehte, zurückzukehren, sie tauchten nicht wieder auf. Sie hatten mich im Stich gelassen. Ich wusste nicht, ob es etwas mit diesem Klardenken zu tun hatte, das mich seit einiger Zeit heimsuchte, oder mit Sabrina Kabautzkys epischen Brüsten. Ich wusste nur, ich konnte mich bloß noch auf mich selbst verlassen. Ich, Sascha Labude, der, na ja, Held dieser Geschichte und wahrscheinlich der einsamste Mensch der ehemaligen Deutschen Demokratischen Republik oder meinetwegen auch der Bundesrepublik. Im Grunde war das egal. Entscheidend war das *einsam* und dass ja niemand auf die Idee kam, meinen Namen französisch auszusprechen. Das hasste ich nämlich. Nicht büd oder büdé. Einfach nur La und Bude. So wie die Pommesbude.

Ich schlug die Augen auf. In den metallenen Jalousien vor dem Fenster spiegelten sich die Lichter der Autos, die draußen auf der Bundesstraße durch die Nacht glitten. Wie betrunken taumelten sie durch mein Zimmer, die weißen Kegel der Scheinwerfer und die roten, stumpf schimmernden Rückleuchten.

Als wir hier eingezogen waren, hatte mein Vater, dessen Stimme damals noch nicht versiegt war wie ein Rinnsal im Rinnstein, gesagt: »Hörst du die Straße, hörst du, wie sie klingt? Wie das Rauschen der Ostsee!« Aber für mich klang es nicht, für mich *hörte* es sich nur an wie das Rauschen von Autos, was ich ihm natürlich nicht sagte, stattdessen nickte ich stumm.

Ich hatte nie weiter groß an die Worte meines Vaters gedacht. Doch seitdem ich wusste, dass wir wegziehen würden, nämlich bald, also sehr bald, nämlich in vier Wochen, war mir klar, was er gemeint hatte. Auch wenn das Rauschen für mich immer noch nicht wie das der Ostsee klang, mochte ich es, was wahrscheinlich daran lag, dass ich nichts anderes kannte. Aber meine Eltern kapierten das nicht.

»Du wirst dich an die neue Wohnung schon gewöhnen«, sagten sie. »Ist doch nur ein paar Straßen weiter, ist doch gar nicht so schlimm.«

Doch all das war gelogen. Es war sehr schlimm und ich wollte mich nicht daran gewöhnen und unsere neue Reihenhausendwohnung war auch nicht nur ein paar Straßen, sondern 8,4 Kilometer weit weg, was ungefähr der Länge aller Wörter aus den Büchern in meinem Regal aus Birkenfurnier entspricht, wenn man sie aneinanderlegt (das hatte ich im Kopf überschlagen). Und diese neue Wohnung sah auch nicht »todschick« aus, wie meine Eltern immer und immer wieder behaupteten, für mich sah sie nur aus wie die Wohnung von Leuten, die sich für etwas Besseres hielten. Und schon gar nicht war das alles für mich »die neue Welt«. Denn wer würde schon ernsthaft auf die Idee kommen, eine neue Welt aus roten Backsteinen und Plastefenstern und ultrahässlichen Carports zu errichten?

Doch meine Eltern sagten, sie wollten hier weg. »In der Siedlung können wir nicht mehr bleiben, da wohnen nur noch Assis, die nie das Treppenhaus wischen.«

Aber wenn da nur Assis wohnten, wie sie sagten, bedeutete das, dass auch wir Assis waren? Oder waren wir keine Assis, weil meine Mutter immer die Treppe wischte? War das ein Wesensmerkmal von Assis, dass ihnen das Treppenhaus vollkommen egal war? Und warum durfte ich dann mit den Kindern der Assis spielen? Jedenfalls solange sie mir keine Bonbons gaben, da meine Mutter immer befürchtete, ich könnte einen verschlucken. Als wäre irgendjemand schon mal an einem Nimm2 erstickt!

So verstrickten sich meine Eltern in Widersprüche, das war offensichtlich. Doch außer mir wollte das niemand sehen. Oder vielleicht verstand ich es auch nur nicht richtig. Schließlich gab es vieles, was ich nicht verstand. Zum Beispiel, dass ich in einem Land geboren war, das es nicht mehr gab.

Wie konnte denn ein Land, bitte schön, einfach verschwinden? Das konnte mir, sooft ich auch fragte, niemand erklären. Auch wenn meine Eltern und selbst die Lehrer in der Schule es immer und immer wieder versuchten. Sie sprachen dann mit mir, als wäre ich ein Kind. Vermutlich, weil ich in ihren Augen ja auch noch ein Kind war.

»Sascha«, sagte meine Mutter zu mir, »das alte Land ist untergegangen.«

»Unser altes Land«, sagte mein Vater.

»Wir leben jetzt im Kapitalismus, in der Marktwirtschaft«, sagte meine Mutter.

»In der sogenannten sozialen Marktwirtschaft«, sagte mein Vater.

»Wir haben einen neuen Chef und neues Geld«, sagte meine Mutter, »wir können uns jetzt aaaaalles kaufen.«

»Könnten«, sagte mein Vater.

»Auch Joghurt, Toffifee und Coca-Cola«, sagte meine Mutter.

Ich fand das natürlich sehr gut, wobei ich fast nie Coca-Cola trinken durfte und auch keine andere, keine unechte Cola. Was ich jedoch sehr komisch fand (*komisch* im Sinne von seltsam, nicht von lustig), war, dass das alte Land einfach untergegangen sein sollte. Das konnte ich nicht begreifen. Denn ich war ja noch da, genauso wie die Siedlung, die Straßen und die Häuser und die Bäume. Auch die ganzen anderen Menschen schienen nicht ertrunken oder von einem Erdbeben oder meinetwegen einem schwarzen Loch (was das ist, hatte ich von Juri gelernt) verschluckt worden zu sein. Ich konnte sie doch sehen.

Sie fuhren jetzt zwar keine Trabbis mehr, sondern zum Beispiel gebrauchte lippenstiftrote Mitsubishis Galants – wie wir. Und sie fuhren auch nicht mehr nach Usedom in den Urlaub, sondern sie flogen nach Mallorca – so wie wir leider nicht. Aber sie, also all diese Menschen, schienen sehr lebendig. Sie waren sogar, soweit ich das beurteilen konnte, von diesen Äußerlichkeiten abgesehen größtenteils dieselben geblieben. Und waren es nicht die Menschen, die ein Land ausmachten? Oder war es ein Land, das die Menschen ausmachte? All das fragte ich mich, ohne eine Antwort zu finden.

Es war alles so kompliziert. Das Alte war noch da und gleichzeitig war es weg. Was mich daran denken ließ, was Juri mir einmal über die Sonne und die Sterne erzählt hatte.

Sie meinte, dass wir, wenn wir in den Himmel schauen, nie die richtige Sonne sehen, sondern immer nur die Sonne von vor 8 Minuten und 20 Sekunden. So lange würde es nämlich dauern, bis ihr Licht die Erde erreicht. Und genauso, erklärte Juri mir, sei es auch mit den Sternen. Ihr Licht ist Hunderte, Tausende, Millionen Jahre zu uns unterwegs und wenn wir unseren Blick in den Himmel richten und sie anschauen, sehen wir eigentlich nie die Sterne selbst. Wir sehen nur einen schwachen, matten Abglanz. Wir sehen ihre Vergangenheit, ohne zu wissen, ob sie in der Gegenwart noch am Leben oder längst verloschen sind.

Das alte Land, so kam es mir vor, glich einem dieser Sterne. Obwohl ich es noch sehen konnte, war es lange verglüht. Doch was hatte das für uns in der Siedlung zu bedeuten? Waren auch wir nur noch Vergangenheit oder hatten wir eine Zukunft?

Ich merkte, wie ich mich in meinen Gedanken verfing wie in dornigem Gestrüpp. Weiter kam ich nicht. Und wie immer, wenn ich in dieser Sackgasse landete, die zu schmal war, um darin zu wenden, blitzte in mir dieser Gedanke auf, der mir Furcht einjagte und zugleich Hoffnung einflößte: Was, wenn das alles, mein ganzes Leben, sowieso nichts anderes war als ein Traum? Eine schlechte Simulation, in der ich aus Versehen gelandet war? Nur erfunden, eine übelst beknackte Fälschung (*übelst* ist ein unvornehmes Wort für *äußerst*)? Oder ein Witz, superkrass ausgedacht?

Was, wenn ich aufwachte und erkannte, dass alles so unecht war wie Danilo Pawelkes goldene Armbanduhr? Was, wenn wir nicht aus Klein Krebslow wegziehen würden? Was, wenn mein Vater seine Stimme wiederfände und alles wieder so wäre wie früher?

Ich strampelte die viel zu warme Decke nach unten, griff unter das Bett nach meinem Buch mit den einzigartigen Wörtern und fuhr mit dem Zeigefinger über die linierten Seiten. Wenn meine Mutter ein Wort wäre, dachte ich, dann wäre es klein und eckig. Und mein Vater wäre ein langes, schwieriges Wort mit Bindestrich, geschrieben von einer zittrigen, unsicheren Hand, weil er sich nie entscheiden konnte. Nicht einmal, ob er jetzt glücklich war oder nicht. Und was wäre Juri für ein Wort? Wahrscheinlich eines in Großbuchstaben, mit großen Schwüngen und kleinen Schnörkeln.

Ich malte in mein Heft ...

Ю
р
и
й

... als auf einmal ein merkwürdiger Geruch in meine Nase stieg. Er musste durch das angekippte Fenster, zwischen den Lamellen der Jalousien, in mein Zimmer gezogen sein. Beißend hätte ihn Herr Reza genannt, weil Herr Reza das beste Deutsch sprach, obwohl er aus Persien kam, also eigentlich aus dem Iran, was früher mal Persien gewesen war.

Noch bevor ich den Geruch zuordnen konnte, hörte ich aus dem Schlafzimmer nebenan schnelle, leichte Schritte, es musste meine Mutter sein.

»Bodo, komm schnell!«, rief sie mit aufgeregter Stimme und auf einmal ahnte ich, was das für ein Geruch war.

Ich stürzte zum Fenster.

»Bodo!«, schrie meine Mutter.

»So eine Scheiße!«

Ich hörte meinen Vater fluchen, während ich im Schlafanzug am Fenster stand, und mein erster Gedanke war, das ist die Monsterkatastrophe und wenn das ein Traum ist, wenn das *mein* Traum ist, möchte ich, dass er jetzt endet und ich sofort aufwache! Aber ich wachte nicht auf, weil es gar kein Traum war.

Und mein zweiter Gedanke war, das hat *sie* nicht gemacht, nein, das kann *sie* nicht gemacht haben! Und meinen dritten Gedanken weiß ich nicht mehr, aber als Viertes dachte ich: Ist Juri jetzt komplett durchgedreht?!

Und vielleicht hätte ich das besser nicht gedacht. Auch wenn das vermutlich nichts geändert hätte. Aber manchmal glaubt man ja, dass man selbst, so winzig und unbedeutend man auch ist, dazu beitragen könnte, die ganze Welt und den Lauf der Dinge zu verändern. Zum Beispiel, wenn man das Viertelfinale einer Fußballweltmeisterschaft nicht gucken darf, weil die Eltern es einem verbieten, und Deutschland, also die Bundesrepublik, verliert und man denkt: Hätte ich zugucken dürfen, hätten wir nicht verloren!

Doch mir ist erst jetzt klar geworden, dass das Unsinn ist. Dass die Welt so viel größer ist als man selbst und jeder Mensch nicht mehr als nur ein winziges Wort bestehend aus noch winzigeren Buchstaben in einem endlosen Strom von Sprachen.

Letztlich sind wir dem Universum egal.

Dennoch wirkt es von heute aus betrachtet auf mich, als sei dies der Moment, an dem ich Juri für immer verlor. Dafür gibt es ein einzigartiges Wort, das auch in meinem Heft steht. Es stammt aus einer Sprache namens Boro, die in Assam gesprochen wird. Ich hatte null Ahnung, wo das ist. Aber das spielt auch keine Rolle. Wichtig ist das Wort. Es heißt *onsra* und beschreibt das Gefühl, man könne nie wieder so sehr lieben wie einst.

2

Also, eines möchte ich noch klarstellen, ich war nicht von Anfang an in Juri verliebt. Aber ich kann erzählen, wie es dazu kam.

Es fing 102 Tage vor der Monsterkatastrophe an und ich würde lügen, wenn ich sagen würde, dass an diesem Tag im April etwas anders war. Kein besonderes Licht, kein sich öffnender Himmel, nichts leuchtete und es schien auch nichts von Bedeutung zu passieren. Es war ein Tag wie jeder andere, gewöhnlich und schlohweiß, und erst zwei Wochen später, was mir zu dieser Zeit noch wie eine Unendlichkeit erschien, verstand ich, dass das nicht stimmte.

Ich war morgens aufgestanden und hatte geduscht, während mein Vater sich rasierte und meine Mutter auf der Toilette saß, was mich damals noch nicht weiter störte. Danach hatte ich mir meine Klamotten übergeworfen, eine Jeans und einen Pullover, um genau zu sein. Die Farbe weiß ich allerdings nicht mehr, obwohl ich mich sonst gut an alles erinnern kann. Doch meine Klamotten waren mir im Unterschied zu den Klamotten, die andere trugen, beispielsweise Mädchen, noch nie wichtig gewesen. Mich selber sah ich ja nicht (außer wenn ich in einen Spiegel schaute, was ich zu vermeiden versuchte). Manchmal kam es mir sogar so vor, als würde mich auch niemand anderes sehen, als wäre ich unsichtbar. Aber das erkläre ich lieber später.

Ich schlurfte in die Küche, setzte mich an den Tisch und löffelte meine Froot Loops zur Musik, die aus dem Radio dudelte. Meine Mutter saß mir gegenüber. Sie war weder eine besonders große noch eine besonders kleine Frau, weder dick noch dünn, ziemlich schwer zu beschreiben. Sie sah einfach aus wie meine Mutter, würde ich sagen, und, ach ja, sie hatte dunkel getönte kurze Haare, die man jetzt jedoch nicht sehen konnte, weil sie ein Handtuch darum geschlungen hatte.

Während sie gedankenverloren und mechanisch Butter auf Mischbrotscheiben strich, stand mein Vater rauchend am geöffneten Fenster und schwieg. Er schwieg meistens. Entweder weil er keine Lust hatte zu reden oder weil er den Worten abgeschworen hatte, da war ich mir nicht so sicher. Fest stand nur, dass ihm irgendwie alles gleichgültig erschien.

Früher hatte er mich manchmal »mein Schöner« genannt und mir im Vorbeigehen sanft über den Kopf gestrichen. Aber jetzt sagte er, wenn überhaupt, nur noch: »Ach, Sascha!«, und hatte sogar, was ich mir überhaupt nicht erklären konnte, aufgehört, mir den *Hintern* zu versohlen (*Arsch* durfte ich zu Hause nicht sagen).

Und dann war da noch Nina, meine kleine Schwester, sieben Jahre alt, die gebeugt über ihrer Schale mit Coco Pops hing. Sie hielt ihren Kopf mit den langen aschblonden Haaren in die Hand gestützt und ihre Augen, in denen noch Schlaf hing, fielen zu, als hätte man Gewichte aus Blei an ihre Lider gehängt.

Meine Familie kam mir ermattet und langsam vor. Eine Zeitlupenfamilie, die wirkte, als hätte der Alltag, die Schwerkraft oder eine andere unsichtbare Macht ihr die Geschwindigkeit geraubt. Ich hingegen fühlte mich wach und schnell. Musste mich wach und schnell fühlen. Wie jeden Morgen.

Ich schaute abwechselnd von der Uhr, die an der Wand hing und unbeirrt vor sich hin tickte, zu meinem Vater. Er hatte uns den Rücken zugewandt und guckte aus dem Fenster. Sein Blick schien sich irgendwo auf den Dächern der Blocks zu verlieren, hinter denen die Sonne langsam hervorkroch. Es war kurz vor sieben. Wie lange würde es denn noch dauern?

Mein Vater war das, was man einen hageren Mann nennt, er trug wie jeden Tag eine graue Anzughose und ein weißes, kurzärmeliges Hemd, während er eine seiner F6 rauchte und blauen Zigarettendunst durch die Küche wabern ließ (zwischenzeitlich hatte er es mit Marlboros versucht, war dann aber zu den F6 zurückgekehrt, obwohl jeder, wirklich jeder, wusste, dass die roten Marlboros viel besser waren als diese ollen Bauarbeiterzigaretten mit den kurzen Filtern). Was wohl in seinem Kopf vorging? Was er wohl dort draußen sah?

Ich traute mich nicht, ihn danach zu fragen. Ich wusste ja, was dann passierte. Mein Vater würde mich mit verschleiertem Blick anschauen, als sei aus der Ferne eine Stimme zu ihm durchgedrungen, bevor er nach einer schier unendlich langen Pause sagen würde, dass ich mir nicht so viele Gedanken machen sollte. Ganz so, als ob man das beeinflussen könnte und die Gedanken nicht von alleine auftauchten wie die Kröten aus dem modrigen Wasser im alten Weiher hinter der Schule. Und was war denn, bitte schön, in seinem Gehirn los? Hatte er keine Gedanken? Oder war er nur besonders geschickt darin, sie zu verbergen?

»Beeilst du dich, Sascha?«, sagte meine Mutter. »Sonst kommst du zu spät.«

»Jaahaa …«, sagte ich.

Mal davon abgesehen, dass ihre Befürchtung komplett unbegründet war, verstand meine Mutter wie immer nichts. Ich war noch nie zu spät zur Schule gekommen. Doch das hätte meine Mutter nicht beruhigen können, da sie sich immer, immer, immer schreckliche Sorgen machte: darüber, dass ich zu schlechte Noten schrieb, dass ich nicht versetzt werde, dass ich meinen Abschluss nicht schaffe, dass ich eines Tages in der Gosse ende.

Ihre Strategie, mit diesen Sorgen umzugehen, war, sie auszusprechen, so als könnte sie damit den Lauf der Dinge beeinflussen und jegliche Gefahr bannen. Was sie aussprach, trat nicht ein. Davon war sie überzeugt. Das war ihre Versicherung gegen die Unwägbarkeiten des Lebens.

Hätte ich ihr jetzt zum Beispiel mitgeteilt, dass das, also ihre Theorie, nicht gerade logisch klingt, hätte sie gesagt: »Aber Saschalein, es kann doch kein Zufall sein, dass du noch nie sitzen geblieben bist / dass du gute Noten hast / dass du nicht in der Gosse enden wirst.«

So dachte sie. Das war ihre mütterliche Logik, die immer auf das gleiche unumstößliche Naturgesetz hinauslief: Sie hatte recht. Und um ihr zu widersprechen, musste man schon lebensmüde oder wenigstens verrückt sein. Anders als mein Vater, der sich vor langer Zeit ihrem Willen ergeben hatte wie ein gezähmtes Tier, versuchte ich es dennoch gelegentlich damit.

Aber nicht heute.

Meine Mutter klatschte Cervelatwurst aufs Brot, während ich noch immer meine Froot Loops löffelte, bloß nicht zu schnell, und dabei meinen Vater weiterhin möglichst unauffällig aus den Augenwinkeln beobachtete. Er hustete, das machte er oft, dann erstickte er, unendlich langsam, seine

Zigarette im Aschenbecher, steckte die Schachtel F6 in die Brusttasche seines weißen Hemdes und drehte sich zu uns um. Seine Augen waren leer wie die Siedlung in der Nacht.

»Ich muss dann mal ...«, sagte er so leise, als würde er flüstern.

Na, endlich!, dachte ich.

Es war kurz nach sieben Uhr, als mein Vater sich langsamen Schrittes in den Flur schleppte, seinen schwarzen Aktenkoffer nahm und ein kaum vernehmbares »Bis später« in Richtung Küche nuschelte. Ich wartete, bis die Wohnungstür sich öffnete und anschließend wieder schloss, dann sprang ich auf, rannte zum Fenster in meinem Zimmer und sah meinem Vater ungeduldig dabei zu, wie er in seinen geliebten Mitsubishi Galant stieg und vom Parkplatz fuhr. Als er fort war, federte ich in den Flur. Jetzt musste ich mich wirklich beeilen.

»Hast du alles?«, fragte meine Mutter, die plötzlich hinter mir aufgetaucht war.

»Klaro!«

»Auch deine Stullen?«

Ich schaute sie verlegen an.

»Ach, Sascha, mein Schatz, du bist so ein Träumer! Manchmal frage ich mich echt ...«

Meine Mutter lief in die Küche und kehrte mit einem Päckchen Alufolie zurück. Nachdem ich es rasch in meinen Rucksack gestopft hatte, drückte sie mir einen Kuss auf die Wange, der eine Spur zu feucht war. Doch da ich jetzt keine Zeit hatte, mich darüber aufzuregen, verabschiedete ich mich mit einem hingeworfenen »Tschüssi!« und wappnete mich für den Abstieg.

Man muss dazu zwei Dinge wissen (und das erste Ding sage ich gleich und das zweite kommt später): Erstens, wir wohnten ganz oben im fünften Stock. Nicht in einer der großen Tunnelwohnungen, in denen alle wohnen wollten, sondern in einer ganz normalen Vier-Raum-Wohnung, Wohnungsbauserie 70, mit kleinem Balkon, einem tapezierten Bad ohne Fenster und einer Küche mit Herd und Spüle. Es sah aus wie bei jedem in der Siedlung. Was ein Vorteil war, wenn ich meine Freunde besuchte, weil ich nie lange brauchte, um die Toilette zu finden, und sofort wusste, wo die Zimmer lagen, die man lieber nicht betreten wollte. Das Schlafzimmer der Eltern zum Beispiel.

Das Einzige, was bei uns anders aussah, war unsere Wohnungstür. Sie war aus Presspappe, klar, das waren alle Türen in der Siedlung, aber im Gegensatz zu allen anderen Türen war sie neu. Die alte Tür musste nämlich ausgetauscht werden, nachdem mein Vater sie mitten in der Nacht eingetreten hatte. Doch das ist eine andere Geschichte.

Jedenfalls, und darauf wollte ich eigentlich hinaus, fiel diese, unsere neue Tür jetzt, als ich die Wohnung verließ, auch hinter mir ins Schloss. Das Echo hallte im Flur und ich rutschte das Treppengeländer hinunter, vom fünften in den dritten Stock.

Den Geruch im Flur kann ich nur schwer beschreiben. Ich glaube, es roch nach einer Mischung aus Staub und Wofasept, aber um ehrlich zu sein, hatte ich keine Zeit, mich darauf zu konzentrieren. Denn jetzt kommt endlich das zweite Ding, das man wissen muss: Im dritten Stock wohnten die Pawelke-Brüder, Danilo und Enrico. Die scheußlichsten Schläger der Siedlung, die jeden abzogen, der ihnen in den Weg trat oder sich auch nur erdreistete, ihn aus Versehen zu kreuzen.

Ich verlangsamte meine Schritte und setzte einen Fuß nach dem anderen vorsichtig auf den Boden. Der Spion an ihrer Wohnungstür blickte mich finster an. Gebückt und beinahe lautlos schlich ich an der Tür vorbei. Ich war ein Sioux-Dakota wie Harka, ein Krieger der Bärenbande, und ich hatte eine Mission.

Auf den unbeteiligten erwachsenen Beobachter hätte diese übertriebene Vorsicht vielleicht albern wirken können, aber der unbeteiligte erwachsene Beobachter hatte ja auch nichts zu befürchten. (Solange er nicht alt und gebrechlich war, denn die waren, jetzt konnte ich es ja sagen, auch am *Arsch!*)

Ich hingegen war jung und verglichen mit den Pawelkes, es hilft nichts, das zu leugnen, schwach. Okay, vielleicht nicht schwach, aber ich war ein paar Jahre jünger und viel kleiner und außerdem nicht so gemein. Ich hatte, was sich erst in diesem Sommer ändern sollte, noch nie versucht, jemanden zu schlagen.

Das finstere Auge des Spions starrte mich noch immer an. Es verfolgte mich, ich spürte es, aber ich wagte nicht zurückzustarren. Ich wagte nicht einmal, einen scheuen Blick hinüberzuwerfen, ich wollte es nicht herausfordern. Ich musste mich auf meine Mission konzentrieren. Die Mission war, mein Leben zu retten.

Zwar hatten die Pawelkes mir aus irgendeinem unerfindlichen Grund noch nie etwas getan, mich weder verprügelt noch abgezogen. Doch es war nie ausgeschlossen, dass sie mich genau an diesem Tag erwischen und massakrieren würden und dafür, für diese unausgesprochene, allgegenwärtige Drohung, hasste ich sie, diese *Hoschis* (was ein anderes Wort für *Idioten* ist), mit ihren hässlichen Bomberjacken und Butterfly-Messern.

Als ich die rettende Treppe zum zweiten Stock erreicht hatte, richtete ich mich auf und beschleunigte meine

Schritte. Ich nahm mit einem Satz fünf Stufen auf einmal, stürzte weiter nach unten, riss im Erdgeschoss angekommen die Haustür auf und trat in den Tag wie ein Held. Ich war ein weiteres Mal dem Tod entronnen.

»Na, du Kunde«, sagte Sonny, der vor der Tür an seinem Mountainbike lehnte.

Wie jeden Morgen hatte er einen kleinen Umweg genommen, um mich Punkt 7 Uhr von zu Hause abzuholen, und wie jeden Morgen war er mit Helm, Hand-, Knie- und Ellbogenschonern gepanzert, als bestünde sein ganzer Körper aus Glas. In seiner Plasterüstung sah er ein bisschen lächerlich aus, aber das musste ich ihm nicht sagen. Das wusste Sonny selber.

Er trug seine Rüstung ja, wie er immer wieder betonte, vor allem für seine Eltern, die Angst hatten, er könnte sich seine zarten Finger brechen und nie wieder Klavier spielen. Wenn man Sonny glauben durfte, hatte er ihnen zwar versucht zu erklären, dass er, um seine Finger zu schützen, nur Handschoner gebraucht hätte und nicht auch noch einen Helm sowie Knie- und Ellbogenschoner. Aber keine Chance, seine Eltern kannten kein Erbarmen. »Es ist aussichtslos«, wiederholte er immer.

Doch irgendetwas, das ahnte ich, war an der Geschichte faul. Denn eigentlich gab es keinen einzigen Wunsch, den seine Eltern ihm abschlugen, und eigentlich war es kein bisschen Sonnys Art, sich ihrem Willen zu fügen.

»Was geht, Alter?«, sagte ich und als wir einschlugen, machte das schwarze Plaste um seine Hand ein dumpfes Geräusch.

»La-büt, deine Mutter geht – zu mir nach Hause«, sagte Sonny.

»Schnauze, du Räudiger!«

»Selber Schnauze! Verrat mir mal lieber, wieso du schon wieder zu spät bist? Dein Vater ist schon vor zehn Minuten hier langgelaufen, nur du kriegst das nie gebacken. Was ist denn daran so schwer?«

»Deine Mutter ist ...«

»Nee, Alter, du bist vielleicht schwer von Begriff. Aber lass mal meine Mutter aus'm Spiel.«

»Hast ja recht«, sagte ich. »Tut mir leid, okay?«

»Okay, Mann«, sagte Sonny.

Ich kann mir vorstellen, dass unsere Art zu Reden jetzt vielleicht erstaunlich wirken mag, auch wegen der Sache mit den einzigartigen Wörtern, die ich am Anfang erzählt habe. Aber für uns war das normal. Sonny wusste nichts von meinem Heft, und er ahnte höchstens von – wie soll ich das jetzt sagen, ohne dass es bescheuert klingt? – von meiner Empfindsamkeit.

Sie war neben dem Heft mein bestgehütetes Geheimnis. Denn in der Siedlung galt Empfindsamkeit oder jede andere Gefühlsregung, außer Wut vielleicht, als Schwäche. Deshalb musste man sie verbergen, selbst vor seinen Verbündeten. Was nicht heißt, dass Sonny irgendwie stumpf gewesen wäre oder so. Er spielte ja Chopin und Schostakowitsch und bildete sich nicht zu Unrecht ziemlich viel auf seine feingliedrigen Pianistenfinger ein und auch auf seine Stimme, die dafür, dass sie aus so einem mageren Brustkorb wie seinem kam, erstaunlich voll war.

Doch irgendwann hatten Sonny und ich in stummer Übereinkunft beschlossen, dass dies nun mal der Ton war, in dem wir uns am besten verständigen konnten, und dabei blieben wir. Auch wenn das bedeutete, dass ich ihm nur schwer erklären konnte, warum ich jeden Morgen zu spät kam. Was hätte ich ihm auch sagen sollen? »Alter, ich könnte zwar morgens mit meinem Vater zusammen runtergehen, und dann wäre ich pünktlich hier und sogar vor den Pawelkes in Sicherheit. Aber ich mache das nicht, weil ich keinen Bock habe, auch nur drei Minuten allein mit ihm zu sein. Und warte deshalb lieber jeden Morgen, bis er weg ist, und nehme dafür sogar in Kauf, dass die Pawelkes mich abschlachten?«

Okay, vielleicht hätte ich das so sagen können und wahrscheinlich hätte er das sogar verstanden. Denn Sonny war mein bester Freund und der Einzige, der ungestraft »Labüt« sagen durfte. Was auch damit zu tun hatte, dass er mein einziger Freund war, der mich nie im Stich lassen würde. Das hätte ich jedenfalls vor diesem Sommer noch felsenfest geschworen. Wir schwangen uns auf unsere Fahrräder und machten uns auf den Weg.

Sonny war auf seinem neuen, sauteuren Mountainbike mit den 24 Gängen viel schneller als ich auf meinem alten, klapprigen Diamant-Rad. Weshalb ich ordentlich in die Pedale treten musste, um nicht zurückzufallen. Als wir in die Ernst-Alban-Straße abbogen, hatte ich wieder zu ihm aufgeschlossen. Wir passierten die demolierte Telefonzelle und dann die Lenin-Statue und im Wohnblock dahinter, oben im dritten Stock, konnten wir Frau Kletsche sehen, die wie immer gestützt auf ein pinkfarbenes Kissen auf ihrer Fensterbank lehnte.

Jeder in der Siedlung kannte Frau Kletsche. Sie hatte früher jede Woche den Schaukasten vom Wohnbezirksausschuss der Nationalen Front bestückt. Verlautbarungen, die wie meine Mutter sagte, »kein Mensch je gelesen« hatte. Womöglich nicht einmal Frau Kletsche selbst. Mittlerweile aber, seitdem die Scheiben des Schaukastens eingeschlagen waren und es nichts mehr zu bestücken gab, lehnte Frau Kletsche in ihrer geblümten Dederon-Kittelschürze die meiste Zeit auf ihrer Fensterbank und beobachtete, was draußen so vor sich ging. Meistens war das nicht sehr viel. Außer dass zum Beispiel zwei Dreizehnjährige, die zur Schule wollten, mit ihren Fahrrädern vorbeifuhren. Doch das reichte Frau Kletsche, um empört den Kopf zu schütteln.

Anfangs hatten wir noch gerätselt, was der Grund für ihre Empörung sein könnte. Dann hatten wir sie gefragt, mit in den Nacken gelegten Köpfen, und Frau Kletsche hatte mit vorgebeugtem Oberkörper von ihrer Fensterbank zu uns heruntergerufen, dass sie »Leute, die glaubten, sie seien was Besseres« im Allgemeinen und »Bonzen, die mit ihrem dicken Mercedes durch die Gegend fahren«, und »Professorenbengel« im Besonderen nicht ausstehen könne. Also, sie hatte das noch anders gesagt, aber das möchte ich hier nicht wiedergeben.

Ihre Tirade endete auf alle Fälle damit, dass wir uns »verfatzen« sollten. Woraufhin wir es unterlassen hatten, ihr zu erklären, dass Sonny kein Bonze und sein Vater kein Professor war, sondern Doktor der Chemie, der zwar wirklich einen Mercedes fuhr, allerdings nur, wie viele andere in der Siedlung auch, im Heizkraftwerk arbeitete. Doch vermutlich hätte all das Frau Kletsche ohnehin nicht überzeugt.

Sie schüttelte auch jetzt den Kopf, als sie uns erspähte. Und Sonny und ich winkten ihr freundlich zu, in dem Glauben, sie würde nicht verstehen, dass wir sie mit unserem Winken nur verarschten. Als wir in die Lomonossow-Allee bogen und Frau Kletsche hinter der Straßenecke verschwand, fingen wir laut an zu lachen. Kurz darauf parkten wir unsere Fahrräder in dem kleinen Unterstand neben dem Schultor.

Nachdem Sonny einen tiefen Zug aus seinem lilafarbenen Diskus für Asthmatiker genommen hatte, legte er seine Schoner ab, Schicht für Schicht, als würde er sich häuten wie eine Zwiebel. Darunter kam ein Mensch zum Vorschein, der noch schmaler wirkte als ich, mit dunklen, in der Mitte gescheitelten Haaren und Fingern, die zwar sehr dünn, aber nicht so filigran waren, wie man hätte vermuten können, wenn man einmal erlebt hatte, was er damit anstellen konnte, sobald er sich an ein Klavier setzte.

»Na, ihr Homos«, zischte ein Typ aus der 10. Klasse.

Wir ignorierten ihn einfach und als er verschwunden war, sagte Sonny: »Den klatschen wir auch noch weg.« Als hätten wir – ein Klavier spielender Asthmatiker in einer Plasterüstung und ein Worte sammelnder Feigling, der sich jeden Morgen unter der Tür seiner Nachbarn hinwegduckte – schon jemals jemanden weggeklatscht.

Dann reihten wir uns ein in den Strom der anderen, die sich mit ihren Taschen auf den Rücken bewegten, als wären sie programmiert. Gemeinsam strebten wir hinein in den rot-weißen Bau, der unsere Schule war.

Früher war sie eine Polytechnische Oberschule gewesen und hatte Johannes-R.-Becher-Schule geheißen, jetzt trug sie jedoch keinen besonderen Namen mehr, sondern war einfach nur die 14. Schule und wahrscheinlich der Ort in der Siedlung, an dem das alte Land noch am lebendigsten war. An den vergilbten Wänden in den Fluren hingen immer noch Wandzeitungen, die vom Sieg des Sozialismus kündeten. In den Räumen standen Tische und Stühle, unter denen neben hart gewordenen Kaugummis noch Plaketten aus Blech klebten, auf denen eingestanzt VEB STIMA zu lesen war.

Sonny und ich gingen in die 7b. Wir hatten an diesem Tag, wie jeden Dienstag, in der ersten Stunde Mathe. Als wir unseren Klassenraum betraten, war es, als würden wir gegen eine heiße Mauer prallen. Der Raum war wie immer zu dieser Jahreszeit komplett überheizt. Man konnte die Heizungen nicht regulieren, sie wurden in der Regel erst im Mai abgestellt, was wir klaglos schwitzend akzeptierten.

Denn was die Heizungen in der Schule anging, gab es anders als überall sonst in der Siedlung kein Dazwischen. Sie waren an oder aus, heiß oder kalt. Das Leben konnte manchmal sehr einfach sein. Auch wenn es mir heute vorkommt, als wenn zu dieser Zeit, die einem einzigen Dazwischen glich und knarzte wie ein verrostetes Scharnier, fast gar nichts einfach war.

Während die anderen in unserer Klasse so aufgeregt durcheinanderschnatterten, als hätten sie sich nicht erst gestern, sondern seit Jahren nicht gesehen, trotteten Sonny und ich zu unserem Tisch, direkt neben dem Fenster, wo wir darauf warteten, dass der Unterricht begann.

In unserer Klasse waren 19 Schüler, alle wohnten in der Siedlung. Mit den meisten von ihnen hatte ich kaum zu tun. Mit den meisten wollte ich allerdings auch nichts zu tun haben, außer mit Sabrina Kabautzky vielleicht.

Es war eine Art Nichtangriffspakt, den wir geschlossen hatten. Wir verzichteten darauf, uns gegenseitig Beachtung zu schenken. Die meisten hielten uns, also Sonny und mich, sofern sie uns überhaupt bemerkten, vermutlich sowieso für seltsam oder für *Patten* (was ein anderes Wort für *Lusche* ist). Oder für beides. Wir hielten die meisten, nicht nur vermutlich, sondern ganz sicher, für unterbelichtete Vollhorste, dämliche Dummbratzen, ahnungslose Schimpansen.

Aber dennoch kannte ich jeden von ihnen so gut, wie man sich nun einmal kennt, wenn man unfreiwillig jeden Tag sechs Stunden lang in einen Raum gepfercht wird und sich auch den Rest der Zeit unweigerlich über den Weg läuft, weil im Grunde ja jeder nebenan wohnt. Wir waren alle Nachbarn. Die Schimpansen und ich.

»Guten Morgen«, sagte Herr Gröhnwald, unser Klassenlehrer, bei dem wir Mathematik und Physik hatten, als er in den Raum trat.

Der Lärm im Klassenzimmer war sofort erstorben. Alle standen auf, Stühle scharrten über den Boden.

»Guten Morgen, Herr Gröhn-wald«, sagten wir in einem müden Chor und setzten uns wieder hin.

Herr Gröhnwald war jemand, der wie alle Lehrer nur einen Nachnamen zu haben schien. Ein kleiner Mann, der meistens eine Lederweste trug und eine Frisur hatte, die merkwürdig über den Augen franste und beinahe aussah, als würde er ein Toupet tragen.

Früher im alten Land, als sein Gesicht noch von einem struppigen Bart verdeckt wurde, erzählte man sich, dass Herr Gröhnwald oft in der Kirche in der Stadt gewesen war, um dort gegen irgendetwas zu protestieren. Aber ich glaube, er hatte in der Zwischenzeit damit aufgehört. Auf jeden Fall hatte er sich seinen Bart abrasiert, unter dem ein bisschen vernarbte Haut zum Vorschein kam, die sich über seine Wangenknochen spannte. Nur die speckige Lederweste trug er immer noch und soweit ich mich erinnern kann, trug er sie auch an diesem Tag. Wobei ich sie schon so oft gesehen hatte, dass sie mir im Grunde nicht mehr auffiel.

Ohnehin war da etwas anderes, was meine Aufmerksamkeit erregte. Neben Herrn Gröhnwald stand ein

Mädchen. Es schaute trotzig in den Raum, als wollte es uns alle zu einer Wette herausfordern oder zu einem Kampf.

Ich hatte das Mädchen noch nie in der Siedlung gesehen und vielleicht war das der Grund, warum ich es so aufregend fand, dass es da jetzt stand. Seit ein paar Jahren hatte sich nämlich kaum jemand Neues in die Siedlung verirrt. Im Gegenteil: Wir, die Übriggebliebenen, waren mit jedem Jahr weniger geworden.

3

Wir, also meine Eltern, Nina und ich, waren in die Siedlung gezogen, als ich acht Jahre alt war. Vorher hatten wir in einem anderen Neubaugebiet gewohnt, am anderen Ende der Stadt, das im Grunde genau so aussah wie Klein Krebslow. Nur dass Klein Krebslow damals, wie mein Vater mir erzählt hatte, noch ein Morast hinter der Stadtgrenze gewesen war, auf dem, eingerahmt von einer Fernverkehrsstraße, ein Wald stand und Saatgänse und Rotmilane kreuzten.

Dann jedoch wurde der Wald gerodet, sodass nur ein Wäldchen übrig blieb. Eine Straßenbahnhaltestelle sollte entstehen, zwei Schulen, eine Poliklinik, ein Konsum, ein Friedhof und 5800 Wohnungen für 17000 Menschen. Das war der Plan.

Wir waren eine der ersten Familien, die eine Wohnung bekamen, unsere Wohnung im Benno-Voelkner-Weg Nummer 12, fünfter Stock. Es war eine schöne Wohnung, die Spüle in der Küche hatte noch keinen Kratzer, das Linoleum im Wohnzimmer keinen einzigen Fleck und die Holztapete im Bad glänzte unberührt. Es gab zwei Kinderzimmer: Nina bekam das größere; ich zog in das kleinere, das mir gut gefiel, da es viel größer war als mein altes. Das Einzige, was mir eigenartig vorkam, war, dass meine Hände einen feuchten Abdruck hinterließen, wenn ich sie gegen die Wände stemmte. Doch auch das legte sich nach ein paar Monaten.

In der Zwischenzeit konnte ich aus dem Fenster meines Zimmers beobachten, wie draußen Kräne schwere Betonplatten durch die Luft schwenkten und die gelb-weißen Blöcke Stock für Stock in die Höhe schossen. Immer mehr Familien fuhren vor, mit den immer gleichen Couchgarnituren und Anbauwänden, die sie auf die Dächer ihrer Trabbis gespannt hatten. Immer mehr Gardinen und Blumentöpfe zierten die Fenster. Die Siedlung wuchs. Bis die Bauarbeiten eines Tages stoppten.

Ich wusste nicht genau, warum; hatte aber die Vermutung, dass es etwas mit den Menschenmassen zu tun haben könnte, die ich gemeinsam mit meinen Eltern im Fernsehen gesehen hatte. Sie tanzten und jubelten und weinten vor Glück.

Allerdings war ich mir nicht sicher, warum sie so glücklich waren und was all das zu bedeuten hatte. In der Schule verloren die Lehrer jedenfalls kaum ein Wort darüber. Die meisten von ihnen – außer Herrn Gröhnwald, der ein süffisantes Lächeln spazieren trug – wirkten, als sei etwas ganz Schlimmes passiert. (Was sie allerdings nicht davon abhielt, uns auch weiterhin mit ihren Schlüsselbunden zu bewerfen, wenn wir nicht aufpassten.)

Auch meine Mutter war besorgt. »Was soll denn jetzt nur werden?«, fragte sie immer wieder. Mein Vater, der damals noch nicht so missmutig gewesen war wie später und erst recht nicht so schmallippig, schien hingegen wahnsinnig aufgeregt und umarmte uns alle die ganze Zeit.

In den Tagen danach, daran kann ich mich noch erinnern, brachen wir zu einem Ausflug auf. Mein Vater saß am Steuer, drehte das Radio laut auf und trällerte schrecklich schief vor sich hin. So fuhren wir eine Weile, bis wir auf einen quälend langen Stau trafen und uns nur noch zentimeterweise vorwärtsschleppten. Als wir einige Stunden später auf einem Marktplatz parkten, drehte sich meine Mutter zu Nina und mir um und sagte: »So, ihr Süßen, wir sind jetzt im Westen.«

Zuerst dachte ich, sie wolle uns veralbern. Der Westen kam mir viel kleiner und weniger prachtvoll vor, als ich ihn mir in meiner Fantasie ausgemalt hatte. Es gab keine Wolkenkratzer, nicht einmal einen McDonalds, es sah ganz anders aus als das Amerika, das ich aus dem Fernsehen kannte.

Kleine, geduckte Klinkerhäuser säumten Kopfsteinpflasterstraßen, in denen sich ein Geschäft an das nächste reihte. Bevor wir diese ehrfürchtig betraten und vorsichtig darin herumstöberten, gingen wir jedoch erst einmal zur Post, wo eine Frau meinen Eltern Geld in die Hände drückte. Danach steuerten wir die nächstgelegene Kaufhalle an.

Wir kauften Schokolade und Toffifee, wir kauften Cola, Joghurt und Apfelsinen, die hier Orangen hießen, und wir kauften etwas Pelziges, das aussah wie eine kleine haarige Kartoffel. Sie schien komisch zu schmecken, zumindest spuckte mein Vater die Schale angewidert wieder aus, nachdem er hineingebissen hatte und etwas Grünes zum Vorschein kam.

Die anderen haarigen Kartoffeln schmissen wir weg. Aber immerhin schmeckten die Schokolade und die Toffifee und die Joghurts uns allen sehr gut. Auch wenn ich es ehrlich gesagt ein wenig übertrieben fand, dafür extra in den Westen zu ziehen. Weshalb ich erleichtert war, als wir am Abend wieder nach Hause fuhren. Ansonsten änderte sich erst einmal wenig.

Vom restlichen neuen Geld kauften meine Eltern Nina und mir Mickey-Mouse-Pullover, die uns beiden zu groß waren. Und für unseren Trabbi kauften sie ein neues Autoradio, was sie kurz darauf bereuen sollten, als sie den Trabbi verkauften und sich stattdessen unseren gebrauchten lippenstiftroten Mitsubishi Galant anschafften. Mein Vater liebt ihn abgöttisch, das Trabbi-Radio konnte er in den Mitsubishi jedoch leider nicht einbauen.

Später, als aus dem alten Land ein neues geworden war und die Fahnenappelle und die Lieder von Friedenstauben verstummt waren (genauso wie das allmorgendliche »Für Frieden und Sozialismus! Seid bereit! – Immer bereit!«) und ich nicht länger Pionier war, sondern einfach nur ein Schüler, der keine Halstücher und auch keine Wimpel mehr tragen musste, wurden die Bauarbeiten in Klein Krebslow fortgesetzt.

Die Idee mit der Poliklinik hatte sich allerdings erledigt. Wir bekamen auch keine zweite Schule, keinen Friedhof und keine 5800 Wohnungen. Selbst der Parkplatz vor meinem Fenster wurde nie asphaltiert. Weshalb die Siedlung für immer unfertig aussehen würde.

Im Grunde ähnelte sie einem Skelett. Also, dem Skelett eines Menschen mit nur einem Bein.

Der Kopf war die Ernst-Alban-Straße mit dem namenlosen Platz, auf dem die Lenin-Statue stand und wo Frau Kletsche auf ihrer Fensterbank lehnte. Das Rückgrat war die Lomonossow-Allee, von der viele kleine Straßen wie ein Gerippe abzweigten. Den linken Arm bildete der Andrej-Sacharow-Ring, an dem neben dem Spielplatz auch der Konsum lag, der jetzt in »Spar« umgetauft wurde. Der rechte Arm hingegen bestand aus den Blocks um den Benno-Voelkner-Weg, wo ich und ganz in der Nähe auch

Sonny wohnte. Der linke Fuß war unsere Schule, an die der Wald grenzte (oder was davon seit der Rodung übrig geblieben war). Nur das rechte Bein und der rechte Fuß fehlten. Die Siedlung hatte einen Stumpf, aber dafür setzten sie ihr eine Krone auf.

Die Fernverkehrsstraße, die jetzt Bundesstraße hieß, wurde zweispurig ausgebaut und neben der Straßenbahnhaltestelle, die sich ebenfalls nördlich des Eingangs zur Siedlung befand, etwas errichtet, was es vorher nicht gegeben hatte: ein Autohaus und eine Waschanlage.

Das Autohaus, vor dem blaue und silberne Wimpel im Wind flatterten, hatte ich nie betreten, nur von Weitem das in der Sonne blitzende Blech bewundert, das für uns leider unbezahlbar war. Direkt daneben lag die Waschanlage. Ich weiß noch, dass ich vorne auf dem Beifahrersitz sitzen durfte, als mein Vater und ich das erste Mal mit unserem hellblauen Trabbi hineinrollten.

»Jetzt geht es los, Sascha!«, rief mein Vater.

Wie gebannt spähten wir durch die Fensterscheibe, gegen die Wasser rieselte, bevor die riesigen Walzen anfingen zu rotieren. Ihre Coca-Cola-roten Lappen schlugen gegen die dünne Außenwand unseres Trabbis, der leicht erzitterte. Ich klammerte meine Hand um den Griff an der Tür und drückte meinen Körper in den Sitz. Nach einer Weile fing ich an, mich zu entspannen.

»Alles gut, Sascha?«, fragte mein Vater.

»Jaja ...«

»Brauchst keine Angst haben, da passiert nichts.«

Kaum hatte er das gesagt, war ein Plätschern zu hören. Mein Vater riss seinen Kopf nach hinten und erbleichte. Durch die Ritzen der Karosserie rann schmutziges Spülwasser. In breiten Flecken, die langsam zu kleinen Seen anschwollen, breitete es sich auf den Polstern der Rückbank aus. Dann tropfte es auch auf uns.

Mein Vater wollte fluchend aus dem Trabbi stürmen, schlug die Tür, nachdem er sie einen Spalt geöffnet hatte, aber sofort wieder zu, weil ja draußen immer noch die riesigen Coca-Cola-roten Walzen rotierten.

Als wir schließlich aus der Waschanlage fuhren, glänzte das Hellblau unseres Trabbi frisch poliert in der Sonne. Nur wir waren klitschnass, genauso wie die Polster auf der Rückbank und den Sitzen vorne. Mein Vater föhnte sie danach stundenlang auf dem Parkplatz vor unserer Wohnung trocken, worüber ich lachen musste, allerdings nur heimlich.

Denn ich war, aber das nur nebenbei bemerkt, nie ein Rebell. Ich hatte sogar in den Jahren danach gelegentlich das Gefühl, meine Eltern, also vor allem meinen Vater, beschützen zu müssen, weil sich später dann doch sehr viel veränderte. Wenn ich heute daran zurückdenke, fällt mir ein, was Juri mir mal über den Beginn des Universums erzählt hatte.

Nicht lange nachdem es entstanden war, aus einem superheißen, klitzekleinen Punkt, der viel, viel, viel kleiner war als der Punkt am Ende dieses Satzes, war schon alles da. Es gab Atomkerne und Elektronen, es gab Wasserstoff und Helium. Und irgendwann, nach Milliarden Jahren und irgendwelchen verrückten chemischen Prozessen, wurden daraus die ersten Sterne geboren, aus denen wiederum die ersten Planeten entstanden und Milliarden von Galaxien. Eine neue Welt.

Vielleicht ist die Vorstellung schräg, aber gelegentlich kommt es mir vor, als wenn es mit den tanzenden und jubelnden Menschen im Fernsehen ein bisschen ähnlich war.

Auch bei ihnen war schon alles vorhanden, ehe sich innerhalb weniger Jahre alles verwandelte und eine neue Welt entstand. Bei vielen kippte die anfängliche Begeisterung. Aus Sehnsucht wurde Ernüchterung, aus Hoffnung wurde Bitterkeit. Der Aufbruch erstarrte.

Im Fernsehen weinte niemand mehr, zumindest nicht vor Glück. Stattdessen waren jetzt oft die grauen, zerfurchten Gesichter von Männern zu sehen, die vor Werkstätten oder Industriehallen demonstrierten, und ständig war die Rede davon, dass irgendetwas geschlossen oder abgewickelt werden sollte. Manchmal klang es so, als seien sie und auch meine Eltern und überhaupt alle, die befürchteten, gekündigt zu werden, selbst dran schuld. Als hätten sie zuvor im falschen Land gelebt. Dabei hatten sie ja, wenn ich das richtig verstehe, gar keine Wahl gehabt und sich das selber auch nicht aussuchen dürfen.

Einige – wie mein Vater – verloren ihren Job; einige – wie meine Eltern zum Glück nicht – ließen sich scheiden. In der Schule blieben Plätze leer. Das war zwar auch schon im alten Land gelegentlich der Fall gewesen, auch wenn unsere Lehrer uns nie sagen wollten, wohin unsere Mitschüler verschwunden waren, aber der Unterschied war nun, dass auch die Lehrer kamen und gingen. Es war ein großes Durcheinander. Klein Krebslow schrumpfte.

Es zogen kaum noch neue Familien her, stattdessen schleppten die Leute ihre Couchgarnituren und Anbauwände wieder die Treppe hinunter bis vor die Tür, wo die Umzugswagen parkten. Von Monat zu Monat stieg die Zahl der blinden Fenster in der Siedlung, die weder von Blumen noch von Gardinen geschmückt wurden. Irgendwann zu dieser Zeit fingen meine Mutter und auch ein paar Leute aus der Stadt damit an, von den »Assis in der Siedlung« zu reden.

Ich war mir wie gesagt nicht sicher, ob auch wir dazugehörten. Aber auf jeden Fall konnten wir, wie die anderen Übriggebliebenen, beobachten, wie sich das fahle Gelb und das ausgewaschene Weiß der fünfstöckigen Blocks mit jedem Jahr ein wenig mehr verfärbte und schmutzige Schlieren bekam.

Wir konnten sehen, wie die Metallstangen in den Innenhöfen, auf denen die Wäsche trocknete, langsam verrosteten. Wir konnten sehen, wie Unkraut, manchmal auch Löwenzahn, zwischen den Betonplatten der Panzerstraßen zu wuchern begann. Und wie auf der Brachfläche, die sich hinter dem Stumpf erstreckte, Schalungsbretter und Stahlgitter vor sich hin moderten, während dazwischen merkwürdige Sträucher in die Höhe schossen, deren Namen ich nicht kannte.

Vermutlich hatte ich auch wegen all dieser Dinge den Eindruck, dass meine Eltern es schon schwer genug hatten. Nicht mit mir, aber mit allem anderen. Und umso verwunderter war ich nun, als da dieses neue Mädchen neben Herrn Gröhnwald stand, das aus irgendeinem unerfindlichen Grund hier bei uns gestrandet war.

»Das ist Jenni Köhn«, sagte Herr Gröhnwald, »sie ist neu in Klein Krebslow. Ihre Mutter ...«

Doch das Mädchen schnitt Herrn Gröhnwald das Wort ab: »Sie können mich einfach Juri nennen.«

Herr Gröhnwald sah verdutzt aus. So hatte ich ihn selten gesehen. Normalerweise traute sich niemand, ihn zu unterbrechen. Normalerweise stand allerdings auch kein Mädchen vor unserer Klasse, das keine Furcht vor irgendwem zu haben schien.

»Aber ... äh ... ist das nicht ein ungewöhnlicher Name für ein Mädchen?«, fragte Herr Gröhnwald.

»Wieso?«

»Na ja, weil ü-üblicherweise ...«, stotterte er. »Möchtest du uns vielleicht sagen, wo du herkommst? Oder warum wir dich ...?«

»Nein.«

»Gut. Dann setze dich doch einfach ... am besten ... nach da hinten.«

Sonny stupste mich mit dem Ellbogen an und verdrehte die Augen. Doch ich achtete nicht weiter auf ihn. Ich war verwirrt, mindestens so sehr wie Herr Gröhnwald. So ein Mädchen wie Jenni oder Juri hatte ich noch nie gesehen.

Nicht, dass ich sonderlich viele gekannt hätte. Eigentlich nur die Mädchen, die in der Siedlung wohnten und von denen mir die am besten gefielen, die enge Jeans von Levi's und bauchfreie Tops trugen. Wobei die wiederum im Leben nicht auf die Idee gekommen wären, dass ich ihnen auch hätte gefallen können. Doch Juri war anders. Das konnte ich sofort erkennen. Auch wenn es mir am Anfang schwerfiel, dafür Worte zu finden.

Sie trug ein hellgrünes Tuch mit weißen Punkten, das sie sich um den Kopf gebunden hatte, darunter konnte man rot gefärbte Haare erahnen. In ihrer Nase trug sie einen Ring, umzingelt von Myriaden (das bedeutet *extrem viele*) von Sommersprossen. Sie war nicht gerade spindeldürr, weshalb ich nicht mit Sicherheit sagen konnte, ob sie auch in eine dieser engen Jeans von Levi's gepasst hätte, allerdings spielte das auch keine Rolle. Juri war auf eine andere Art episch.

Sie lief an Sonny und mir vorbei, ohne uns oder irgendjemand anderes eines Blickes zu würdigen, und setzte sich an einen Tisch, zwei Reihen hinter uns. Ich glaubte, ihre Blicke in meinem Nacken spüren zu können. Aber wahrscheinlich war das nur Einbildung. Denn dann passierte erst mal: nichts. Daran war ich gewöhnt.

Ich hatte nämlich ein großes Talent, man könnte auch sagen, eine angeborene Gabe, von der bislang noch nicht die Rede war und die eigenartig erscheinen könnte, weil es ja in dieser Geschichte die ganze Zeit um mich geht. Doch in Wirklichkeit ging es fast nie um mich. Die meisten Menschen schienen mich nicht einmal zu bemerken. Es war, als wäre ich unsichtbar. Also nicht wirklich unsichtbar wie ein Gespenst oder so. Sondern eher so, dass die meisten Menschen, außer meinen Eltern natürlich, mich und mein belangloses Leben zu übersehen schienen.

Ich hatte das immer als unschätzbaren Vorteil betrachtet, weil du, wenn du unsichtbar bist, die Welt auf Abstand halten kannst und nur selten in Schwierigkeiten gerätst: Die Lehrer in der Schule riefen mich fast nie auf. Die Pawelkes verschonten mich. Selbst Frau Kletsche nahm im Grunde nur Notiz von Sonny. Und sogar den Kassiererinnen in der Kaufhalle fiel ich zum Glück nie auf, wenn ich dort Eis oder die roten Marlboros klaute. Insgeheim glaube ich, dass ich nicht einmal auf den Bildern der Überwachungskameras zu sehen war, aber das konnte ich natürlich nicht beweisen.

Jetzt jedoch hatte sich meine Unsichtbarkeit zu einem unschätzbaren Nachteil verwandelt. Zum ersten Mal bedauerte ich, dass mich niemand erkannte. Zum ersten Mal wollte ich bemerkt werden.

In den folgenden Tagen und Wochen versuchte ich, Juri in den Pausen unauffällig zu beobachten, so wie meinen Vater am Küchenfenster. Ich sah, wie sie alleine über den Schulhof strich, doch wir sprachen nie und es war wie gesagt auch nicht so, dass sich unsere Blicke trafen und die

Zeit anhielt oder Licht den Raum flutete. Nichts dergleichen. Im Grunde beachtete sie mich gar nicht weiter.

Ich war jetzt nicht verknallt oder so, doch ich war neugierig. Okay, vielleicht war ich ein bisschen verknallt. Aber ich war auch neugierig. Wer war sie? Woher kam sie? Warum war sie in die Siedlung gezogen und warum nannte sie sich Juri? Ich hatte so viele Fragen und nicht eine einzige Antwort. Die Tage und Wochen verstrichen in routinierter Trägheit.

Morgens duckte ich mich unter der Tür der Pawelkes hinweg, bevor ich mich gemeinsam mit Sonny auf den Weg zur Schule machte, natürlich ohne zu vergessen, Frau Kletsche zu winken. Im Unterricht döste die Zeit über uns hinfort, dehnte sich endlos, um dann am Nachmittag, als die Schule aus war, schneller und schneller, wie im Zeitraffer, zu verstreichen.

Meistens nachdem Sonny Klavier geübt hatte, was er jeden Tag mindestens zwei Stunden tat, holte ich ihn von zu Hause ab und wir fuhren zum alten, von Trauerweiden umstandenen Weiher hinter der Schule. Von dort aus folgten wir einem schmalen Trampelpfad, der sich durch das angrenzende Wäldchen schlängelte, bis das Unterholz so dicht wurde, dass wir unsere Fahrräder abstellen mussten und zu Fuß weiter über den weichen Waldboden stapften. Nach einer Weile, ich schätze, so fünf Minuten, erreichten wir eine Lichtung, die von schmalen Birken gesäumt war.

»Alter, bist du bereit?«, fragte Sonny mich.

Ich nickte.

Wir knieten uns jeder vor eine der Birken, zückten unsere Taschenmesser und sägten wie wild drauflos. Mit einem stumpfen Geräusch ratschten die Sägeblätter durch das Holz. Es war eine mühsame Arbeit. Zumal ich etwas langsamer als Sonny vorankam, dem seine Eltern ein neues Schweizer Taschenmesser geschenkt hatten.

In den vergangenen sechs Wochen war es uns erst gelungen, fünfeinhalb Birken zu fällen. Wir hatten sie am Rand der Lichtung zu einem kleinen Stapel aufgeschichtet, aus dem wir ein Baumhaus bauen wollten, ein Versteck, einen geheimen Ort, an dem uns niemand finden könnte. Das war die Idee.

Nachdem wir eine Viertelstunde stumm vor uns hingesägt hatten, merkte ich, wie meine Hand anfing zu krampfen, und Sonny, dem es offensichtlich genauso ging, schlug vor, eine kleine Pause einzulegen. Erschöpft setzten wir uns auf den Boden, auf dem sich Lichtflecken tummelten, die durchs Laub der Bäume fielen.

»Das wird ein Palast!«, rief Sonny, nachdem er einen Zug aus seinem Asthmatiker-Diskus genommen hatte.

Er schaute zur Krone einer alten Eiche empor, in der wir das Baumhaus errichten wollten. Mein Blick folgte seinem, bevor er auf den kleinen Stapel am Rande der Lichtung fiel.

»Na ja«, sagte ich, »noch ist es nicht einmal eine kleine Hütte.«

»Willst du mich beleidigen?«, sagte Sonny.

»Wieso dich? Das wird doch unser Palast.«

»Ja, gut, aber es war meine Idee! Deshalb habe ich mir auch überlegt, dass wir es Sonnys Palace nennen sollten.«

»Sonnys Palace?« Ich wusste, dass Sonny nicht zur Bescheidenheit neigte, aber das schien mir doch kein guter Einfall zu sein. »Willst du dann auch noch ein leuchtendes Namensschild dranschrauben oder was?«

»Eigentlich gar keine schlechte Idee ...«, sagte Sonny.

»Alter, das soll doch unser Versteck sein!«, sagte ich.

»Ja, okay, hast ja recht. Aber wir brauchen auf jeden Fall einen Namen.« Sonny machte eine kleine Pause, bevor er mir grinsend ins Gesicht schaute. »Und Labudes Palace klingt einfach scheiße – wie wäre es mit ... La Büdchen?«

»SCHNAUZE!«, fuhr ich ihn an und Sonnys Grinsen wurde noch breiter.

Er hatte eine besondere Art zu grinsen, ich glaube, man könnte sagen, sie war ziemlich ansteckend. Auf jeden Fall war ich immer bereit, ihm alles sofort zu verzeihen. Jede einzelne Gemeinheit, sogar die, die er noch nicht begangen hatte.

An anderen Tagen, an denen wir zu faul waren, um in den Wald zu fahren und dort Bäume zu fällen, hockten wir bei Sonny zu Hause und spielten Indiana Jones auf seinem neuen 4.86er. Also, eigentlich spielte er und ich schaute zu, was uns beiden voll *Fez* machte (das heißt, dass wir Spaß dran hatten).

Und ganz manchmal, wenn seine Eltern nicht da waren, fläzten wir uns auf die Couch im Wohnzimmer und schauten heimlich Wrestling. Heimlich, weil Sonnys Eltern ihm das eigentlich verboten hatten. Doch davon ließen wir uns nicht abhalten. Wir liebten Wrestling. Wir liebten die Stimmen der Kommentatoren, die sich überschlugen, wenn Rick Flair einen Plastestuhl auf Hulk Hogans Kopf zerbeulte. Wir liebten die Catcher, diese gezüchteten, eingeölten Anabolika-Riesen, die gleichzeitig furchterregend und komplett peinlich aussahen, in ihren lächerlichen Kostümen und viel zu engen Schlüpfern. Am meisten aber liebten wir den Undertaker, mit seinen langen Haaren und seinem langen schwarzen Mantel.

Wir stellten uns oft vor, was er mit den Pawelkes, die Sonny genauso hasste wie ich, anrichten würde, wenn der unwahrscheinliche Fall eintrat, dass er sich in die Siedlung verirren sollte.

Gemeinsam mit uns würde der Undertaker auf einem natürlich viel zu kleinen Fahrrad, einem BMX, durch die Gegend fahren. Sein langer schwarzer Mantel würde über den Beton schleifen, bevor uns, ein zwangsläufiger Zufall, die Pawelkes über den Weg laufen würden. Der Undertaker, zwei Meter groß und mindestens 150 Kilo schwer, würde ihnen den Weg abschneiden, von seinem viel zu kleinen Fahrrad absteigen und mit einer Stimme, die so dunkel war wie die finsterste Nacht, sagen: »Habt ihr ein Problem?«

Sonny kicherte. Er kicherte jedes Mal, wenn ich ihm davon erzählte.

»Ja, ganz langsam würde er das raushauen«, sagte Sonny. »H-A-B-T I-H-R E-I-N P-R-O-B-L-E-M?«

»So langsam, dass er richtig dämlich klingt«, sagte ich.

»Und die Pawelkes würden sich richtig einscheißen«, sagte Sonny. »Die würden kein Wort rauskriegen.«

»Kein einziges!«, sagte ich.

Wir sprangen von der Couch auf und bewegten uns breitbeinig und mit gespreizten Armen durchs Wohnzimmer.

»Und dann würde der Undertaker zu ihnen hingehen und sie am Hals packen«, sagte Sonny.

»Und sie ganz langsam in die Luft heben«, sagte ich. »Einen links, einen rechts.«

Wir streckten unsere Arme aus und reckten sie langsam in die Höhe.

»Und dann, voll plötzlich«, sagte Sonny, »würde er sie auf den Boden schmettern.«

»Und sie lebendig begraben«, sagte ich.

Wir ließen unsere Arme ruckartig nach unten fallen.

»CHOKESLAM!!!«, riefen wir beide.

Wir schmissen uns auf die Couch und lachten und lachten, bis uns die Seiten wehtaten. Wir hatten zwar auch keine Ahnung, wieso der Undertaker auf einmal in die Siedlung kommen sollte und warum er überhaupt Deutsch sprechen konnte. Doch das kümmerte uns kaum. Vieles, was wir uns ausmalten, war total unwahrscheinlich. Aber immerhin hatten wir noch nicht verlernt zu träumen.

Schließlich endeten die Tage damit, dass ich mit meinen Eltern und meiner Schwester am Abendbrottisch saß. Meistens gab es Stulle oder an guten Tagen auch Würzfleisch mit Käse überbacken und dazu Worcester-Soße. Und meistens redete meine Mutter von ihrer Arbeit.

Meine Mutter ist, falls ich das noch nicht erwähnt habe, Lehrerin für Erdkunde und Englisch, zum Glück an einer anderen Schule als meiner. Sie hatte sich dort um die Leitung beworben und wollte Direktorin werden. Das Problem war, dass es einen Mitbewerber gab. Einen »totalen Nichtsnutz«, wie meine Mutter sagte (sie hätte niemals »Bratze« oder »Vollhorst« gesagt, jedenfalls nicht vor uns; höchstens zu einem »Blödmann« oder »Dussel« ließ sie sich ab und an hinreißen). Einen »aufgeblasenen, arroganten Typen aus Schleswig-Holstein«, der zudem »stinkend faul« sei, aber »viele Fürsprecher im Schulamt« habe.

Meine Mutter konnte sich da richtig reinsteigern. Was ich nicht ganz verstand, weil »die Leitung« früher das Letzte gewesen war, das sie interessiert hatte.

Stattdessen hatte sie oft davon geredet, wie wir nach England reisen würden, in das Land, dessen Sprache sie unterrichtete, das sie jedoch nie bereist hatte. Sie konnte so lebhaft davon erzählen, dass mir alles vor Augen stand: die weißen Kreidefelsen von Dover, die hohen Zinnen des

Minsters von York und das schummrige Licht in den Pubs von London. Das war ihr großer Traum, und wenn früher im alten Land ein Kollege an der Schule zu ihr gesagt hatte: »Was stellst du dich so an? Ich unterrichte Astronomie und war auch nicht auf dem Mond«, konnte sie echt sehr ärgerlich werden.

Doch seit einiger Zeit war nicht mehr von England die Rede und auch nicht mehr vom Minster von York. Dafür benutzte meine Mutter oft ein anderes Wort, das sie früher nie verwendet hatte: Karriere.

»Was meinst du», fragte sie meinen Vater jetzt am Abendbrottisch, »soll ich meine Bewerbung zurückziehen?«

Meine Mutter ließ das Messer, das sie in der Hand hielt, sinken und lehnte sich im Küchenstuhl zurück.

»Mhmmmm ...«, brummte mein Vater, den Blick auf seinen Teller gerichtet. »Carola, ich glaube, du schaffst das schon.«

Seine Stimme klang so müde, wie er aussah, unter seinen Augen hatten sich tiefe Schatten eingegraben, die Haut schien ganz porös.

»Du glaubst immer, ich schaffe das schon!«, sagte meine Mutter.

Sie hatte jetzt ihren strengen Blick aufgesetzt, den sie eigentlich jeden Tag, wenn sie nach Hause kam, an der Türschwelle abzulegen versuchte wie ihren Anorak. Was ihr allerdings selten gelang. Auf ihrem Hals konnte ich einen roten Fleck erkennen, ihren Zornesfleck.

»Aber ohne dich, Bodo, schaffe ich es eben nicht«, fauchte sie.

Mein Vater stierte auf seinen Teller, sein Gesicht schloss sich wie eine Faust.

Wenn jemand sehr wortkarg ist, vermutet man hinter seiner Schweigsamkeit ja oft tiefschürfende Gedanken oder großartige Ideen, aber ich befürchte, bei meinem Vater war da nichts. In letzter Zeit schlief er oft abends vor dem Fernseher ein und wankte erst spät in der Nacht, das hatte ich durch meine dünne Kinderzimmertür belauscht, ins Schlafzimmer. Bevor er dann am nächsten Morgen seinen schwarzen Aktenkoffer nahm, der im Flur stand wie eine stumme Anklage, und wieder loszog, von Tür zu Tür. So stellte ich es mir jedenfalls vor.

Bei meiner Mutter konnte ich mir ausmalen, was sie den ganzen Tag machte: Schüler ermahnen und manchmal auch zum Lachen bringen, sie war eine gute Lehrerin, da war ich mir sicher. Aber bei meinem Vater fiel es mir schwer, mir vor Augen zu führen, wie er seinen Tag verbrachte. Er sprach nie von »Karriere« und nur selten über seine Arbeit.

Früher, als er noch Vorarbeiter im Kabelwerk gewesen war, hatte er oft schwärmerische Vorträge über die Vorzüge von Hochspannungskabeln und PVC-isolierten Niederspannungskabeln gehalten oder uns stundenlang die Unterschiede zwischen Schiffs- und Hängekabeln auseinandergesetzt. Doch über die kleinen roten und grünen und blauen Pillen, die in schmalen weißen Röhrchen im Flur neben der Garderobe lagerten und nicht weniger zu werden schienen, verlor er nur selten ein Wort. Sie sollten irgendetwas in einem stärken, auch wenn ich nie wirklich verstanden hatte, was. Ich hegte den vagen Verdacht, dass es nicht gut lief. Aber wie sollte es auch anders sein? Ein Nahrungsergänzungsmittelvertreter, ein Verkäufer, der kaum spricht, das war wie ein blinder Pilot oder eine taube Opernsängerin. Eine Fehlbesetzung.

Auch wenn ich mir nichts Schlimmeres vorstellen konnte, als mit meinem Vater allein zu sein, erwischte ich mich manchmal dabei, wie ich Mitleid mit ihm hatte. Natürlich hätte ich ihm das nie ins Gesicht gesagt, weil es für einen Vater vermutlich nichts Schlimmeres gibt, als von seinem Sohn bemitleidet zu werden. Doch auch jetzt konnte ich mich gegen dieses Gefühl nicht wehren und deshalb rutschte mir heraus: »Mama, lass ihn doch!«

»Sascha, mein lieber Freund, ich glaube nicht, dass du hier etwas beizutragen hast«, sagte sie.

Der rote Fleck an ihrem Hals leuchtete. Nina grinste gehässig und formte mit ihren Lippen stumm »Sascha, mein lieber Freund« nach. Wir beendeten das Abendessen in drückendem Schweigen.

Danach ließ mein Vater sich auf die Couch sacken, schaltete den Fernseher ein und guckte irgendeinen bescheuerten Actionfilm. Meine Mutter kümmerte sich, nachdem sie Nina ins Bett gebracht hatte, um den Abwasch, und ich verschwand in meinem Zimmer.

Aus dem Wohnzimmer konnte ich die Geräusche aus dem Fernseher hören, quietschende Reifen und kehlige Männerstimmen, gelegentlich unterbrochen von knallenden Schüssen, bevor diese irgendwann erst leiser und schließlich von der helleren Stimme meiner Mutter übertönt wurden. Ich wusste, was jetzt kam. Meine Eltern würden streiten, das taten sie oft. Wobei es nun von meinem Zimmer aus so klang, als stritt meine Mutter mit sich selbst, da ich nur ihre Stimme vernahm.

»Bodo, ich brauche dich. Du kannst dich nicht immer aus allem rausnehmen.«

Solche Sätze sagte meine Mutter, sie sagte sie öfter, jetzt jedoch wirkten sie eher flehend als wütend. Vermutlich hatte der rote Fleck aufgehört zu leuchten. Zumindest stellte ich mir das so vor, bevor ich mich dazu entschied, lieber wegzuhören.

Ich wusste ja, wie ihre Streitigkeiten endeten, am Schluss fiel immer eine Tür ins Schloss. Entweder sie wurde sanft geschlossen, bevor danach ein echt unangenehmes Keuchen und stimmloses Seufzen aus dem Schlafzimmer drang. Oder sie wurde erbost zugeschlagen, wonach nichts mehr zu hören war außer dröhnender, angespannter Stille.

Ich dachte kurz an Nina und hoffte, dass sie schon schlief. Wenn unsere Eltern sich anmaulten, fing sie oft an zu quengeln oder sogar zu weinen, was ich gut verstehen konnte, weil es auch mir so ging, als würde mich jemand mit einem der alten Hochspannungskabel meines Vaters foltern. Ich wusste, was ich jetzt zu tun hatte: Ich musste mich auf etwas anderes konzentrieren, mich ablenken, und es gab kaum etwas, das mir dabei besser half als meine einzigartigen Wörter.

Ich hatte damals 37 verschiedene gesammelt. Da draußen mussten natürlich noch viele mehr sein. Irgendwo hatte ich gelesen, dass es 7000 Sprachen auf der Welt gibt und allein die deutsche Sprache 200 000 Wörter umfasst. Doch ich hatte ja keine Eile.

Ich zog den Schuhkarton unter meinem Bett hervor, griff nach meinem Heft mit dem braunen Ledereinband und blätterte durch die schon ein wenig abgegriffenen Seiten, auf denen ich meine einzigartigen Wörter notiert hatte. Ich begutachtete sie wie einen seltenen Schatz.

Die drei Wörter, die mir zu dieser Zeit am besten gefielen, waren:

Age-otori, was aus Japan kommt und ein Gefühl beschreibt, das mir nicht unvertraut war, nämlich nach einem

Haarschnitt schlechter auszusehen als zuvor. (Meine Haare waren schmutzig blond, würde ich sagen, hatten aber ansonsten keine bestimmte Form. Sie sahen zwar nicht so schlimm aus wie das Toupet von Herrn Gröhnwald; dennoch, fürchte ich, konnte man nicht von einer Frisur sprechen, eher von einer *Mecke,* was ein anderer Ausdruck dafür ist, keine Frisur zu haben.)

Mein zweitliebstes Wort war *Muhmiqa,* was arabisch ist und eine Frau bezeichnet, die nur Kinder bekommt, die Idioten sind. Am liebsten hätte ich es allen Müttern – außer Sonnys und Juris Mutter natürlich, also, falls sie eine Mutter haben sollte – ins Gesicht geschrien: »*Muhmiqa!*« Oder ihre Kinder damit beleidigt: »Deine Mutter ist eine *Muhmiqa!*« Doch ich schätze, in der Siedlung hätte es ohnehin niemand verstanden. Es gab zwar ein paar Leute aus Vietnam, Russland oder Afghanistan, meines Wissens jedoch niemanden, der Arabisch sprach.

Und dann war da noch mein liebstes Wort. Es heißt *Mamihlapinatapai.* Ich gebe zu, es bereitete auch mir Schwierigkeiten, es auszusprechen. Dennoch schillerte es in meinen Augen nun mehr als je zuvor.

Das Wort stammt aus der Sprache der Yaghan. Das hatte ich im Guinness-Buch der Rekorde gelesen, wo es als das prägnanteste Wort gelistet wurde, auch wenn ich mir nicht sicher war, was *prägnant* überhaupt bedeutete. (Ich kannte nur *imprägnieren,* aber das hatte mit Schuhen zu tun und ergab keinen Sinn.)

Die Yaghan jedenfalls waren Wassernomaden, die Anfang des 20. Jahrhunderts auf Feuerland gelebt hatten, was im Süden Südamerikas liegt. Und dieses Wort, *Mamihlapinatapai,* beschreibt den unendlich lange andauernden Blick zwischen zwei Menschen, die darauf warten, dass der jeweils andere sich aus der Erstarrung löst, den ersten Schritt wagt und den Mut aufbringt, etwas zu sagen.

Ich glaube, ich muss jetzt nicht erklären, auf wen ich dieses Wort bezog. Es war das, wonach ich mich sehnte. Dass ich aus meiner Unsichtbarkeit hervortreten könnte und sie mich, obwohl sie mich ja gar nicht kannte und wir nie auch nur ein Wort miteinander gesprochen hatten, anschaute, wir uns anschauten, unsere Blicke sich verfingen und ich *Mamihlapinatapai* flüstern würde und sie es sofort verstünde. So als wären wir beide Wassernomaden auf Feuerland.

Das Problem war nur, ich fand keine Gelegenheit dazu, weder zum Blickeverfangen noch zum Flüstern. Nicht in der Schule und auch nicht am Nachmittag. Denn Juri war nach dem Unterricht immer sofort verschwunden. Ich wusste nicht, wohin. Es schien, als würde die Siedlung sie verschlucken.

So fing es an.

Bis Herr Gröhnwald – es muss schon Mai gewesen sein, die Heizungen im Klassenraum waren auf jeden Fall schon abgestellt – uns im Physikunterricht eine Frage stellte, die mich auch danach noch sehr beschäftigte und alles veränderte, zumindest ein bisschen und zumindest für mich.

4

Ein Mittwoch, fünfte Stunde, Physik. Die Hitze draußen schien wie flüssiges Quecksilber aus der Luft ins Klassenzimmer zu tropfen, während Herr Gröhnwald vorne an der Tafel auf und ab stolzierte, so wie es seine Art war, als würde er am Rande einer Bühne stehen und die Menge vor ihm gebannt an seinen Lippen hängen.

Dabei hingen wir nur gelangweilt und trübsinnig schwitzend in unseren Bänken. Was kein Wunder war, weil wir schon so viele Stunden unseres Lebens damit zugebracht hatten, Herrn Gröhnwald ausdruckslos dabei zu mustern, wie er irgendetwas Ödes von geradlinigen Bewegungen oder unregelmäßigen Körpern schwafelte. Sein bloßer Anblick schaffte es längst nicht mehr, unsere Neugier zu wecken. Herrn Gröhnwald aber schien das nicht weiter zu interessieren.

Er stellte sich an die Tafel und drückte seinen Rücken durch, was dazu führte, dass sein Bauch, der nicht groß, sondern eher spitz war, sich ein wenig über seinen braunen Ledergürtel schob. Dann schrieb er mit einem Stückchen Kreide eine Frage an die Tafel. Erst als er fertig geschrieben hatte, trat er beiseite, und weil sein Körper die Tafel nun nicht länger verdeckte, konnte ich lesen:

WAS WISSEN WIR?

UND WAS GLAUBEN WIR NUR ZU WISSEN?

Herr Gröhnwald hatte die Angewohnheit, in großen Druckbuchstaben zu schreiben. Was ganz gut zu ihm passte, weil er im Grunde auch in großen Druckbuchstaben redete. Er neigte dazu, jedem einzelnen Wort ein Gewicht beizumessen, das eigentlich nicht seiner Bedeutung entsprach, und er verfügte über eine Verkünder-Stimme, die im gotischen Kirchenschiff in der Stadt vermutlich besser aufgehoben wäre als in unserem Klassenzimmer.

Und genau mit dieser Stimme fragte Herr Gröhnwald jetzt, jede einzelne Silbe betonend, und ganz so, als könnten wir nicht selber lesen: »WAS WISSEN WIR? UND WAS GLAUBEN WIR NUR ZU WISSEN?«

Stille. Keine Reaktion. Die Frage, die Herr Gröhnwald in den Raum geschleudert hatte wie einen Stein ins Wasser, schaffte es nicht, Wellen zu schlagen und unseren Trübsinn zu vertreiben.

»Nun gut, vielleicht war die Frage zu groß«, sagte Herr Gröhnwald und startete einen neuen Versuch. »Ein Beispiel. Wer von euch glaubt, dass die Sonne sich um die Erde dreht?«

Eine Hand schnellte nach oben. Sie gehörte Dennis Stricker, einem Jungen mit gelben Haaren und einer feuerroten Narbe auf der Wange, der in der dritten Klasse für eine Weile auf der Sonderschule gewesen war, weil er andere Kinder gebissen hatte, und für den meine Mutter, falls sie ihn kennen würde, sicher das Wort »Assi« verwendet hätte. Alle Köpfe drehten sich zu ihm.

»Ja, Dennis?«, sagte Herr Gröhnwald, und seine Stimme klang genauso erstaunt wie hoffnungsvoll.

»Kann ich zur Toilette?«

Herr Gröhnwald atmete tief durch. »Aber schnell!«

Ich würde nicht so weit gehen und sagen, dass ich Herrn Gröhnwald so wie meinen Vater bedauerte. Manchmal jedoch ertappte ich mich dabei, wie in mir der Gedanke keimte, dass er sich nicht nur ein anderes Publikum als uns gewünscht, sondern es auch verdient hätte. Aber daran, wie er nun seinen Körper spannte und der spitze Bauch über seinem Gürtel wieder schrumpfte, als würde er sich nach innen wölben, konnte ich erkennen, dass er noch längst nicht aufgab.

Nachdem Dennis Stricker die Tür hinter sich geschlossen hatte, versuchte Herr Gröhnwald es erneut und wiederholte die Frage. Niemand meldete sich.

»Sehr gut«, sagte er, »dann frage ich mal andersherum. Wer von euch glaubt, dass die Erde sich um die Sonne dreht?«

Einfache Frage, logisch. Wie erwartet meldeten sich alle. Sonny, ich, sogar Juri.

Herr Gröhnwald macht eine kunstvolle Pause, die er einen Augenblick zu lange dehnte, bevor er fragte: »ABER WER VON EUCH KANN DAS BEWEISEN?«

Wieder diese Verkünder-Stimme. (Wenn ich nicht wüsste, dass es unmöglich war, würde ich sagen, sie echote von den Wänden.) Wieder Stille.

Als Erstes traute sich Melanie Trabitsch aus der Deckung. Sie war ein Mädchen mit geflochtenen Zöpfen, einem runden, flachen Gesicht und einem starken Kinn. Die Lehrer liebten sie, weil sie die besten Noten in der Klasse schrieb und früher Gruppenratsvorsitzende gewesen war. Ein wertvolles Mitglied der sozialistischen Gesellschaft, strebsam und beflissen, astreiner Klassenstandpunkt.

»Na ja«, sagte Melanie Trabitsch und kräuselte die Stirn. »Das haben wir doch so gelernt. Es steht im Physikbuch auf

Seite 82.« Ohne abzulesen, da sie es offensichtlich auswendig wusste, trug Melanie Trabitsch vor: »Unter der kopernikanischen Wende oder der kopernikanischen Revolution versteht man die Abkehr vom geozentrischen Weltbild, die sich im 16. und 17. Jahrhundert in Europa vollzog. Nikolaus Kopernikus war der erste Mensch, der beweisen konnte, dass die Erde sich um die Sonne dreht. Die Erde benötigt dafür ein Jahr.«

»Sie hat *benötigt* gesagt«, feixte Sonny neben mir. »So spricht doch kein normaler Mensch!«.

»Die ist auch kein normaler Mensch«, zischelte ich zurück.

Herr Gröhnwald schickte einen ermahnenden Blick zu uns hinüber, bevor er sich milde lächelnd Melanie Trabitsch zuwandte.

»Danke, Melanie. Ich weiß, dass du das weißt und dass das da steht. Aber ihr solltet nicht alles glauben, was ihr in irgendwelchen Büchern lest.«

Melanie Trabitsch erblasste und mir ging es so wie dem Rest der Klasse. Unser stilles Desinteresse war inzwischen einer lauten Verwunderung gewichen. Wir waren es nicht gewohnt, dass Melanie Trabitsch nicht recht hatte und noch weniger waren wir es gewohnt, dass ein Lehrer Gewissheiten infrage stellte. An der Art, wie Herr Gröhnwald nun vor seinen Lehrertisch trat und sich vor uns postierte, merkten wir, dass er noch nicht fertig war.

»Wisst ihr noch, was über den sozialistischen Staat in euren Heimatkundebüchern stand?«, fragte er.

Wieder war es Melanie Trabitsch, die sich nicht zu schade war, etwas darauf zu erwidern. Wahrscheinlich war sie ganz erpicht darauf, ihre Ehre als Klassenbeste zu verteidigen. Sie streckte ihren Arm aufgeregt in die Höhe.

Doch Herr Gröhnwald ignorierte sie und nahm sie nicht dran.

Stattdessen trug er mit absichtsvoll leiernder Stimme vor, was uns damals eingetrichtert worden war. Nämlich dass »der sozialistische Staat den Aufbau des Sozialismus in der Deutschen Demokratischen Republik im Interesse aller Werktätigen leitet, plant und schützt«. Und dass »alle Maßnahmen des sozialistischen Staats darauf gerichtet« seien, »die Arbeiter- und Bauern-Macht zu stärken und die Aufgaben zu erfüllen, die die SED auf ihren Parteitagen beschließt«. Oder so ähnlich.

Ich hatte mir dieses Zeug nie gut merken können. Selbst wenn ich versucht hatte, mir Vokabeln wie die »kämpfende Klasse« oder die »führende Partei« ins Gehirn zu prügeln, war es stets, als hätte sich die Bedeutung der Wörter vor mir verschlossen. Irgendwo hatte ich einmal gelesen, dass jede Sprache ihre Zeit hat. Und vermutlich, dachte ich, war das Beste am Untergang des alten Landes, dass sich auch diese eckige und abgestandene Sprache aufgelöst hatte wie ein Zuckerwürfel, den man in eine Tasse Früchtetee plumpsen lässt.

»So habt ihr es gelernt, oder?«, fragte Herr Gröhnwald und die meisten nickten.

»Gelernt«, raunte Sonny mir zu. Er verzog sein Gesicht zu einer Grimasse und seine Augen blitzten vor Freude. Doch als er den Kopf hob, stand Herr Gröhnwald direkt vor unserem Tisch.

»Ronald Sonnenberg, wenn du etwas zu sagen hast, dann lass uns bitte alle daran teilhaben.«

Sonny sah aus, als hätte Herr Gröhnwald ihn geohrfeigt.

»Oder hast du nichts zu sagen?«

Sonny schüttelte den Kopf.

»Gut, dann würde ich vorschlagen, dass du aufhörst zu quatschen.«

Herr Gröhnwald richtete sich wieder an die Klasse, die jedes seiner strafenden Worte genussvoll aufgesogen hatte.

»So habt ihr es also gelernt«, sagte er. »Aber *wisst* ihr auch, dass es stimmt? Wisst ihr, dass die Erde sich um die Sonne dreht? *Wisst* ihr, dass der Sozialismus die Werktätigen schützt? Oder *glaubt* ihr nur, es zu wissen, weil ihr es so gelernt habt?«

Herr Gröhnwald trat zwei Schritte nach vorne, zwischen die Reihen unserer Schulbänke, und setzte seinen eindringlichsten Blick auf. Sein Toupet, das gar keines war, schien vor Freude zu hüpfen.

»Was ich damit sagen will: Ihr müsst die Dinge nicht nur herunterbeten, ihr müsst sie begreifen. Und wie es den Werktätigen im Sozialismus ging, das habt ihr ja gesehen.«

»Wie erging es ihnen denn?«, fragte Emil Pasternak. Ein bleicher Junge mit großen Augen, der mit seinen Eltern aus Russland in die Siedlung gezogen war und aussah, als würde er permanent über irgendetwas staunen.

»Frag am besten mal deine Eltern«, antwortete Herr Gröhnwald.

»Aber, Herr Gröhnwald, me-meine Eltern ...«, stotterte Emil Pasternak.

Doch Melanie Trabitsch redete, dieses Mal, ohne sich vorher zu melden, einfach über ihn hinweg: »Mein Vater sagt immer, dass man sich nur die Arbeitslosenzahlen angucken muss, um zu erkennen, wie unmenschlich das imperialistische System ist!«

»Melanie, darüber, was dein Vater so erzählt, können wir uns gern ein anderes Mal unterhalten«, erwiderte

Herr Gröhnwald. »Unser Thema heute ist: Warum dreht sich die Erde um die Sonne. Kann das jemand von euch erklären?«

Herr Gröhnwald kreuzte seine Arme vor der Brust, wie immer, wenn er sich in einem pädagogischen Triumph sonnte. Es kam mir vor, als hätte er nun das Podest auf seiner imaginären Bühne erklommen und von dort aus seine Botschaft gesät, die nun langsam aufging. Sie war ja kaum misszuverstehen. Höchstens von Dennis Stricker, der inzwischen wieder zur Tür hereingekommen war, die meisten Dinge, die nichts mit Beißen zu tun hatten, jedoch ohnehin nicht verstand.

Als nach einer Weile immer noch niemand reagiert hatte und Herr Gröhnwald gerade im Begriff war, sich zur Tafel umzudrehen, um vermutlich irgendein elend langweiliges Schaubild an die Tafel zu malen, das uns veranlassen würde, erneut in die gewohnte Langeweile zurückzusinken, reckte sich ein Finger nach oben.

Ein leises Raunen ging durch die Klasse. Ich erinnere mich so gut daran, weil es das erste Mal war, dass Juri sich meldete und das Wort ergriff.

In den Wochen zuvor hatte sie sich nicht dazu herabgelassen, mit den Lehrern zu reden, geschweige denn mit uns anderen Schülern. Die Lehrer hatten sie in Ruhe gelassen, vermutlich, weil sie ihr Zeit geben wollten, sich »einzugewöhnen«, wie das im Lehrerdeutsch hieß. Wir hatten sie in Ruhe gelassen, weil sie so unnahbar schien.

Doch jetzt meldete sie sich, und sie tat das nicht aufgeregt fingerschnipsend wie Melanie Trabitsch, die stets wirkte, als hätte sie die Weltformel entdeckt. Sie tat es auch nicht so gelangweilt wie Sonny oder ich, die ihren Ellbogen, den Oberkörper nach vorne gebeugt, in die Hand des anderen Armes stützten, sondern eher mit einer selbstverständlichen Lässigkeit.

»Bitte, Juri«, sagte Herr Gröhnwald und sogar Sonny, der minutenlang beleidigt auf die Tischplatte vor uns gestarrt hatte, hob seinen Kopf, als Juri dann etwas tat, womit niemand gerechnet hatte, am wenigsten ich. Sie hob zu einem Monolog an, den sie so beiläufig vortrug, als müsste nun wirklich jeder wissen, was sie da erzählte.

Ich versuche diesen Monolog so exakt wie möglich wiederzugeben, auch wenn ich damals zugegebenermaßen nicht viel von der Sonne und der Erde verstand. Ich wusste lediglich, dass die Sonne im Osten auf- und im Westen untergeht, dass sie tagsüber über den Himmel wandert und manchmal brennt, bevor sie verglüht und am Horizont schmilzt oder zerläuft wie Kerzenwachs. Und ich wusste, dass die Erde vom Weltall aus gesehen blau ist, so blau wie ein beleuchteter Swimmingpool bei Nacht. Doch warum das so ist, konnte ich genauso wenig erklären, wie warum die Erde sich um die Sonne dreht.

Juri aber konnte das. Sie sprach mehr zu Herrn Gröhnwald als zu uns anderen, als sie sagte: »Das ist tatsächlich keine ganz banale Frage.«

Dann legte sie los. Den Blick selbstsicher auf Herrn Gröhnwald gerichtet, erklärte sie uns, dass der Ursprung unseres Universums 13,8 Milliarden Jahre zurückliege. Damals habe es noch nichts gegeben, keine Sterne, keine Planeten, erst recht keine Menschen. Nur Raum und Zeit. Erst nach Hunderten von Millionen Jahren hätten die ersten Sterne zu glühen begonnen. Überall im Universum habe es welche gegeben, Milliarden von ihnen. Aber bis die Sonne entstanden sei, sagte Juri, habe noch viel mehr Zeit vergehen müssen.

Erst vor 4,5 Milliarden Jahren sei sie geboren worden. Aus einer gigantischen Wolke aus Gas und Staub, die sich zu einer riesigen Scheibe verdichtet hatte und sich immer schneller und schneller drehte, bis sich im Zentrum der Scheibe eine Kugel formte, die sich irgendwann entzündete und zu leuchten begann.

Diese Kugel würden wir heute als die Sonne kennen, sagte Juri, bevor sie uns erläuterte, dass sich die übrigen umherschwirrenden Reste aus Gas und Staub anschließend zusammengeklumpt hätten. Und dass aus diesen Klumpen Planeten entstanden seien. Und dass diese Planeten, zu denen auch die Erde zähle, um die Sonne kreisten, weil die Sonne tausendmal schwerer als alle Planeten im Sonnensystem zusammen sei und so mächtig, dass sie die Planeten wie an einer Millionen Kilometer langen Kette halte.

Sonny und ich starrten sie ungläubig an, wirklich alle starrten sie an, selbst Herr Gröhnwald staunte. Nur in Melanie Trabitsch schien etwas zerbrochen zu sein. Doch Juri war noch nicht fertig.

»So könnte man es erklären«, sagte sie. »Tatsächlich ist es aber noch ein wenig komplizierter.«

Juri fuhr fort und erzählte uns, dass die Erde sich genau genommen gar nicht um die Sonne drehe. Sondern dass die Sonne und die Erde beide um ihr gemeinsames Zentrum kreisten, den Schwerpunkt des Sonnensystems.

»Das Lustige ist nur«, sagte sie, »dass dieser Schwerpunkt innerhalb der Sonne liegt, und noch lustiger ist, dass unser ganzes Sonnensystem auch noch um das Zentrum unserer Galaxie kreist.«

Ich wusste zwar nicht, was daran lustig sein sollte. Was vor allem daran lag, dass ich es nicht ganz, also eigentlich überhaupt nicht kapiert hatte und mir daher auch nicht sicher war, ob es stimmte, was sie da vortrug. Doch Herr Gröhnwald sagte:

»Ich bin wirklich schwer beeindruckt, Juri. Ich wusste gar nicht, dass du dich so für Astronomie interessierst. Und natürlich hast du vollkommen recht. Wie schon Johann Gottfried Herder einst schrieb: ›Unsere Erde ist ein Stern unter Sternen. Mit unsichtbaren, ewigen Banden ist sie an ihren Mittelpunkt, die Sonne, gebunden, von der sie Licht, Wärme, Leben und Gedeihen erhält.‹ – Du hast nur einen Punkt vergessen. Nämlich dass die Erde sich um sich selbst dreht.«

Herr Gröhnwald verkniff sich ein Lächeln, als glaubte er, jetzt habe er sie erwischt. Juri jedoch wirkte, als könnte sie nichts erschüttern.

»Ich war ja auch noch nicht fertig«, sagte sie. »Und erst mal, Herr Gröhnwald, muss ich Sie korrigieren. Denn das, was dieser Herder, oder wie der heißt, sagt, stimmt nicht. Die Erde ist kein Stern, sondern ein Planet. Und zweitens dreht sich die Erde natürlich um sich selbst und zwar gegen den Uhrzeigersinn. Das ist ja klar. Deshalb geht die Sonne auch im Osten auf und im Westen unter. Wobei das natürlich Quatsch ist, weil die Sonne gar nicht auf- oder untergeht. Sie bleibt da, wo sie ist. Nur wir alle drehen uns immer um uns selbst.«

Juri hielt einen kurzen Moment inne, so als wäre ihr gerade ein perfekter Einfall gekommen, bevor sie erneut anhob.

»Witzigerweise habe ich mich letztens gefragt, was passieren würde, wenn wir damit aufhören würden, uns um uns selbst zu drehen. Wissen Sie das?«, fragte sie.

Herr Gröhnwald konnte nicht verbergen, dass er darauf wahrscheinlich keine Antwort wusste. »Juri, ich glaube nicht, dass das sehr wahrscheinlich ist«, sagte er.

Doch Juri, deren Sommersprossen jetzt funkelten wie ein Himmel voller Sterne (ich weiß das klingt kitschig, war aber so, ich schwöre!), redete einfach weiter und ich hing gebannt an ihren Lippen. Sie konnte von diesen unverständlichen Dingen, den Geheimnissen des Kosmos, so sprechen, als handelte es sich um eine Geschichte, die so fesselnd und abenteuerlich war, wie ich es sonst nur aus meinen geliebten Romanen kannte.

»Wenn die Erde stillstehen würde«, sagte sie, »dann würde es auf der einen Seite unseres Planeten nur Dunkelheit geben und auf der anderen nur Licht. Das wäre natürlich schlimm, vor allem für die, die in ewiger Dunkelheit leben müssten. Aber das Schlimmste wäre, dass wir alle nach Osten geschleudert würden, also wir, die Häuser, die Autos und Bäume.«

Juris Stimme wurde jetzt immer schneller und schneller, sie schien sich selbst zu überholen und die Wörter stolperten ineinander, während sie die Apokalypse vor unseren Augen ausmalte.

Sie sprach von gewaltigen Stürmen und Tornados, die so stark seien wie eine Atombombe. Sie sprach von furchtbaren Tsunamis, die durch die Meere pflügten und alles niederwalzten. Sie sprach davon, dass die Meere von der Erdanziehung wie von einem Magneten aufgesogen in Richtung der Pole strömten und dass die Kontinente sich unter einem markerschütternden Ächzen und Stöhnen verschieben würden, bevor sich in der Mitte der Erde ein neuer, einziger, riesiger Kontinent bildete.

»Aber wissen Sie was?«, fragte sie und holte tief Luft, bevor es aus ihr herausplatzte. »Das wäre sowieso egal, weil wir alle schon längst tot wären!«

Dann schwieg Juri.

Ihre Augen glänzten und auf ihrer Stirn schien ein dünner Film aus Schweiß zu liegen. Alle anderen schwiegen auch. Eine leichte Brise strich von draußen durch die geöffneten Fenster in den Klassenraum. Es war ohrenbetäubend still. Nur das Schmatzen von Sabrina Kabautzky, die verbotenerweise Kaugummi kaute, war zu hören. Selbst Herrn Gröhnwald schien es die Sprache verschlagen zu haben. In seinem Gesicht stand Entsetzen, das sich nur notdürftig als Bewunderung tarnte, als auf einmal ein schriller Ton erklang.

Die Schulglocke riss alle aus ihrem Staunen. Sogar Juri erwachte. Sie wirkte wie eine Taucherin, die minutenlang unter Wasser geschwommen war und nun die Wasserdecke durchbrach, um wieder Sauerstoff in ihre Lungen zu pumpen.

»Bis nächste Woche«, sagte Herr Gröhnwald, als wäre nichts passiert.

Die meisten packten ihre Sachen zusammen und stürmten tuschelnd aus dem Klassenraum. Ich jedoch blieb sitzen, immer noch Juri anstarrend. Ich war verwirrt, nein, mehr als das, mein Kopf schien zu explodieren.

Was mich faszinierte, war nicht nur, dass sie so von der Apokalypse und dem Tod gesprochen hatte. Das fand ich zwar auch ziemlich beeindruckend. Aber was mich, ich weiß nicht, wie ich es anders sagen soll, erbeben ließ, war, dass aus Juri eine solch unbändige Gier nach Wissen sprach. Ich musste sie immer noch angestarrt haben, denn zum allerersten Mal sprach Juri mich an.

»Is' was?«

»Warum weißt du das alles?«, stammelte ich.

»Warum weißt du das alles nicht?«, sagte Juri und ich glaube mich zu erinnern, dass ihre Augen leuchteten und sie mich anlächelte. Zumindest konnte ich den kleinen schief abstehenden Eckzahn erkennen, der mir zuvor nicht aufgefallen war.

Doch bevor ich etwas erwidern konnte – irgendetwas Kluges oder vielleicht auch etwas Charmantes oder Witziges wäre gut gewesen –, sagte Herr Gröhnwald: »Juri, kommst du mal bitte?«

Woraufhin Juri mich einfach stehen ließ und nach vorne zum Lehrertisch ging, wo sie und Herr Gröhnwald etwas von Galileo Galilei und irgendwelchen Sonnenflecken palaverten. Die beiden waren ganz vertieft und schienen mich nicht zu bemerken, ganz so, als würde ich gar nicht existieren.

»Mann, Labüt, willst du hier ewig rumstehen?«

Sonny, der offenbar die ganze Zeit neben mir gestanden hatte, musterte mich mit zusammengekniffenen Augen, in denen eine Mischung aus Spott und Erstaunen lag.

Kurz darauf saßen wir auf unseren Fahrrädern und fuhren zu ihm nach Hause. Ich traute mich nicht, Sonny zu sagen, dass ich mich schämte für meine Unbeholfenheit, und auch nicht, dass da noch ein anderes Gefühl in mir brannte. Etwas, für das mir die Worte fehlten, weil ich es noch nicht kannte.

5

Sonnys Zimmer war genauso groß wie meines, zwölf Quadratmeter, würde ich schätzen. Es gab nur zwei Unterschiede: Anders als mein Zimmer lag es nicht rechts der Wohnungstür, sondern spiegelverkehrt, links davon, und anders als mein Zimmer war es ein einziges Chaos. So musste das Universum kurz nach dem Urknall ausgesehen haben, dachte ich, als wir es betraten, wahrscheinlich, weil Juris Worte noch in mir nachhallten. Aber was ich nicht nur dachte, sondern womit ich mir tausendprozentig sicher war: Auf keinen Fall konnte es im Universum so schlecht gerochen haben.

Notenblätter und Schulbücher türmten sich übereinander, schmutzige T-Shirts und Unterhosen übersäten den Boden. Dazwischen ragten ein Notenständer und eine Stereoanlage empor, umringt von leeren Cola-Flaschen, CDs, deren Hüllen zerbrochen waren, und Actionfiguren. Darunter, natürlich, auch der Undertaker, an dessen Schultern schon ein wenig Schwarz von seinem Mantel abgeplatzt war.

Nur Sonnys Keyboard, das auf einem schwarzen Ständer aus Plaste in einer Ecke stand, war unversehrt und wartete geduldig darauf, dass er es wie jeden Tag erneut zum Leben erwecken würde.

Hätte mein Zimmer so ausgesehen wie das von Sonny – meine Mutter hätte mich auf der Stelle erschossen oder vielleicht auch aus dem Fenster geworfen, auf jeden Fall hätte sie mich umgebracht. Sonnys Eltern aber waren nachsichtiger mit ihm. Obwohl er schon alles zu besitzen schien und sein Zimmer beinahe überquoll, kauften seine Eltern ihm, ihrem vergötterten einzigen Sohn, alles, was er sich wünschte. Und auch sein Chaos nahmen sie stillschweigend hin, seitdem er ihnen erklärt hatte, dass er als »Künstler« dieser Unordnung bedürfe, sein »Genie« sich quasi davon »ernähre«.

Sonny bahnte sich einen Weg entlang der über den Boden verstreuten Haufen, feuerte seinen Rucksack, seinen Helm, die Knie- und Ellbogenschoner in eine Ecke und setzte sich an den Schreibtisch, auf dem sein Computer stand. Ich wischte eine Chipstüte von einem Stuhl und setzte mich schräg dahinter.

»Ey, willst du nicht mal lüften?«, fragte ich.

»Nö«, antwortete Sonny.

Seine ganze Aufmerksamkeit schien bereits vom Bildschirm vor ihm aufgesogen zu sein. Er klickte ein paarmal mit der Maus, woraufhin der Computer unter lautem Rattern erwachte. Dann umklammerte er den Joystick und ich schaute ihm dabei zu, wie er als Indiana Jones mit einer knallenden Peitsche durch den Dschungel streifte und versuchte, ein verlorenes Königreich zu erobern.

Es machte mir nichts aus, dass er mich nur selten spielen ließ. Mir gefiel es, die bunten Pixel zu betrachten, die vor seinem fein ausrasierten Nacken auf dem Bildschirm flimmerten, und ich mochte es, wie sie Sonny in Rage versetzen konnten. Außerdem war er ohnehin viel besser als ich.

»Nimm das, du Hund!«, rief er, als er einen Dschungelzombie vierteilte und die Pixel quer über den Bildschirm spritzten.

Meistens sprachen wir kaum, solange Sonny spielte, und wenn, dann nur darüber, wie monsterdumm die Dschungelzombies waren oder wie übelst gerissen der Endgegner oder wie arschschwierig das nächste Level war, das er erreichen musste. Doch jetzt, also nachdem er eine Weile gespielt hatte, drückte Sonny völlig unvermittelt die Pausetaste auf seinem Computer. Indiana Jones verharrte wie erfroren auf dem Bildschirm und Sonny drehte sich zu mir um.

Er hatte dieses Lächeln ins Gesicht getackert, das eine kleine Delle in seine Wange grub und das er immer aufsetzte, bevor ihm eine Gemeinheit über die Lippen kam. Und weil Sonny mich nie hängen ließ, war das auch diesmal so.

»Labude, bist du verliebt?«, fragte er.

»Nein«, sagte ich weniger entschlossen, als ich es vorgehabt hatte, was ich daran merkte, dass das »-i« und das »-n« eine Tonlage zu weit nach oben rutschten. »Wieso sollte ich verliebt sein?«

Sonnys sonst so ansteckendes Grinsen wurde jetzt hämisch. »Ach, nur so«, sagte er abwinkend und wollte sich schon wieder Indiana Jones zuwenden.

»Nein, ernsthaft, warum denkst du das?«

»Alter, denkst du, ich bin blind? Wie du sie vorhin angeguckt hast!«

»Wen?«

»Wenwenwen?«, äffte Sonny mich nach. »Juri natürlich!«

Ich zuckte mit den Schultern und wollte so tun, als ob mir das nichts ausmachte, aber das tat es. Mir stieg, ganz schlechter Moment, Röte ins Gesicht und da mir nichts Besseres einfiel, holte ich, alte Bumerang-Taktik, die ich in unzähligen Streits mit meiner Schwester perfektioniert hatte, zum Gegenschlag aus.

»Musst du gerade sagen!«

Ich machte eine ausschweifende Geste, die Sonnys gesamtes Zimmer einschloss, von dessen Wänden einen dutzendfach das aufgedunsene Gesicht von Elton John mit seiner dämlichen Zahnlücke anstrahlte. Ja, wirklich, kein Witz, Elton John!

Sonny verehrte ihn. Er verehrte ihn sogar »zutiefst«, wie er nie müde wurde zu wiederholen. Er verehrte seine Musik, die sich für mich klebrig und pappsüß anhörte. Er verehrte den glitzernden Bombast seiner Kostüme, die ich scheußlich und albern fand. Und natürlich verehrte er Elton Johns weißen Steinway-Flügel, den seine Eltern ihm eines Tages wahrscheinlich auch noch schenken würden.

»Das ist was anderes«, sagte er. »Das weißt du auch. Ich liebe Elton nicht, ich bewundere ihn.«

Sonny sprang auf. Er schlang sich eine pinkfarbene Federboa, die über einem Lampenschirm gehangen hatte, um den Hals und fingerte unter ein paar Heftern auf seinem Schreibtisch eine bunt getönte Sonnenbrille hervor, die er sich auf die Nase schob, bevor er sich auf den Hocker vor seinem Keyboard setzte. Er bog seinen Rücken nach hinten und einen winzigen Augenblick lang schwebten seine Finger über den schwarz-weißen Tasten, dann ließ er sie fliegen. Die ersten Takte von »Rocket Man« ertönten, Dada-da-dadadada, Sonny fing sogar an zu singen, in ausgedachtem Fantasieenglisch.

»Schiepäcktmeibägslast NEIT schie KREIT, zieroauer NEIN ÄEM.«

Es war ihm noch nicht mal peinlich.

Damals hatte ich noch vermutet, dass der Grund, warum Sonny Elton John so zutiefst verehrte, damit zu tun haben könnte, dass beide mit sehr seltenen Vornamen geschlagen waren. Elton John heißt ja eigentlich gar nicht Elton, sondern Reginald. Aber den wahren Grund erfuhr ich erst später. Und, nein, anders als Elton John war Sonny nicht schwul. Jedenfalls soweit ich das beurteilen konnte.

»Okay, okay, Elton Son, bitte hören Sie auf!«, schrie ich. »Dann bewunderst du ihn eben ... Du liebst ja sowieso niemanden außer dich selbst!«

Zu meiner Überraschung warf Sonny seinen Kopf in den Nacken und prustete laut los vor Lachen: »So sieht's aus, Major!«

Sonny sprach das Wort englisch aus, so wie Mädschör. Ich hatte keine Ahnung, warum er mich auf einmal so nannte, aber ich wunderte mich auch nicht darüber. Sonny dachte sich ständig neue Spitznamen für mich aus, nannte mich La-büd, Budi, Budenski, Lalamann, Lalinski, Lalovic. Die Namen kamen und verschwanden wieder, ich hatte mich daran gewöhnt. Doch manchmal fragte ich mich, ob er erwartete, dass ich mir auch für ihn einen Namen ausdachte. Sonny hatte er selbst erfunden.

Als er nun von seinem Keyboard aufstand, musste Sonny noch immer lachen. Er trat auf einen freien Fleck in seinem Sonny-Chaos, direkt mir gegenüber, und dann machte er das, was er am liebsten machte, wenn er nicht gerade Keyboard oder Indiana Jones spielte oder mich mit irgendwelchen Fantasienamen verarschte. Er interviewte sich selbst.

»Herr Sonnenberg«, sprach er mit dunkel verstellter Stimme, während er sich seine Hand wie ein Mikrofon unter die Nase hielt. »Herzlichen Glückwunsch zu diesem großen, ach, was sage ich, zu diesem phänomenalen Preis! Sie sind ein fantastischer Künstler, ein moderner Mozart, manche sagen, der größte Pianist aller Zeiten. Wenn ich fragen darf: Wem haben Sie Ihren unvergleichlichen Erfolg zu verdanken?«

Sonny drehte seinen Kopf und antwortete, was überhaupt keinen Sinn ergab, mit derselben dunkel verstellten Stimme.

»Schauen Sie, mein Lieber, ich habe mein ganzes Leben auf diesen Moment hingearbeitet. Es war ein steiniger Weg voller Entbehrungen und Strapazen. Ich musste auf viele Dinge verzichten, um meiner einzigartigen Begabung gerecht zu werden. Doch so ist das mit dem Talent, es ist nicht nur ein Geschenk, es ist auch ein Auftrag. Ich habe Tage und Nächte damit verbracht, Klavier zu spielen. Niemand hat mich je verstanden. Aber ich schätze, so ist das immer mit uns Künstlern, hahahaha.«

»Sie haben recht, Herr Sonnenberg«, sagte der Interviewer, »Sie sind fürwahr ein großer Künstler.«

»Danke, danke, mein Lieber.«

Ich hatte keine Ahnung, warum Sonny ständig »mein Lieber« sagte und wo er dieses Wort, »fürwahr«, aufgeschnappt hatte.

»Aber eines müssen Sie wissen«, sagte er, »auch wenn niemand mich jemals wirklich verstanden hat, hatte ich doch treue Begleiter an meiner Seite. Ich muss da vor allem an meine Eltern denken und nicht zuletzt an meinen treuen Weggefährten, den Mädschör Sascha Labüt. Er ist zwar komplett unmusikalisch. Aber auch das war wichtig für mich. Zu verstehen, dass es Menschen gibt, die völlig talentfrei sind.«

»Arsch!«, sagte ich.

Ich schlug Sonny auf die Schulter, was ihn ein wenig ins Wanken brachte, jedoch nicht davon abhielt, seine rechte Hand auszustrecken, mit ihr die Luft zu schütteln und sich anschließend in alle Richtungen zu verbeugen. In seiner Vorstellung brandete jetzt wahrscheinlich Applaus von den Rängen. So war Sonny.

Er wollte ein Held sein, ein Star, verehrt von Millionen. Und er war tatsächlich davon überzeugt, dass sein Leben ein Film sei (oder später zumindest einmal verfilmt werden würde) und dass ein verborgener Regisseur schon jetzt unter alles, was er tat, Musik legte. Vermutlich sanfte Klavierklänge oder breite Streicher, die für normale Ohren, das hieß für alle Ohren, die nicht seine waren, natürlich unhörbar blieben.

Dafür, dass Sonny so war, bewunderte ich ihn, fast so sehr, wie er Elton John bewunderte.

Ich kannte Sonny damals seit sieben Jahren, seit der ersten Klasse. Er hatte sich seitdem kaum verändert. Er war nur wenig gewachsen und auch sein schmal geschnittenes Gesicht war, abgesehen von einem kleinen dunklen Flaum, der sich auf seiner Oberlippe kräuselte, noch dasselbe. Das Einzige, was wuchs und wuchs, war sein sprühendes, manchmal überschäumendes Selbstbewusstsein.

Ich hatte mich oft gefragt, woher es kam. Wieso Sonny ohne Zweifel und scheinbar unverwundbar durch die Welt spazierte. Und warum ihm dieses Gefühl der eigenen Unzulänglichkeit so fremd schien. Unsere Freundschaft war kein Wettbewerb und wir waren keine Rivalen, dennoch muss ich gestehen, dass ich Sonny ein bisschen darum beneidete.

Hatte es etwas damit zu tun, dass er ein Einzelkind war? Dass seine Eltern ihn mit Liebe überschütteten und anders als meine Mutter nie Sorge hatten, dass er in der Gosse enden würde? Oder war es etwas, das aus ihm selbst heraus entfacht wurde und in ihm loderte wie ein nie erlöschendes Feuer? War er so von sich selbst überzeugt, weil er so begabt war? Oder ließ sein unerschütterlicher Glaube an seine »einzigartige Begabung« sein Talent nur noch mehr erstrahlen? Ich wusste es nicht. Ich wusste nur, dass Sonny selbst dieser Beschreibung nicht widersprechen würde. Genauer gesagt: Gerade Sonny würde dieser Beschreibung nicht widersprechen. Er war schon immer so gewesen. Schon am ersten Tag in der Schule, als uns das Schicksal oder der Zufall, oder woran man auch immer glauben mag, zusammenführte und wir am selben Tisch in unserem Klassenraum nebeneinander Platz nahmen.

Ich in meinem weinroten Hemd mit der schwarzen Fliege, die meiner Mutter so gefallen hatte, ehrfürchtig staunend wie jeder normale Erstklässler. Und Sonny, der einen schwarzen Anzug trug, der ihm viel zu groß war und darin nur auf den ersten Blick schüchtern und zerbrechlich wirkte.

Es dauerte dann auch nicht lange, bis er sein wahres Ich offenbarte. Noch während unsere Klassenlehrerin uns mit ausgebreiteten Armen willkommen hieß, schaute Sonny mich mit einem Stirnrunzeln an und raunte mir, was ich nie vergessen werde, zu: »Wo sind wir denn hier gelandet?« Seit diesem Tag waren wir Freunde.

Nachdem Sonny sich selbst interviewt hatte, spielten wir noch eine Weile Indiana Jones, bis am späten Nachmittag Sonnys Eltern nach Hause kamen. Erst Herr Dr. Sonnenberg, ein fülliger Mann, der zur Glatze neigte und auf dessen Nase eine schwere Brille saß und der mir zur Begrüßung jedes Mal die Hand gab. Dann Frau Sonnenberg, eine zierliche Frau, die im Chor an der Oper sang, immer Kleider trug und erstaunlich gut duftete, irgendwie nach Zitronen und Apfelsinen, was ich Sonny natürlich nie gesagt hätte.

»Hallo, Frau Sonnenberg«, sagte ich.

»Ach, hallo, Sascha.«

Frau Sonnenberg strahlte vor Freude und umarmte mich. Sie war eine große Umarmerin.

»Na, was macht ihr beide Schönes?«, fragte sie.

»Hausaufgaben!«, antwortete Sonny abweisend.

Obwohl der Bildschirm, den er erst kurz zuvor ausgeschaltet hatte, immer noch knisterte, schien Frau Sonnenberg ihm zu glauben. »Na, dann lass ich euch mal lieber allein«, sagte sie und ließ nur eine Wolke ihres Zitronendufts zurück, als sie ins Wohnzimmer huschte.

Sonny und ich schauten ihr hinterher. Wir sahen, wie Frau Sonnenberg Herrn Sonnenberg einen Kuss gab und ihm sanft über den Rücken strich, bevor die beiden in die Küche gingen, um gemeinsam das Abendbrot vorzubereiten.

»Ekelhaft!«, sagte Sonny und machte leise ein würgendes Geräusch.

Für Sonny schien es selbstverständlich zu sein, dass seine Eltern so miteinander umgingen. Mich jedoch verblüffte es jedes Mal aufs Neue, wenn ich mitbekam, wie sie sich mit säuselnden Stimmen anredeten oder im Vorbeigehen flüchtige, zärtliche Berührungen austauschten. Herr und Frau Sonnenberg schienen nie zu streiten. Zumindest hatte Sonny mir nie davon erzählt. Sie wirkten glücklich. Ganz anders als meine Eltern.

Ich sah nur selten, wie sie sich küssten, und schon gar nicht hörte ich sie säuseln. Aber vielleicht, dachte ich, war das auch normal, wenn man so lange verheiratet war wie sie. Andererseits waren ja auch Sonnys Eltern schon lange verheiratet. Und hieß das dann, dass sie unnormal waren? Oder konnte es einfach sein, dass sich die Liebe meiner Eltern abgenutzt hatte? Waren sie überhaupt je ineinander verliebt gewesen?

Die Vorstellung kam mir absurd vor. Meine Fantasie reichte nicht einmal aus, um mir auszumalen, dass mein Vater meine Mutter jemals so gebannt angestarrt hatte wie ich Juri in der Schule. Wobei ich das natürlich nicht ausschließen möchte. Es war schon möglich. Was dafür sprach, waren die alten, rotstichigen Hochzeitsfotos, auf denen meine Eltern aussahen wie Kinder, die sich verkleidet hatten, und vor Glück strahlten.

Auf der anderen Seite war ich mir nicht sicher, ob ich die Fotos wirklich als Beweis durchgehen lassen konnte. Denn erstens konnten Fotos, wie jeder wusste, lügen. Und zweitens hatte ich meine Eltern damals ja noch nicht gekannt, weil ich noch gar nicht auf der Welt gewesen war. Und selbst wenn es so gewesen war, selbst wenn sie glücklich miteinander gewesen waren, änderte das ja nichts daran, dass es mir jetzt manchmal vorkam, als würden meine Eltern sich nicht einmal mehr mögen.

Ich wusste kaum etwas über *ihre* Liebe. Was nicht verwunderlich ist, da ich generell kaum etwas über *die* Liebe wusste. Allerdings konnte ich nicht einmal sagen, wo sie sich das erste Mal begegnet waren. Die meiste Zeit in meinem Leben waren meine Eltern einfach meine Eltern gewesen. Keine selbstständigen Individuen, sondern eher eine Art zweiköpfiges Grundgesetz, das ich widerspruchslos hingenommen und gelegentlich ausgetestet, aber nie in seinem Kern hinterfragt hatte.

»Erde an Mädschör Labude«, sagte Sonny und riss mich aus meinen Gedanken.

»Was?«, fragte ich.

»Nichts«, sagte Sonny. »Du hast nur so komisch gestarrt. Alles okay bei dir?«

»Ja, klar, alles cool.«

Da Sonny auch an diesem Tag noch zwei Stunden Klavier üben musste, brach ich wenig später auf. Zwar hatte Frau Sonnenberg mich noch dreimal gefragt, ob ich wirklich nicht zum Abendbrot bleiben wolle, doch ich hatte dankend abgelehnt und vorgegeben, noch mehr Hausaufgaben erledigen zu müssen, was ich tatsächlich musste, wozu ich aber keine Lust hatte.

»Elton Son, wir sehen uns morgen«, sagte ich und verneigte mich vor Sonny.

»Es war mir eine Ehre. Bis morgen, mein süßer Rocket Män!«, flötete er.

»Hä? Ich dachte, ich wäre der Mädschör. Warum bin ich denn jetzt der Rocket Män?«

»Na, wegen deiner Kosmonautin!«

»Kosmonautin?«

»Na, wegen Juri!«

Sonny hauchte einen Kuss in die Luft und ich ließ ihn einfach stehen, diesen Penner.

Draußen hielt die Hitze, die sich den ganzen Tag lang gestaut hatte, die Siedlung noch immer im Schwitzkasten. Nur ein paar Wolken ballten sich am Himmel. Ich schwang mich auf mein Fahrrad, es war kurz nach 18 Uhr. Doch anstatt in den Benno-Voelkner-Weg abzubiegen und nach Hause in die Nummer 12 zu fahren, entschied ich mich für die entgegengesetzte Richtung.

Ich überquerte die Lomonossow-Allee und radelte den Andrej-Sacharow-Ring entlang, vorbei am Spielplatz, auf dem ein leichter Wind die beiden Schaukeln in ungleichem Takt vor sich hin quietschen ließ. Erst am Stromhäuschen, das hinter dem letzten Wohnblock stand und mit unleserlichem Graffiti und zwei Hakenkreuzen beschmiert war, hielt ich an.

Ich lehnte mein Fahrrad dagegen und schlenderte, meinen Rucksack auf den Schultern, einen schmalen Pfad entlang, der sich durch das umstehende Gras bis zu den beiden Heizungsrohren wand, die den nördlichen Teil der Siedlung umschlossen wie ein silbernes Band. Die Heizungsrohre bestanden aus Aluminium oder Stahl, auf jeden Fall aus irgendeinem Metall, das in der Sonne glänzte. Auf ihnen stach wie eine Haifischflosse ein kleines Dach empor.

Ich umklammerte die Flosse mit meiner Hand, um mich nach oben zu ziehen. Dann balancierte ich, die Arme ausgestreckt wie ein Hochseiltänzer, einige Schritte auf dem vorderen der beiden Rohre, bevor ich meinen Rucksack abnahm und mich hinsetzte.

Das Metall unter mir war warm, von der Sonne und vom Wasser, das kilometerlang durch die Rohre hindurchgurgelte, vom Heizkraftwerk bis in die Stadt, die westlich der Siedlung lag und die ich eigentlich nur dann betrat, wenn meine Mutter mir etwas zum Anziehen kaufen wollte. Hierher jedoch kam ich öfters, es war ein gutes Versteck. Kaum jemand verirrte sich jemals auf den Pfad, der zu den Heizungsrohren führte. Niemand konnte mich sehen. So kam es mir jedenfalls vor.

In meinem Rücken blühten große grüne Sträucher, die den Lärm der Bundesstraße dämpften. Vor mir lag der Sacharow-Ring ganz verlassen da, die geparkten Autos reihten sich aneinander wie Särge. Ich ließ meinen Blick wandern.

Links von mir, hinter den letzten Blöcken des Sacharow-Rings, erstreckte sich ein wild bewachsenes Feld, darauf stachen Strommasten in die Höhe. Sie waren verbunden durch Kabel, die die wenigen Wolken am Himmel in Scheiben teilten. Wenn man sich den Masten näherte, das wusste ich, da ich manchmal mit Sonny dort gewesen war, gaben sie ein sirrendes Geräusch von sich und die Luft neben ihnen schien zu flimmern.

Noch weiter dahinter, hinter dem Feld und den Strommasten, hinter den Grenzen unserer Siedlung, dieser kleinen Welt, die mir zu dieser Zeit gar nicht so klein vorkam, beinahe am Ende des Horizonts, wo nichts mehr flimmerte, ragte das Getreidesilo empor und der Schlot der alten stillgelegten Eisengießerei, aus dem eine schmale Birke wuchs. Die roten Lichter des Heizkraftwerks blinkten monoton, als wollten sie mir etwas sagen.

Ich öffnete den Reißverschluss meines Rucksacks und holte eine Marlboro und mein Heft mit dem braunen Ledereinband hervor.

»Bist du verliebt?«, hatte Sonny mich gefragt.

Ich dachte drüber nach, während ich die Marlboro zwischen Oberlippe und Nase einklemmte und ihren würzigen Duft einsog. Ich würde sie nicht rauchen. Ich rauchte nie, wenn ich allein war. Denn Rauchen war nicht etwas, das ich tat, weil es mir schmeckte, sondern es glich genau so wie das Zigarrettenklauen in der Kaufhalle eher einer Mutprobe, der ich mich stellte, um andere, also eigentlich um Sonny zu beeindrucken, der trotz seines Asthmas nicht davon abzubringen war, sich hin und wieder eine anzustecken.

»Bist du verliebt?«, hatte er mich gefragt und ich hatte »Nein« gesagt. Aber ich war mir nicht sicher. Da rumorte dieses eigenartige Gefühl in mir, für das ich keine Worte hatte. Fühlte es sich so an, verliebt zu sein?

Ich kannte Verliebtsein nur aus Büchern, in denen es mit vielen Adjektiven und blumigen Metaphern beschrieben wurde: Jemand war verknallt oder verschossen. Jemand hatte sich in jemanden anderen verguckt. Bei jemand anderem hatte es gefunkt. Er oder sie hatten Schmetterlinge im Bauch, ein flaues Gefühl im Magen, Herzklopfen.

Aber klopfte mein Herz? Flatterten Schmetterlinge in meinem Bauch? Fühlte Verliebtsein sich so an? Fühlte es sich immer gleich an für jeden Menschen? Gab es dafür Symptome wie bei einer Krankheit? Ich wusste es nicht. Woher sollte ich es auch wissen? Ich war noch nie verliebt gewesen und vielleicht war Liebe ja auch ein Wort, das für jeden etwas anderes bedeutete. (Für meine Eltern zum Beispiel, dass sie sich permanent streiten mussten.)

Fest stand nur, dass meine Gedanken um Juri kreisten so wie die Sterne um das Zentrum unserer Galaxie, wenn ich das richtig kapierte, was sie in der Schule erzählt hatte.

Ich konnte ihr Gesicht vor mir sehen. Die roten Haare, verborgen unter dem hellgrünen Tuch mit den weißen Punkten, ihr Lächeln, den kleinen schiefen Zahn, ihre grünen Augen, um deren Pupillen sich ein gelber Kreis schloss und mit denen sie mich angesehen hatte. Sie hatte mich angesehen, da war ich mir ganz sicher.

Sie hatte mich angesehen und gelächelt und ihre Augen hatten geleuchtet. Was natürlich alles Mögliche bedeuten konnte. Zum Beispiel, dass sie einfach gern lächelte und mit ihren Augen leuchtete, nachdem sie die ganze Klasse mit einem minutenlangen Vortrag über das Universum verblüfft hatte.

So saß ich da und hing den Gedanken nach, die sich in meinem Kopf tummelten, während über mir immer mehr Wolken aufzogen. Ein unentschiedener Himmel, der, bevor es Nacht werden würde, wieder aufbrechen könnte oder auch nicht. Wie sollte ich es nur schaffen, Juri auf mich aufmerksam zu machen? Ich nahm mein Heft hervor.

Manchmal, wenn ich darin las oder mir etwas notierte, konnte ich mich wie in einem Strudel verlieren. Es war dann, als würde mich eine unsichtbare Kraft zu sich hinabreißen und ich wie auf dem Grund eines Brunnens aufschlagen. Dort lauerte keine Gefahr, sondern es öffnete sich ein Raum, der Schutz verhieß. Ein Raum, zu dem niemand sonst Zutritt hatte. Ich konnte darin herumwandern oder mich auf den Boden legen und an die Decke starren. Der Raum sah jedes Mal anders aus.

Hin und wieder glich er einem riesigen Salon in einer alten Villa, dessen Decke mit Stuck verziert war und dessen wurmstichige Holzdielen knarrten, wenn ich darauf umherlief. Ein anderes Mal stand ich in einer meterhohen, leeren Halle, gestützt von schweren Metallpfeilern, deren Wände meine Stimme zurückwarfen, wenn ich vor mich hin murmelte, ganz so, als stünde ich auf dem Gipfel eines Berges. Oder ich landete so wie dieses Mal in einer windschiefen Hütte, die aussah, als könnte sie jeden Moment über mir einstürzen.

Die Hütte war kreisrund und der Boden so schief, als würde sie an einem Abhang lehnen. Es gab drei Fenster, aber wenn ich versuchte, dort hindurchzusehen, war alles verschwommen. Blau, weiß und grau, wie hinter Schlieren aus Wasser und beinahe so wie in der Waschanlage mit meinem Vater.

Ich schritt den Raum ab. Er hatte einen Durchmesser von ungefähr fünf Metern und da ich nicht wusste, was ich sonst tun sollte, fing ich an, mich um mich selbst zu drehen, immer schneller und schneller, bis die Konturen sich so weit auflösten, dass der Raum zu verschwinden schien. Doch als ich plötzlich anhielt und nach Luft schnappte, war die runde Hütte noch da und ein Gedanke tauchte in mir auf, den ich nicht vertreiben konnte.

Du hast kein Talent. Das hatte Sonny zu mir gesagt, als er sich selbst interviewt hatte. Der Satz stand plötzlich vor mir, sodass ich ihn von allen Seiten betrachten konnte. Es versetzte mir einen Stich, mir das einzugestehen, doch vielleicht hatte Sonny recht. Vielleicht war das der Grund, warum Juri mich nicht beachtete. Ich hatte kein Talent, nichts, was mich von anderen unterschied, nichts, was mich aus der gesichtslosen Masse der Schimpansen heraushob.

Zwar hatte ich noch nicht verlernt zu träumen, was ich auch daran erkennen konnte, dass meine Mutter mich öfters einen »Träumer« nannte. Doch ich ahnte, dass das kein Talent war und nichts damit zu tun hatte, dass ich irgendeinem Traum so eifrig nachjagte wie Sonny.

Sonny war genial, er wusste, was er konnte und wollte. Er hatte seine Finger und sein Keyboard und vermutlich bald auch einen weißen Steinway, mit dem er so berühmt werden würde wie Elton John. Auch meine Mutter hatte einen Traum, früher war es England gewesen, jetzt ihre Karriere. Mein Vater hingegen besaß, nachdem er seine Kabel verloren hatte, nichts mehr (also abgesehen von seinem geliebten Mitsubishi), und offenbar war er aus Entsetzen darüber verstummt. Ich wollte auf keinen Fall so enden wie er und meine ganze Sehnsucht an ein Auto klammern. Aber was hatte ich dann? Was war mein Talent? Meine Unsichtbarkeit? Die war eher ein Makel.

Ich wusste nicht, wovon ich träumen sollte oder wer oder was ich sein wollte. Ich war mir ja nicht einmal sicher, wer ich jetzt gerade war. Andererseits fragte ich mich, ob es nicht für jeden etwas gab, in dem er wirklich gut war? Etwas, das einen erfüllt und rettet vor der Seltsamkeit des Lebens. Zumindest war das in jedem einzelnen meiner geliebten Romane so, die ich gelesen hatte. Aber wie sollte ich dieses *Etwas* finden?

Die Gedanken in meinem Kopf rasten. Sie waren eklig und voller Selbstmitleid, und am liebsten hätte ich sie aus meinem Hirn verbannt, aber sosehr ich mich auch anstrengte, ich konnte mich nicht dagegen wehren. Ich spürte, wie die Wände der kreisrunden Hütte auf mich zu drängten und sich immer enger und enger um mich schlossen.

Vielleicht, überlegte ich, war meine Unsichtbarkeit an allem schuld. Wenn niemand mich sehen konnte, wie sollte ich mich dann selber sehen? Nein, es war andersherum! Solange ich mich nicht selber sah, konnte das auch kein anderer.

Die Wände der Hütte waren jetzt so nah, dass ich sie berühren konnte, wenn ich meine Hände ausstreckte. Sie fühlten sich rau und kalt an, bevor mir plötzlich einschoss, was Herr Gröhnwald heute Mittag im Physikunterricht über die Erde, die Sonne und den Sozialismus gesagt hatte. *Wisst ihr, dass es stimmt? Oder glaubt ihr es nur zu wissen?*

Das war es! Ich musste meine Gedanken ordnen. Ich schlug eine neue Seite in meinem Heft auf und die Wände der runden Hütte wichen vor mir zurück und lösten sich auf.

Als ich mich umschaute, sah ich, dass ich mich auf einem Dachboden befand, der bis oben hin mit riesigen Gegenständen vollgestellt war. Allerdings konnte ich nicht erkennen, um was für Gegenstände es sich handelte, sie waren von weißen Laken verhüllt. Durch ein Fenster an der Decke fiel Licht, das den Staub, der im Dachgeschoss herumflog, flirren ließ.

Ich nahm einen Stift aus meinem Rucksack und zeichnete mit zwei Strichen eine Tabelle auf die weiße, neu aufgeschlagene Seite. Links notierte ich die Dinge, die ich wusste, und rechts die Dinge, die ich nur zu wissen glaubte.

DIE DINGE, DIE ICH WEISS	DIE DINGE, DIE ICH NUR ZU WISSEN GLAUBE
Ich heiße Sascha Labude	Meine Eltern lieben sich
Ich ~~mag~~ liebe meine Eltern	Das alte Land ist verschwunden
Ich ~~liebe~~ mag meine Schwester	Assis wischen ihre Treppe nicht
Sonny ist mein bester Freund er wird einmal ein großer Pianist	prägnant hat nichts mit imprägnieren zu tun
Sonny ~~verehrt~~ liebt Elton John	Es gibt mehr als 200000 Wörter in der deutschen Sprache
Ich verabscheue die Pawelkes	Es gibt 7000 Sprachen auf der ganzen Welt
Die Erde dreht sich um die Sonne	Das heißt: Es gibt auf der ganzen Welt mehr als 7000 verschiedene Wörter für die „Liebe"
Der Sozialismus hat nicht gesiegt	Ich bin unsichtbar
Marlboros sind die besten Zigaretten	a) Weil mich niemand sieht
Sabrina Kabantzky hat epische Brüste	b) Weil ich mich nicht sehe
In der Siedlung gibt es circa 150 Mädchen	Ich bin gar nicht unsichtbar
In der Siedlung gibt es nur ein Mädchen wie Juri	Juri hat mich angesehen und ihre Augen haben geleuchtet

Nach einer Weile verharrte der Stift in meiner Hand. Ich grübelte weiter, aber mir fiel nichts mehr ein. Ich schloss meine Augen, von denen ich mir nicht sicher war, ob sie überhaupt in der Lage waren zu leuchten, als mich auf einmal ein knatterndes Geräusch aufschreckte, das vom Sacharow-Ring bis zu den Heizungsrohren hinüberwehte.

Als ich meine Augen öffnete, sah ich einen alten Mann, der auf seinem Moped, einer grünen Simson, um genau zu sein, die Straße entlangtuckerte. Ich kannte diesen Mann, auch wenn ich noch nie mit ihm gesprochen hatte. Jeder kannte ihn. Er war stets fein säuberlich rasiert, hatte langes, in den Nacken gekämmtes und von silbernen Fäden durchzogenes Haar; und selbst wenn es so drückend heiß war wie an diesem Tag, trug er eine lange schwarze Hose aus Baumwolle mit einer strengen Bügelfalte und einen blauen Rollkragenpullover, darüber eine schwarze Lederjacke.

Ich hatte keine Ahnung, wie der Mann hieß, allerdings sah ich ihn oft durch die Siedlung streifen, mit hinkendem Gang und gesenktem Blick, mit dem er die Straße nach Dingen abtastete. Und wenn ich »Dinge« sage, meine ich Müll: achtlos weggeworfene Getränkedosen, zusammengeknülltes Verpackungspapier, Kronkorken, Glasscherben, Plasteflaschen und alles mögliche andere Zeug.

Der Mann las es mit der rechten Hand von der Straße auf und verstaute es in einem Plastebeutel, den er um seine linke Hand gewickelt hatte. Ich hatte nicht die leiseste Idee, was er damit vorhaben könnte. Ich hätte ihn aber auch nie danach gefragt. Um ehrlich zu sein, hielt ich mich fern von ihm, auch weil ich mich ein wenig vor ihm fürchtete.

Denn es gab die absurdesten Gerüchte über den Mann. Sie geisterten durch die Siedlung und mündeten alle in der selben Schlussfolgerung, nämlich darin, dass der Mann verrückt geworden sei. Weshalb ihn viele »den irren Alten« nannten oder einfach »den Irren«. Die Gründe für seine Verrücktheit schienen, zumindest wenn man den Gerüchten glaubte, ganz verschieden zu sein.

Einige sagten, er komme aus Afghanistan und sei ein Soldat gewesen, der in irgendeinem Krieg, in was für einem, konnte niemand genau sagen, verwundet worden sei (das hinkende Bein!), woraufhin er sein Gedächtnis verloren habe und aus irgendeinem Grund ausgerechnet hier gestrandet sei.

Andere sagten, er sei ein persischer Geheimagent gewesen und hätte früher eine Familie gehabt, eine Frau und zwei Kinder, die bei einem Autounfall gestorben seien, was ihn, den Irren, um den Verstand gebracht habe.

Wiederum andere sagten, er komme aus Albanien und handele mit Drogen und halte die Fassade des alten verwirrten Mannes nur aufrecht, um möglichst unverdächtig zu wirken. Wobei es, wenn man mich fragt, echt das Gegenteil von unverdächtig ist, wenn jemand ständig Müll vom Boden sammelt. Aber was wusste ich schon? Alles hätte gelogen oder wahr sein können. Wahrscheinlich war es beides.

Ich sah jetzt, wie er sein Moped auf dem Gehweg parkte, die Zündung ausschaltete und es mit einem Rucken auf den Ständer lehnte. Das Knattern war verebbt. Bis auf einen Mann, der im Unterhemd auf seinen Balkon trat und sich eine Zigarette anzündete, lag der Sacharow-Ring, über dessen Dächern die Abendsonne hing, wieder ganz leise und unberührt da.

Der Irre nahm seinen Plastebeutel vom Lenker, ging ein paar Schritte, hielt an und bückte sich. Wahrscheinlich hatte er wieder irgendetwas auf dem Boden erspäht. Was er nicht sehen konnte, war, wie sich hinter seinem Rücken zwei Typen mit entschlossenen Schritten näherten.

Ich konnte sie aus der Entfernung erkennen, jeder in der Siedlung hätte das gekonnt. Es waren die Pawelkes, Danilo und Enrico. Sie waren nur für den geübten Beobachter gut voneinander zu unterscheiden. Der eine, hätte meine Mutter gesagt, sah so aus, wie der andere hieß.

Danilo trug Armeehosen und schwarze Doc Martens (zehn Loch), dazu trotz der Hitze eine grüne Bomberjacke, deren Innenfutter orangefarben glänzte, und am Handgelenk eine breite gold funkelnde Uhr. Seine Haare waren, bis auf eine dunkle, gegelte Insel auf seinem Kopf, so kurz geschoren, dass die Haut an den Seiten durchschimmerte.

Enrico, der genauso dunkle, jedoch ein wenig längere Haare hatte, war ein wenig kleiner und zwei Jahre jünger als sein Bruder. In seinem linken Ohr glitzerte ein goldener Ohrring, außerdem hatte er ausgelatschte helle Turnschuhe an und ein schwarzes T-Shirt, dessen Saum er in den Bund seiner hochgekrempelten Jeans gesteckt hatte, wo sich, immer gut sichtbar, sein Butterfly-Messer befand.

Die beiden waren jetzt nur noch 50 Meter vom alten Irren entfernt. Sie steuerten auf ihn zu wie zwei streunende Kojoten, denen der Speichel von ihren Lefzen tropft, sobald sie ihre Beute vor sich wittern. Der Irre schien die Pawelkes jedoch nicht zu bemerken. Erst als sie sich hinter ihm aufgebaut hatten, erhob er sich, noch immer seinen Plastebeutel in der Hand, und drehte sich um.

Die Pawelkes standen direkt vor ihm. Danilo griente ihn herablassend an und Enrico ließ, mit einer geübten Bewegung seines Handgelenks, sein Butterfly-Messer aufschnappen. Der alte Irre war gefangen.

Von den Heizungsrohren aus konnte ich ihn nur von hinten sehen, aber ich malte mir aus, wie er die Pawelkes jetzt anschaute, mit Augen, die sich vor Entsetzen weiteten.

Danilo redete auf ihn ein, der alte Irre schüttelte den Kopf. Danilo brüllte ihn an, seinen Mund weit aufgerissen. Der alte Irre schien zu flehen.

Ich konnte nicht verstehen, was Danilo brüllte, dafür war ich zu weit weg. Ich hörte nur das Rauschen der Autos, die im Rücken der Heizungsrohre über die Bundesstraße bretterten. Doch was ich erkennen konnte, war, dass es für den alten Irren schlecht aussah.

Enrico wirbelte sein Messer haarscharf vor ihm durch die Luft. Der alte Irre zuckte zusammen. Er hob die Hände wie zur Abwehr vors Gesicht, als Danilo ihn plötzlich schubste.

Der Irre verlor das Gleichgewicht, torkelte ein paar Schritte nach hinten und fiel, bevor er hart auf dem Gehweg aufschlug. Das Zeug aus seinem Beutel spritzte durch die Gegend. Kauernd lag er auf dem Boden.

Ich glaubte Blut zu sehen, das aus einer Stelle an seinem Kopf durch sein silbernes Haar sickerte. Doch vielleicht bildete ich mir das auch nur ein. Was ich mir aber auf keinen Fall einbildete, war, dass Danilo auf den Irren zutrat und dicht neben ihn auf den Boden spuckte, bevor er ausholte.

Ein schwarzer Doc-Martens-Stiefel schwang durch die Luft und ein Schrei gellte durch die Siedlung.

Danilo hatte den Irren am Bauch getroffen. Wimmernd krümmte er sich auf dem Boden, als Danilo erneut ausholte. Doch Enrico packte seinen Bruder an der Schulter und hielt ihn zurück. Nach endlosen Sekunden verzogen sich die Pawelkes. Sie liefen nicht, sie entfernten sich ganz langsam, getragenen Schrittes. So als müssten sie nichts fürchten, weil sie genau wussten, dass keiner in der Siedlung ihnen etwas anhaben konnte.

Meine Hände, die mein Heft fest umklammert hielten, zitterten. Außer mir schien niemand beobachtet zu haben, was gerade geschehen war. Der Mann, der vorhin noch rauchend auf seinem Balkon gestanden hatte, war verschwunden und der alte Irre lag immer noch auf dem Boden, Arme und Beine eigenartig abgespreizt. Er rührte sich nicht.

Ich konnte ihn doch unmöglich so verrecken lassen! Aber was, wenn die Pawelkes herausbekämen, dass ich ihm geholfen hatte? Vielleicht wäre es nicht schlecht, überlegte ich, wenn ich mich noch einen Moment in meinem Versteck verbarg, nur um sicherzugehen, dass Danilo und Enrico nicht zurückkämen.

Während ich mit meiner Feigheit rang, sah ich, wie jemand aus dem Durchgang, der zum Innenhof führte, herbeistürzte, sich neben den Irren hockte und vorsichtig seine Hand nahm. Ich weiß nicht, warum, doch mir kam es vor, als wenn in dieser Geste eine merkwürdige Vertrautheit lag. So als würden die beiden sich schon ewig kennen. Ich war wie betäubt.

Der Jemand war ein Mädchen und das Mädchen, daran gab es keinen Zweifel, trug ein hellgrünes Tuch mit weißen Punkten auf dem Kopf, darunter konnte man rot gefärbte Haare erahnen.

6

Was hatte Juri mit dem alten Irren zu tun? War sie mit ihm hergezogen, war er ihr Vater? Nein, das konnte nicht sein! Der Irre hatte ja schon lange vor Juri in der Siedlung gelebt. Konnte er vielleicht ihr Großvater sein? Das wäre natürlich möglich, aber gleichzeitig eine Vorstellung, die in der Lage war, meinen Kopf zu sprengen. Juri konnte doch nicht mit jemandem verwandt sein, der Müll vom Boden aufliest!

Vielleicht jedoch, dachte ich, war er der Grund, warum Juri nach der Schule stets sofort verschwunden war. Ich konnte kaum erwarten, Sonny davon zu erzählen.

Am nächsten Tag zogen wir uns während der großen Pause auf dem Schulhof in eine dunkle Ecke nahe des Schulgartens zurück, und ich berichtete ihm, was ich gesehen hatte.

»Du hast was?«, fragte Sonny.

»Ich habe gesehen, wie die Pawelkes den alten Irren vermöbelt haben«, sagte ich. »Und dann kam Juri ihm zur Hilfe.«

»Juri? Deine Kosmonautin?«

»Ja ... sie ist zwar keine Kosmonautin und schon gar nicht *meine* Kosmonautin. Aber genau die! Sie ist zu ihm gelaufen und dann hat sie ihm vorsichtig aufgeholfen.«

Sonny schwieg und schaute mich mit großen Augen an. In seinem Gesicht lagen Neugier und eine Spur Zweifel.

»Ist doch irre, oder?«, sagte ich.

»Irre ist ein gutes Wort in dem Zusammenhang, Mädschör.«

Sonny grinste. Das Erstaunen, das kurz von ihm Besitz ergriffen hatte, war sofort seiner gewohnten Selbstsicherheit gewichen.

»Aber sag mal, was hast du da überhaupt gemacht?«, fragte er. »Wolltest du nicht nach Hause?«

»Eigentlich ja ...«, antwortete ich, »aber ich hatte keinen Bock auf den Stress zu Hause.«

»Mit deinen Eltern?«

Ich nickte.

»Streiten sie wieder?«

»Ab und an.«

Ich erntete einen Blick, der ein wenig zu mitleidig war, um glaubhaft zu wirken. Streit zwischen Eltern war, wie schon erwähnt, etwas, das Sonnys Vorstellungskraft überstieg.

»Aber das ist gerade auch voll Latte«, sagte ich. »Ich will viel lieber wissen, warum die Pawelkes den Irren zusammengeschlagen haben.«

»Mhm ...«, machte Sonny. »Vielleicht ging es ja um Drogen? Du weißt schon, der Irre soll ja was mit den Albanern ...«

»Das könnte sein«, unterbrach ich ihn. »Wir müssen es auf jeden Fall herausfinden. Und auch, was Juri damit zu tun hat.«

»Aha, jetzt weiß ich, warum du so scharf auf diese ganze Sache bist!«, rief Sonny. Sein Lächeln triefte vor Selbstgewissheit. »Aber, Alter, bist du schon mal auf die Idee gekommen, dass deine Juri einfach nur zufällig in der Nähe gewesen sein könnte? Dass sie einen alten Knacker gesehen hat, der völlig fertig auf dem Boden lag? Und dass sie ihm einfach *so* geholfen hat? – Soll ja Leute geben, die so was machen ...«

Man musste kein Genie sein, um diese Anspielung zu verstehen, weshalb sogar mir klar war, was Sonny meinte.

»Ja, Mann, ich weiß, ich hätte ihm auch helfen können.«

»Können?«

Sonny verschränkte die Arme vor seiner Brust und der Vorwurf hallte so laut nach wie der Schlussakkord, den er auf einem Konzert spielte, bevor er von seinem Klavier aufstand, um sich anschließend vor seinem begeisterten Publikum zu verbeugen.

»Okay, vielleicht müssen«, sagte ich. »Aber ich hatte Schiss. Ich hatte einfach Schiss! Zufrieden?«

Die Schulglocke schrillte und wir latschten über den Schulhof in Richtung Klassenraum. Sonny lief neben mir her und sagte kein Wort. Die Skepsis in seinem Gesicht war jetzt so groß geworden, dass die Neugierde darin keinen Platz mehr fand. Vielleicht hielt er mich für übergeschnappt. Doch ich wusste, was ich gesehen hatte.

»Glaub mir, Sonny«, raunte ich ihm zu, als wir gerade wieder das Schulgebäude betraten, »das sah auf keinen Fall so aus, als hätten Juri und der Irre sich nicht gekannt. Sie hat seinen Arm um ihre Schulter gelegt, ihn zu seinem Aufgang geschleppt, die Haustür aufgeschlossen und ihn nach oben gebracht. Verstehst du? Sie wusste, wo er wohnt!«

»Labude, das weiß wirklich jeder. Der alte Irre wohnt im Sacharow-Ring in der Nummer 5. Oder, warte, es könnte auch die 6 sein. Stimmt's oder habe ich recht?«

Sonny war ein elendiger Klugscheißer, immer gewesen. Das Problem war, dass er leider meistens recht hatte. Konnte es sein, dass ich mir das alles nur eingebildet hatte?

Oder war es ihm nur gelungen, mir seine ätzenden Zweifel ins Hirn zu träufeln?

Ich lugte den Flur entlang. Juri war nirgends zu sehen, sie hatte schon in den ersten vier Stunden, in der Doppelstunde Deutsch, in Bio und Mathe, gefehlt. Wo steckte sie?

Als Sonny und ich in unserem Klassenraum angekommen waren, schrillte die Schulglocke erneut. Wir hatten, wie jeden Freitag, Kunst bei Frau Schlott, einer zerbrechlich dünnen Frau, die durch den Klassenraum zu schweben schien. Ihre braunen Augen, hinter den dicken Brillengläsern, waren wie unter einer Lupe vergrößert, ihre Stimme wisperte wie eine Brise, die sanft durchs Gras streicht.

»Hallo, Kinder«, sagte Frau Schlott.

Sie wollte uns gerade erklären, woran wir heute im Unterricht arbeiten würden, obwohl wir das alle schon wussten, weil wir bereits in der Vorwoche damit begonnen hatten, als es auf einmal an der Tür klopfte.

»Herein«, hauchte Frau Schlott und die Tür öffnete sich. Darin stand – na klar, wer sonst? – Juri, die wie immer ihr grünes Kopftuch mit den weißen Punkten trug, aber dennoch etwas zerzaust aussah.

»Tschuldigung, Frau Schlott«, sagte Juri. »Ich, also ...«

»Komm, schnell herein, meine Liebe.«

Juri huschte mit gesenktem Kopf, scheinbar schuldbewusst, zu ihrem Tisch; warf mir, als sie an meinem Platz vorbeikam, allerdings einen Blick zu, der keine Zweifel aufkommen ließ, dass er genau für mich bestimmt gewesen war. Ich war verwirrt.

Juris Augen, das hätte ich unter Folter geschworen, hatten kein bisschen geleuchtet.

»So, meine Lieben«, sagte Frau Schlott, die Fingerspitzen ihrer Hände aneinanderlegend, »da nun endlich alle da sind, möchte ich euch bitten, mit euren Stillleben weiterzumachen. Viel Vergnügen.«

Der Zeiger an der Wanduhr, oben über der Tür, kroch mühsam von einem schwarzen Strich zum nächsten. Während Sonny neben mir, die Zungenspitze zwischen seine Lippen geklemmt, mit feinen Bleistiftlinien einen weißen Miniatur-Steinway, der als Modell vor ihm stand, aufs Papier warf, drehte ich mich ab und an zu Juri um. Ich versuchte ihren Blick zu erhaschen, doch sie stierte nur auf das Blatt vor sich, als würde es ihre ganze Konzentration verschlucken.

Auf ihrem Tisch stand ein waldmeistergrünes Kaleidoskop. Ich fand das eine ziemlich ungewöhnliche Wahl für ein Stillleben, da ein Kaleidoskop ja erst dann zum Kaleidoskop wird, wenn man hineinschaut und es dreht und sieht, wie die Mosaike funkelnd ständig neue Formen bilden. Aber, na ja, was sollte ich denn sagen?

Ich hatte einen Apfel, eine Weinflasche und ein Weinglas vor mir drapiert. Leider hatten sie relativ wenig Ähnlichkeit mit dem Apfel, der Weinflasche und dem Weinglas auf dem mit Farbe vollgesogenen Papier, das vor mir lag und sich schon leicht zu wellen begann.

Ich spürte, wie ich am liebsten aufgesprungen und zu Juri hinübergerannt wäre, um sie zu fragen, was mit dem Irren, den Pawelkes und ihr vor sich ging. Doch ich traute mich nicht. Was wäre, wenn ich mich blamierte, weil Sonny recht hatte und das alles nur ein Hirngespinst war? Ich beschloss zu warten. Die meisten Schwierigkeiten, das war etwas, was mein Vater früher immer gesagt hatte, erledigten sich von selbst.

Nachdem wir auch noch Chemie (ein Mysterium!) und Englisch (es soll bitte ja keiner glauben, dass man etwas sonderlich gut kann, nur weil das bei der eigenen Mutter der Fall ist) überstanden hatten, schlenderten Sonny und ich zu unseren Fahrrädern.

»Lass mal heute wieder in den Wald gehen, weiter an Sonnys Palace bauen«, sagte Sonny, als wir direkt vor unseren Fahrrädern standen.

Er hatte das mit Sonnys Palace so oft wiederholt, dass ich inzwischen kapituliert hatte. Unser Baumhaus war nun auch offiziell, das heißt unter uns beiden, auf diesen Namen getauft worden.

»Ja, okay, lass das machen«, sagte ich, obwohl ich eigentlich kein bisschen versessen darauf war, erneut einen ganzen Nachmittag damit zu verbringen, Birken mit einem Taschenmesser zu zersägen.

Sonny und ich wollten uns gerade auf den Weg in den Wald machen, als von hinten eine Stimme ertönte: »Du warst gestern auch da. Ich habe dich gesehen!«

Ich drehte mich um. Juri hatte offenbar neben ihrer Begabung für Astronomie auch das Talent, immer im falschen Augenblick aufzutauchen.

»Wo?«, fragte ich. Mehr brachte ich nicht heraus.

»Wowowo?«, sagte Juri. Sie hatte ihre Hände in die Hüfte gestemmt. »Auf den Heizungsrohren am Sacharow-Ring!«

»Ach so ...«, sagte ich und es klang, als würde Luft aus einem alten Reifen weichen.

»Warum hast du ihm nicht geholfen?«, fragte sie.

Ich klammerte meine Hände um die Griffe an meinem Fahrradlenker. »Ich wollte, aber dann ... ich ...«

»Hey, hey, hey«, sagte Sonny und schritt auf Juri zu. »Beruhige dich erst mal, okay? Du kannst doch nicht einfach meinen Freund so volllabern.«

»Was bist du denn für einer?«

Juri schaute Sonny an, als würde sie ihn zum ersten Mal sehen. Die beiden standen ganz nah voreinander und da Sonny ein bisschen kleiner war als sie, wirkte es, als würde Juri ihn etwas abschätzig mustern. Sonny jedoch straffte seine Schultern, als könnte er so ein paar Zentimeter mehr aus seinem schmächtigen Körper herauspressen und hielt Juris Blick stand. Seine Augen schienen Funken zu sprühen.

Er war gerade dabei, Luft zu holen, um Juri vermutlich irgendeine Beleidigung ins Gesicht zu schleudern, nach der es womöglich, ich möchte nichts ausschließen, zu Handgreiflichkeiten gekommen wäre, als ich dazwischenfuhr: »Woher kennst du ihn eigentlich?«

»Wen?«, fragte Juri und drehte sich zu mir um.

»Na, den alten Irren!«

»Erstens wüsste ich nicht, was dich das angeht. Und zweitens nenn ihn nicht so, Sascha!«

Juri betonte meinen Namen, als sei er irgendetwas Giftiges, aber das war nichts, dem ich in diesem Moment besondere Beachtung schenkte. Sie hatte meinen Namen gesagt! Sie kannte meinen Namen! Das war alles, woran ich denken konnte. Doch als sich Sekunden später der Nebel in meinem Kopf wieder lichtete, war es schon zu spät. Ich sah, wie Juri wutentbrannt die Lomonossow-Allee entlangstapfte. Warum musste ich mich nur jedes Mal so dämlich anstellen?

»Ganz schön aufbrausend, deine kleine Kosmonautin«, sagte Sonny zu mir, als Juri auf einmal stehen blieb.

Sie drehte sich um und kam erneut auf uns zu. Als sie nur noch wenige Meter entfernt war und ich befürchtete, dass jetzt alles eskalieren würde, sagte sie: »Komm mit, ich zeig' dir was.«

Sowohl Sonny als auch ich traten einen Schritt auf Juri zu.

»Du nicht, Kleiner!«, herrschte sie Sonny an.

Er wich zurück, als hätte ihn irgendetwas getroffen. Und wahrscheinlich hätte ich ihn jetzt verteidigen müssen. Oder zumindest darauf bestehen, dass wir entweder beide mitkämen oder keiner von uns. Doch Juris Angebot erschien mir so verlockend, dass Sonny (der übrigens auch mein bester Freund gewesen wäre, wenn ich noch andere Freunde außer ihm gehabt hätte) dagegen ein wenig verblasste.

Sonny schien meine Gedanken zu lesen, als würden sie wie in einer Sprechblase über meinem Kopf schweben. »Alter, Labude«, sagte er, »ich dachte, wir wollen in den Wald!«

»Kommst du jetzt?!«, rief Juri. Sie war bereits einige Meter vorgelaufen.

»Ich gehe nur kurz mit«, sagte ich zu Sonny. »Und dann hole ich dich später von zu Hause ab, okay? ... Du musst doch bestimmt eh noch Klavier üben?«.

Aber Sonny schien mich schon gar nicht mehr zu hören. Er schwang sich auf sein Mountainbike und stob davon, ohne auch nur ein einziges Mal zurückzuschauen. Der Vorwurf, der aus ihm sprach, war lauter als jeder Schlussakkord. So eine Riesenscheiße!

Ich zögerte einen Moment, dann nahm ich mein Fahrrad und fuhr Juri hinterher.

»Warte doch mal!«, sagte ich zu ihr, als ich sie fast eingeholt hatte. »Wo gehen wir denn eigentlich hin?«

»Wirste schon sehen.«

Ich stieg von meinem Fahrrad ab und schob es neben Juri her. Eine Weile liefen wir so die Lomonossow-Allee entlang, die übrigens gar keine richtige Allee war, da dort nur eine Handvoll schwindsüchtiger Linden vor sich hin gammelten. An der Ecke zum Sacharow-Ring bogen wir rechts ab, und Juri steuerte zielsicher auf die Nummer 5 zu. Kurz bevor wir die Tür erreicht hatten, blieb sie stehen und schaute mich – sie tat das jetzt wirklich, daran gab es keinen Zweifel – an.

»Okay, hör gut zu, Sascha.«

Schon wieder hatte sie meinen Namen gesagt. Ich hatte keine Ahnung, warum Juri ihn permanent wiederholte. Außer meiner Mutter machte das niemand. Und wir waren doch auch nicht in einer dieser amerikanischen Serien, die nachmittags im Fernsehen liefen und in denen die Menschen sich ständig mit Vornamen anredeten, als würden sie sonst vergessen, wie sie heißen.

»Wir gehen jetzt hoch zu Herrn Reza ...«, sagte sie.

»Herrn Reza?«, fragte ich.

»Ja, zu Herrn Reza. Du hast doch gestern gesehen, wie er zusammengeschlagen wurde.«

»Oh, ich wusste nicht, dass der alte Irre so heißt.«

»Nenn ihn nicht so!«

»Okay, dann eben ... Herr Reza«, sagte ich. »Aber woher kennt ihr ...«

»Später, Sascha«, schnitt Juri mir das Wort ab, so wie Herrn Gröhnwald im Physikunterricht, »das erklär ich dir später. Jetzt kannst du erst mal wiedergutmachen, was du gestern verbockt hast.«

»Und wie hast du dir das, bitte schön, vorgestellt?«, fragte ich. »Soll ich mir etwa ein Undertaker-Kostüm anziehen und einfach so die Pawelkes plattmachen?!«

»Auch keine schlechte Idee«, sagte Juri. »Ich hatte aber eher daran gedacht, dass wir beide jetzt da hochlaufen und du Herrn Reza sagen wirst, dass du alles gesehen hast und bereit wärst, zur Polizei zu gehen.«

»Äh, nein?! Ich bin doch nicht behämmert und schwärze die Pawelkes bei den Bullen an.«

»Oh doch! Das wirst du! Ich war heute Morgen mit Herrn Reza im Krankenhaus ...«

»Ach, deshalb hast du die ersten drei Stunden gefehlt!«, sagte ich.

»Ja, deshalb habe ich die ersten drei Stunden gefehlt.«

Juri sagte das, als sei das nur eine Lappalie und das Langweiligste, was sie in ihrem ganzen Leben je gehört hatte.

»Aber weißt du, was die Ärzte im Krankenhaus meinten? Dass diese Scheißtypen Herrn Reza zwei Rippen gebrochen haben!«

»Okay, Juri«, erwiderte ich, irgendwie hatte sie mich jetzt auch mit diesem Vornamen-Ding infiziert, »das mit den Rippen tut mir voll leid. Das ist wirklich schlimm. Und du hast recht, ich hätte gestern irgendwas machen sollen. Eingreifen, die Polizei rufen oder einen Krankenwagen, auch wenn ich mein Undertaker-Kostüm gerade nicht dabeihatte. Aber ... also ... wie kann ich dir das jetzt am besten verklickern? ... Ich weiß, du wohnst noch nicht so lange in der Siedlung und du weißt deshalb wahrscheinlich auch nicht, wer die Pawelkes sind, oder?«

Juri guckte mich jetzt so missbilligend an, wie man nur missbilligend schauen kann. Dann drückte sie das Klingelschild, auf dem in einer verblichenen Schrift, die mal schwarz gewesen sein musste, »Reza« stand.

»Mit denen sollte man sich echt lieber nicht anlegen ...«, sagte ich.

Die Tür surrte, Juri lehnte sich mit der Schulter dagegen.

» ... und auf gar keinen Fall sollte man zur Polizei gehen ...«

Juri stieß die Tür auf.

» ... die Bullen kommen nämlich und dann fahren sie wieder. Aber die Pawelkes bleiben, verstehst du?«

Juri hatte schon ihren Fuß über die Schwelle gesetzt, als sie plötzlich fauchte: »Ich scheiß auf diese scheiß Faschos!«

»Was?«

»ICH SCHEIß AUF DIESE SCHEIß FASCHOS!«

Jetzt hatte Juri nicht gefaucht, sie hatte geschrien, und zwar so laut, dass ich zusammenzuckte und mich umschaute, aber da war zum Glück niemand zu sehen, der es hätte hören können. Nur Juri und ich.

Doch bevor ich etwas erwidern konnte, zum Beispiel, dass man die Pawelkes besser nicht so nannte, weil sie das F-Wort nämlich nicht mochten, schon gar nicht in der Kombination mit dem Sch-Wort, und man andernfalls gleich ein Ding sitzen hatte, rannte Juri die Treppe hoch und ließ mich einfach stehen.

Das mit dem *Mamihlapinatapai* hatte ich mir irgendwie anders vorgestellt.

Ob Juri in diesem Moment davon ausging, dass ich ihr selbstverständlich hinterherlaufen würde, oder ob sie mich schon aufgegeben hatte und mich einfach so zurückließ, das kann ich nicht sagen. Was ich aber weiß, ist, dass irgendetwas mir befahl, ihr zu folgen. Kurz bevor die Tür ins Schloss fiel, stellte ich meinen Fuß dazwischen und womöglich war das ein Fehler.

Zumindest streift mich heute hin und wieder der Gedanke, dass ich ihr damals besser nicht nachgerannt wäre wie ein willenloser *Hoschek* (was noch ein anderes Wort für *Idiot* ist). Vielleicht wäre dann alles anders gekommen und Juri wäre noch immer da.

Andererseits hätte ich dann vermutlich auch nie Herrn Reza kennengelernt und er hätte mir nie erklären können, dass das Leben aus Zufällen besteht und nichts anderes ist als eine Verkettung merkwürdiger Geschehnisse und Begebenheiten, die oft erst dann Sinn ergeben, wenn man später auf sie zurückschaut.

7

Ich nahm zwei Stufen auf einmal. Auf dem dritten Absatz schloss ich zu Juri auf. Unsere Schritte hallten jetzt synchron durchs Treppenhaus, bevor Juri im dritten Stock anhielt. In der Tür, aus der ein Viereck aus Licht auf den Flur fiel, stand der alte Ir…, 'tschuldigung, ich meine, Herr Reza.

»Hallo, Juri, wie schön, dass du gekommen bist«, sagte er.

Ich hatte ihn noch nie von so Nahem gesehen. Ein dürres Lächeln schlitzte sein Gesicht auf. Seine dunkelbraunen Augen, verborgen hinter einer Habichtnase, lagen tief in seinem Schädel. Auf der Lücke zwischen seinen Schneidezähnen konnte ich einen braunen Tabakfleck erkennen.

»Hallo, Herr Reza«, sagte Juri.

Offensichtlich, dachte ich, war sie weder seine Tochter noch seine Enkelin. Andernfalls hätte sie ihn ja nicht gesiezt, so was machten ja nur irgendwelche adeligen Spinner.

»Wen hast du denn da mitgebracht?«, fragte Herr Reza.

»Das ist Sascha«, sagte Juri.

Die Art, wie sie meinen Namen aussprach, kam mir fast schon ein bisschen vertraut vor.

»Hallo, Herr Reza«, nuschelte ich.

Mir kam dieser neue Name noch immer schwer über die Lippen. Ich schüttelte seine Hand, deren Druck fester war als erwartet.

»Dürfen wir reinkommen?«, fragte Juri.

»Oh, Verzeihung, natürlich, natürlich.«

Herr Reza trat einen Schritt beiseite, sodass wir in seine Wohnung schlüpfen konnten, und Juri marschierte voran, als würde sie hier wohnen. Sie steuerte direkt auf einen Raum zu, der Herr Rezas Wohnzimmer sein musste, und ließ sich dort auf ein abgewetztes, sehr weiches Ledersofa fallen. Ich setzte mich daneben.

»Möchtet ihr etwas trinken?«, fragte Herr Reza.

»Nein!«, schoss es aus mir heraus.

»Oh ja, gerne«, antwortete Juri.

»Wunderbar«, sagte Herr Reza. »Wäre euch Tee recht? Ich habe einen außerordentlich köstlichen Schwarztee mit Bergamotte-Geschmack.«

»Tee wäre klasse«, sagte Juri.

Herr Reza hinkte, sein rechtes Bein hinter sich herziehend, in die Küche. Er bewegte sich noch schwerfälliger als sonst und hatte offensichtlich Schmerzen. Auf seinem Hinterkopf klebte ein wenig verkrustetes Blut. Trotzdem wirkte er gar nicht so verrückt, wie ich immer vermutet hatte.

Während Herr Reza in der Küche Tee zubereitete, nutzte ich die Gelegenheit, mich umzusehen. Ich hatte mich getäuscht. Die Wohnungen in der Siedlung sahen doch nicht alle gleich aus.

Herr Rezas Wohnzimmer war zwar genauso groß wie unseres, doch die Wände waren gesäumt von massiven Regalen aus dunklem Holz. Sie reichten bis unter die Decke und schienen unter dem Gewicht der Bücher zu ächzen, die sich darin aneinanderreihten. Es waren viel zu viele, schwere Folianten und alte Almanache, große Bildbände und schmale Heftchen, die aus jeder Ritze hervorquollen und sich selbst auf dem Fußboden und den Fensterbänken übereinanderstapelten. Auf den verstaubten Regalbrettern konnte ich außerdem kleine Häuser aus Pappe erkennen und Kristalle, die smaragdgrün oder zartrosa leuchteten, daneben Kaleidoskope (jetzt glaubte ich zu wissen, woher Juri ihres hatte) und jede Menge Blechspielzeug: ein Trommler, ein Krokodil und ein Elefant, der auf seinem Rüssel einen Ball balancierte.

Mir kam es vor, als wäre ich in einem Museum gelandet. In einem alten Raum, der so ruhig und behutsam Luft holt, als würde er befürchten, jeder Atemzug könnte sein letzter sein. Durch die hölzernen Lamellen der Jalousien sickerte ein mildes, körniges Licht. Der weiche Perserteppich schluckte jeden Lärm, der von draußen hätte hereindringen können. Das einzige Geräusch, das ich hörte, stammte von einer Schallplatte, die auf einem alten Grammofon im Kreis eierte.

Es war eine seltsame Musik, die aus dem goldfarbenen Trichter in den Raum tröpfelte. Sanfte Klavierklänge, die, als sie verklungen waren, erst von einem Plätschern, dann von Möwenkrächzen und schließlich dem leisen Rollen der Brandung abgelöst wurden. So als wären wir nicht mitten in der Siedlung, sondern irgendwo am Meer.

»Juri, ich hoffe inständig, dass du meinetwegen keinen Ärger in der Schule bekommen hast«, sagte Herr Reza, als er mit einem messingfarbenen Tablett zurückkehrte, auf dem keine Teetassen mit Henkeln, sondern kleine Gläser mit Goldrand standen.

»Nee, nee, war kein Problem«, sagte Juri.

»Gut«, sagte er. »Ich möchte mich erneut bei dir bedanken, für deine Hilfsbereitschaft und für deine Großherzigkeit und dafür, dass du es auf dich genommen hast, mich ins Krankenhaus zu begleiten.«

Herr Rezas Stimme war erstaunlich leise und sanft, sein Deutsch klang eigenartig. Er sprach nicht falsch, doch er benutzte altmodische Wörter und manche von ihnen betonte er irgendwie anders. Die Laute schienen nicht aus seinem Mund, sondern aus der Tiefe seiner Kehle zu kommen.

»Das habe ich doch gerne gemacht, Herr Reza«, sagte Juri. »Aber Sie fragen sich bestimmt, warum ich Sascha mitgebracht habe, oder?«

»Das frage ich mich in der Tat. Aber ich war davon ausgegangen, dass du es mir ohnehin gleich verrietest.«

Herr Reza schenkte uns von dem dampfenden Tee ein und nahm so vorsichtig auf einem Sessel Platz, als hätte er Angst, sich seine Rippen ein weiteres Mal zu brechen.

»Also«, sagte sie, »es ist nämlich so, dass Sascha gestern den Angriff auf Sie beobachtet hat.«

»Ach ja?« Herr Rezas dunkelbraune Augen hinter der Habichtnase wanderten zu mir.

»Äh, ja«, räusperte ich mich, »ich war auf den Heizungsrohren und, na ja ...«

»Schon gut, was geschehen ist, ist geschehen«, fiel Herr Reza mir ins Wort, bevor er sich erneut an Juri wandte.

»Gehe ich recht in der Annahme, dass das noch nicht alles war, was du mir zu berichten beabsichtigtest?«

»Äh, nein, also ja ...«, sagte sie, »Ich dachte, dass wir zur Polizei gehen könnten und Sascha denen erzählt, was passiert ist.«

»Wenn ich es recht bedenke, scheint mir das keine gute Idee zu sein.« In Herrn Rezas Stimme mischte sich jetzt das erste Mal ein leiser Anflug von Strenge.

»Aber wir können diese Pawelkes, oder wie die heißen, doch nicht ungestraft davon kommen lassen!«, protestierte Juri.

»Da hast du vollkommen recht«, erwiderte Herr Reza. »Und das werden wir auch nicht. Ich möchte euch allerdings darum bitten, noch nicht die Polizei aufzusuchen. Ich ziehe es vor, solche Dinge auf meine Art zu regeln.«

»Und was heißt das?«, fragte ich.

Doch Herr Reza lächelte nur. Es schien, als gäbe es nichts, was seine unumstößliche Ruhe erschüttern könnte.

Vielleicht, dachte ich, waren die Gerüchte doch alle Lügen und ich hatte mich in dem Irren geirrt. Vielleicht war Herr Reza in Wahrheit ein Hellseher, der schon alles wusste, was man ihm erzählte. Oder, nein, noch besser, er war so ein verrückter Zen-Mönch wie Mister Miyagi in Karate Kid, der die Pawelkes beim nächsten Mal mit einem Kranich-Kick erledigen würde.

Ich schaute zu ihm. Aber entweder lauschte Herr Reza seinen eigenen Worten hinterher oder er war in Gedanken versunken. Auf jeden Fall saß er eine Weile völlig unbewegt auf seinem Sessel, die Beine übereinandergeschlagen, die Augen geschlossen, bis er auf einmal blinzelte und zu einem silbernen Etui griff, das auf dem Tisch vor ihm lag.

»Darf ich euch eine Papirossa anbieten?«, fragte er und streckte uns das geöffnete Etui entgegen. Es war voller Zigaretten, die allerdings irgendwie merkwürdig aussahen und vor allem aus einem langen dicken Pappröhrchen zu bestehen schienen.

Juri lehnte ab, sie schien noch immer ein wenig beleidigt, da Herr Reza ihre Idee mit der Polizei einfach so weggewischt hatte.

»Und du, Sascha?«, fragte Herr Reza.

»Gerne«, antwortete ich und griff zu, als wäre es vollkommen selbstverständlich, dass ein Erwachsener mir Zigaretten anbot.

Während Herr Reza mir zeigte, wie man das Pappröhrchen dieser merkwürdigen Papirossa zu falten hatte, kramte Juri ein Päckchen Tabak und ein Blättchen aus ihrer Hosentasche und fing an, sich eine Zigarette zu drehen. Es wunderte mich kein bisschen, dass sie das konnte. Vermutlich, dachte ich, konnte sie auch all die anderen Dinge, die ich nie hinkriegte: Kaugummiblasen, Kopfstand, Handstand, Kopfsprung, auf Befehl rülpsen und die Zigarette lässig mit Daumen und Zeigefinger wegschnipsen.

Nachdem Herr Reza ein Streichholz hatte aufflammen lassen, nahm Juri einen tiefen Zug auf Lunge. Ich hingegen versuchte vergeblich, mir das Husten zu verkneifen, als ich den Rauch dieser Papirossa einatmete, die viel stärker war als jede Marlboro.

»Nun gut«, sagte Herr Reza. »Der Tag war schon entsetzlich genug, lasst uns lieber über etwas anderes, etwas Erquickliches, reden.«

Im Hintergrund war jetzt die sonore Stimme eines Mannes zu hören, der begleitet von einer vorsichtig gezupften Gitarre irgendetwas auf Russisch sang. Und da mir gerade nichts Besseres in den Sinn kam, fragte ich mehr aus Verlegenheit als aus wirklichem Interesse: »Was ist das eigentlich für Musik?«

»Interessant, dass du fragst«, antwortete Herr Reza, als hätte er nur darauf gewartet. »Das ist eine zauberhafte kleine Weise mit dem Namen ›Auf Wiedersehen, Jungs‹. Der gleichnamige Film ist dir doch sicherlich geläufig?«

»Äh, nein«, sagte ich.

»Aber ›Siebzehn Augenblicke des Frühlings?‹ hast du gesehen?«

»Nee, auch nicht.«

»›Ironie des Schicksals‹?«

»Nie gehört.«

Auch Juri schüttelte den Kopf.

»Oh, ich bin sicher, dieser Film würde euch gefallen.« Herr Reza kicherte in sich hinein. »Es ist eine köstliche Komödie! Sie spielt in einem Neubaugebiet, das haargenau dem gleicht, in dem wir unser Dasein fristen. Und das ist gewissermaßen der Witz. Der Film ist nämlich eine Parabel auf die Neubauten in der Sowjetunion. Auf ihre Gleichförmigkeit. Auf ihre betonierte Eintönigkeit.«

Wir schauten Herrn Reza verständnislos an.

»Und was hat das mit der Musik zu tun?«, fragte ich.

»Diese Frage, Sascha, ist nachgerade einfach zu beantworten. Die Musik aus dem Film und die Musik, der wir gerade lauschen, stammt von ein- und demselben Komponisten. Von Mikael Leonowitsch Tariverdiev.«

Ich trank einen großen Schluck Tee, um zu verschleiern, dass ich noch nie etwas von diesem Typen gehört hatte; nahm mir allerdings vor, Sonny danach zu fragen.

»Tariverdiev lebt in Moskau«, erklärte Herr Reza uns. »Im Westen ist er kaum bekannt, aber in der Sowjetunion ist er eine Kapazität. Ein Star, wie man heute sagen würde. Ein Komponist von ungeheurer Größe. Er hat betörend schöne Opern geschrieben und reizende Ballette. Aber am bezauberndsten ist seine Filmmusik, ganz weiche, leise, magische Melodien sind das. Sie sind wunderbar! Ganz wunderbar! – Wisst ihr, was Tariverdiev einmal antwortete, als ihn jemand danach fragte, wer er ist?«

»Nee«, sagte Juri.

»Er sagte: ›Ich bin meine Musik.‹ – Ist das nicht kolossal? Ihr müsst wissen, dass Tariverdiev in Georgien geboren wurde. Er war kein sonderlich großer Freund der Sowjetunion, er stieß an Grenzen, hin und wieder fühlte er sich eingeengt, aber tief in sich drinnen«, Herr Reza deutete auf seine Brust, »war er frei. Hört euch nur seine Musik an, dann werdet ihr es unweigerlich begreifen. Ich verspreche euch, sie wird euch ins Herz treffen, sofern man noch eines hat. Aber das habt ihr beide. Juri, du hast es ja gestern bewiesen. Und Sascha, auch bei dir kann ich es erahnen. Zumal du dieses Gefühl zu kennen scheinst.«

»Welches Gefühl denn?«, fragte ich.

Herr Reza schaute mich so durchdringend an, als würde er etwas in mir sehen, von dem ich nicht einmal geahnt hatte, dass es in mir steckte.

»Dieses Gefühl, als hättest du dich in dir selbst verlaufen«, sagte er.

Ich wusste nicht, was ich darauf erwidern sollte, und merkte, wie mein Magen rebellierte, was nicht nur an dieser ekelhaften Zigarette lag. Auch Juri sagte nichts und sah Herrn Reza genauso forschend wie neugierig an.

»Es ist ein Gefühl, das mir nur allzu gut vertraut ist. Ein treuer Begleiter, wenn ihr mir folgen könnt.«

Ich konnte Herrn Reza kein bisschen folgen, wollte das aber natürlich nicht zugeben.

»Wisst ihr«, sagte er, »ich bin jetzt 67 Jahre alt. Ich bin zwar noch lebendig, aber ich besitze kaum noch ein Leben. Gelegentlich stelle ich mir selbst die Frage, was ich dem Schicksal nur angetan habe, dass es mich so dafür hat büßen lassen. Denn obschon ihr euch das vermutlich nicht vorstellen könnt, war mein Leben einst ein völlig anderes. Es war eines, für das man durchaus das Wort »erfüllt« hätte gebrauchen können. Doch nun sind mir lediglich zwei Dinge geblieben. Das erste sind meine Bücher«, Herr Reza schwenkte seinen Arm durch den Raum, »sie helfen mir der Welt zu entfliehen. Sie machen sie mir erträglicher und lenken meine Gedanken in andere Bahnen. Zumindest für einige wenige Seiten.«

»Und was ist das zweite Ding?«, fragte Juri, während ich mich endlich überwand, die halb gerauchte Zigarette im Kristallaschenbecher auszudrücken.

»Die zweite Sache, dir mir geblieben ist, liebe Juri, sind meine Erinnerungen.«

»Was denn für Erinnerungen?«, fragte sie. »Schlechte Erinnerungen?«

»Das ist eine sehr interessante Frage.«

Offenbar fand Herr Reza vieles interessant, dachte ich. Er sprach jetzt noch leiser als zuvor, wie ein Mann, der sich nicht extra Gehör verschaffen muss und es gewohnt ist, dass man ihm zuhört. Juri und ich beugten uns vor.

»Es gibt eine Vielzahl von Erinnerungen, die ich in meinem Leben gesammelt habe. Ich hatte die Gnade, mehrere Leben leben zu dürfen. Andererseits musste ich schon früh und sehr leidlich erfahren, wie brüchig unsere Existenz ist. Zweimal habe ich sehr viel verloren. Einmal, ich war damals noch sehr jung, war es meine Heimat, Iran, die mir genommen wurde. Und das andere Mal, auch das ist schon lange her, mein Glück. Aber immerhin bin ich trotzdem nicht untergegangen.«

Herr Reza stockte einen Moment, dann redete er weiter.

»Daher, liebe Juri, würde ich durchaus sagen, dass es gute und schlechte Erinnerungen gibt. Doch im Grunde ist es schlechterdings zweitrangig, ob sie gut sind oder schlecht. Das lässt sich ohnehin nur schwer voneinander trennen. Entscheidend ist vielmehr, was diese Erinnerungen mit dir anrichten. Sie können sich wie ein warmer Mantel um deine Schultern legen. Sie können dich erschaudern oder sogar erfrieren lassen.«

»O-kay ...«, sagte ich.

»Ja, das ist tatsächlich wahr, Sascha«, sagte Herr Reza. »Es kann mitunter entsetzlich sein, seinen Erinnerungen nachzuhängen. Noch entsetzlicher ist es allerdings, dass man seiner Vergangenheit nicht entkommen kann. Man kann sich nicht nach Belieben neu erfinden. Glaubt mir, ich habe es oft genug versucht und oft genug ist es mir gelungen. Meine Erinnerungen jedoch, die kann ich, obwohl sie so weit zurückliegen, nicht hinter mir lassen. Sie sind alle hier drin«, er tippte an seinen Kopf, »sie sind der Stoff, aus dem mein Leben geschneidert ist. Es sind so viele Erinnerungen, dass vermutlich nicht einmal meine Bücherregale ausreichten, um ihnen Platz zu bieten.«

Wir schauten ihn fragend an. Worüber redete er und was wollte er uns damit sagen? Doch Herr Reza schien sich mit solchen Nebensächlichkeiten nicht aufhalten zu wollen.

»Wisst ihr, auch ihr werdet in eurem Leben eine Vielzahl von Erinnerungen anhäufen. Ihr könnt euch das zwar womöglich noch nicht vorstellen, aber eines Tages werdet ihr so alt und faltig sein wie ich jetzt und dann werdet ihr auf eure Leben zurückschauen. Und dieser kleine Vorfall, der sich am gestrigen Tage zugetragen hat, wird vermutlich nicht mehr sein als eine winzige, unbedeutende und längst vergessene Fußnote in der Geschichte eures außerordentlichen Lebens. Oder aber, das wäre selbstverständlich auch eine Möglichkeit, dieser Vorfall gerinnt zu einer unterhaltsamen Anekdote, die mit jedem Mal abenteuerlicher wird, wenn ihr sie euren Freunden, die ihr heute noch nicht einmal kennt, in der Zukunft erzählen werdet.

Womöglich«, fuhr Herr Reza fort, »wird es dann nicht nur um einen alten Mann gehen, dem zwei Rippen gebrochen wurden, sondern um einen wüsten Kampf zwischen diesem Greis und einer Horde von Schlägern, die kein Erbarmen kannten und den Greis mit Messern traktierten. Und womöglich, Sascha, wirst du dann davon berichten, wie du den Greis unter Aufopferung deines Lebens verteidigt hast. Und du, Juri, wirst womöglich erzählen, wie du die Angreifer furchtlos in die Flucht geschlagen hast.«

»Aber …!«, widersprachen wir gleichzeitig.

»Wartet«, fuhr Herr Reza dazwischen, »nichts liegt mir ferner, als euch anzuklagen.«

»Und warum erzählen Sie uns das dann?«, fragte Juri.

»Ich erzähle euch das, weil ich euch etwas lehren möchte über die Geschichten, die wir für unser Leben halten. Das, was ihr erzählt, und erst recht das, woran ihr euch in Zukunft erinnern werdet, ist immer etwas anderes als die Wirklichkeit. Die Wirklichkeit ist widerspenstig und stets viel komplizierter. Aber so ist der Mensch, er neigt von Natur aus dazu, an seiner Geschichte zu feilen, bis sie eine Form angenommen hat, die sogar dem Zufall einen Sinn abtrotzt und ihn im hellsten Licht erstrahlen lässt.«

»Um worum ging es jetzt gestern in Wirklichkeit?«, fragte Juri.

»Um die Wirklichkeit in all ihrer Widersprüchlichkeit zu begreifen, Juri, müsstet ihr beide euren Blick von dem abwenden, was gestern geschehen ist, und all eure Geistesschärfe darauf richten, was die Pawelkes dazu veranlasst haben könnte, mich anzugreifen. Doch mir ist bewusst, dass das keine ganz leichte Aufgabe für zwei Zwölfjährige ist.«

»Ich bin 13!«, sagte ich.

»Und ich bin 14«, rief Juri.

»Natürlich, natürlich, wie unhöflich von mir«, sagte Herr Reza. »Bitte verzeiht. Doch was ich euch damit sagen möchte, ist, dass es immer schwieriger wird, je länger ihr wartet. Je öfter ihr eure Geschichte erzählen werdet, desto wahrer wird sie werden, bis sich das, was wirklich geschehen ist, in Asche und Staub aufgelöst haben wird, und ihr die Geschichte, die ihr euch selbst erzählt habt, glauben werdet. Worte, merkt euch das, schaffen Wirklichkeit.«

»Ich raffe gar nichts!«, sagte Juri. »Warum erzählen sie uns denn nicht einfach, worum es wirklich ging!«

Juri hatte genau das ausgesprochen, was ich auch dachte. Herr Reza kam mir vor wie ein Orakel. Bei allem, was er sagte, schien es eine zweite Ebene zu geben, einen doppelten Boden. Es war, als würde er vor unseren Augen ein Schloss errichten, das einen geheimnisvollen Schatz barg. Doch hinter jeder Tür, die er aufstieß, öffnete sich eine neue Tür zu einem anderen Zimmer, einer anderen Kammer, die uns nicht zum Ziel, sondern in die Irre führte.

»Juri, ich möchte nur, dass ihr begreift«, sagte Herr Reza. »Warum haben die beiden ausgerechnet mich als ihr Opfer auserkoren? War das lediglich ein Zufall?«

»Nein, natürlich nicht«, sagte Juri. »Die haben Sie angegriffen, weil sie Faschos sind! Das ist doch klar!«

»Ist es das wirklich?«, fragte Herr Reza. »Und selbst wenn es so wäre, solltet ihr euch nicht ebenfalls fragen, warum sie das sind? Sind die Gebrüder Pawelke nicht zugleich auch zwei junge, verirrte Burschen? Gibt es vielleicht nicht auch bedeutsame Gründe für ihr Verhalten? Oder kann es im Gegenteil gar keine Gründe geben, die eine solche Kleingeistigkeit und Brutalität rechtfertigen? Aber, wie gesagt, ich bin bereit zuzugeben, dass das keine einfache Aufgabe ist. Zumal, sofern einem nicht das gesamte Bild zur Verfügung steht.«

»Das gesamte Bild?«, fragte ich.

»Ja, Sascha«, antwortete Herr Reza. »Ich habe mein ganzes Leben lang gebraucht, um zu der Erkenntnis zu gelangen, dass die Dinge nicht immer das sind, was sie vorgeben zu sein. Genauso, wie ein Ereignis nie einfach nur stattfindet. Es hängt stets von der Perspektive ab, aus der man auf die Dinge blickt. Verstecke ich mich auf den Heizungsrohren und schaue unbeteiligt zu? Oder komme ich erst dann, nachdem einer bereits zu Boden gegangen ist, aus dem Innenhof angelaufen?«

»Aber was hätten wir denn machen sollen?«, sagte Juri. Sie schien jetzt ernsthaft genervt. »Wir wussten doch nicht, dass Sie ...«

»Wie bereits erwähnt, Juri, darum geht es mir nicht. Ich versuche euch lediglich verständlich zu machen, dass ihr über die Perspektive nachdenken solltet, aus der ihr auf das Leben schaut. Warum verhalten sich Menschen, wie sie es tun? Warum werden sie zu denen, die sie sind? Und was könnt ihr daraus für euch und euer Leben lernen? Das ist alles, was ich euch sagen wollte.«

Herr Reza schickte uns einen prüfenden Blick entgegen, was uns nicht davon abhielt, ihn weiter mit unseren Fragen zu belagern. Doch es war aussichtslos. Wir konnten ihm nichts Genaueres mehr entlocken. Herr Reza faselte nur irgendetwas davon, dass die Dinge umso vielschichtiger werden, je näher man ihnen kommt. Was jedoch auch nicht dazu beitrug, unsere Verwirrung zu zerstreuen.

Irgendwann sagte er: »So, Kinder, und nun schicke ich euch zurück ins Leben. Es ist schon viel zu spät.«

Herr Reza zog etwas Silbernes aus seiner Hosentasche, diesmal war es eine Taschenuhr, die an einer langen Kette hing. »Oh ja! Schon viel, viel zu spät«, murmelte er.

»Aber Herr Reza«, sagte Juri. »Sie können uns doch jetzt nicht nach Hause schicken. Ich kapier' gar nichts.«

Doch Herr Reza tat, als hätte er sie überhört und stand auf, sodass auch uns nichts anderes übrig blieb. Im Kristallaschenbecher lagen drei zerdrückte Zigaretten.

»Ich wünsche euch einen vergnüglichen Abend«, sagte er, als wir an der Wohnungstür standen. »Und, Sascha?«

»Ja?«

»Die hier möchte ich dir schenken.«

Hinter seinem Rücken zog Herr Reza eine Schallplatte hervor, auf der ein Mann mit dunklem Haar und traurigen Augen zu sehen war. Darüber stand:

МИКАЭЛ
ТАРИВЕРДИЕВ

Noch bevor ich mich bedanken konnte, verabschiedete sich Herr Reza mit einem »Auf Wiedersehen«, dann schloss er die Tür und Juri und ich standen im dunklen Treppenhaus.

»Sieht aus, als würde er dich mögen«, sagte Juri.

»Meinst du?«, fragte ich.

»Ich glaube schon. Herr Reza schenkt nicht jedem etwas.«

Juri drückte den Lichtschalter und jetzt konnte ich sehen, wie sie mich angrinste.

»Na ja, dir hat er doch das Kaleidoskop geschenkt ...«, sagte ich.

»Bist du dir da sicher? Vielleicht habe ich es ihm auch geklaut.«

»Das glaube ich nicht.«

»Warum? Glaubst du, ich traue mich nicht?«

»Doch, du traust dich«, sagte ich. »Aber du würdest es niemals tun. Dafür respektierst du ihn viel zu sehr.«

Wir stiegen die Treppe hinunter. Eine Weile sagte keiner von uns etwas, bis ich fragte: »Hast du irgendwas verstanden von dem, was er gesagt hat? Das mit der Wirklichkeit und so?«

»Nee, ich habe auch keinen Plan«, sagte Juri. »Herr Reza spricht oft in Rätseln, aber so schlimm wie heute war es noch nie.«

»Aber fandest du nicht auch, dass es so klang, als ...«

»... sollten wir herausfinden, warum das gestern alles passiert ist?«, ergänzte Juri. »Ja, total! Ich glaube, er weiß viel mehr, als er uns gesagt hat. Die Pawelkes haben irgendetwas vor. Das steht schon mal fest.«

Wir waren unten an der Haustür angekommen und traten auf den Sacharow-Ring. Es dämmerte bereits. Der Abend nagte am Tag und die Laternen warfen gelbe Lichtkegel auf die Straße.

»Wusstest du eigentlich, dass Herr Reza aus dem Iran kommt?«, fragte ich.

»Ja, klar.«

»Und woher kennt ihr euch? Ihr seid nicht verwandt oder so?«

»Nein, wie kommst du darauf?« Juri lachte. »Wir haben uns vor ein paar Wochen kennengelernt. Ich bin zu den Containern bei uns hinterm Haus, um ein paar leere Flaschen wegzubringen. Und da stand er einfach so rum und hat mich angesprochen.«

»Und du hattest keine Angst vor ihm?«

»Nö, wieso?«

»Na ja, du kennst wahrscheinlich nicht die ganzen Gerüchte, die über ihn ...«

»Ach das! Das ist alles Quatsch«, sagte Juri. »Herr Reza ist ganz harmlos. Er hat mich gefragt, ob ich ihm die leeren Flaschen schenken kann, was ich gemacht habe, und dann haben wir miteinander gequatscht und irgendwann hat er mich auf eine Tasse Tee eingeladen. Und dann habe ich ihn halt öfters mal besucht.«

»Okay«, sagte ich. »Und was wollte er mit den leeren Flaschen? Warum sammelt er denn all diesen Müll?«

»Frag ihn doch einfach!«

Wir hatten jetzt den Durchgang zum Innenhof erreicht, durch den Juri gestern gelaufen war, um Herrn Reza zu helfen. Nur 24 Stunden war das alles her, aber mir kam es vor, als läge es Lichtjahre zurück.

»Ich muss jetzt los«, sagte Juri.

»Bis Montag in der Schule«, sagte ich.

»Bis Montag«, sagte sie und es klang so, als wäre Juri gar nicht bewusst, welches Versprechen in diesen zwei Worten lag.

Nachdem sie im Innenhof verschwunden war, beeilte ich mich, nach Hause zu kommen. Ich setzte mich auf mein Fahrrad und fuhr über die Lomonossow-Allee in den Benno-Voelkner-Weg, die Schallplatte, die Herr Reza mir geschenkt hatte, unter den Arm geklemmt. Als ich die Tür zu unserem Aufgang erreicht hatte, fiel mir plötzlich etwas ein.

Ich hatte Sonny vergessen.

Klein Krebslow, 27. Oktober 2019

Es gab eine Zeit, da hatte sie sich geschworen, nie wieder einen Fuß in diese Wohnung zu setzen. Nun war sie schon wieder hier. Ein letztes Mal, es ging nicht anders. Juri saß im Wohnzimmer und wartete. Seit dem Tod ihrer Mutter waren drei Wochen vergangen. Der Geruch von Erbsensuppe und Anis war verflogen. Irgendwann löste sich alles auf. Neben ihr, auf dem Teppichboden, ihre Handtasche, aus der ein Stapel Papier ragte. Zuerst hatte sie sich dagegen gesträubt. Dann hatte sie doch angefangen zu lesen. Es war seltsam. Sie fühlte sich geschmeichelt. Sie hatte nicht geahnt, was sie Sascha bedeutet hatte. Dass sie ihm überhaupt so viel bedeutet hatte. Aber andererseits war es auch nur eine Geschichte. Seine Geschichte. Ein zerbrochener Spiegel, in dem sie sich nur verzerrt wiedererkannte. War *es* wirklich so gewesen? War *sie* wirklich so gewesen? Oder hatte *er* sie nur dazu gemacht? Ihr Haar war längst nicht mehr rot. An den Ring in ihrer Nase erinnerte nur noch eine schmale Kerbe. Und was war mit den Sommersprossen geschehen? Nichts funkelte mehr. Sie war nur bis zur Hälfte gekommen. Nicht weiter als bis Kapitel 7. Dann war es ihr zu viel geworden. Was wollte Sascha ihr mit alldem sagen? Sie verstand ihn nicht. Oder vielleicht wollte sie ihn auch nicht verstehen. Irgendetwas in ihr sperrte sich dagegen. Es gab ohnehin viel Wichtigeres zu erledigen: die

Sterbeurkunde, die Versicherungen, das Bankkonto, all die Formulare. Die Geschäftigkeit war eine willkommene Ablenkung gewesen. Stumpfer Schmerz. Ehe schließlich der Tag nahte, vor dem sie sich zu Recht gefürchtet hatte. Es lief alles so ab, wie von ihrer Mutter gewünscht. Eine Urne. Keine Musik. Außer ihr waren nur vier, fünf Leute da, die sie nicht kannte. Sie hatte versucht, nicht zu weinen. Nicht, weil sie ihre Trauer verbergen wollte; sie wollte sie unterdrücken. Es war ihr nicht gelungen. Obwohl ihr Verdrängen eigentlich leichter fiel, als sich den Dingen zu stellen. Es klingelte. Endlich. In der Tür drei Männer. Ja, guten Tag, wir sollen ... Kommen Sie rein. Zigarettenatem und der Geruch nach Schweiß. Keine Hände, Pranken. Vielleicht sah Sascha jetzt auch so aus. Erwachsen geworden. Die drei Männer entrümpelten die Wohnung. In ihren schweren Armen wirkte alles winzig. Der Spiegelschrank, der Kühlschrank, das Bücherregal, die Tagesdecke, nicht mehr faltenlos. Auch die Möbel aus ihrem Kinderzimmer. Erst Container, dann Müllverbrennungsanlage. Sie redete sich ein, dass es sie nicht kümmerte. Einiges hatte sie zur Altkleidersammlung gebracht. Die Bücher einem Antiquariat angeboten – was sollen wir denn damit? Nur das Kinderbuch mit dem gelben Cover und der roten Schrift würde sie aufbewahren und die Fotoalben natürlich. Auf einem der Fotos ihre Einschulung. Ihre Mutter, ihr Vater und sie versteckt hinter einer riesigen Schultüte. Eine Familie. Oder auch nur das Trugbild davon. Wahrscheinlich war es unmöglich, etwas zu verlieren, was man nie besessen hatte. Und wahrscheinlich war es ungerecht: Aber sie konnte ihnen beiden nicht vergeben. Aus verschiedenen Gründen, die für sie gleich schwer wogen. Sie ließ die drei Männer allein. Lief durch den Tunnel in den Innenhof. Zielloses

Umherstreunen, kaum Menschen. Hin und wieder holte sie ihr Handy hervor und schoss ein Foto. Schräg einfallendes Licht. Scharf gezeichnete Umrisse. Auf den Balkonen Satellitenschüsseln. Die Siedlung sah anders aus als in ihrer Erinnerung. Erst recht anders, als Sascha sie beschrieben hatte. Noch immer gerade Straßen und rechteckige Häuser. Noch immer das Wuchern auf den Brachen. Doch ansonsten überall schleichender Zerfall: Ein paar der Wohnblöcke hatten sie inzwischen abgerissen. Einige Fenster waren mit Holzlatten vernagelt. Statt des Spar jetzt ein Netto. Die Bäume, groß und stark geworden, überragten die baufälligen Blocks, schienen auch stabiler zu sein. Zwischen den Gehwegen ungemähtes Gras. Es kam ihr vor, als würde die Natur sich alles zurückerobern. Nur Lenin, der ein wenig Rost angesetzt hatte und dessen Mantel mit weißen Farbklecksern bespritzt war, glotzte noch immer dämlich und stolz. Auf den Bürgersteig davor hatte jemand »Lenin bleibt« gepinselt. Wenn sie ihren Freunden, westdeutschen Bildungsbürgerkindern, von ihrer Kindheit erzählt hatte, war es ihr stets vorgekommen, als würde sie maßlos übertreiben. Aufsteigerbiografie. Überzogene Tristesse. Ihr Erfolg umso strahlender, je beschwerlicher der Weg, den sie bis dorthin zurückgelegt hatte. Sie fühlte sich unverstanden. Sie war anders. Sie hätte das nie zugegeben, aber insgeheim bildete sie sich was drauf ein. Doch jetzt sah die Siedlung tatsächlich so verkommen aus, wie sie nie gewesen war. Als hätte die Zeit Erinnerung und Wirklichkeit näher zueinandergebracht. Zwei Bilder, die sich deckungsgleich übereinanderlegten. Sie verließ den Innenhof und lief zurück auf die Straße. Auf einer Parkbank ein paar Jugendliche, die sie argwöhnisch musterten. Kaum älter als die Pawelkes damals, beinahe noch Jungs. Einen

Moment hielt sie ihrem Blick stand. Ein Kräftemessen. Armdrücken mit den Augen. Dann gab sie auf und schaute weg. Ein paar Dinge änderten sich doch. Sie gehörte nicht mehr hierher, das war kaum zu verbergen. Größtmögliche Distanz. Sie ging weiter. Auf den Straßen Narben aus Teer. Sie sah eine alte Frau, die mit einem Teppichklopfer auf einen Vorleger einprügelte, als wollte sie ihn verdreschen. Sie sah eine mittelalte Frau, die ihre Einkäufe in einem Trolley hinter sich herzog. Sie sah eine junge Frau mit Kopftuch, die einen Kinderwagen vorbeischob. Wer wäre sie jetzt, wenn sie hiergeblieben wäre? Ein absurder Gedanke, den sie sogleich vertrieb wie einen ungebetenen Gast. Sie wollte zurück zur Wohnung. Die Männer müssten fast fertig sein. Da kam ihr ein Greis entgegen. Er bewegte sich langsam vorwärts. Zögernde, Halt suchende Schritte. Der Blick auf den Boden gerichtet. Um das Handgelenk einen Beutel aus Plastik gewickelt. Merkwürdig vertraut. Konnte das sein? Der Greis hob seinen Kopf, schaute zu ihr. Sie war wie erstarrt, eher Verlegenheit als Panik. Er kam auf sie zu. Sie hatte sich geirrt, es war nicht er. Sie war erleichtert. Oder enttäuscht? Sie eilte in den Sacharow-Ring Nummer 5, überflog die Klingelschilder. Der Name wie ausradiert. Kein Herr Reza. Sie horchte in sich hinein. Sie wollte es nicht wahrhaben, sie wehrte sich dagegen, aber irgendetwas war anders. Da war noch immer dieses Gefühl, das sie schon beim Lesen gespürt hatte. Eine Art Sehnsucht. Nicht nach den Dingen, nach denen sie sich eigentlich sehnte: dass ihre Freundin zu ihr zurückkäme, große Reisen, eine neue Ausstellung, vielleicht doch noch ein Kind. Sondern nach den Dingen, nach denen sie sich früher gesehnt hatte. Sie kehrte zurück zur Wohnung. Der Container war voll. Sie drückte einem der Männer drei

Fünfzigeuroscheine in die Pranke. Ja, danke, ne? Wieder diese Einsilbigkeit der Sprache. Diese raue, unsentimentale Beiläufigkeit, die ihr in den vergangenen drei Wochen so oft begegnet war. Beim Bestatter, auf der Bank, bei der Versicherung, den Leuten auf dem Amt. Es war nicht leicht, sich das einzugestehen, doch sie hatte das vermisst. Ungewohnte Geborgenheit. Sie betrat die leere Wohnung. Ohne die Möbel war es kälter geworden. Sie hätte jetzt gehen können. Alles war erledigt. Dennoch stellte sich nicht das Gefühl ein, das sie sich erhofft hatte. Irgendetwas fehlte. Sie wanderte durch die Räume. Das Hallen ihrer Schritte. Schwarze Lederstiefel auf abgewetztem Teppichboden. Ein letztes Goodbye? Nein, sie war noch nicht so weit, sich zu verabschieden. Es war nichts erledigt. Man konnte zwar Möbel entsorgen, aber nicht die Vergangenheit. Sie war unnachgiebig und quälend. Eine hartnäckige Verfolgerin, die sie schon lange vergeblich versucht hatte abzuschütteln. Sie wurde sie nicht los, sie blieb. Genauso wie das ewige »Was wäre, wenn ...«. Sie stellte ihre Handtasche im Flur ab, ging ins Wohnzimmer, drehte die Heizung auf und lehnte sich dagegen. In der Hand hielt sie den Stapel Papier. Sie blätterte durch die Seiten. Noch dreizehn Kapitel. In ihrem Kopf ein Gedanke, eingeschlossen wie ein Insekt in Bernstein. Vielleicht war es nie ihre Mutter gewesen, vor der sie weggelaufen war.

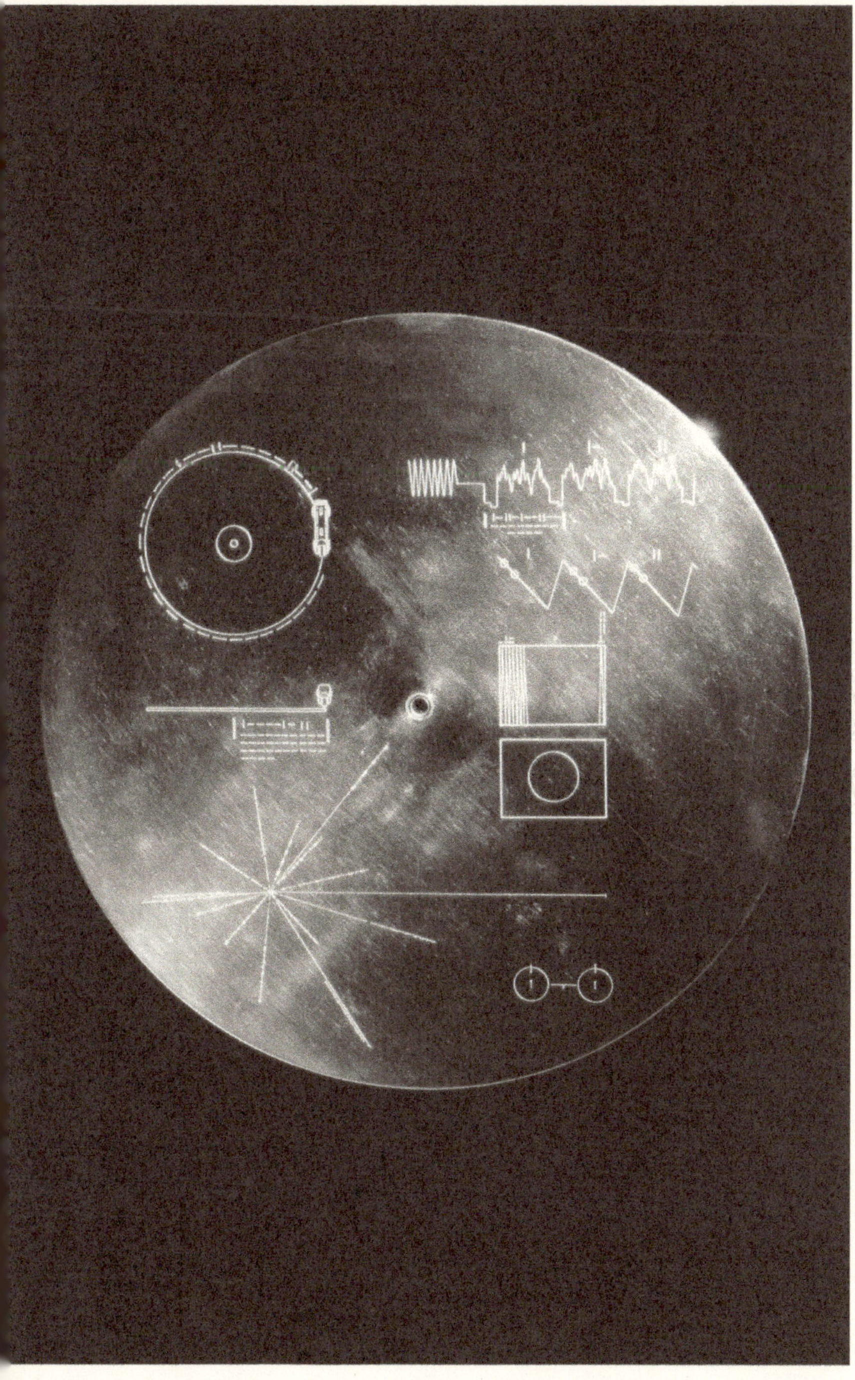

THE
SOUNDS
OF
EARTH
UNITED STATES OF AMERICA
PLANET EARTH

»Dies ist ein Geschenk einer kleinen, weit entfernten Welt, eine Probe unserer Klänge, unserer Wissenschaft, unserer Bilder, unserer Musik, unserer Gedanken und unserer Gefühle. Wir versuchen, unser Zeitalter zu überleben, um so bis in Eure Zeit hinein leben zu dürfen.«

– *Jimmy Carter,* Präsident der Vereinigten Staaten von Amerika, *16. Juni 1977* –

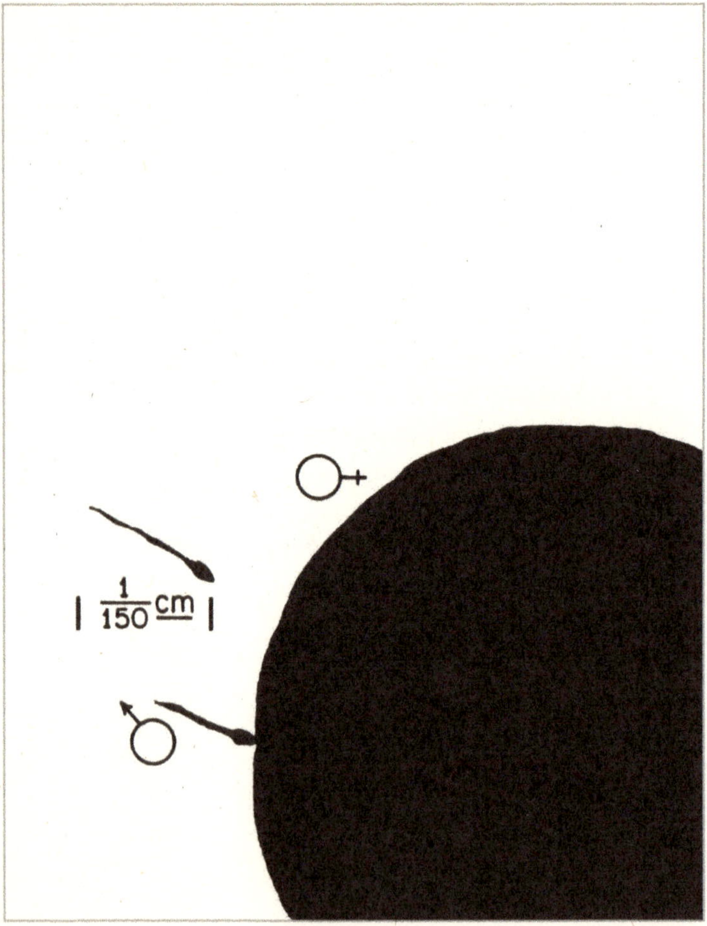

♀
1/150 cm
♂

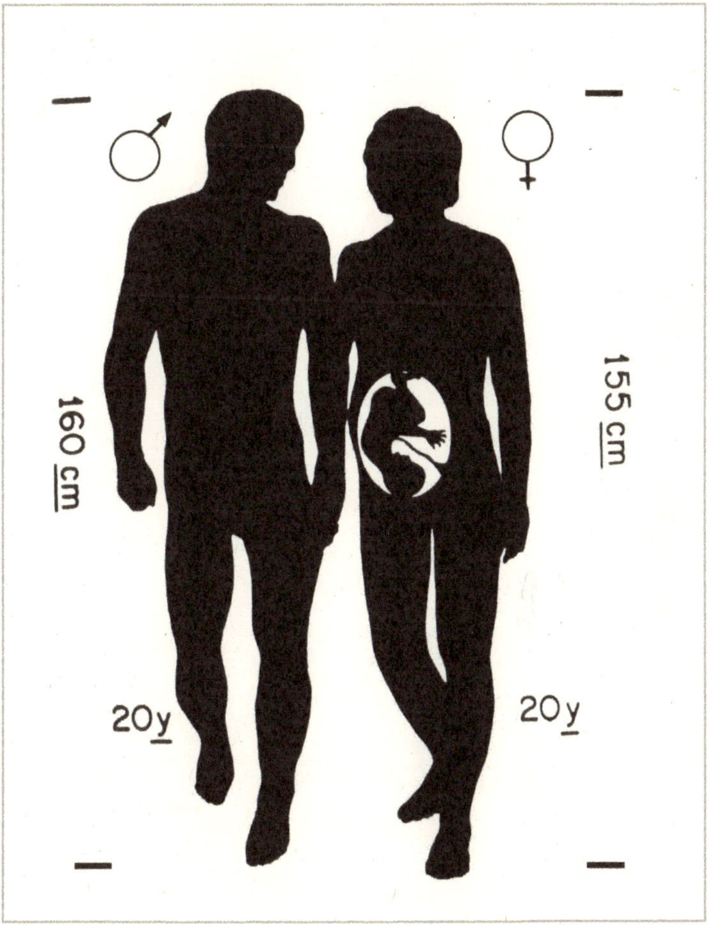
160 cm
155 cm
20y
20y

603
932

8

Die Sache war die: Sonny war wütend, also er war nicht nur wütend, er war gekränkt und verletzt und er war das zu Recht. Das Problem war nur, ich hatte keine Ahnung, nicht einmal den blassesten Schimmer, wie ich das wieder hätte gutmachen können.

Ich versuchte ihn anzurufen, doch er sagte nur: »Lass mich in Ruhe, du Penner!«, und legte auf. Ich ging bei ihm vorbei und klingelte, doch da war nur die samtene Stimme seiner Mutter, die aus der Gegensprechanlage schnurrte: »Mein lieber Sascha, es tut mir furchtbar leid, aber Ronald sagt, er möchte dich nicht sehen.«

Frau Sonnenberg klang so leicht und vergnügt, als würde sie eine Operette summen. »Was ist denn vorgefallen zwischen euch?«, fragte sie. »Ach, nichts«, nuschelte ich. Was hätte ich auch sagen sollen? »Liebe Frau Sonnenberg, ich habe meinen besten Freund im Stich gelassen und mich wie ein vollendeter Trottel verhalten«?

Ich fühlte mich miserabel (das heißt: *beschissen*) und verbrachte damit mein Wochenende. Das heißt, ich verbarrikadierte mich in meinem Zimmer und versuchte, meinen Eltern und meiner Schwester aus dem Weg zu gehen. Zu meiner eigenen Überraschung ließen sie mich tatsächlich in Ruhe. Entweder aus Rücksicht oder weil sie wie immer nichts zu bemerken schienen.

Ansonsten versuchte ich zu lesen, das half eigentlich immer. Denn solange ich las, ging es mir wie Herrn Reza und ich musste nicht an mich selber denken. Doch dieses Mal konnten selbst meine geliebten Romane nicht verhindern, dass meine Gedanken wieder und wieder zu Sonny schweiften. Die Lage wurde immer miserabler. Nicht einmal meine einzigartigen Wörter konnten mich aufmuntern. Dabei hatte ich ein neues Wort entdeckt: *Péchcha*. Es kommt aus Indien und soll angeblich den Wettbewerb zwischen zwei Männern beschreiben, die beide an einem Pissoir stehen und gucken, wer von ihnen länger pinkeln kann. Kein Plan, ob das wirklich stimmte oder Unsinn war. Doch Sonny hätte das bestimmt witzig gefunden.

Ich hätte ihm so gerne davon erzählt. Also, sofern ich ihm nicht verschwiegen hätte, dass ich überhaupt Wörter sammelte. Ich war ein verdammt schlechter Freund.

Aber dann war endlich wieder Montag und an diesem Tag schlich ich nicht, ich stürzte das Treppenhaus hinunter. Doch als ich die Tür öffnete, war da niemand. Kein Sonny, keine Plasterüstung, kein sauteures Mountainbike. Im Grunde hatte ich damit gerechnet, was nicht hieß, dass ich nun weniger enttäuscht gewesen wäre. Ich fuhr, so schnell ich konnte, zu ihm, vielleicht war er noch da.

»Nein, der ist leider schon weg«, sagte Frau Sonnenberg durch die Gegensprechanlage.

Es roch weder nach Apfelsinen noch nach Zitronen.

Erst in der Schule erwischte ich Sonny. Doch was heißt schon »erwischen«? Sonny saß neben mir im Unterricht und ignorierte mich. Ich schaute ihn an und er schaute weg. Ich flüsterte: »Alter, es tut mir leid«, und er tat so, als könnte er mich nicht hören. Da war gar nichts, keine Reaktion, nicht einmal die kleinste Regung. Sonny behandelte mich, als wäre ich verdunstet wie Wasserdampf. Wobei es vielleicht auch nicht so schwer war, mich wie Wasserdampf zu behandeln. Alle anderen kriegten das ja sonst auch hin. Das Neue war: Jetzt schien ich auch für Sonny unsichtbar.

Sogar in der großen Pause wich er mir aus. Sonny hockte sich auf eine Bank und musterte die Pflastersteine vor sich so eingehend, als würde darin irgendeine größere Wahrheit liegen oder eine Liebesbotschaft von Elton John. Währenddessen schlurfte ich alleine über den Schulhof, bis irgendwann Juri zu mir kam. Ich erzählte ihr von Sonny.

»Ach, der Kleine wird sich schon wieder einkriegen«, sagte sie.

»Wenn du meinst ...«, sagte ich.

»Ja, sicher. Aber mal was anderes. Was machen wir denn jetzt wegen Herrn Reza?«

»Juri, es tut mir leid, aber dafür habe ich jetzt gerade echt keinen Nerv.«

Es war komisch, aber nicht einmal Juris Anwesenheit konnte mich trösten. So ging es drei Tage. Großes Schweigen, stumme Abweisung. Ich fuhr alleine zur Schule und ich fuhr alleine wieder zurück. Es ist schon ziemlich blöd, dachte ich, wenn man nur einen Freund hat. Doch noch blöder ist das Gefühl, diesen einen Freund verloren zu haben.

Schließlich schrieb ich Sonny am Donnerstag in Musik, unserer vorletzten Stunde an diesem Tag, einen Zettel. Ich schob ihn langsam zu ihm herüber. »DU, ICH MUSS DIR WAS ZEIGEN«, stand da drauf. Sonny senkte seinen Kopf und las. Für einen Augenblick konnte ich erkennen, wie so was wie Neugier in ihm aufflackerte, zumindest war da ein leises Zucken in seinem Gesicht. Vielleicht hatte ich Sonny doch noch nicht verloren.

Nach der Schule, Juri war wie immer sofort verschwunden, wahrscheinlich zu Herrn Reza, wie ich vermutete, trödelte ich allein nach Hause. Ich war schon kurz davor, von der Lomonossow-Allee abzubiegen, als auf einmal Sonny neben mir auftauchte, in voller Plastemontur.

»Ey, du Lappen«, sagte er. »Was willst du mir denn zeigen? Hast du wieder irgendwas Tolles von deiner Lieblingsfreundin?«

Der Hohn in Sonnys Stimme war kaum zu überhören, ich versuchte mir dennoch ein gezwungenes Lächeln abzuringen.

»Nein, nein. Nichts von Juri«, sagte ich leise und hielt an. »Herr Reza hat mir nur ...«

»Herr Reza?« Sonny hatte jetzt auch angehalten.

»Na, der alte Irre.«

»Ach so, der Kunde!«

»Ja, er hat mir eine Schallplatte geschenkt«, sagte ich und zog sie etwas umständlich aus meinem Rucksack hervor. »Von Mikael Tariverdiev.«

»Wer ist das denn?«

»Na, so ein Komponist aus Russland. Und ich dachte, weil wir ja keinen Schallplattenspieler haben, könnten wir sie vielleicht bei dir ...«

»Pfff ...«, machte Sonny, er wirkte nicht gerade begeistert. Doch als er, der Plasteritter, lospreschte, verstand ich das nicht zu Unrecht als Einladung, ihm zu folgen.

Bei Sonny zu Hause gingen wir ins Wohnzimmer und legten die Platte auf, es war längst nicht alles gut. Sonny war immer noch so wortkarg wie sonst nur mein Vater und ich wusste nicht, wie ich damit umgehen sollte. Ich kam mir vor wie ein *Hanyauku*. Wobei ich das Wort jetzt vermutlich falsch verwende, weil es kein Substantiv ist, sondern ein Verb, das aus der Sprache Rukwangalai stammt, die die Kavango im Nordosten Namibias sprechen und, ach, keine Ahnung, jedenfalls bedeutete es »auf Zehenspitzen durch den heißen Sand laufen«. Na ja …

Die Schallplatte fing an, sich zu drehen. Und die Nadel machte ein kratzendes Geräusch, als sie sich auf die Rille legte, bevor eine eigenartig leise Musik das Wohnzimmer der Sonnenbergs erfüllte, das sonst vor allem Beethoven und Mozart und gelegentlich Elton John zu hören bekam. Doch jetzt waren da andere Klänge.

Erst hörten wir ein Akkordeon, danach ein Lied mit Saxofon. Schließlich war da bloß ein Klavier, dessen Tasten der Pianist nur ganz vorsichtig zu berühren schien. Ein Schlagzeug setzte ein, kein Bass, nur das leise Scheppern der Becken. Eine Frau begann zu singen. Sie sang irgendetwas auf Russisch, was weder Sonny noch ich verstanden, da wir in der Schule kein Russisch hatten. Trotzdem war es so, als würde die Stimme der Frau zu mir sprechen.

Sie war ganz klar, beinahe gläsern, und klang auf eine merkwürdige Weise dunkel und zart, glockenhell und traurig zugleich. Ich weiß nicht, wie ich es besser ausdrücken könnte. Denn erstens ist Musik ja ohnehin eines der wenigen Dinge, die man nur schwer beschreiben kann. (Es ist wie mit Gefühlen; selbst wenn man versucht, Worte für sie zu finden, liegt man oft irgendwie daneben.) Und zweitens, das kommt noch hinzu, kenne ich mich mit Musik kaum aus. Weshalb ich auch nicht mit Sicherheit sagen kann, ob da nicht doch noch andere Instrumente gespielt wurden, Geigen oder so.

Was ich allerdings sagen kann, ist, dass wir schweigend zuhörten. Sonny, weil er wahrscheinlich längst nicht bereit war, mir zu verzeihen, und ich, weil die Musik mich sprachlos machte. Es tut mir leid, wenn ich jetzt etwas pathetisch werden muss (was heißt, dass ich total übertreibe). Aber es war wirklich so, dass die Musik wie eine Wolke durchs Wohnzimmer strich. Sie schwebte von einer Wand zur nächsten, von der Decke zum Boden, aus den Lautsprecherboxen über den Glastisch zur Couch, auf der wir saßen, und wieder zurück. Und es war wirklich so, dass diese Wolke uns umhüllte und ich der Musik deshalb eigentlich nicht zuhörte, sondern mich vielmehr in ihr verlor.

Mir kam es vor, als würde sie mich davontragen, hinaus aus dem Wohnzimmer und hinaus aus der Siedlung, an irgendeinen weit entfernten Ort. Und währenddessen hielt ich das Cover der Schallplatte, das ich schon zuvor ausgiebig studiert hatte, fest umklammert in meinen Händen.

Darauf war ein Foto von Mikael Tariverdiev abgebildet. Er hatte dunkles Haar und verschüttete, tief liegende Augen hinter einer großen, fein geschnittenen Nase. Er sah so aus, wie ich mir Herrn Reza als jungen Mann vorstellte. Aus irgendeinem Grund musste ich an dessen Worte denken: *»Du hast dich in dir selbst verlaufen.«*

Als die Musik verklungen war und die Nadel sich schwebend von der Platte löste, war es einen Moment still. Und dann noch einen. Die Stille dehnte sich regelrecht, bevor Sonny unser Schweigen mit einer Frage zersägte, die noch schärfer war als die Klinge seines Taschenmessers.

»So, und was soll die Scheiße jetzt?«

Tja, was sollte diese Scheiße? Keine Ahnung.

»Ich weiß nicht«, sagte ich, und in der Hoffnung, dass ich seine Skepsis so vertreiben könnte, berichtete ich Sonny dann, was ich bei Herrn Reza erlebte hatte. Ich berichtete ihm alles, ausführlich und haarklein. Außer, dass Juri und ich hinter Herrn Rezas Worten einen Auftrag vermuteten.

Sonny wirkte jedoch nicht so, als würde irgendetwas von dem, was ich ihm erzählte, einen sonderlich großen Eindruck auf ihn machen. »Mhm ... und wie heißt dieser Typ noch mal?«, fragte er nur.

»Tariverdiev«, antwortete ich.

»Kenne ich nicht.«

»Er kommt aus der Sowjetunion«, sagte ich. »Also eigentlich aus Georgien und jetzt lebt er in Russland und da ist er total berühmt. Und immer wenn er gefragt wird, wer er ist, weißt du, was er dann sagt?«

»Nee ...«

»Er sagt dann: Ich bin meine Musik.«

Ich schaute Sonny an, in der Erwartung, dass ich sein Künstlerherz mit dieser Anekdote hätte erweichen können. Doch im selben Moment fiel mir auf, dass alles nur halb so gut geklungen hatte wie bei Herrn Reza, irgendwie abgestanden und schal, so als hätte ich mir die Worte nur geliehen. Was ja auch stimmte. Sonnys Gesicht war wie versteinert.

»Oh wow!«, rief er. »Ein Künstler, der hinter seiner Musik verschwinden will. Was für ein geiler Typ! Also wenn du mich fragst, ist das alles Kitsch. Richtig schlechter Kitsch sogar. Fahrstuhlmusik, würde meine Mutter sagen.«

»Fahrstuhl? Wieso denn Fahrstuhl?! Du bist doch noch nie Fahrstuhl gefahren!«

»Nee, ich nicht. Aber meine Mutter! Hör dir das doch mal genau an. Das ist doch total schwülstiges Geklimper. Das könnte ich, wenn du mich nachts um halb vier wecken würdest, mit einer Hand spielen.«

Und das war erst der Anfang. Sonny steigerte sich da jetzt richtig rein. Er motzte und motzte, als hätte nicht ich, sondern Tariverdiev und seine Musik ihn im Stich gelassen.

Ich wusste nicht, was ich hätte erwidern können. Ich fand zwar, dass Sonny unrecht hatte und ein blöder Idiot war. Aber andererseits war er ja eben auch kein blöder Idiot und völlig zu Recht sauer auf mich und das Wichtigste war sowieso, dass er überhaupt wieder mit mir redete. Und je länger er redete, desto besser schien es ihm zu gehen. Also schluckte ich meinen aufkeimenden Ärger hinunter und ließ ihn labern.

Nach einer Weile, als sein verbitterter Redeschwall langsam abzuflauen schien, unterbrach Sonny sich selbst, indem er einen tiefen Zug aus seinem Asthmatiker-Diskus nahm.

»So, Lalamann«, sagte er »und jetzt mach' ich mal was richtig Geiles an. Zieh dir das mal rein!«

Und da war er plötzlich wieder, der alte Sonny mit seinem Sonny-Grinsen, das ich so vermisst hatte. Er legte »Bennie and the Jets« von Elton John auf und drehte die Lautstärke voll auf. Während ich das Bedürfnis unterdrückte, mir die Ohren zuzuhalten, sah ich ihm staunend dabei zu, wie er tanzend und singend durchs Wohnzimmer sprang.

Als Elton John endlich fertig war mit seinem Geträller, ließ Sonny sich, nach Luft ringend, aufs Sofa sinken.

»Genau so einen Song brauch' ich auch«, keuchte er.

»Wieso das denn?«, fragte ich.

»Weil ich ...«, sagte er und legte eine kleine Pause ein, in der nur ein Trommelwirbel gefehlt hätte, um seine folgenden Worte anzukündigen, » ... zu einem Musikwettbewerb eingeladen wurde. Nur die Besten der Besten. Du weißt.«

»Cool! Das ist ja der Hammer!«

»Ja, der Oberhammer sogar. Das Problem ist nur, ich darf dort nicht mit Chopin oder diesem Kram ankommen. Auch nicht mit Elton John. Ich muss einen eigenen Song schreiben.«

»Krass. Kannst du das denn?«

»Bestimmt kann ich das. Das Ding ist nur, ich habe es noch nie gemacht.«

Ich schaute Sonny ratlos an. Zumindest glaube ich, dass ich das getan habe, jedenfalls sagte er: »Aber mein kleiner Labüdchen, da du mir da sowieso nicht helfen kannst, scheiß drauf. Lass uns lieber rausgehen. Baumhaus?«

»Baumhaus!«, sagte ich erleichtert.

Den restlichen Tag verbrachten wir sägend vor dem, was einmal Sonnys Palace werden sollte. Während sich die Birkenstämme am Rande der Lichtung stapelten, sprachen wir über alles Mögliche, nur nicht darüber, wie ich Sonny hatte hängen lassen. Stattdessen taten wir einfach so, als sei nichts passiert. So war es auch in den Tagen und Wochen danach.

Es wurde immer heißer in der Siedlung, die Demse (was ein anderes Wort für *Hitze* ist) flirrte über den Blöcken. Doch sonst war alles so wie früher. Mit der einzigen Ausnahme, dass wir jetzt oft zu dritt abhingen. Und mit »wir« meine ich Sonny, Juri und mich. Erstaunlicherweise hatte Sonny nach anfänglichem Murren nichts dagegen einzuwenden und erstaunlicherweise lief das abgesehen von einigen kleineren Scharmützeln gar nicht schlecht.

Sonny und Juri schienen sich trotz ihres verunglückten Starts gut zu verstehen. Sonny hörte Juri zu, und Juri konnte über Sonnys Scherze lachen. Nach meinem Geschmack manchmal sogar ein wenig zu sehr.

Ich weiß noch, wie wir in einer Freistunde »Tat oder Wahrheit« spielten. Sonny entschied sich für Wahrheit und Juri fragte ihn: »Warum magst du eigentlich deinen Vornamen nicht?« Und Sonny antwortete: »Ich möchte halt einfach kein Ronny sein.« Woraufhin Juri sich richtig beömmelte (was ein anderes Wort für *kaputtlachen* ist).

Ich hingegen verstand nicht, was daran so witzig sein sollte. Ich war ja froh, dass die beiden sich keine Beleidigungen ins Gesicht schleuderten oder, noch schlimmer, aufeinander einschlugen; aber unzertrennliche Freunde mussten sie, wenn es nach mir ging, auch nicht werden.

Worauf wir drei uns allerdings einigen konnten, war unsere Verachtung für die anderen in der Klasse. Auch Juri hielt sie, wie sich nun herausstellte, für unterbelichtete Schimpansen. Was den anderen natürlich nicht entging. Einmal zischte eine Freundin von Sabrina Kabautzky ihr in der großen Pause mit dem Blick auf uns zu: »Guck mal, da haben sich ja drei gefunden.« – »Ja, drei Missgeburten«, sagte Sabrina Kabautzky. Doch wir drei taten so, als hätten wir sie nicht gehört und fuhren einfach damit fort, hinter ihrem Rücken schlechte Witze zu reißen, über sie und all die anderen.

Wenn ich heute an diese zugegebenermaßen recht kurze Zeit zurückdenke, waren es vielleicht die glücklichsten Tage und Wochen überhaupt. Doch wenn man mittendrin ist, begreift man das natürlich nicht. Wir drei hatten ein Gleichgewicht gefunden, auf dem wir wie auf einem Schwebebalken durch den Anfang des Sommers in Richtung Ferien balancierten. Hin und wieder gerieten wir zwar ins Wanken, doch niemand stürzte ab. Alles schien leicht und unbeschwert. Auch weil wir den Pawelkes erst einmal erfolgreich aus dem Weg gehen konnten.

Manchmal klauten wir Eis und Zigaretten aus dem Spar und verbrachten die Nachmittage zu dritt auf dem Spielplatz. (Wobei Juri es natürlich vorzog, nicht unsere roten Marlboros, sondern lieber ihre selbst gedrehten zu rauchen.) Manchmal wenn Juri keine Zeit oder Lust hatte – was, warum auch immer, häufig der Fall war –, arbeiteten Sonny und ich zu zweit auf der Lichtung im Wald an unserem Baumhaus.

Wir sägten und sägten. Wir fällten neue Birken und zerteilten sie, bis wir irgendwann die ersten Stämme in die Astgabel einer schweren Eiche hievten. Dort schichteten wir sie nebeneinander, nagelten sie mit einem Hammer fest und zurrten sie, um sicherzugehen, zusätzlich mit Kabeln zusammen, die ich in der Werkzeugkiste meines Vaters entdeckt hatte. Sonnys Palace war kein Traum mehr. Spätestens am Ende des Sommers würden wir fertig sein, da waren wir uns sicher. Juri hatten wir davon allerdings nichts erzählt. Nicht, weil das mit dem Baumhaus supergeheim gewesen wäre, sondern, so schien es mir, weil es einfach nicht dazu kam.

Was sich ebenfalls nicht ergab, war, dass Juri und ich einmal wirklich allein gewesen wären. Ich wünschte mir ein Zeichen. Irgendetwas, das mich darin bestärkte, dass ich mich nicht geirrt hatte und dass da etwas zwischen uns sein könnte. Aber es kam nichts. Nicht einmal dann, wenn wir Herrn Reza, der sich jedes Mal aufs Neue in raunende Andeutungen verstieg, zu zweit einen Besuch abstatteten.

Selbst wenn Sonny an seinem »Song« schreiben musste, machte sich Juri lieber aus dem Staub, als allein mit mir Zeit zu verbringen. Ich konnte mir nicht erklären, warum. Fand sie mich so langweilig? War es ihr egal, was Herr Reza uns zugeheimnisste? War ihr auch der Auftrag egal, den er uns erteilt hatte? Oder hatte sie einfach Angst davor, dass auch in ihr dasselbe Gefühl rumoren könnte wie in mir? Dieses Gefühl, das bedeuten konnte, dass ich verliebt war oder vielleicht auch nicht.

Ich konnte es nicht sagen. Was ich allerdings bemerkt hatte, war, dass sie nicht nur einen schiefen Eckzahn hatte, sondern dass ihre Lippen immer rau und aufgesprungen waren. Und dass ihre Nase sich kräuselte, wenn Sonny sie zum Lachen brachte. So war das.

Bis eines Tages, wie das immer so ist, auf einmal alles ganz anders wurde.

9

Es war Ende Juni und hatte seit Wochen nicht mehr geregnet. Die Siedlung ächzte unter der Hitze. Der Boden auf den Brachen war trocken und hart wie Zement, der Asphalt auf den Straßen schien zu glühen, die Bäume verdursteten. Aber für diesen Tag war ein Sturm namens Friederike vorhergesagt.

Die Luft war schon am Morgen schwül und am Himmel stauten sich dunkel drohende Wolken; wir gingen trotzdem zur Schule.

Doch bereits in der zweiten Stunde, als der Wind von draußen an den Fenstern zu rütteln begann, schallte eine Ansage unserer Schulleiterin durch die neuen Lautsprecher, die erst vor Kurzem installiert worden waren:

»Liebe Schülerinnen und Schüler, der Unterricht endet jetzt wegen des Sturms. Ich bitte euch darum, euch auf den Heimweg zu machen, weil ihr dann mit Sicherheit gut und unbeschadet zu Hause ankommt. Natürlich werdet ihr euch auch dort hinsetzen und lernen und fleißig sein, da freuen wir uns alle drauf. Wir sehen uns morgen. Tschüss.«

Danach ging sofort das Geschrei los. Stühle rückten, Türen wurden aufgerissen, Schritte trappelten über die Flure. Wir hatten sturmfrei. Friederike sei Dank!

»So, und was machen wir jetzt?«, fragte ich.

Wir standen zu dritt vor der Schule, feiner Niesel nadelte in unsere Gesichter.

»Ist mir egal, was ihr macht«, sagte Sonny und es wirkte, als würde er nach Luft schnappen, während er gegen den heraufziehenden Sturm ansprach. »Ich muss auf jeden Fall nach Hause, an meinem Song schreiben.«

»Wann kriegen wir den denn mal zu hören?«, fragte Juri.

»Wenn er fertig ist«, antwortete Sonny.

»Also niemals«, sagte ich.

Nachdem Sonny mir einen vernichtenden Blick zugeworfen hatte, machte er sich, schwer gegen eine heftige Böe antrampelnd, auf seinem Mountainbike davon.

Juri und ich schauten ihm hinterher. Auf der Lomonossow-Allee bogen sich die schwindsüchtigen Linden, ihre Blätter rauschten im Wind und wir standen etwas betreten in der Gegend herum, ohne zu wissen, was wir jetzt tun sollten. Überfordert von unserer unerwarteten Zweisamkeit. Bevor es auf einmal so schien, als würde die Siedlung die Brust einziehen und den Atem anhalten. Ein Blitz zuckte über den Himmel und Regen brach über uns herein.

Juri und ich zogen unsere T-Shirts über die Köpfe und hasteten zu dem Unterstand mit den Fahrradständern, auf dessen Wellplastedach der Regen trommelte. Von Weitem grollte der Donner.

»Wir könnten ja zu dir?«, sagte ich zu Juri und befürchtete schon im selben Augenblick, ich hätte mich zu weit nach vorne gewagt.

»Das geht nicht«, sagte sie. »Aber warum gehen wir nicht zu dir?«

Ich zögerte. Wenn wir sturmfrei hatten, hätten sicherlich auch meine Mutter und Nina sturmfrei, was hieß, dass ich leider doch nicht sturmfrei hatte.

»Oder traust du dich nicht?«, fragte Juri.

Der Donner war jetzt direkt über uns.

»Doch, na klar! Lass uns zu mir.«

Da Juri, warum auch immer, kein Fahrrad besaß, ließ ich meines stehen und wir rannten querfeldein über die Brache zum Benno-Voelkner-Weg. Der Regen, der in unsere Gesichter klatschte, war so stechend und eiskalt wie Enrico Pawelkes Butterfly, und der Wind, der an uns zerrte, so scharf, dass er mir meinen Bart abrasierte. Also, sofern ich einen gehabt hätte.

Als wir bei mir ankamen, waren wir beide völlig durchnässt. Unsere Klamotten klebten auf unserer Haut und unsere Schuhe, die wir im Hausflur auszogen, waren von einer dicken Schlammkruste überzogen. Ich öffnete die Tür zu unserer Wohnung. Doch noch bevor wir einen Fuß hinein gesetzt hatten, schien es mir schlagartig die schlechteste Idee der Welt gewesen zu sein, Juri hierherzubringen.

Es war absurd, da es bei Juri zu Hause ja vermutlich nicht anders aussah, aber unsere Wohnung kam mir auf einmal klein und piefig vor: die Garderobe im Flur, an der die grüne Übergangsjacke hing, die ich nicht mehr anziehen wollte. Daneben die Kartons mit den weißen Röhrchen, in denen die bunten Pillen meines Vaters lagerten. Davor die Hausschuhe mit den Plüschbommeln meiner Mutter.

Ich sah das alles nicht mehr mit meinen, ich sah das mit Juris Augen.

Als wir in mein Zimmer gingen, wurde es noch schlimmer. Zwar herrschte hier nicht annähernd so ein Chaos wie bei Sonny, aber mir fielen nun Dinge auf, die mir sonst nie aufgefallen waren. Zum Beispiel die Kiste mit dem Lego, die in der Ecke stand und dort langsam Staub ansetzte. Wieso hatte ich sie nicht längst weggeschmissen? Und warum hing das Poster von Matthias Sammer noch an der Wand? Und was zur Hölle machte der Triceratops auf meinem Bücherregal? Das war ja nicht mehr mein Zimmer, mein geliebter Rückzugsort, sondern das stinknormale Kabuff eines Jungen, der ich schon lange nicht mehr sein wollte.

Wäre es nicht zu auffällig gewesen, hätte ich am liebsten alles auf der Stelle weggeworfen. Doch das war gar nicht nötig. Denn Juri schien keine Notiz zu nehmen von meinem Zimmer oder den verräterischen Souvenirs meiner Kindheit. Sie stand am Fenster und schaute nach draußen, wo das Gewitter den Himmel zerriss. Der Sturm tobte und Regen peitschte über die wenigen Autos auf dem Parkplatz, der noch immer nicht asphaltiert worden war und einer Buckelpiste mit Schlaglöchern glich, die sich jetzt in eine Schlammlandschaft mit Pfützen verwandelt hatte.

»Willst du dich hinsetzen?«, fragte ich.

»Na, stehen will ich nicht«, sagte Juri.

Während sie sich auf meinen Schreibtischstuhl setzte, über dessen Lehne eine leider nicht mehr ganz saubere Jeans hing, nahm ich auf meinem Bett Platz. Ich konnte spüren, wie sich wegen meiner regennassen Hose ein feuchter Fleck auf der Decke unter mir ausbreitete.

»Komisch, dass Sonny gleich nach Hause wollte«, sagte ich.

»Ja«, sagte Juri. »Aber ich glaube, der hat gerade einfach tierisch Stress wegen seinem Song. Vielleicht bekommt er das einfach nicht hin.«

»Ach, der bekommt immer alles hin, was er will.«

»Sascha, du überschätzt ihn. Sonny ist nicht so selbstbewusst, wie du denkst.«

»Wie kommst du denn darauf?«, fragte ich.

»Nur so ...«, sagte Juri. »Ich glaube, Sonny möchte gern so rüberkommen. Aber eigentlich ist er total unsicher.«

»Ich dachte, du magst ihn?«

»Das hat ja damit nichts zu tun! Na, klar mag ich ihn ... Ich frage mich nur, ob wir ihm irgendwie helfen können?«

»Auf keinen Fall!«, sagte ich etwas zu schnell. »Also ... ich habe sowieso überhaupt keine Ahnung von Musik. Aber selbst wenn ich sie hätte, würde er sich niemals von mir helfen lassen. Vielleicht ja von dir!«

»Von mir?«, sagte Juri. »Du bist doch sein bester Freund. Und auf niemanden hält er so große Stücke wie auf dich!«

»Ist mir noch gar nicht aufgefallen ...«, murmelte ich.

»Dann solltest du mal besser hingucken!«

»Aber ihr kommt doch auch gut miteinander klar ...«

»Kommen wir auch«, sagte Juri. »Aber du hast schon mitgekriegt, dass wir uns vor allem wegen dir so eine Mühe geben.«

»Du meinst deinetwegen«, sagte ich und hätte mich im selben Moment dafür erwürgen können, dass ich so ein Besserwisser war.

»Deinetwegen, meinetwegen. Ist doch voll egal!«, rief Juri. »Aber merkst du nicht, dass Sonny und ich uns vor allem anstrengen, uns gut zu verstehen, weil wir uns beide gut mit dir verstehen wollen?«

So hatte ich das noch nicht gesehen und deshalb auch nichts bemerkt. Ich schlug meine Augen nieder und stammelte irgendetwas, als ich hörte, wie sich die Wohnungstür öffnete. Meine Mutter! Nina! Ich hätte nie gedacht, dass ich mich jemals so über die beiden freuen würde.

Doch meine Freude war nicht von langer Dauer, im Grunde zerbröselte sie schon im selben Augenblick, nämlich, als ich meine Mutter rufen hörte: »Hallo, Saschachen! Wo bist du denn?«

Sie spähte um die Ecke in mein Zimmer. Sah erst mich. Dann Juri. Und konnte, war ja klar, ein überraschtes »Oh!« nicht unterdrücken.

»Hallo, Mutti«, sagte ich.

»Hallo, ich bin Saschas Mama«, sagte meine Mutter zu Juri.

Ich hätte am liebsten laut aufgestöhnt. Warum musste sie jetzt ausgerechnet »Mama« sagen?

Juri stand auf, stellte sich vor und gab meiner Mutter die Hand. Wenn sie wollte, konnte sie sogar richtig höflich sein, dachte ich, während im selben Moment Nina im Hintergrund vorbeihuschte. Ich wollte mir gar nicht ausmalen, was für blöde Sprüche ich mir später von ihr anhören durfte. Doch selbst wenn ich es mir hätte ausmalen wollen, wäre mir jetzt keine Zeit dazu geblieben, da meine Mutter plötzlich einen entsetzten Schrei ausstieß.

»Sascha, ihr seid ja ganz nass! Zieht euch doch erst mal was Trockenes an! Sonst erkältet ihr euch doch!«

Es war ein einziges Fiasko.

Ich gab Juri ein paar Klamotten von mir, die sie sich im Badezimmer anzog. Währenddessen schlüpfte ich rasch in eine trockene Hose und ein trockenes T-Shirt, ich ließ den Triceratops in einer Schublade verschwinden, schob die Legokiste unter meinen Schreibtisch und knüllte die dreckige Jeans vom Schreibtischstuhl in den Schrank. Ich war gerade damit fertig geworden, als Juri aus dem Bad zurückkam.

Sie stand in der Tür zu meinem Zimmer und wirkte wie verändert. Was allerdings nichts mit meinen Klamotten zu tun hatte, die ihr zwar passten, aber dennoch merkwürdig und wie eine schlechte Verkleidung an ihr aussahen. Sondern es lag daran, dass ich Juri jetzt zum ersten Mal ohne ihr grünes Kopftuch mit den weißen Punkten sah.

Sie hatte es abgenommen und ihre rot gefärbten Haare fielen in weichen Locken bis auf ihre Schultern. Was ihr unangenehm zu sein schien, da sie ständig daran herumnestelte; ihr jedoch, zumindest, wenn es nach mir gegangen wäre, überhaupt nicht hätte unangenehm sein müssen.

Das schönste Wort, das ich kenne, kommt aus dem Türkischen. Es heißt *Gumusservi* und beschreibt den glimmenden Schein, den Mondlicht auf das Wasser wirft. Doch selbst dieses schönste meiner wunderschönen, einzigartigen Wörter verblasste gegen Juri, die jetzt ohne Kopftuch vor mir stand. Es fiel mir schwer, meinen Blick von ihr zu lösen.

»Was ist?«, fragte Juri.

»Äh ... ni-chts«, stotterte ich.

»Lachst du mich aus?«

»Nein!«

»Ey, in meinen Klamotten würdest du auch komisch aussehen.«

Ich rätselte noch, wie ich Juri klarmachen konnte, dass ich mich kein bisschen über sie lustig machte, da platzte schon wieder meine Mutter ins Zimmer.

»Ich habe euch einen Kakao gemacht«, sagte sie und stellte zwei Tassen auf meinem Schreibtisch ab, dazu einen Teller mit Keksen. Nachdem Juri sich bedankt hatte, ließ meine Mutter uns endlich allein. Doch natürlich konnte sie sich nicht verkneifen, genau das vorher noch einmal zu erwähnen: »Ich lass euch dann jetzt mal allein.«

Es hätte nur gefehlt, dass sie mir auch noch zugeblinzelt hätte.

»Mhm ... ja ... sorry«, nuschelte ich, als die Tür sich hinter meiner Mutter schloss und ich mich wieder aufs Bett setzte.

»Wieso entschuldigst du dich?«, fragte Juri, die wieder auf dem Schreibtischstuhl saß.

»Wegen meiner Mutter. Sie ist immer so ... aufdringlich.«

»Sei doch froh, dass deine Mutter so ist.«

»Wieso, was ist denn mit deiner?«

»Ach, nichts.«

»Aber sie wohnt doch auch hier mit dir in der Siedlung, oder?«

»Ja, wir sind zusammen hergezogen.«

»Und dein Vater?«

»Mein Vater ...«, sagte Juri und stockte.

»Was ist mit deinem Vater?«, fragte ich.

»Ich erzähl es dir, aber du musst es für dich behalten, okay?«

»Okay.«

»Und du erzählst auch Sonny nichts davon?«

»Versprochen.«

Juri nahm ihre Tasse Kakao und setzte sich zu mir aufs Bett. Obwohl sich der Sturm draußen ein wenig zu legen schien, war der Himmel noch immer düster. Wobei ich das ehrlich gesagt gar nicht so genau mitbekam. Denn während wir nun redeten, Juri mit beinahe erstickter Stimme und ich vorsichtig nachfragend, kam es mir vor, als würde die Zeit an uns vorübertosen.

»Also, mein Vater, der ist schon lange weg«, sagte Juri.

»Weil deine Eltern geschieden sind?«, fragte ich.

»Ja, also nicht offiziell. Er ist abgehauen, schon vor der Wende.«

»Oh! Und wohin?«

»Tja, wenn ich das wüsste.«

»In den Westen?«

»Vielleicht. Vielleicht ist er aber auch nach Berlin oder so. Ich habe keine Ahnung. Meine Mutter will es mir nicht sagen. Könnte aber auch sein, dass sie es selber nicht weiß.«

»Hat er denn nichts gesagt, bevor er gegangen ist?«, fragte ich.

»Nee. Das ist es ja«, antwortete Juri. »Ich weiß nur noch, dass er abends an mein Bett kam. Ich war neun. Und dann hat er mir einen Kuss gegeben wie jeden Abend und gesagt: ›Schlaf schön.‹ Danach habe ich ihn nie wiedergesehen.«

»Und bist du wütend auf ihn?«

»Klar! Was denkst du denn?! Der hat Mama und mich einfach sitzen gelassen, dieser Arsch! Aber weißt du, was noch schlimmer ist? Dass ich ihn unendlich vermisse. Ich muss oft an ihn denken.« Juri machte eine kurze Pause. »Vielleicht hat er ja jetzt eine neue Familie …«

»Glaub ich nicht«, sagte ich.

»Wieso?«, sagte Juri. »Kann doch sein.«

Stimmt, das konnte wirklich sein, dachte ich. Jede einzelne meiner Bemerkungen und Fragen schienen in diesem Moment falsch zu sein. Ich kam mir plüschig (was ein anderes Wort für *naiv* ist) und unbeholfen vor. Meine Eltern stritten ja auch, doch dass mein Vater einfach so abhauen würde, das konnte und wollte ich mir nicht vorstellen. Ich nahm mir vor, meine Klappe zu halten und so wenig wie möglich zu sagen, als Juri jetzt ihre Knie an die Brust zog und ihre Arme darum schlang.

»Weißt du«, sagte sie, »früher, als ich noch klein war, haben mein Vater und ich oft zusammen die Sterne angeschaut. Er hat mir alles erklärt. Wo der Polarstern ist. Wo der große Wagen ist und der kleine. Was die Perseiden sind.«

»Die Perse-was?«, fragte ich und brach meinen Vorsatz, die Klappe zu halten, schon nach zwei Sekunden.

»Die Perseiden. Das ist ein Sternschnuppenschauer, den es jedes Jahr im August gibt. Das ist total irre. Hunderte Sternschnuppen regnen dann auf die Erde.«

»Wow!«, rief ich.

»Ja, das ist echt total schön«, sagte Juri. »Das erste Mal hat mein Vater sie mir gezeigt. Er liebte nämlich die Sterne und das Universum und alles, was damit zu tun hat. Und deshalb hat er mich auch immer Juri genannt. Also, eigentlich heiße ich ja Jenni. Aber er hat immer Juri gesagt. Weswegen dann irgendwann alle Juri gesagt haben.«

»Und warum ausgerechnet Juri?«, fragte ich.

»Na, wegen Juri Gagarin. Dem ersten Menschen im Weltall. Sag nicht, du kennst den nicht?!«

»Doch, doch«, log ich. »Habe ich irgendwo schon mal gehört.«

»Wobei ich den jetzt eigentlich gar nicht mehr so cool finde«, sagte Juri. »Viel cooler ist Walja. Kennst du wenigstens die?«

»Nee!«

»Mann, Sascha! Du weißt echt gar nichts! Walentina Wladimirowna Tereschkowa war die allererste Frau im Weltall! Hast du echt noch nie von ihr gehört?«

»Nein«, gestand ich und dann erzählte Juri mir alles, was sie über Walentina Wladimirowna Tereschkowa, oder einfach kurz Walja, wusste, die allererste Kosmonautin der Welt.

Es war wieder so wie in der Schule, als sie vom Ursprung des Universums gesprochen hatte. Die Worte sprudelten nur so aus ihr heraus. Juri erzählte mir, dass Walja 1937 in Maslennikowo geboren wurde, einem kleinen Ort irgendwo in Russland. Waljas Vater, ein Traktorist, war im Zweiten Weltkrieg gefallen, weshalb Waljas Mutter die drei Kinder alleine aufzog. Als Walja alt genug war, fing sie an, wie ihre Mutter in einem Textilkombinat zu arbeiten. Sie liebte es, in ihrer Freizeit Fallschirm zu springen und wollte unbedingt Kosmonautin werden, so wie Juri Gagarin, den sie bewunderte. Und genau aus diesem Grund, erzählte Juri mir, bewarb Walja sich irgendwann an der Kosmonautenschule.

Sie wurde genommen und zog in die Nähe von Moskau, genauer gesagt ins Sternenstädtchen, wo damals alle Kosmonauten wohnten. Walja war eine von fünf Frauen, die dort ausgebildet wurden. Aber es sei klar gewesen, sagte Juri mir, dass nur eine der fünf ins Weltall fliegen würde.

Juri erzählte und erzählte. Ihr Wissen über Walja schien unerschöpflich. Das meiste stammte, wie sie sagte, aus ihrem Lieblingsbuch, das ein gelbes Cover mit roten Buchstaben hatte und »Walja, die erste Kosmonautin« hieß. Es wirkte, als könnte Juri es auswendig. Sie wusste, mit welchen Worten es begann (»Es war einmal ein Mädchen«). Und sie wusste, wie es aufhörte (»Aber das würde kein Märchen sein«).

Juri konnte sogar die Namen der anderen vier Frauen aufzählen, die wie Walja ins Weltall fliegen wollten. Um ehrlich zu sein, sind sie mir inzwischen entfallen. Aber da ich keinen Quatsch schreiben will, habe ich einiges nachgeschlagen, sogar die Namen der Frauen. Ich würde sie jetzt sehr gerne aufzählen, schließlich habe ich ja ein Herz für Verlierer. (Vermutlich weil ich selber einer war oder vielleicht immer noch bin.) Doch ich fürchte, sie, also die Namen, tun hier jetzt nichts zur Sache. Denn das Entscheidende war, sagte Juri, dass schließlich Walja als erste Frau ins Weltall flog.

Juri wusste natürlich auch darüber alles. Ohne zu zögern, schoss jede einzelne Zahl, jeder technische Fakt, wie eine, na ja, Sternschnuppe im August aus ihrem Mund. Sie wusste, dass Walja 26 Jahre alt war, als sie in Baikonur, im Süden Kasachstans, ankam, wo das Kosmodrom liegt, der sowjetische Raketenstartplatz, von dem schon Juri Gagarin abgehoben war.

Sie wusste, dass Walja dort, am 16. Juni 1963 – draußen waren es 40 Grad im Schatten – an Bord der Wostok VI ging, was auf Deutsch »Osten« heißt und der Name von Waljas Raumschiff war. Sie wusste, dass dieses Raumschiff 4,41 Meter lang und 4720 Kilogramm schwer war und Juri Gagarin mit demselben Modell, der Wostok I, geflogen war, dass er allerdings nur eine Stunde und 48 Minuten durch den Weltraum schwebte; Walja hingegen zwei Tage, 22 Stunden und fünfzig Minuten.

Juri wusste sogar, dass Waljas Funkrufname Tschaika war, Möwe. Und dass sie sich um 10 Uhr 45, sie war noch am Boden, das erste Mal in der Kommandozentrale des Kosmodroms meldete, wo, kein Witz, niemand anderes saß als Juri Gagarin persönlich.

»Hier Möwe, hört ihr mich?«, sagte Walja.

Und Juri Gagarin antwortete: »Die Verbindung ist gut.«

Selbstverständlich wusste Juri auch, dass Waljas Rakete schließlich um 12 Uhr 29 Moskauer Zeit zündete und Waljas Raumschiff nur wenige Minuten später die Erdumlaufbahn erreichte.

»48-mal hat sie dann die Erde umrundet«, rief Juri. »48-mal! Alle hundert Minuten. Ist das nicht verrückt? Weißt du, wie schnell sie da gewesen sein muss?«

»Nee ...«, sagte ich, längst erschlagen von den ganzen Zahlen und Fakten.

»Ich aber! Sie war mit einer Geschwindigkeit von 28 000 Kilometern pro Stunde unterwegs und legte

1 971 000 Kilometer zurück. Das heißt, sie war, warte … acht Kilometer die Sekunde schnell. Kannst du dir das vorstellen?«

»Ehrlich gesagt nicht.«

»Ich mir auch nicht.«

Juri lächelte und in meinem Kopf schwirrte es. Doch ich wollte nicht, dass sie aufhörte zu reden. Was sie zum Glück auch nicht tat.

»Aber weißt du, was ich am besten finde?«, sagte Juri, ohne meine Antwort abzuwarten. »Während dieser Zeit, die Walja da oben war, da, wo eigentlich kein Mensch etwas zu suchen hat, konnte sie aus dem Bordfenster schauen und die Erde sehen. Unsere winzig kleine Erde. Mit ihren Kontinenten, mit ihren Meeren und Gebirgen und Wüsten. Und eine ihrer Aufgaben war es, all das zu fotografieren, die Erde und den Mond. Und das hat sie gemacht. Und währenddessen ging die Sonne für Walja achtmal unter und achtmal wieder auf. Ist das nicht schön?«

»Ja …«, seufzte ich.

»Wunderschön ist das, Sascha! Wunderschön! Du musst dir vorstellen, dass sie in diesem ultraschnellen Raumschiff saß und vor sich die Morgendämmerung gesehen hat und hinter sich die Abendröte und nur unter ihr war Nacht.«

Meinetwegen hätte das stundenlang so weitergehen können. Ich wollte Juri einfach nur zuhören. Es war nicht, was sie sagte, sondern wie sie es sagte. Und deshalb, einfach um das Gespräch nicht versiegen zu lassen, fragte ich: »Und wie ist sie, also äh … Walja, dann wieder zurück zur Erde gekommen?«

»Ganz einfach. Sie ist mit ihrem Raumschiff zurück in die Erdumlaufbahn. Und dann hat sie sich mit einem Schleudersitz aus ihrer Landekapsel katapultiert und ist am 19. Juni 1963 um 10 Uhr 20 Moskauer Zeit mit ihrem Fallschirm wieder auf der Erde gelandet. Und zwar 620 Kilometer nordöstlich von Karaganda, irgendwo in der kasachischen Steppe.«

»Krass«, sagte ich.

»Total«, sagte Juri.

»Willst du das auch?«

»Was?«

»Na, ins Weltall fliegen. Kosmonautin werden?«

»Also erst mal heißt das bei uns jetzt ja Astronautin«, sagte Juri. »Und, na klar will ich das! Ich versuche es zumindest. Aber weißt du, wie schwer das ist? Dazu müsste ich noch viel besser sein in Mathe und in Physik.«

»Aber du bist doch jetzt schon die Beste.«

»Ja, an der Schule in Klein Krebslow. Herzlichen Glückwunsch! – Aber, weißt du, selbst wenn es nicht klappen sollte, möchte ich eines Tages unbedingt ins Sternenstädtchen und nach Baikonur. Ich würde so gern wissen, wie es da aussieht.«

»Wie denn?«, fragte ich.

»Keine Ahnung«, sagte Juri. »In Baikonur halt wie in einem Weltraumbahnhof und im Sternenstädtchen wahrscheinlich nicht viel anders als hier. Das ist nämlich ein ganz normales Neubaugebiet. Das Problem ist nur, dass die da eine Mauer rumgezogen haben und es überall Militärkontrollen gibt. Aber stell dir vor, ich könnte mich da irgendwie vorbeischmuggeln und würde da rumlaufen und dann einfach so auf Walja treffen. Ich würde durchdrehen!«

»Meinst du denn, die wohnt da noch?«

»Weiß nicht. Vielleicht. Wobei Herr Reza letztens meinte, sie sei in die Politik gegangen und da ein richtig hohes Tier geworden.«

»Ah, du hast ihm auch davon erzählt?«, sagte ich. Offenbar war ich nicht der Einzige, mit dem Juri ihre Träume teilte.

»Ja, na klar«, sagte Juri. »Aber irgendwie war das merkwürdig. Er wurde plötzlich ganz komisch und hat angefangen, mich zu belehren.«

Juri erzählte mir, was Herr Reza ihr erzählt hatte. Nämlich, dass Waljas Flug gar nicht so erfolgreich verlaufen sei. In Wirklichkeit habe Walja die Weltraumkrankheit bekommen und ihr sei total schlecht geworden und deshalb habe sie viele Experimente gar nicht durchführen können.

Wenn man Herrn Reza glaubte, sollte das allerdings nicht an die große Glocke gehängt werden, weshalb Walja trotzdem ein Haufen Orden umgehängt wurde. Denn eigentlich sei es nur um zwei Dinge gegangen: erstens der Welt zu zeigen, wie toll die Sowjetunion ist. Und zweitens eine neue sozialistische Heldin zu küren. Am besten eine, deren Vater im Zweiten Weltkrieg gefallen war und deren Mutter eine Arbeiterin ist.

»Könnte doch ... wirklich sein, oder?«, meinte ich. »Also, dass Walja nur so eine Art Maskottchen war?«

»Na und?!«, zischte Juri. »Und selbst wenn, wäre mir das egal! Sie war im Weltall! Als erste Frau! Und in Deutschland hat das bislang noch keine Einzige geschafft.«

»Ich wette, du wirst die Erste«, sagte ich und eigentlich hatte ich das versöhnlich gemeint, doch Juri lachte jetzt zum ersten Mal. So wie sonst über Sonnys Witze. Richtig befreit und richtig laut. Sogar ihre Nase kräuselte sich ein wenig.

»Sascha, das wäre das Größte!«, rief sie. »Dann könnte ich all das hier unten hinter mir lassen und würde da oben ganz alleine mit meinem Raumschiff durch den Weltraum fliegen.«

Auf einmal jedoch verfinsterte sich Juris Blick und sie wurde richtig ernst.

»Geht es dir nicht manchmal auch so? Dass du einfach von hier verschwinden willst?«

»Nee, eigentlich nicht.«

»Du bist komisch«, sagte Juri und unser Gespräch drohte zu verebben.

Den Kakao hatten wir ausgetrunken, der Teller mit den Keksen war fast leer und der Sturm draußen vor unserem Fenster hatte nun endgültig aufgehört. Licht brach durch die Wolken. Wie spät war es inzwischen eigentlich? Ich wollte gerade auf die Uhr schauen, da fragte Juri mich: »Was ist denn dein Traum?«

»Wie?« Ich war überrumpelt. Das hatte mich noch nie jemand gefragt.

»Na, du musst doch auch einen haben? Einen Traum, ein Geheimnis oder irgend so etwas?«

»Na ja, einen Traum habe ich leider nicht.«

Ich grübelte kurz. War das jetzt der richtige Moment? Sollte ich es wagen? Vielleicht schon. Ich nahm all meinen Mut zusammen und beugte mich vor, was dazu führte, dass Juri ein wenig zurückwich. Keine Ahnung, was sie dachte, was jetzt passieren würde. Jedenfalls griff ich unters Bett, wo in einem Schuhkarton mein Notizheft lag. Ich holte es hervor und strich mit der Hand über den braunen Ledereinband.

»Das ist mein Geheimnis«, sagte ich.

»Ein Tagebuch?« Juri schaute mich neugierig an.

»Nein, kein Tagebuch. Das ist mein Notizheft.«

»Und was schreibst du da auf?«

»Alles Mögliche«, sagte ich. »Was mir gerade so durch den Kopf geht. Und, na ja, vor allem sammele ich Wörter.«

»Wörter?«

»Ja, einzigartige Wörter. Also Wörter, die eine Sache beschreiben, für die es in anderen Sprachen keinen Ausdruck gibt.«

Juri wirkte jetzt nicht mehr neugierig, sondern verwirrt.

»Pass auf, ich erkläre es dir«, sagte ich und blätterte durch die Seiten.

Die Tabelle, die ich auf den Heizungsrohren geschrieben hatte, wollte ich Juri lieber nicht zeigen. Auch nicht die Seite, auf der ich *Mamihlapinatapai* notiert hatte. Aber dieses Wort, das war gut.

»Schau mal, hier«, sagte ich. *»Porjadotschnyi.«* Ich betonte die Silben ganz langsam, weil ich mir selber nicht sicher war, wie man es richtig aussprach. »Das ist Russisch und bedeutet, dass jemand sehr ehrlich ist und nicht in der Lage, etwas Böses zu tun.«

»Das passt zu dir«, sagte Juri.

»Wieso?«

»Ach, nur so ...«

»Nein, sag!«

»Na, weil du so harmlos bist ... und irgendwie süß.«

Juri schmunzelte. Allerdings war ich mir nicht sicher, ob sie mich an- oder ausschmunzelte. Und ich wusste auch nicht, ob ich beleidigt sein oder mich geschmeichelt fühlen sollte.

Ich zeigte Juri noch einige andere Wörter. Manche wie *Bakku-shan* (japanisch, ein Mädchen, das hübsch wirkt, solange man es von hinten sieht) fand sie bescheuert. Über andere wie *tjuvsmaka* (schwedisch, heimlich in der Küche naschen) musste sie laut lachen. Schließlich, wir saßen noch immer auf meinem Bett, ganz vertieft über mein Notizheft gebeugt, sodass sich unsere Köpfe beinahe berührten, klopfte es an der Tür zu meinem Kinderzimmer. Wir konnten die quietschende Stimme meiner Schwester hören.

»Sascha, Abendbrot!«

»Ich komme gleich«, rief ich. Und sagte dann zu Juri gewandt: »Willst du auch mitessen?«

»Nein, nein. Ich muss nach Hause.«

»Schade.«

»Ja, das ist echt schade«.

Es wirkte so, als würde Juri es wirklich bedauern. Sie war schon von meinem Bett aufgestanden, als sie auf einmal fragte: »Sascha, was machen wir jetzt eigentlich wegen Herrn Reza und den Pawelkes?«

»Ich weiß nicht«, antwortete ich.

»Ich aber«, sagte Juri. »Ich habe einen Plan.«

Als sie sich kurz darauf verabschiedete, hatte Juri mir alles erklärt. Sie trug noch immer meine Sachen und stand im Flur, genauso wie meine Mutter und mein Vater, der inzwischen nach Hause gekommen war. Sie gab beiden die Hand und bedankte sich bei meiner Mutter für den Kakao und die Kekse.

»Gerne«, sagte meine Mutter. »Deine nassen Sachen habe ich übrigens in die Waschmaschine getan. Die kann Sascha dir dann ja morgen mit zur Schule bringen. Oder, Sascha?«

»Jaha ...«, sagte ich, unschlüssig, was ich jetzt tun sollte. Ihr auch die Hand geben? Oder wie mit Sonny einschlagen? Das wäre mir absurd vorgekommen. Sie war doch nicht mein Kumpel? Oder vielleicht doch?

So stand ich etwas verloren vor ihr, die Hände in den Hosentaschen vergraben, während ich mit dem Gedanken spielte, sie zu umarmen.

Doch Juri sagte nur: »Tschüss, Sascha.«

Und dann war sie fort.

Zum Abendessen gab es Jägerschnitzel mit Tomatensoße und Spirelli. Als wir zu viert in der Küche saßen – ich war noch dabei, alles zu verdauen, was an diesem Nachmittag geschehen war –, sagte meine Mutter zu mir: »Du hast ja von Juri noch gar nichts erzählt?«

»Nee«, sagte ich und wünschte mir, ich hätte mich genau in diesem Augenblick an dem Jägerschnitzel verschluckt.

»Sehr nettes Mädchen«, sagte meine Mutter, als wäre Juri eine ihrer Schülerinnen, für die sie eine Beurteilung schreiben müsste.

»Mhhhm ...«, machte ich.

»Ganz anders als dein Freund Sonny. Wirklich gut erzogen. Und nicht so verwöhnt.«

»Wenn du meinst ...«, grummelte ich in mein Jägerschnitzel.

»Ja, Saschachen, das sehe ich. Wäre ja wirklich schön, wenn sie öfters mal vorbeikommen würde.«

»Mal sehen ...«

»Sascha hat eine Freundin!«, trällerte meine Schwester.

»Nina, bitte«, sagte meine Mutter, woraufhin Nina sofort ihre Klappe hielt.

Dann aßen wir weiter. Mein Vater stumm wie immer.

Später am Abend, nachdem ich noch einige weitere Gemeinheiten meiner behämmerten Schwester hatte erdulden müssen (»Sascha ist verliebt!«) und ich ihr zur Strafe Prügel angedroht hatte, saß ich wieder auf dem Bett in meinem Zimmer.

Der nasse Fleck auf der Decke war längst getrocknet. Vor mir lag mein Heft, daneben ein aufgeschlagenes altes Russisch-Wörterbuch meiner Eltern, das ich aus dem Schrank im Wohnzimmer stibitzt hatte. In der Luft hing noch der Geruch von Juri. Er war betörend süß und irgendwie chemisch, wobei das womöglich gar nicht ihr richtiger Geruch war, sondern nur ihr Deo.

Ich dachte an Juris rot gefärbte Haare, die ihr auf die Schultern fielen. Ich dachte daran, wie sie mich ausgeschmunzelt hatte oder vielleicht auch angeschmunzelt. Ich dachte daran, was sie mir erzählt hatte. Über ihren Vater, über Walja, über das Sternenstädtchen und Baikonur. Ich dachte an ihren Plan, der mir verwegen schien und gefährlich, und ich dachte auch daran, was sie mir nicht erzählt hatte: Warum wollte sie am liebsten von hier verschwinden? Und was war mit ihrer Mutter? Und warum hatte sie nachmittags so oft keine Zeit, mit mir und Sonny abzuhängen?

Ich schlug eine neue Seite in meinem Heft auf und zog in der Mitte einen dicken Strich. Links schrieb ich, den Stift langsam übers Papier führend, Juris Namen auf und rechts daneben Tschaika, die Möwe. Ich schrieb beides in russischen Buchstaben, die ich aus dem Wörterbuch kopierte. Ich fand, das passte gut. Die Buchstaben waren wie Juri. Schön und geheimnisvoll.

юрий

чайка

10

Von heute aus gesehen mag es idiotisch wirken, doch damals war ich noch fest davon überzeugt, dass alles im Leben in der richtigen Reihenfolge passiert. Und was ich damit meine, ist, dass du erst jung bist und dann älter wirst, bis du irgendwann – eine verrückte Vorstellung! – so erwachsen bist, dass du nicht mehr zur Schule gehen musst und stattdessen einen Beruf und eine Familie hast und dass sich das Glück so gesehen im Laufe der Zeit automatisch und wie von alleine einstellt. Du musst nur abwarten und fest genug daran glauben.

Heute ahne ich, dass es in Wahrheit anders läuft. Zwar bin ich noch immer längst nicht erwachsen, aber zumindest hat Herr Reza mir einmal erzählt, es wäre falsch, zu denken, dass das Leben ein Spiel ist, in dem du immer gewinnst. Nichts passiert automatisch. Das Glück widerfährt dir nicht einfach. Du musst schon etwas dafür tun. Und selbst dann gibt es keine Garantie dafür, dass du die Aufgaben, die die Welt dir stellt, lösen kannst.

Im Grunde, glaube ich, ist es wie im Mathematik-Unterricht: Erst ist alles ganz simpel, es gibt nur plus und minus und Zahlen bis 20. Dann wird es schon schwieriger, du musst multiplizieren und dividieren. Aber auch das geht gerade noch so. Wenn du nicht ganz dull bist, kannst du es sogar im Kopf ausrechnen.

Doch dann werden die Zahlen größer, und plötzlich kommen, worauf dich niemand vorbereitet hat, sogar Brüche und Potenzen dazu. Du brauchst jetzt einen Taschenrechner, um klarzukommen. Aber selbst der kann dir irgendwann nicht mehr helfen, wenn die Zahlen durch Buchstaben und Formeln ersetzt werden.

Alles ist auf einmal so rätselhaft wie eine Geheimsprache, die du nicht entschlüsseln kannst. Und falls du nicht zufällig mit dem nobelpreisverdächtigen Gehirn von Juri gesegnet sein solltest, bist du so verwirrt, dass deine Gedanken sich verknäulen und du selbst an den simpelsten Aufgaben scheiterst.

Spätestens jetzt sehnst du dich zurück nach der Zeit, als es nur Zahlen bis 20 gab. Du denkst: Wäre mir das nur schon früher bewusst gewesen, wie schön und einfach alles war! Wobei das ja auch ein Trugschluss ist. Denn es war ja gar nichts einfacher. Sondern du wusstest nur so wenig über die Dinge, dass dir im Nachhinein alles einfach erscheint.

Aber wie gesagt, das hatte ich damals noch kein bisschen kapiert. Was ja kein Wunder ist, weil ich erst 13 war. Und bestimmt verstehe ich es auch heute, zwei Jahre später, als ich diese Geschichte aufschreibe, noch nicht richtig. Vielleicht kann man es auch gar nicht richtig verstehen. Und vielleicht, das möchte ich nicht ausschließen, plappere ich nur nach, was Herr Reza mir vorgebetet hat. Doch manchmal denke ich trotzdem, dass ich schon viel früher darauf hätte stoßen können, wie kompliziert alles ist.

Nicht, weil ich schon Anfang der 5. Klasse, als meine Mutter mir meinen ersten Taschenrechner kaufte, den Anschluss in Mathe verloren hatte. Sondern weil ich mir ja nur die Leben von meinem Vater und vielen anderen in der

Siedlung hätte anschauen müssen, um zu begreifen, dass Erwachsensein nicht bedeutet, dass du auf jede Frage eine Antwort findest. Geschweige denn, dass du irgendetwas in den Griff bekommst.

Na ja, wie gesagt, ich möchte jetzt nicht so neunmalklug wie Sonny wirken. Und ich möchte auch keineswegs so tun, als hätte ich den leisesten Hauch einer Ahnung davon, wie die Welt funktioniert. Aber im Unterschied zu heute dachte ich damals noch, dass es wenigstens eine Art gäbe, sie zu überlisten.

Womit ich endlich bei dem Punkt gelandet bin, auf den ich eigentlich hinauswollte, nämlich bei dem Plan, den Juri ausgeheckt hatte und der jetzt unser Plan war, also notgedrungen auch meiner, und in den ich mich voller Begeisterung und in der trügerischen Hoffnung stürzte, dass alles gut ausgehen würde.

Der Plan war so genial wie einfach. Was kein bisschen unlogisch ist. Weil die genialsten Ideen ja oft auch die einfachsten sind. Aber um es an dieser Stelle kurz zu machen: Unser Plan war, die Pawelkes zu beschatten.

Als Juri mir zuerst davon erzählt hatte, hätte ich sie am liebsten für verrückt erklärt, für geistesgestört oder völlig Banane. Aber dann schien es mir doch ziemlich schnell die einzig richtige Schlussfolgerung zu sein. Denn, hatte Herr Reza uns nicht gesagt, dass wir den Blick darauf richten sollten, »warum die Pawelkes ausgerechnet ihn« angegriffen hatten? Und hatte er nicht auch gesagt, dass wir damit nicht warten sollten, weil es sonst immer schwieriger würde, »die Wirklichkeit in all ihrer Widersprüchlichkeit zu begreifen«?

Es gab nur eine Möglichkeit, um zu erfahren, warum die Pawelkes ihn zusammengetreten hatten. Okay, eigentlich hätte es noch eine zweite Möglichkeit gegeben. Schließlich hätten wir Danilo und Enrico ja auch einfach bei mir im Hausflur abpassen und sie danach fragen können. Doch wahrscheinlich wäre es wenig hilfreich gewesen, wenn wir schon frühzeitig enttarnt und gelyncht worden wären. Also blieb uns lediglich eine einzige Möglichkeit. Nur, wie sollten wir vorgehen?

Zuerst hatte ich mir vorgestellt, dass wir es machen könnten wie Harka, der Sohn der Großen Bärin. Dass wir also im übertragenen Sinn durch die Prärie streifen, Fährten lesen und uns auf leisen Sohlen an die Pawelkes heranschleichen. Das Problem an der Idee war nur, dass die Siedlung nicht die Prärie war und es kaum Fährten gab.

Juri kam daher auf die Idee, dass wir es lieber machen sollten wie Sternensucher. Ich verstand nicht, was sie damit meinte, aber dann erklärte sie es mir.

Die Sterne, sagte sie, sehen von der Erde betrachtet ja alle ähnlich aus. Ein weiß funkelndes Licht am Himmelszelt. Wenn wir aber zu ihnen hinfliegen würden, könnten wir erkennen, dass sie in Wahrheit ganz unterschiedlich seien. Zwar hat jeder Stern, wie Juri mir erklärte, dieselbe Form und ist so rund wie eine Kugel. Doch manche dieser Kugeln sind alt und andere sind jung. Manche sind Riesen und andere Zwerge. Manche sind schwer und andere leicht. Manche sind superheiß und andere ganz kalt. Manche sind blau, manche rot und manche gelb. Manche wurden gerade geboren und andere sterben. Manche strahlen extrem hell und andere strahlen gar nicht mehr.

Im Grunde, sagte Juri mir, sei es mit den Sternen wie mit uns Menschen. Keiner von ihnen ist unsterblich und jeder ist anders. Aber wie sie wirklich seien, könne man erst dann sehen, wenn man ganz nah an sie herankomme.

Ich war mir nicht sicher, ob ich wirklich raffte, was sie mir da erzählte. Mich beschlich das Gefühl, dass das mit den Sternensuchern vor allem besser klang als meine Harka-Idee, im Grunde jedoch auf dasselbe hinauslief.

Nachdem ich hartnäckig gegen die Sternensucher-Idee angenörgelt hatte, einigten Juri und ich uns schließlich darauf, dass wir es machen würden wie Detektive. Nur so, da waren wir uns sicher, konnten wir die große Verschwörung, die hinter allem lauerte, enthüllen und endlich verstehen, was Herr Reza uns sagen wollte. Was ich am Ende, das schicke ich schon voraus, auch tun sollte. Bloß, dass alles ganz anders kam, als ich es mir ausgemalt hatte. Doch ich will nicht zu viel verraten. Nur so viel: Es fing ganz passabel an.

Drei Sachen kamen uns, das heißt Juri und mir, dabei zugute. Die erste Sache war, dass es schon Juli war und in anderthalb Wochen endlich die Ferien begannen. Die Klassenarbeiten waren geschrieben und die Noten verteilt. Die Lehrer mussten nur noch unsere Zeugnisse schreiben. Im Unterricht schauten wir irgendwelche Videos, die anders als die Videos, die wir zu Hause schauten, die merkwürdige Eigenschaft hatten, dass schlagartig eine schwere Müdigkeit von uns Besitz ergriff, gegen die wir uns unter keinen Umständen wehren konnten.

Die zweite Sache, die uns zugute kam, war, dass wir deshalb nach der Schule ausgeschlafen waren und uns treffen konnten, ohne einen Gedanken an Hausaufgaben oder Lernen verschwenden zu müssen.

Die dritte Sache, die uns zugute kam – und das klingt jetzt ein wenig gemein –, war, dass Sonny sich keine freie Minute mehr gönnte. Schuld daran war sein Song. Entweder er stand wirklich kurz davor, einen unvergesslichen

Hit zu schreiben, den bald Millionen mitsingen konnten. Oder Juri hatte doch recht und Sonny hatte sich verheddert.

Auf jeden Fall war er so schlecht gelaunt wie nie zuvor, und das will was heißen. Denn aus einem unerfindlichen Grund schien Sonny schon immer geglaubt zu haben, dass schlechte Laune ein Gütesiegel großer Künstler sei. Je schlechter die Laune, desto größer der Künstler. So dachte er und wären wir seiner Logik gefolgt, hätte Sonny spätestens jetzt mit Abstand der größte Künstler unter der Sonne sein müssen. Er war kaum noch ansprechbar: Er fragte nichts, er sagte nichts und wenn er sich doch dazu erbarmte, mit uns zu sprechen, schwadronierte er nur irgendwas von Tonarten, Kadenzen und Akkorden. Auch unsere Hilfe hatte Sonny ausgeschlagen.

Jeden Tag nach der Schule machte er sich sofort auf den Weg nach Hause, wo er sich vermutlich in sein Zimmer einschloss und allein vor sich hin klimperte. Für uns war das nicht schlecht. Denn Sonny war so mit sich selbst beschäftigt, dass er gar nicht auf die Idee gekommen wäre, uns danach zu fragen, was wir eigentlich so trieben. Was uns wiederum davor bewahrte, ihn anlügen zu müssen. Wir hatten Sonny nämlich nicht in unseren Plan eingeweiht. Und um ehrlich zu sein, genoss ich es, etwas zu haben, das nur Juri und mir gehörte.

Unsere Detektivarbeit begann damit, dass wir zunächst zusammentrugen, was wir alles über die Pawelkes wussten. Das war erstaunlicherweise gar nicht so wenig. Wir wussten, wie die Pawelkes hießen und dass sie Brüder waren und dass Danilo zwei Jahre älter war als Enrico. Was wir nicht wussten, war, warum ihre Eltern sie mit so fürchterlichen Vornamen gestraft hatten. Doch wie Juri richtig anmerkte, hätte uns diese Information auch nicht viel weitergebracht.

Davon abgesehen wussten wir, dass sie manchmal mit einem alten lindgrünen Wartburg 1000 durch die Gegend tuckerten. Was darauf schließen ließ, dass Danilo, der gerade 18 geworden war und eigentlich nicht der Hellste zu sein schien, es irgendwie geschafft haben musste, an einen Führerschein zu kommen.

Juri war zudem tausendprozentig davon überzeugt, dass die beiden Faschos waren. Ich allerdings war mir da weniger sicher, was vor allem daran lag, dass ich nicht genau sagen konnte, was »Fascho« überhaupt bedeutete. Also ich wusste natürlich schon, dass das geheißen hätte, dass die Pawelkes Nazis waren. Aber waren sie das wirklich? Zwar zogen Danilo und Enrico manchmal über Ausländer her und alle, die anders aussahen als sie. Und sie rissen auch dämliche Witze über Juden, und Danilo trug eine Bomberjacke, und es ging auch das Gerücht um, dass er in der Schule einmal ein Hakenkreuz mit seinem Zirkel in seinen Tisch geritzt hatte. Doch mit alldem, den Witzen, den Sprüchen, der Bomberjacke, waren die Pawelkes bei Weitem nicht die Einzigen in der Siedlung.

Es gab auch genug Erwachsene, die so drauf waren. Und waren die dann alle auch Faschos? Hatten Faschos nicht Glatzen und trugen Springerstiefel? Und konnte es sich bei der Sache mit dem Hakenkreuz vielleicht nicht auch nur um ein Gerücht handeln, das wir genauso wenig beweisen konnten wie die anderen unzähligen Geschichten, die die Pawelkes umrankten?

Selbstverständlich konnte Juri die meisten von ihnen noch nicht kennen. Sie war ja erst vor Kurzem in die

Siedlung gezogen. Doch ich hatte sie alle schon hundertmal gehört.

Da war zum Beispiel die Geschichte, dass die Pawelkes einmal nachts in den gelben Briefkasten an der Lomonossow-Allee gepinkelt haben sollen. (Ob sie dafür einen Tritt oder eine Feuerleiter benutzt haben, ist mir nicht bekannt.) Und dann gab es noch die Geschichte mit der Telefonzelle auf der Ernst-Alban-Straße, die die Pawelkes, gleich nachdem sie in der Siedlung aufgestellt worden war, angeblich komplett demolierten.

Die Pawelkes sollen zudem ein anderes Mal nachts im Sacharow-Ring alle Laternen ausgetreten haben, bis die ganze Straße völlig im Dunkeln lag. Sie sollen Steine gegen die Scheiben an der Bushaltestelle geschmissen haben, sodass diese unter einem lauten Krachen zersplitterten. Und sie sollen Silvesterböller in einer Mülltonne haben hochgehen lassen, woraufhin es nach zerschmolzenem Plaste stank und in der Mülltonne ein riesiges verkokeltes Loch klaffte.

Ich muss zugeben, dass ich mir ein Grinsen nicht verkneifen konnte, als ich Juri davon erzählte.

»Findest du das etwa cool, oder was?«, fragte sie.

»Na ja«, antwortete ich, »ein bisschen lustig ist es schon.«

»Sascha, ey, du checkst echt gar nichts. Das ist nicht lustig. Die beiden sind kriminell!«

»Ja, bestimmt«, sagte ich. »Aber die Polizei hat sie nie dafür drangekriegt. Und nur weil sie eine Telefonzelle demoliert haben, sind sie ja noch lange keine Faschos.«

»Nee«, erwiderte Juri. »Aber wenn sie so Nazi-Scheiße labern und Hakenkreuze in Tische ritzen, dann sind sie sicher welche.«

Da hatte sie einen Punkt. Trotzdem konnte ich es in diesem Augenblick nicht übers Herz bringen, Juri beizupflichten. Was mich selber verwunderte. Ich wollte die Pawelkes ja gar nicht verteidigen, ich hatte ja auch Schiss vor ihnen. Doch zumindest solange sie mir nichts taten – was ja aus einem unerfindlichen Grund der Fall war –, faszinierten sie mich auch irgendwie.

Es wirkte so, als wäre den Pawelkes einfach alles egal. Sie trauten sich Dinge, die sich niemand sonst zu trauen schien. Nicht einmal die Erwachsenen, von denen viele, vor allem die Männer, ihre Sprache verloren hatten. Entweder weil ihnen das genommen wurde, was sie liebten, und sie wie mein Vater jetzt etwas tun mussten, was sie hassten. Oder weil sie gar nichts mehr zu tun hatten und nur noch mit aschfahlen Mienen vor ihren Garagentoren oder auf ihren Balkonen hockten und sich dafür selbst bedauerten.

Juri und ich kamen an dieser Stelle vorerst nicht weiter. Deshalb konzentrierten wir uns als Zweites darauf, herauszufinden, auf welche Schule die Pawelkes gingen. Was ziemlich einfach war, weil es sich um dieselbe Schule handelte wie unsere. Die beiden gingen in die zehnte Klasse. Danilo war zweimal sitzen geblieben und hielt unangefochten den Rekord für Verweise und Tadel.

Am berühmtesten war die Geschichte aus dem Sportunterricht. Das alte Land war damals noch lebendig gewesen und Danilo hatte gerade die Turnhalle betreten, als ein Lehrer ihn aufforderte, endlich einmal seine Sportsachen mitzubringen. Woraufhin Danilo die Hacken zusammengeschlagen, seinen Arm zum Hitlergruß ausgestreckt und gerufen haben soll: »Jawoll, Herr Genosse Parteisekretär!«

Natürlich bekam Danilo auch dafür einen Tadel, was nicht überraschend ist. Überraschend schien eher, und das konnte sich lange keiner von uns erklären, warum Danilo deswegen und wegen all der anderen Dinge nicht längst der Schule verwiesen worden war.

Schließlich, nachdem wir all das zusammengetragen hatten, nahmen Juri und ich unsere Beobachtung auf. Zuerst versuchten wir in Erfahrung zu bringen, was die Pawelkes in der Schule so trieben, was ebenfalls nicht schwer war. Wir mussten uns nur während der großen Pause unauffällig (endlich machte sich meine Unsichtbarkeit einmal bezahlt!) hinter einem Baum postieren und schon konnten wir einen Blick auf sie erhaschen.

Meistens standen die Pawelkes in der Ecke und rauchten, klar, rote Marlboros, während sie unablässig auf den Boden äumelten, als wären sie Lamas. Niemand traute sich, sich ihnen zu nähern. Es schien als würde sie ein unsichtbarer Panzer umgeben, was mit Sicherheit nicht an ihrer ungeheuren Spuckeproduktion lag.

Der zweite Teil unserer Beobachtung fand nach der Schule statt und war um einiges heikler. Nachdem Sonny sich von uns verabschiedet hatte, harrten Juri und ich eine Weile aus, bis die Pawelkes endlich den Schulhof verließen. Sie gingen die Lomonossow-Allee hinunter, in wiegendem Gang. Der Blick versiegelt, das Kinn in die Welt gereckt, als würde sie nur darauf warten, von ihnen erobert zu werden.

Juri und ich ließen ihnen einige Meter Vorsprung, dann begannen wir ihnen zu folgen. Wir taten so, als würden wir einfach durch die Siedlung schlendern und vor uns hin plaudern.

»Du musst jetzt irgendwas sagen«, flüsterte Juri mir zu.

»Wieso flüsterst du?«, flüsterte ich zurück.

»Damit die Pawelkes uns nicht hören können ...«

»Okay, aber ist das nicht noch auffälliger?«

»Stimmt«, sagte Juri jetzt wieder mit normal lauter Stimme. »Aber du musst jetzt irgendwas sagen.«

»Ja, aber was?«

»Irgendwas.«

»Gut«, sagte ich, »also, ich weiß nicht, ob du das wusstest, aber es gibt mehr als 7000 Sprachen auf der Welt.«

Ich erzählte Juri, dass fast tausend davon bereits ausgestorben seien, vor allem in Amerika und Australien. Schuld daran seien die ganzen Europäer, die dorthin gekommen waren. Aber auch bei uns in Europa, erklärte ich ihr, habe es früher Sprachen gegeben, die heute keiner mehr spricht. Burgundisch, zum Beispiel, oder Langobardisch und Vandalisch.

»Sascha, fällt dir nicht was Interessanteres ein?«, fuhr Juri dazwischen.

»Das ist doch interessant!«

»Wenn du meinst ...«, sagte Juri und es kann sein, dass ich mich täusche, aber sie schaute mich von der Seite an und schien beinahe unmerklich zu lächeln. Was mich dazu anspornte, einfach weiterzureden.

»Wer weiß, vielleicht ist unsere Sprache ja eines Tages auch ausgestorben«, sagte ich und malte mir aus, wie es wäre, wenn ein Mensch aus dem Jahr 2994 in der Zeit zurückreisen und auf uns treffen würde und kaum ein Wort von dem, was wir erzählten, verstünde. Und wir ihm daraufhin erklären müssten, was »Patte« oder »Hoschi« bedeutet.

Ich redete auf Juri ein und ließ meinen Gedanken ihren Lauf, ohne mir darüber den Kopf zu zerbrechen. Was sich kein bisschen komisch anfühlte. Denn seitdem Juri bei mir zu Hause gewesen war, am Tag des Sturms, hatte sich etwas zwischen uns verändert. Wobei es auch sein kann, dass nur ich mich verändert hatte. Auf jeden Fall fühlte ich mich nicht mehr überfordert von unserer Zweisamkeit. Im Gegenteil.

Obwohl ich noch immer das Gefühl hatte, dass sie den Schleier, der ihre Geheimnisse barg, nur einen Spalt gelüftet hattet, schien es mir, als könnte ich mit Juri so reden, wie ich es sonst nur in Gedanken tat. Ich musste mich nicht länger verstecken. Nicht einmal meine Empfindsamkeit. Ich wusste zwar nicht, ob sie mich sah oder ob sie mich überhaupt sehen wollte, so wie ich es wünschte, sie zu sehen. Dennoch hatte ich das Gefühl, mit Juri, egal, wo wir uns auch befanden, am richtigen Ort zu sein. Sogar die Frage, wer ich bin oder sein möchte, war in den Hintergrund gerückt. Zumindest, solange ich mit ihr zusammen war.

»So, du kannst jetzt wieder aufhören«, sagte Juri.

Wir waren den Pawelkes bis zur Ernst-Alban-Straße gefolgt, bis zu dem kleinen namenlosen Platz, auf dem die Lenin-Statue emporragte, die den Eingang zur Siedlung markierte. Während die Pawelkes sich auf den Stufen davor niederließen, suchten Juri und ich uns einen Beobachtungsposten in ihrem Rücken. Wir fanden einen auf einer Parkbank im Innenhof, links der Statue, von wo aus die Pawelkes uns, wie wir hofften, nicht sehen würden; wir jedoch einen unverstellten Blick auf sie hatten.

Die Sonne strich warm über unsere Gesichter und wir konnten sehen, wie die Autos auf der Bundesstraße vorbeirauschten. Die Ampel an der Kreuzung schaltete von Grün auf Rot. Die blau-silbernen Wimpel des Autohauses, das auf der gegenüberliegenden Straßenseite lag, hingen schlaff herunter.

Wir konnten auch sehen, wie die Pawelkes im Schatten des breitbeinigen Lenins, der seine Hände in den Taschen seines bronzenen Mantels vergraben hatte und seinen bronzenen Schädel stolz in die Welt reckte, eine Zigarette nach der anderen rauchten. Sie schnipsten die Stummel weit von sich und rotzten auf den Boden, sodass sich vor ihnen kleine Spuckepfützen bildeten.

Natürlich sprachen sie auch miteinander, nur verstanden wir nicht, was. Dafür hätten wir näher rangemusst. Oder Wanzen gebraucht. Oder einen Abhörapparat. Aber unsere Detektivausrüstung war recht bescheiden. Also eigentlich gar nicht vorhanden. Wir hatten weder beige Trenchcoats noch eine ausgeschnittene Zeitung, geschweige denn ein Fernglas.

Doch auch unsere bloßen Augen reichten aus, um zu sehen, was dann passierte. Ein bleicher Junge, der permanent zu staunen schien, kam völlig arglos des Weges. Es war Emil Pasternak aus unserer Klasse, der hier gleich um die Ecke wohnte. Er beging den Fehler, nicht die Straßenseite zu wechseln. Weshalb Danilo ihm kurz darauf den Weg abschnitt.

Nachdem Emil Pasternak zwar staunend wie eh und je, aber ohne zu zögern einen Zehnmarkschein an ihn abgedrückt hatte, setzte sich Danilo in Bewegung. Einen Moment lang glaubten wir, er hätte uns ertappt, jedenfalls zuckten unsere Köpfe schnell zurück, als er direkt zu uns blickte. Doch Danilo marschierte einfach weiter, in Richtung Spar.

Als er wenig später mit einer Flasche Schnaps zurückkehrte, hatten wir unsere Köpfe längst wieder nach vorne gestreckt.

»Das ist der gute Hardy«, sagte Juri. »Das sehe ich von hier.«

Ich wusste nicht, wieso sie sich so gut mit Schnaps auskannte. Aber genauso wie sie sah ich, dass Enrico und

Danilo die Flasche hin und her wandern ließen und abwechselnd einen großen Schluck daraus nahmen, ehe sich ihnen ein teigiger Mann näherte. Danilo fingerte zwei Dosen Feuerzeugbenzin aus den Seitentaschen seiner Hosen, gab sie dem teigigen Mann und kassierte dafür ein paar Münzen.

»Krass!«, sagte Juri. »Die handeln mit dem Zeug.«

»Ja, das machen die aber schon lange«, sagte ich. »Die klauen es im Spar und verkaufen es dann.«

»Und wieso, bitte schön, hast du mir das nicht gesagt?«

»Weiß nicht. Wir klauen doch auch manchmal was. Ich dachte, das wäre nicht wichtig.«

»Alles ist wichtig, Sascha!«, sagte Juri, bevor sie wieder die Pawelkes taxierte.

In den folgenden Stunden redeten wir kaum. Ehrlich gesagt war das aber auch nicht nötig, weil kaum etwas passierte. Außer dass Frau Kletsche, deren Platz am Fenster im dritten Stock zunächst noch verwaist gewesen war, so wie wir ihren Beobachtungsposten bezog. Sie drapierte ihr pinkfarbenes Kissen vor sich auf der Fensterbank, stützte sich darauf ab und musterte, begleitet von einem gelegentlichen empörten Kopfschütteln, das Geschehen, das sich unter ihr abspielte.

Autos fuhren vorbei. Leute schleppten ihren Einkauf nach Hause. Die Pawelkes rauchten und rotzten. Die Ampel an der Kreuzung schaltete von Rot auf Gelb auf Grün. Noch mehr Autos fuhren vorbei, als die Leute von der Arbeit kamen, also die, die noch eine Arbeit hatten.

»Boah, ist das langweilig!«, stöhnte ich irgendwann.

»Stell dich nicht so an«, sagte Juri. »Da müssen wir jetzt durch.«

Erst als es Abend geworden war, die Flasche der Pawelkes war nur noch halb voll und ich musste nach Hause, beendeten wir unsere Beobachtung. Doch schon am nächsten Tag setzten wir sie fort. Es war wieder dasselbe Bild, eine ewige Wiederholung. Die Pawelkes an der Lenin-Statue. Die Pawelkes, wie sie Emil Pasternak und andere abzogen. Die Pawelkes, wie sie mit ihrem beknackten Feuerzeugbenzin dealten.

Ich hatte nicht erwartet, dass das Leben der Pawelkes so eintönig sein könnte. Aber noch weniger hatte ich erwartet, dass das Leben als Detektiv nicht mehr Aufregung verhieß und noch eintöniger war. Doch trotz meiner Beschwerden war Juri nicht davon abzubringen, unsere Beobachtung fortzusetzen. Sie sah sich sogar darin bestätigt, dass die Pawelkes etwas zu verbergen hatten. Warum sonst sollten sie sich so offensichtlich unauffällig benehmen? Immer wieder wiederholte sie denselben Satz: »Wir müssen geduldig sein.« Und tatsächlich wurde Juris Geduld belohnt.

11

Es waren nur noch wenige Tage bis zu den Ferien, als endlich etwas Unerwartetes geschah: Die Pawelkes trennten sich. Nach der Schule steuerte Danilo wie immer in Richtung Lenin-Statue. Doch Enrico, der Jüngere der beiden, schlug den entgegengesetzten Weg ein. Juri und ich schlichen ihm hinterher.

Enrico lief erst links an der Schule vorbei und folgte dem gelb lackierten Zaun, der den Schulhof begrenzte; dann bog er rechts ab und marschierte, weiter dem Zaun folgend, einen schmalen Weg entlang, bis er wenig später den alten Weiher erreichte. Die Hitze der vergangenen Wochen hatte diesem so zugesetzt, dass er nur noch trübe vor sich hin moderte. Die Kröten, zu faul zum Quaken, verkrochen sich im Schlamm, das Schilf ließ seine Köpfe hängen.

Enrico suchte sich einen schattigen Platz unter der Trauerweide, deren Äste träge nach unten in den Weiher fielen. Juri und ich verbargen uns unterdessen hinter einem kleinen Hügel. Die Sonne glühte erbarmungslos. Wir legten uns auf den Boden, unter uns spürten wir die warme Erde und das verbrannte Gras, das uns auf der Haut kitzelte. Enrico steckte sich einen Kaugummi in den Mund und schaute sich nervös um.

»Was macht der da?«, raunte ich Juri zu.

»Wirkt, als würde er auf jemanden warten«, sagte sie.

Und so war es. Nach einer Weile, während der Enrico unablässig an seinem weißen T-Shirt herumgezupft hatte und sich ständig durch sein kurz geschnittenes Haar gefahren war, löste sich eine Gestalt aus den Büschen rechts der Trauerweide. Die Gestalt war groß und schlank, trug eine enge Jeans und ein enges Tanktop und hatte, das war unverkennbar, epische Brüste.

»Ach, nee!«, sagte Juri.

Mir hingegen fiel erst einmal gar nichts ein, als ich neugierig beobachtete, was sich nun abspielte.

Sabrina Kabautzky lief auf Enrico zu und gab ihm einen Kuss. Also nicht nur einen, sondern mehrere. Es war eine regelrechte Kussorgie. Er nahm ihren Kopf in beide Hände und sie schlang ihre Arme um ihn und dann ließen sie sich gar nicht mehr los. Um es deutlich zu sagen: Sie leckten sich ab. Sabrina schob sogar, das war auch aus der Ferne eindeutig zu erkennen, Enricos Hand unter ihr Tanktop.

Man könnte nun auf die Idee kommen, dass es Eifersucht ist, die aus mir spricht, wenn ich das so schildere. Aber das stimmt nicht. Es war Ekel. Ich wusste nicht, wovon ich mehr angewidert sein sollte: dass die beiden übereinander herfielen und sich bissen wie Tiere oder dass Sabrina Kabautzky sich auf so einen Idioten wie Enrico eingelassen hatte.

Erst nach einer Weile lösten sich ihre Körper voneinander. Hand in Hand schlenderten Sabrina und Enrico genau in unsere Richtung. Wir mussten abhauen.

Gebückt sprinteten Juri und ich, so schnell wir konnten, den Zaun entlang zur Schule und suchten Schutz im Eingang eines Wohnblocks auf der Lomonossow-Allee, aus dem gerade eine alte Frau mit ihrem Dackel getreten war. Im Hausflur lehnten wir uns gegen die kühle Wand und rangen nach Luft. Unsere T-Shirts waren durchgeschwitzt und ganz schmutzig von der Erde, auf der wir gelegen hatten.

»Was war das denn?«, fragte ich noch ganz außer Atem.

»Das war wohl unser neues Liebespaar«, antwortete Juri.

»Ärrgghhhh …«, machte ich und tat so, als müsste ich mich übergeben.

»Bist du etwa eifersüchtig?«

»Ganz bestimmt nicht!«, sagte ich, als Juri plötzlich ihren Finger auf den Mund legte, »Psssst« machte und auf die Haustür vor uns deutete.

Durch die Scheibe, die in der Tür eingelassen war, sahen wir, wie Sabrina und Enrico an uns vorbeispazierten. Enrico hatte Sabrinas Hand losgelassen, doch ihre Gesichter waren noch ganz wundgeknutscht. Nachdem sie weitergegangen waren, folgten wir ihnen vorsichtig.

Aus sicherer Entfernung konnten wir beobachten, wie Sabrina und Enrico bis vor zur Lenin-Statue liefen, wo sie auf Danilo trafen, der in seinem lindgrünen Wartburg 1000 saß und schon auf sie wartete. Sabrina setzte sich nach hinten auf die Rückbank und Enrico nach vorne zu seinem Bruder. Dann ließ Danilo den Zweitaktmotor aufblubbern und drehte das Radio voll auf.

Ein fürchterliches Gitarreninferno schallte durch die Siedlung, dazu bellte eine entsetzliche, sich ständig überschlagende Stimme irgendetwas Unverständliches. Frau Kletsche, die oben im dritten Stock auf ihrem pinkfarbenen Kissen lehnte, schüttelte den Kopf, bevor Danilo schließlich Gas gab und der Wartburg gemächlich lostuckerte. Er fuhr vor bis zur Kreuzung und bog links auf die Bundesstraße ab, ehe er aus unserem Blickfeld verschwand.

Juri und ich standen an der Ecke zur Ernst-Alban-Straße.

»Wo wollen die hin?«, fragte sie.

»Keine Ahnung. Zum See vielleicht«, sagte ich.

»Dann müssen wir hinterher.«

»Okay. Wir könnten mein Fahrrad von der Schule holen und du dich auf meinen Lenker setzen«, sagte ich, bevor ich mich selbst unterbrach. »Aber weißt du, wie weit das ist?«

»Wie weit denn?«

»Sehr weit. Am anderen Ende der Stadt. Wenn wir da sind, fahren die bestimmt schon wieder zurück.«

Ich konnte erkennen, wie Juri noch einen Moment haderte, bis sie selber einsah, dass es sinnlos war. Unter dem strengen Blick von Frau Kletsche trotteten wir zur Lenin-Statue und setzten uns auf die Stufen davor.

»Und was machen wir jetzt?«, fragte ich.

»Mhm …«, machte Juri, ihr linker Fuß wippte auf und ab. »Wir könnten zu den Pawelkes gehen. Vielleicht sind ihre Eltern ja da.«

»Bist du wahnsinnig? Wenn Enrico und Danilo das mitkriegen, sind wir doch aufgeflogen!«

»Okay, hast recht«, sagte Juri.

»Ja, aber was machen wir dann?«

»Sascha, woher soll ich das denn wissen? Schlag doch mal selber was vor!«

»Wir könnten zu Herrn Reza«, sagte ich.

»Nee, bei dem war ich schon vor ein paar Tagen, nachdem du nach Hause bist«, sagte Juri. »Glaub mir, das bringt uns auch nicht weiter.«

»So eine Scheiße!«, fluchte ich. »Die Pawelkes gondeln mit ihrem Wartburg jetzt schön zum See. Und wir versauern hier in der Demse. Das ist doch zum Kotzen! Ich habe echt keinen Bock mehr. Das mit dem Beschatten war von Anfang an eine bekloppte Idee.«

Ich schaute zu Juri, ihr Bein hatte aufgehört zu wippen. Sie war ganz still und ich musste an Sonny denken. Vielleicht, hoffte ich, hatte er seinen Hit bald endlich fertig geschrieben und vielleicht könnten wir dann wieder gemeinsam zum Baumhaus oder einfach gemeinsam gar nichts tun.

»Ich glaube, wir sind ganz nah dran«, sagte Juri leise.

»Am Aufgeben?«, fragte ich.

»Nein, nah dran, was Großes rauszufinden.«

Juri hatte ihren Kopf in die Hand gestützt und blickte mich von unten aus ihren großen grünen Augen an.

»Ja, aber wonach suchen wir denn eigentlich?« Ich atmete so laut aus, dass es wie ein Schnauben klang.

»Nach einem Zeichen«, sagte Juri.

Sie schaute mich immer noch an, aus ihren großen Augen, und ich weiß, dass ich mich wiederhole, aber sie waren grün, und um ihre Pupillen schloss sich ein gelber Kreis.

»Bitte, Sascha, nur noch ein paar Tage.«

Na ja, und weil ich kein Unmensch bin, willigte ich schließlich ein. Woraufhin Juri so strahlte, dass sogar ihr schiefer Eckzahn einen Moment lang aufblitzte.

An den Tagen danach stand ich schon kurz davor, meine Gutmütigkeit zu bereuen. Es passierte nichts. Zumindest nichts, was ich nicht erwartet hätte. In der Schule bekamen wir unsere Zeugnisse. Juri hatte, außer in Deutsch und Sport, überall Einsen. In Mathe und Physik hätte sie vermutlich sogar eine 0 bekommen, wenn es so etwas gegeben hätte. Herr Gröhnwald wirkte jedenfalls total begeistert.

Als er Juri nach vorne bat, um ihr das Zeugnis zu überreichen, überschlug er sich mit seinem Lob für sie (»Ausgezeichnet! Herausragende Leistungen!«), so als wollte er gleich zu einem Salto ansetzen. Ich konnte Juri ansehen, dass sie sich ihre Freude darüber am liebsten nicht anmerken lassen wollte, was ihr aber nicht gelang.

Bei Sonny und mir war Herr Gröhnwald weniger überschwänglich. Dabei waren auch wir, zumindest was unsere Noten anging, keine Versager. Sonnys Zeugnis bestand vor allem aus Zweien und Dreien, in Musik hatte er selbstverständlich eine Eins. Doch nicht einmal das schien ihn in diesen Tagen aus seiner Gleichgültigkeit reißen zu können. Er nahm das alles nur teilnahmslos zur Kenntnis und wirkte ansonsten so zerstreut wie in den Wochen zuvor. Sein Song schien nie fertig zu werden. Ich traute mich kaum noch, ihn danach zu fragen.

Immerhin waren auch meine Noten, abgesehen von zwei Dreien in Mathe und Chemie, ziemlich okay. Auch meine Eltern, das war ja das Entscheidende, wirkten zufrieden, als ich ihnen mein Zeugnis präsentierte. Zu meiner Verwunderung gaben sie mir sogar zwanzig Mark, was sie zuvor nie getan hatten. Das Allerwichtigste und Allerbeste jedoch war, dass wir endlich Ferien hatten!

Meine Eltern hatten zwar nicht vor, mit uns in den Urlaub zu fliegen. Doch ich hoffte, dass wir wenigstens ein paarmal zum Baden an die Ostsee fahren würden. Ansonsten lagen lange, leere Tage vor mir, an denen ich nichts anderes tun würde, als zu lesen, meine einzigartigen Wörter zu begutachten und mit Juri und hoffentlich auch endlich wieder mit Sonny abzuhängen. Ich vermisste ihn.

Allerdings musste ich zunächst noch diese Detektivsache hinter mich bringen. Irgendwann, dachte ich, würde auch Juri aufgeben. Doch da hatte ich mich geirrt.

Es war Samstagabend, Juri und ich hatten unsere Zielpersonen den ganzen Tag lang beobachtet, als die Pawelkes ihre tägliche Routine erneut unterbrachen und in ihren lindgrünen Wartburg 1000 stiegen. Dieses Mal ohne Sabrina. Juri hatte nur darauf gewartet.

Vor allem weil sie darauf bestanden hatte, waren wir besser vorbereitet als drei Tage zuvor. Ich hatte mein olles Diamant-Rad dabei und Juri hatte sich das Fahrrad meiner Mutter geliehen. Was merkwürdigerweise total unproblematisch gewesen war. Keine Einwände, keine Belehrungen, nichts. Meine Mutter war sofort einverstanden gewesen. Auch damit, dass ich an diesem Tag länger als gewöhnlich draußen bleiben durfte, was ihr eigentlich gar nicht ähnlich sah. Ich hatte mir dennoch nicht viel dabei gedacht. Meine Mutter, wie sich später herausstellte, allerdings schon.

Der Wartburg fuhr los. An der Kreuzung bogen die Pawelkes rechts ab und folgten der Bundesstraße in Richtung Heizkraftwerk. Zum See wollten sie dieses Mal also nicht.

»Komm, wir müssen hinterher!«, sagte Juri.

»Echt jetzt?«

»Jaha!«

»Okay, ich kenne eine Abkürzung«, sagte ich.

Dann pesten wir los. Wir trampelten, so schnell wir konnten, rasten den Sacharow-Ring entlang und preschten dann in voller Geschwindigkeit über den schmalen Pfad, der sich parallel zu den Heizungsrohren durch das hohe Gras wand. Obwohl das Fahrrad meiner Mutter ein wenig zu groß für Juri war, hatte sie keine Schwierigkeiten, mit mir mitzuhalten. Unsere Räder holperten über Steine und Furchen. Unsere Arme zitterten, als würde jemand Elektroschocks durch sie jagen. Rechts von uns lag unberührt das Feld, auf dem die Strommasten emporstachen.

Als wir an der Stelle ankamen, an der der schmale Pfad auf die Bundesstraße traf, hielten wir an und schauten uns um. »Wo sind sie?«, japste Juri. Der Wartburg war nirgends zu sehen, doch aus der Ferne, genauer gesagt aus einer kleinen Straße, die in ein Gewerbegebiet abzweigte, konnten wir das Tuckern des Zweitaktmotors hören. Sie konnten nicht weit weg sein.

Atemlos und ohne ein Wort zu verlieren, folgten Juri und ich dem Tuckern. Wir fuhren die kleine Straße entlang, vorbei an einer Tankstelle, vorbei an verrammelten Lagerhallen und verlassenen Parkplätzen, immer weiter hinaus aus der Siedlung. Links von uns blinkten die roten Lichter des Heizkraftwerks, als das Getucker des Wartburgs auf einmal erstarb. Wir drosselten unser Tempo.

Langsam und uns ständig umschauend, rollten wir mit unseren Fahrrädern über die Straße, die immer schlechter zu werden schien. Es war niemand zu sehen. Weit und breit kein Mensch. Wir überquerten einen alten Bahnübergang, bevor hinter einer Biegung, umstanden von Büschen und Bäumen, die alte stillgelegte Eisengießerei vor uns auftauchte.

Sie bestand aus einem Backsteingebäude, das mit unleserlichem Graffiti vollgeschmiert war und in dessen Rücken ein Schlot steil in den Himmel schoss, aus dem eine schmale Birke wuchs. Davor, also vor dem Gebäude, standen ein blauer Ford Fiesta und der Wartburg der Pawelkes. Beide Autos waren leer. Irgendwo hier mussten sie sein.

Juri schmiss ihr Fahrrad hinter ein Gebüsch und hastete los.

»Juri, warte! Du willst da jetzt nicht rein, oder?«, fragte ich.

»Was denn sonst?!«, sagte Juri.

»Können wir nicht hier draußen warten?«

»Nö.«

Juri steuerte entschlossen auf die Eisengießerei zu. Sie

hatte sie nicht mehr alle. Doch weil ich ihr versprochen hatte, das mit dem Detektivding gemeinsam durchzuziehen, und noch mehr, weil sie mich magisch anzog, fast so wie die Erde den Mond, lief ich ihr hinterher. Gemeinsam näherten wir uns der Eisengießerei von der Seite, drückten uns an der Wand entlang, bevor wir den Eingang erreichten, der zur Straße wies.

Wenn ich heute an diese Situation zurückdenke, sehe ich genau diesen Moment wie eingefroren vor mir. Es klingt beknackt und ich schwöre, dass ich in der Zwischenzeit nicht verrückt geworden bin, aber ich sehe ihn nicht mit meinen eigenen Augen. Ich sehe diesen Moment von außen, so als hätte ich ihn gar nicht selber erlebt, sondern als hätte ihn einer dieser alten französischen Maler mit Ölfarbe auf eine Leinwand gepinselt.

Darauf sind zwei kleine schemenhafte Gestalten zu erkennen, nicht mehr als zwei schwarze Kleckse. Sie, also die Kleckse, also wir, verharren geduckt vor einem backsteinroten Riegel, dahinter streben ein paar hellgraue Striche nach oben. Ansonsten fließt alles auf dem Gemälde ineinander. Alles ist gemalt in den warmen, weichen Farben der Abendsonne, die den Dingen ihre scharfen Umrisse nimmt, das Backsteinrot auflodern lässt und das Schlotgrau dahinter zum Leuchten bringt.

Ich weiß nicht, ob es wirklich so war oder ob der Maler meiner Erinnerung zur Übertreibung neigt, doch jedes Mal, wenn ich mir diesen Augenblick vor Augen rufe, taucht dieses Bild vor mir auf. Wenn ich den Gedanken an das Gemälde allerdings wieder loslasse und meine Erinnerung vorspule wie eine Kassette, wird es schlagartig dunkel. Genauso dunkel, wie es war, als wir den Vorraum der Eisengießerei betraten.

Aus dem Innern drangen undeutliche Stimmen zu uns. Jede unserer Bewegungen, jeder knirschende Schritt auf dem steinigen Boden schien uns zu verraten. Wir pirschten dennoch voran, hinzu auf die Stimmen und ein Rechteck aus Licht, hinter dem sich, wie wir jetzt erkennen konnten, eine große, hohe Halle eröffnete, die schon vor langer Zeit leer geräumt worden sein musste.

Der Boden war von Schmutz und Glassplittern überzogen, die Neonlichtröhren an der Decke kaputt. Durch die eingeschmissenen Fensterscheiben, die sich an beiden Seiten der Halle entlangzogen, gleißte Licht. Die Stimmen waren immer noch undeutlich, aber wir kamen ihnen näher. Nur eine Kette aus Stützpfeilern, die nackt und schutzlos in gleichmäßigen Abständen über den Raum verteilt war, versperrte uns die Sicht.

Juri und ich mussten noch näher ran. Wir schlichen weiter, huschten hinter einen der Pfeiler und lehnten uns langsam vor. Da waren sie. Nur dreißig Meter von uns entfernt. Die Pawelkes.

Sie saßen am anderen Ende der Halle auf einer zerschlissenen Couch und wirkten so, wie ich sie noch nie gesehen hatte, beinahe ängstlich. Vor ihnen hatte sich ein großer, schwerer Mann aufgebaut, der ungefähr so alt sein musste wie mein Vater und bei dem ich sofort das Gefühl hatte, ich hätte ihn schon mal gesehen.

Er hatte einen kahl rasierten, unförmigen Schädel, trug Springerstiefel und Hosenträger über einem schwarzen T-Shirt. Selbstgefällig und anmaßend stand er da, wie ein richtiges Arschloch. Beine breit, Bauch raus, die Hände in die Hintertaschen seiner mit Chlor gebleichten Jeans gesteckt.

Der kahl rasierte Schädel redete auf die Pawelkes ein, die ihm ehrfürchtig lauschten. Er sprach mit einer scharfen

Stimme, die klang, als wäre sie von zu viel Alkohol und zu vielen Zigaretten rau geworden. Es fiel mir dennoch nicht leicht, ihn zu verstehen. Vielleicht lag es daran, dass sich der Kettenraucherbass des Schädels mit seinem eigenen Echo überlagerte, das von den Wänden der leeren Halle zurückgeworfen wurde. Vielleicht lag es aber auch daran, dass ich richtig Schiss hatte und Angst mir die Sinne vernebelte. Ich meine mich aber dennoch zu erinnern, dass der Schädel so etwas sagte wie:

»Die stinken, die pissen und scheißen überall hin ... die klauen, die nehmen uns alles weg ... Arbeit, Wohnung, Frauen ... die bumsen unter freiem Himmel ... Meint ihr, wir sollten uns das länger gefallen lassen? ... Wenn wir es nicht machen, macht es keiner ... wir müssen die aufklatschen ... was sagst du? ... es ist mir scheißegal, wer da wohnt ... Zigeuner, Juden, Rumänen, Fidschis ... wir werden die richtig ... habt ihr verstanden?«

Ich konnte erkennen, wie die Pawelkes bei jedem einzelnen der Worte des Schädels andächtig nickten. Dann schaute ich zu Juri, die ganz fahl war. Vermutlich sah ich selber nicht anders aus. Ich wollte hier einfach nur weg. So schnell es ging.

Ich deutete mit meinem Kopf in Richtung Vorraum und wollte Juri so zu verstehen geben, dass wir besser den Rückzug antreten sollten, als ich mit dem linken Fuß über eine Scherbe auf dem Boden rutschte. Ich geriet ins Straucheln, fiel beinahe hin und bemerkte im selben Moment, wie mein Schlüssel, fast wie in Zeitlupe, aus der Hosentasche rutschte und klirrend zu Boden fiel.

Das Klirren war ohrenbetäubend, es hallte von den Wänden der leeren Halle. Irgendwo schien sogar ein Vogel hochzuschrecken und flatternd nach oben zu stieben, als ich auf einmal Juris vor Entsetzen verzerrtes Gesicht direkt vor meinem sah. Wir zögerten keine Sekunde. Nachdem ich mir meinen Schlüssel geschnappt hatte, stürmten wir, so leise, wie man nur stürmen kann, wenn man komplett panisch ist, aus der Halle in den Vorraum und dann zum Gebüsch, hinter dem unsere Fahrräder lagen.

»Sascha, bist du lebensmüde?«, wisperte Juri. Sie hatte ihren Körper wie ich ganz dicht auf den Boden hinter dem Gebüsch gepresst.

»Tut mir leid. Ich ... ich ... bin irgendwie ausgerutscht«, stammelte ich, als auf einmal der kahl rasierte Schädel aus der Eisengießerei trat.

Mir stand kalter Angstschweiß auf der Stirn. Mein Atem stockte, meine Hände, mein ganzer Körper zitterte, und mein Herz pochte so laut, dass ich befürchtete, der Schädel könnte es hören. Er war nur wenige Meter von uns entfernt und blickte sich in alle Richtungen um. Ich konnte sein Gesicht jetzt genau erkennen, die großporige Haut, die plumpe Nase, die tätowierten Runen, die aus seinem Hemdkragen wuchsen, und plötzlich fiel mir wieder ein, woher ich ihn kannte.

Ich zwang mich, nicht den leisesten Laut von mir zu geben. Erst als der Schädel nach einer Weile wieder zurück in die Eisengießerei schritt, traute ich mich wieder, Luft zu holen.

»Los, los, wir müssen hier weg. Sofort!«, sagte ich mit flacher Stimme.

Aber Juri, die sich schon wieder gefangen zu haben schien, wiegelte ab: »Nein, Sascha. Wir können jetzt nicht weg. Wir sind so nah dran. Lass uns warten.«

»Aber Juri, ich kenne den Typen.«

»Woher denn? Wohnt der auch in der Siedlung?«

»Nein, der wohnt nicht bei uns. Aber der war früher öfter mal bei uns an der Schule. Der hat die Fassade neu gestrichen. Ich glaube, er heißt Cobande, oder so.«

»Cobande?«

»Ja, der Typ ist nicht ganz dicht, der soll im Knast gewesen sein. Also noch vor der Wende. Weil er Polizisten zusammengetreten hat oder so. Der tritt jeden zusammen.«

Juri nickte, als würde sie nichts von dem, was ich gerade gesagt hatte, überraschen. Doch insgeheim ahnte ich, dass all das hier auch ihre bösesten Vorahnungen überstieg.

»Vielleicht hat er sogar schon mal jemanden abgestochen«, fügte ich hinzu. »Der ist total ...«

Ich wusste nicht, was ich noch sagen sollte, um Juri klarzumachen, wie gefährlich Cobande war. Ich bekniete sie, endlich abzuhauen. Aber sie war nicht einen Millimeter davon abzubringen, weiter hinter dem Gebüsch auszuharren und auf Cobande und die Pawelkes zu warten.

Tatsächlich dauerte es nicht lang, bis die drei aus der Eisengießerei stiefelten. Daran, wie sich Enrico und Danilo bewegten, die Schultern eingezogen, den Blick starr auf den Boden geheftet, erkannte ich, dass auch sie sich vor Cobande fürchteten. Mindestens so sehr wie ich mich vor ihnen.

»Ich verlasse mich auf euch, Kameraden«, sagte Cobande.

Er drückte Danilo ein Paket in die Hände. Es war in Packpapier eingeschlagen und nicht größer als ein Schuhkarton.

»Das kannst du«, sagte Danilo.

»Das will ich auch hoffen«, sagte Cobande, »das hier ist nämlich erst der Anfang. Am Ende werden die Leute aus ihren Fenstern gucken und Beifall klatschen.«

Cobande haute zuerst Danilo und anschließend Enrico mit der flachen Hand und voller Wucht in den Nacken, dann stieg er in sein Auto und bevor er die Tür zu sich heranzog, rief er: »Sieg Heil!«

»Sieg Heil!«, antworteten die Pawelkes und der kleine Ford Fiesta brauste davon.

»Boah ey«, sagte Enrico, als Cobande um die Ecke gebogen war. »Der Vogel ist krass. Ich dachte, der haut uns gleich eine rein.«

»Macht der auch, wenn du weiter so dumme Fragen stellst«, sagte Danilo.

Enrico senkte seinen Blick. Zum ersten Mal kam er mir weniger stark vor, als ich immer gedacht hatte. Wenn ich mir seinen großen Bruder wegdachte, sein Butterfly und die hässlichen Klamotten, wirkte er auf einmal gar nicht mehr so bedrohlich, sondern eher wie ein kleiner Butscher (was ein anderes Wort für *Junge* ist).

»Aber solange wir seinen Befehlen folgen, passiert uns nichts«, sagte Danilo, und es war ihm anzumerken, dass er genauso fest und stramm klingen wollte wie Cobande. »Hörst du?«

Enrico nickte und nachdem Danilo das Paket von Cobande auf die Rückbank des Wartburgs gelegt hatte, fuhren die beiden davon.

Die Eisengießerei lag verlassen da. Eine leise Brise wogte durch die Bäume. Von irgendwoher war das Zwitschern von Vögeln zu hören. Juri und ich warteten noch einen Moment, bevor wir uns aus unserem Versteck hervorwagten und unsere Fahrräder zurück auf die Straße schoben.

»Ich wusste es!«, sagte Juri. »Ich wusste es einfach! Das ist der Beweis.«

»Wofür?«, fragte ich.

»Dafür, dass sie irgendwas aushecken.«

»Und dafür, dass die Pawelkes Faschos sind«, ergänzte ich.

»Na ja, das wusste ich eh schon längst«, sagte Juri und zog das »I-c-h« dabei in die Länge. »Was glaubst du, was war in dem Paket?«

»Geld vielleicht?«

»Das könnte sein. Vielleicht war es auch ein Messer. Oder eine Pistole. Oder eine Bombe. – Du weißt ja, zu wem wir jetzt müssen, oder?«

»Ja, zu Herrn Reza«, sagte ich. »Aber lass uns das morgen machen. Ich bin total fertig.«

Und so fuhren wir zurück in die Siedlung. Juri, die noch total aufgekratzt und voller Adrenalin war, spekulierte weiter, was alles in dem Paket sein könnte, bevor auch sie schließlich von der Erschöpfung überwältigt wurde und jeder von uns seinen eigenen Gedanken nachhing.

Vermutlich dachte Juri daran, wie sie den Plan der Pawelkes am besten vereiteln konnte. Ich hingegen fühlte mich aus irgendeinem Grund schuldig. Ich hatte die Pawelkes unterschätzt. Oder vielleicht auch überschätzt. Je nachdem, wie man es sehen will.

12

Am Tag darauf wachte ich mit einem Gefühl auf, das genauso schal war wie der allmorgendliche Geschmack auf meinen Lippen. Zuerst wusste ich nicht, woher es kam, mein Verstand war noch ganz vom Schlaf verhangen, doch dann fiel es mir wieder ein. Ich stand rasch auf, lief in die Küche, nuschelte ein »Morgen« an den Tisch, an dem schon alle saßen, und schlang mein Frühstück hinunter. Ich wollte, so schnell es ging, zu Herrn Reza.

Als ich schon fast aus der Tür war, hielt meine Mutter mich auf.

»Wo willst du hin?«

»Raus!«

»Schon wieder?«

»Äh ... ja.«

»Kannst du nicht noch einen Moment bleiben? Dein Vater und ich, wir müssen dir etwas mitteilen ...«

»Was Schlimmes?«, fragte ich.

»Nein, nein, nichts Schlimmes«, antwortete meine Mutter. Sie wirkte erstaunlich gut gelaunt. Zugleich jedoch schien sich, woraus ich nicht schlau wurde, eine tiefe Sorge in ihr Gesicht gegraben zu haben, die viel tiefer war als die normalen Sorgen, die sie sich sonst so machte.

»Können wir das später besprechen?«, fragte ich. »Ich muss jetzt echt los.«

»Gut«, sagte meine Mutter. »Wann bist du wieder zurück?«

»Nachher«, rief ich und eilte aus der Tür.

Was wollten meine Eltern mir nur sagen? Ich schob den Gedanken daran beiseite und rannte die Treppe hinunter.

Als ich am Sacharow-Ring Nummer 5 ankam, bat Herr Reza mich in seine Wohnung. Ein Geruch von Zigarettenrauch, Tee und alten Büchern wehte mir entgegen. Juri war schon da, sie saß wieder auf dem weichen Ledersofa. Doch anders als beim ersten Mal, als wir gemeinsam bei Herrn Reza zu Besuch gewesen waren, schien sie nicht besonders gut gelaunt zu sein. Sie hatte die Arme vor ihrem Bauch verschränkt und registrierte mich kaum, als ich mich neben sie setzte.

Herr Reza, der wie immer seine lange Hose mit der scharfen Bügelfalte und einen blauen Rollkragenpullover trug, servierte unterdessen Tee auf seinem messingfarbenen Tablett. Er hinkte, wie er es immer tat, die Schmerzen schienen ihn allerdings weniger zu plagen. Jedenfalls wirkte es so, als er auf seinem Sessel Platz nahm und sich eine Papirossa aus seinem silbernen Etui anzündete.

»Juri hat mir schon erzählt, was sich gestern zugetragen hat«, sagte er und schaute zu Juri, die ihn keines Blickes würdigte. »Ihr beide hattet ungeheures Glück, dass euch nichts zugestoßen ist und ihr so glimpflich davongekommen seid. Ich weiß, dass diese Torheit eurem jugendlichen Leichtsinn geschuldet ist, doch bitte, bitte versprecht mir, dass ihr einen solchen Unfug nie wieder macht.«

»Aber«, entgegnete ich, »Sie haben doch gesagt, dass wir …«

»Das ist richtig, Sascha«, unterbrach Herr Reza mich, »das habe ich. Das sollte jedoch mitnichten bedeuten, dass ihr solch abscheulichen Gestalten wie Herrn Cobande nachstellt.«

»Sie kennen ihn?«, fragte ich.

Herr Reza schüttelte seinen Kopf, sodass sich eine Strähne seines silbrigen Haars löste, das er in den Nacken gekämmt trug.

»Nein, von Kennen kann keine Rede sein. Doch Herr Cobande ist mir durchaus bekannt und daher überrascht mich auch eure Vermutung nicht, dass er und die Gebrüder Pawelke etwas im Schilde führen. Das habe ich schon lange befürchtet. Nur leider kann ich nicht mit Gewissheit sagen, worum es sich handelt.«

»Aber warum gehen wir dann nicht endlich zur Polizei?«, warf Juri ein. Sie war auf einmal aus ihrer Starre erwacht und fuchtelte mit ihren Armen wild durch den Raum. »Wir haben doch gesehen, wie er ihnen das Paket gegeben hat!«

»Gemach, Juri, gemach«, sagte Herr Reza. »Was könnten wir denn erreichen, wenn wir jetzt zur Polizei gingen? Was wolltet ihr ihnen mitteilen? Dass die Gebrüder Pawelke Bekanntschaft mit Herrn Cobande pflegen? Oder dass Herr Cobande sich bemüßigt sah, den Gebrüdern Pawelke ein Paket auszuhändigen? Das ist nicht strafbar.«

Juri schnaubte. Es war schwer zu sagen, ob sie enttäuscht oder verärgert war, auf jeden Fall war sie tierisch genervt.

»Haben Sie etwa Schiss?«, platzte es aus ihr heraus.

Herr Reza zögerte. Er fuhr sich mit der Hand durch sein Haar, konnte die Strähne, die sich gelöst hatte, aber dennoch nicht bändigen.

»Nun ja«, sagte er, »ich gebe zu, dass mein Vertrauen in die Damen und Herren von der Polizei nicht gerade das größte ist. Und ... ja, ich habe Angst.«

Es war komisch, dieses Wort aus seinem Mund zu hören. Dass die Gerüchte, die ihn umrankten, falsch waren, hatte ich ja längst geahnt: Herr Reza war vielleicht allwissend und ein Hellseher, aber er war bestimmt kein afghanischer Soldat, der in irgendeinem Krieg verwundet worden war, und er war auch kein persischer Geheimagent oder ein albanischer Drogenhändler. Doch womit ich überhaupt nicht gerechnet hatte, war, dass Herr Reza nie so stark und unerschütterlich gewesen war, wie ich vermutet hatte. Ich guckte ihn mit großen Augen an.

»Ich muss leider davon ausgehen«, sagte er, »dass die Gebrüder Pawelke nicht aufhören werden, mich zu malträtieren. Anders als euch beide, die ihr in diesem Land geboren seid, betrachten sie mich im Grunde ihrer vor Hass überlaufenden Herzen als einen »Fremden«, der ihrer Meinung nach nichts in der Siedlung zu suchen hat. Was natürlich grotesk und vollkommen lachhaft ist.«

Es schien mir total einleuchtend zu sein, was Herr Reza sagte. Trotzdem war ich verblüfft. Denn aus irgendeinem Grund hatte ich ja immer geglaubt, dass die Pawelkes mich auch deshalb verschonten, weil ich zufällig im gleichen Aufgang wohnte wie sie.

»Und was sollen wir jetzt machen?«, fragte ich.

»Ihr beide habt an dieser Stelle genug getan. Und dafür danke ich euch«, sagte Herr Reza. Die Strähne hing noch immer in sein Gesicht.

»Aber wir können doch jetzt nicht einfach aufhören«, sagte Juri. »Sie wollten doch, dass wir für Gerechtigkeit ...«

Juri gelang es nicht, den Satz zu beenden, denn Herr Reza fiel ihr ins Wort. Er klang jetzt strenger als je zuvor, sein Zeigefinger stach durch die Luft.

»Vorsicht! Gerechtigkeit ist ein großes Wort. Was für den einen gerecht erscheinen mag, ist es für den anderen noch längst nicht. Und, Juri, was ich unter keinen Umständen möchte, ist, dass ihr euer Leben riskiert. Ich habe euch lediglich gebeten, zu ergründen, warum die Gebrüder Pawelke solch niederträchtige Taten vollbringen? Und was das euch für euer Leben lehrt? Das war, was ich beabsichtigte. Aber dafür müsst ihr euch keinesfalls unberechenbaren Gefahren aussetzen. Diese Aufgabe, da bin ich mir sicher, könnt ihr auch durch die schiere Kraft eurer Gedanken lösen.«

Ich wollte nachhaken und Herrn Reza fragen, wie er das meinte und auch ob er die Gerüchte kannte, die über ihn im Umlauf waren, als er mich auf einmal auf die Schallplatte ansprach, die er mir geschenkt hatte. Erst jetzt fiel mir auf, dass in Herrn Rezas Wohnzimmer dieses Mal keine Musik lief.

»Was hat denn die Schallplatte mit den Pawelkes zu tun?«, fragte ich.

»Wie immer im Leben: Alles und nichts«, sagte Herr Reza.

Er lächelte sanft und strich endlich die Strähne, die ihm in die Stirn gefallen war, aus seinem Gesicht.

»Sascha, auch wenn ich es dir vorenthalten habe, hatte ich mir insgeheim gewünscht, dass du dir besonders ein Lied zu Gemüte führtest. Aus ihm spricht eine so unermessliche Sehnsucht nach dem, was die Zukunft für uns bereithalten mag. Und zugleich ein noch größerer Schmerz, für das, was wir verloren haben. Das Lied heißt ›ТВОИ ГЛАЗА‹. Hast du dir das angehört?«

»Ich glaube, schon«, sagte ich.

»Du glaubst?«

»Ja, ich kann ja kein Russisch.«

»Sapperlot!«, entfuhr es Herrn Reza. »Natürlich nicht! Wie konnte ich das nur nicht bedenken?« Er schaute sich um. »Leider haben wir nun die Schallplatte nicht hier, aber das Lied, von dem ich spreche, ist ein ganz elegisches. Man hört ein Klavier, begleitet von einem Schlagzeug, und dazu singt eine Frau.«

Obwohl ich keinen Plan hatte, was »elegisch« bedeutete, war es, als könnte Herr Reza direkt in meinen Kopf schauen. Warum sonst sprach er mich ausgerechnet auf dieses eine Lied an, bei dem es mir vorgekommen war, als würde es mich aus der Siedlung tragen?

»Weißt du, welches Lied ich meine?«, fragte er.

Ich nickte.

»Und hat es dir gefallen?«

Ich nickte erneut und Herr Reza sah aus, als hätte er nichts anderes erwartet, bevor er plötzlich in einen Sturm, oder besser: einen Orkan der Begeisterung ausbrach.

»Dieses Lied ist hinreißend!«, rief er. »Ganz und gar famos! Die Sängerin, müsst ihr wissen, heißt Maya Kristalinskaya und den Text hat der große Dichter Semyon Kirsanov verfasst. Ich schätze seine Gedichte über alle Maßen. Und ich verehre dieses Lied! Es ist eine Ode an die Liebe und an die wahnwitzig schönen Augen seiner Angebeteten. Der Titel ist ebenso schlicht wie elegant. Übersetzt heißt er ›Deine Augen‹.«

Herr Rezas dunkelbraune Augen, die verborgen hinter seiner Habichtnase lagen und vielleicht auch mal wahnwitzig schön gewesen waren, die ich aber nun eher als lebensklug oder meinetwegen auch weise beschreiben würde, wanderten von mir zu Juri. Daran, wie sie ihr Gesicht verzog und ihre Unterlippe nach vorne stülpte, konnte ich erkennen, dass Juri wirklich gar keine Lust darauf hatte, dass er nun schon wieder mit diesem Zeug anfing. Doch Herr Rezas Begeisterung ließ sich davon nicht bremsen.

»In dem Lied«, sagte er, »schaut der Dichter in die Augen seiner Angebeteten und verfällt ihr. An einer Stelle heißt es, bitte verzeiht meine holprige Übersetzung: ›Du hast Augen für mehr als ein Gesicht, genug für zwei, und der Ozean leuchtet mit deinen Augen, zweifach, mehrfach, unendlich.‹ – Ihr versteht ja sicherlich, was uns der Dichter damit sagen will?«

»Es ist ganz einfach«, sagte Herr Reza, als wir keine Anstalten machten, ihm zu antworten. »Der Dichter schaut seine Angebetete an, er blickt in ihre Augen und erkennt darin die ganze Welt. Er glaubt, sie seien füreinander bestimmt. Am Ende des Gedichts von Kirsanov, das ist im Übrigen schon nicht mehr Teil des Liedes, heißt es: ›Und ich wurde erschaffen, um dich zu sehen. Und die Welt, sie entstand, um dich zu erschaffen! Für meine Augen.‹«

Wieder wanderte Herr Rezas Blick von mir zu Juri. Eine peinliche Stille erfüllte den Raum. Ich konnte natürlich nicht wissen, was Juri dachte, aber es wirkte, als würde sie ernsthaft an Herrn Rezas Verstand zweifeln. Jedenfalls hatte sie ihre Augenbrauen so hochgezogen, dass in ihrem Gesicht eine schreiende Skepsis stand. Und auch mir wurde das alles zu viel: Redete Herr Reza da etwa gerade von uns? Also von Juri und mir? Das war doch bescheuert! Ich würde Juri niemals, nie im Leben, als meine »Angebetete« bezeichnen! Offenbar schien nun sogar Herr Reza zu bemerken, dass er zu weit gegangen war.

»Sei's drum«, sagte er und machte eine wegwerfende Geste mit seiner Hand. »Wovon ich euch eigentlich erzählen wollte, ist der entzückende Film, aus dem dieses Lied stammt. Er heißt ›Der Sonne entgegen‹ und war ein gigantischer Erfolg. Ich erinnere mich noch daran, als ich ihn das erste Mal gesehen habe. Es war 1965, das Jahr, in dem meine Tochter geboren wurde. Ich war damals mit meinem Vater im Kino. Und ...«

Herr Reza stockte plötzlich. Juri und ich, die erleichtert gewesen waren, dass er endlich mit dem Angebeteten-Geschwafel aufgehört hatte, guckten ihn verwundert an.

» ... leider ist es mir nie gelungen, ihn auch mit Amira anzuschauen.«

»Amira?«, fragte Juri.

»Das ist der Name meiner Tochter«, sagte Herr Reza und sein Blick verschleierte sich.

Es wirkte, als wäre er für einen Moment ganz woanders, irgendwo verloren in den dunklen Kapiteln seines langen Lebens. Doch nur Sekunden später schien er sich bereits wieder gesammelt zu haben und kehrte zu uns in die Gegenwart zurück.

»Ich wusste gar nicht, dass Sie eine Tochter ...«, sagte ich.

»Doch, doch ...«, sagte Herr Reza. »Wie ich euch schon bei deinem ersten Besuch erzählt habe, hatte ich die Gnade, viele Leben leben zu dürfen. Vielleicht war es aber auch eher ein Fluch. Das ist schwer zu sagen.«

»Was meinen Sie denn damit?«, fragte ich.

»Womit?«

»Na, mit den vielen Leben.«

»Sascha, es fällt euch vermutlich nicht leicht, euch das vorzustellen, aber auch ich hatte einmal eine Jugend. Ich war ein Bube, der in Teheran unbeschwert durchs Leben tänzelte. Ich war ein junger Mann mit hochfliegenden Träumen, der voller Hochmut durch die Welt stolzierte. Ich war der Sohn eines Kommunisten, der sein Land verlassen musste und mit seiner Familie ins Exil flüchtete. Wir ließen alles zurück. Für meine Eltern war es schwer. Sie waren zu alt, um sich auf die Fremde einzulassen. Sie taumelten. Aber ich war jung genug, um in der DDR stolpernd meine ersten Schritte zu wagen.

Ich wurde selbst zu einem überzeugten Sozialisten«, fuhr Herr Reza fort. »Ich lernte eine neue Sprache, ich studierte den Marxismus, ich arbeitete als Architekt und entwarf Siedlungen wie diese hier. Ich hatte große Ideen, ich wollte eine neue Welt erbauen und ich habe wirklich daran geglaubt, dass wir alle gleich sein könnten. Erst viel später übermannte mich die Erkenntnis, dass ich einem Irrtum aufgesessen war und manche doch gleicher sind als andere.

Ich spielte daher mit dem Gedanken wegzugehen, in die BRD oder zurück in den Iran. Doch dann fand ich etwas, das kostbarer ist, als Ideale es jemals sein könnten: die Liebe. Und schließlich ereilte mich das größte Glück, als Amira geboren und ich Vater wurde. Bis ich dann erneut fiel, härter als je zuvor, und alles verlor ... Sogar einen Teil von mir selbst.«

»Was ist denn passiert?«, fragte Juri.

Herr Reza senkte seinen Blick. So wie er dasaß, zusammengesackt von der Last der Erinnerung, wirkte er noch älter als ohnehin schon.

»Ich habe einen unverzeihlichen Fehler begangen«, sagte er.

Seine Stimme schien zu brechen und seine Augen füllten sich mit Tränen, bevor er die Erinnerung mit einem Räuspern verjagte.

»Aber genug davon. Das ist alles lange her. Ich kann mir vorstellen, dass ihr, anstatt der Reue eines alten Mannes beizuwohnen, viel lieber zu erfahren trachtet, worum es in dem besagten Film ging. Gehe ich recht in der Annahme?«

Die ehrliche Antwort auf diese Frage wäre ein entschiedenes »Nein!« gewesen. Viel lieber hätten wir natürlich gewusst, was mit seiner Tochter passiert war. Doch weder Juri noch ich trauten uns, Herrn Reza danach zu fragen. Deshalb nickten wir nur zaghaft.

»Ah, das habe ich doch schon geahnt!«, rief Herr Reza. »Ihr beiden seid keine Kretins, sondern zwei sehr begabte, feinsinnige, junge Köpfe und daher scheint ihr auch zu wissen, dass es genau zwei Dinge gibt, die einen gegen die Vergeblichkeit des Lebens wappnen. Das eine ist, wie ich bereits andeutete, die Liebe. Wenn man Glück hat, findet man sie. Wenn man noch mehr Glück hat, verlässt sie einen nicht.

Und das andere ist die Kunst, die Musik, die Literatur, der Film, auch die Architektur. Sie kann uns ebenfalls retten. Da sie in uns die Hoffnung nährt, eine Art von Erlösung zu finden. Nun gut, womöglich ist ›Erlösung‹ ein wenig zu hoch gegriffen. Sagen wir lieber: ›Trost‹. Das scheint mir das treffendere Wort zu sein.

Wir finden Trost, wir schaffen Distanz zu unserer eigenen Verletzlichkeit, zu unserer eigenen Vergänglichkeit, wenn wir erfahren, dass andere Ähnliches durchlitten haben wie wir. Was im Übrigen nicht bedeutet, dass die Kunst immer in der Lage wäre, unsere Schmerzen zu lindern. Es gibt einen Schmerz, der ist selbst dafür zu groß ... Aber ich schweife schon wieder ab. Also, der Film, von dem ich euch nun erzähle, handelt von der Poesie des Alltags. Eigentlich ist er ein Märchen.«

Herr Reza wirkte nun wie verändert und eigenartig verjüngt. Er hatte sich in seinem Sessel aufgerichtet und seine Hände, auf denen sich die Adern wie kleine blaue Flüsse abzeichneten, malten gestenreich durch die Luft, während er uns von Sandu berichtete, einem kleinen Jungen, ungefähr sechs Jahre alt, der eine große Zahnlücke hat und einen gelben Nicki trägt.

Eines Morgens, erzählte Herr Reza uns, spielt Sandu mit seinen Freunden Fußball, bevor er sie fragt, ob er ihnen eine grüne Sonne zeigen soll. Die anderen Jungen sind neugierig und folgen Sandu auf ein Häuserdach, wo er eine Blechdose versteckt hat. In der Blechdose sind Plättchen aus buntem Glas, manche sind grün, andere violett oder orange. Die Jungen halten die Plättchen gegen die Sonne und gucken staunend hindurch.

Einer ruft: »Die Sonne ist ja wirklich grün!« Herr Rezas Stimme kiekste nach oben, als er den Jungen nachmachte.

»Ein anderer, ein großer, dicker Junge jedoch rüffelt ihn«, sagte Herr Reza, dessen Stimme jetzt ganz dunkel wurde. »Die Sonne ist nicht grün, du Dummkopf. Das ist nur, weil du durchs Glas schaust! Aber weißt du, was uns der Lehrer in der Schule erzählt hat? Wenn du der Sonne folgst und jetzt losläufst, in diese Richtung, dann läufst du einmal um die Erde und kommst irgendwann wieder genau hier an.«

Herr Reza wechselte jetzt wieder in seine normale Tonlage. Er erzählte uns, dass die anderen dem dicken Jungen keinen Glauben schenken wollen. Als sie sehen, wie jemand einen Drachen steigen lässt, klettern sie zurück nach unten. Nur Sandu bleibt allein auf dem Häuserdach zurück und schaut gedankenverloren in die Sonne.

»Und das ist erst der Anfang«, sagte Herr Reza. Er ließ seine Hände sinken, faltete sie in seinem Schoß und schaute uns erwartungsvoll an.

Ich muss gestehen, dass ich den Film über Sandu nie gesehen habe. Trotzdem kommt es mir heute beinahe so vor. Was ausschließlich an Herrn Reza liegt, der uns auch den

Rest so lebhaft und anschaulich erzählte, als wäre Sandu geradewegs von der Leinwand zu uns ins Wohnzimmer gehüpft.

Ich versuche mich kurz zu fassen, aber die Geschichte von Sandu, die viel aufregender war, als ich zunächst vermutet hatte, und an die ich auch später noch oft denken musste, geht so:

Sandu läuft los und folgt der Sonne. Er läuft den ganzen Tag lang, immer der Sonne nach, bis es Nacht wird. Auf seinem Weg begegnet Sandu einem alten Mann, der Lose für 30 Kopeken verkauft. Er begegnet einem älteren rothaarigen, fies aussehenden Jungen, der mit einer Lupe seinen Namen und den seiner Freundin in eine Parkbank brennt. Er begegnet einer jungen Frau, die drei Luftballons in der Hand hält, von denen er total fasziniert ist. Er läuft weiter.

Auf einem Jahrmarkt isst er mit einem Jungen Wassermelone und schaut begeistert dabei zu, wie ein Mann auf seinem Motorrad eine Steilwand nach oben braust. Als der Mann nach der Show seinen Helm abnimmt und Sandu erkennt, dass er eine Glatze hat, ist er beinahe ein wenig enttäuscht. Sandu läuft weiter.

Ein Lkw-Fahrer nimmt ihn ein Stück mit. Der Lkw-Fahrer erzählt ihm, dass er mit seinem Lkw schon Tausende Kilometer zurückgelegt habe, so viele, dass er die Welt schon dreimal umrundet habe.

»Und wie ist die Welt?«, fragt Sandu ihn.

Der Lkw-Fahrer sagt: »Es gibt Dinge, die sind sehr interessant.«

Schließlich stoppt der Lkw.

»Warum halten wir an?«, fragt Sandu.

»Die Ampel ist rot«, sagt der Lkw-Fahrer.

»Für mich ist sie grün«, sagt Sandu, holt sein grünes Glas hervor und gibt es dem Lkw-Fahrer, der laut lachen muss.

Sandu läuft weiter, bis ein Polizist ihn am Arm packt und ihn sofort nach Hause schleppen will. Der Polizist redet in einer Tour auf ihn ein. »Was würde denn passieren, wenn plötzlich jeder der Sonne folgen würde? Folgt dein Vater der Sonne? Nein! Dein Vater geht zur Arbeit!«

Die beiden latschen gerade durch einen Park, als Sandu sich losreißen kann. Er läuft und läuft.

Er sieht einen dicken Mann, der in einem Park eine Sonnenblume abbricht, woraufhin Sandu ihn zur Strafe mit einem Wasserschlauch nassspritzt. Er begegnet einem Schuhputzer ohne Beine, er sieht einen Jungen, der Seifenblasen zerplatzen lässt.

Irgendwann landet Sandu in einem Stadion. Bis auf drei Frauen, die mit einem roten Ball durch die Gegend tanzen, ist es ganz leer. Sandu steht auf der Tribüne und guckt den drei Frauen zu. Als die Sonne allmählich beginnt unterzugehen, verlässt er das Stadion und läuft durch die Stadt. Der rote Ball am Himmel verglüht.

Schließlich, es ist schon Nacht, schläft Sandu am Fuße eines Denkmals ein. Im Traum sieht er all die Menschen, die ihm an diesem Tag begegnet sind.

Am nächsten Morgen, die Sonne geht gerade auf, findet ihn ein Militärtrompeter. Die beiden laufen über die leeren Straßen im Morgengrauen und Sandu erzählt dem Trompeter, dass er vorhatte, die Erde zu umrunden.

»Aber du hast doch all diese aufregenden Dinge erlebt«, sagt der Trompeter zu ihm. »Warum sagst du dann, du hättest, die Welt nicht gesehen?«

»Aber ich wollte doch mit der Sonne wieder ankommen«, sagt Sandu. »Am selben Ort. Nur von der anderen Seite.«

»Sobald die Sonne aufgegangen ist, wirst du wieder da sein. Am selben Ort«, sagt der Trompeter und bringt Sandu nach Hause.

Als Herr Reza uns davon erzählte, das weiß ich noch, schloss er genau mit diesen Worten. Er schmeckte ihnen einen Moment lang nach, dann lächelte er uns hintersinnig an.

»Und was haltet ihr von dieser kleinen Geschichte?«, fragte er.

»Nichts!«, entgegnete Juri sofort. »Dieser Sandu muss echt ein ziemlicher Idiot sein. Es ist doch logisch, dass ein Mensch die Erde nicht an einem Tag zu Fuß umrunden kann. Das sind knapp 40 000 Kilometer. Da bräuchte der kleine Sandu schon eine Rakete oder einen Düsenjet, um das zu schaffen.«

Herr Reza lachte laut auf. »Ich glaube, Sascha hat schon begriffen, was ich euch damit bedeuten möchte.« Er warf mir einen doppeldeutigen Blick zu. »Und, Juri, du wirst auch noch draufkommen.«

»Äh, ich hab auch nichts verstanden«, sagte ich.

»Doch, Sascha, ich denke, schon. Denn auch du suchst etwas. So wie Sandu. Du weißt nur noch nicht, was.«

Juri rümpfte ihre Nase. »Ja, Sie haben recht, Herr Reza. Sascha Labude sucht etwas. Er sucht genau dasselbe wie ich. Nämlich danach, was die Pawelkes vorhaben könnten. Aber Sie interessiert das ja nicht! Und außerdem macht das mit Sandu alles sowieso gar keinen Sinn. Der hat ja nicht nur was gesucht. Der hat doch auch was gefunden!«

»Ja, aber nur weil er den Mut hatte, aufzubrechen«, sagte Herr Reza. »Und genau das ist der Kern dieser Geschichte, meine liebe Juri. Ich bin alt, ich habe mein Leben gelebt, ich habe keine Träume mehr, mir bleibt nur meine Vergangenheit, sie bestimmt meine Gegenwart. Doch eure Leben beginnen gerade erst und daher solltet ihr beide, selbst wenn es aussichtslos erscheint, das Unwahrscheinliche wagen und der Sonne folgen. Wenn ihr versteht, was ich damit meine. Es gibt zwar keine Gewissheit, ob ihr sie jemals erreichen werdet. Und womöglich werdet ihr auch gelegentlich vom Weg abkommen und am Ende so wie Sandu etwas gänzlich anderes finden, als ihr erwartet habt. Aber selbst wenn, wäre das längst keine Katastrophe. Entscheidend ist, dass ihr überhaupt ein Ziel habt, euch auf den Weg macht und der Ungewissheit frohen Mutes entgegenschreitet.«

Juri guckte mich Hilfe suchend an, aber ich wusste auch nichts anderes zu tun, als mit den Achseln zu zucken. Wir beide konnten Herrn Reza nicht folgen. Nachdem ich mir noch einige Bücher von ihm ausgeliehen hatte, um darin nach neuen einzigartigen Wörtern zu stöbern, verabschiedeten wir uns von ihm.

Draußen vor dem Sacharow-Ring Nummer 5, es war schon Nachmittag, gingen wir langsam vor in Richtung Lomonossow-Allee.

»Oh Mann!«, stöhnte Juri. »Was sollte das denn mit diesem beknackten Sandu jetzt?«

»Keine Ahnung ...«, sagte ich. »Vielleicht war das eine versteckte Botschaft?«

»Ach, nee, echt? Aber was zur Hölle wollte Herr Reza uns damit sagen? – Oder meinst du, er wollte uns damit nur auf seine komische Art klarmachen, dass wir jetzt doch mit dem Detektivding weitermachen sollen?«

»Weiß nicht. Vielleicht meinte er mit der Sonne auch was anderes ... Vielleicht wollte er uns auch nur sagen, dass wir unsere Träume oder so nicht vergessen sollen ... Also zum Beispiel, dass du die neue Walja werden willst.«

»Mhm...«, machte Juri. »Aber wenn ich die neue Walja werde, was wirst du dann?«

Sie grübelte einen Moment, dann schoss es aus ihr hervor: »Ich hab's! Du könntest Sprachenforscher werden. Oder neue Wörter erfinden. Oder nein, warte, ich weiß es! Du könntest eine Bibliothek der einzigartigen Wörter eröffnen!«

Juri prustete vor Lachen.

»Haha, sehr witzig ...«, sagte ich.

Dann lief Juri zu sich nach Hause und auch ich machte mich auf in den Benno-Voelkner-Weg Nummer 12. In meinem Kopf ratterten die Gedanken, wobei, eigentlich schienen sie eher zu humpeln. Ich kam einfach nicht drauf, warum Herr Reza uns jedes Mal solch merkwürdige Rätsel aufgab und was wir jetzt wegen der Pawelkes tun sollten.

Als ich die Tür zu unserer Wohnung aufschloss, dauerte es keine Sekunde, ehe mir meine Mutter entgegenstürmte.

»Sascha, da bist du ja endlich! Wo warst du denn so lange?«

»Draußen.«

»Komm«, sagte sie und ging voran ins Wohnzimmer, wo sie sich zu meinem Vater auf die Couch setzte und mich mit dem besorgtesten Elterngesicht anschaute, das ihr zur Verfügung stand. Was noch nicht viel zu bedeuten hatte, schließlich setzte meine Mutter dieses Gesicht öfters mal auf. Doch als mein Vater dann sogar den Fernseher ausschaltete, ahnte ich, dass es dieses Mal wirklich um etwas Ernstes ging.

13

Ich war so ein Vollpfosten! Ich war so blind! Ich hatte es einfach nicht kommen sehen. Dabei hatten doch alle Zeichen dafür gesprochen. Im Nachhinein ist es natürlich immer leicht, das zu sagen. Aber diese verdächtige Freundlichkeit meiner Mutter, ihre erstaunlich gute Laune hätten schon viel eher mein Misstrauen erregen müssen. Warum sonst hatte sie mir an dem Tag, an dem wir die Pawelkes bis zur alten Eisengießerei verfolgten, erlaubt, länger als gewöhnlich draußen zu bleiben? Warum sonst hatte sie Juri einfach so ihr Fahrrad geliehen? Warum sonst hatte sie mir zwanzig Mark für mein okayes Zeugnis gegeben – wenn sich dahinter nicht eine böse Absicht verbarg?

Nein, meine Mutter, das wurde mir jetzt klar, hatte nicht plötzlich eine neue, ungeahnte Großzügigkeit an sich entdeckt. Sie hatte das alles geplant. Sie wollte mich milde stimmen, mich quasi bestechen, in der Hoffnung, dass ich dann, wenn es so weit wäre, weniger zornig reagieren würde.

Doch da hatte sie sich getäuscht.

Wir saßen zu dritt auf der Couch im Wohnzimmer. Meine Mutter knetete ihre Hände und mein Vater hockte so starr und unbewegt da, als würde er für einen Fotografen Porträt sitzen. Nina war unterdessen in ihrem Zimmer und spielte Barbie. Vermutlich wollten meine Eltern ihr das alles später beibringen. Zuerst war ich an der Reihe und es fing schon schlecht an.

»Wir haben drei Neuigkeiten für dich«, sagte meine Mutter. »Eine schlechte und zwei gute. Welche magst du zuerst hören?«

Ich hasste solche Fragen. Richtige Elternfragen. Ich wusste, dass sie mich damit in eine Falle locken wollte.

»Die schlechte«, sagte ich.

»Okay«, sagte meine Mutter. »Die schlechte Nachricht ist, dass es nichts wird mit der Schulleitung. Das Schulamt hat sich für den anderen Kandidaten entschieden.«

»Für den Blödmann?«

»Sascha!«

»Na, für den Dussel?«

»Für den neuen Kollegen aus Schleswig-Holstein, genau.«

Meine Mutter wirkte enttäuscht, als sie das sagte, aber nicht so, wie man es hätte annehmen können, wenn man wusste, was »Karriere« ihr neuerdings bedeutete. Da musste noch etwas anderes sein, das ihre Laune hob.

»Und die guten Neuigkeiten?«, fragte ich.

Meine Mutter nahm die Hand meines Vaters und schaute ihn von der Seite an. »Sag du, Bodo.«

»Ich wurde befördert«, sagte mein Vater.

Ich würde nicht so weit gehen und behaupten, dass ein Lächeln über sein Gesicht huschte. Doch zumindest schienen seine Mundwinkel sich ein wenig zu heben.

»Wow!«, sagte ich. »Wie ist denn das passiert?«

Mein Vater zuckte mit den Schultern und meine Mutter sagte: »Dein Vater ist eben sehr gut, bei allem, was er macht. Er wird Abteilungsleiter. Das heißt, er muss nicht mehr von Tür zu Tür ziehen, sondern er koordiniert jetzt die Tätigkeiten der Nahrungsergänzungsmittel-Vertreter. Darauf müssen wir anstoßen!«

Meine Mutter schien vor Stolz zu platzen. Sie gab meinem Vater einen Kuss auf die Wange, woraufhin sich seine Mundwinkel – ich schwöre, dass ich nicht lüge – noch ein wenig weiter nach oben schoben. Es hätte nur noch gefehlt, dachte ich, dass sie ihm einen Held-der-Arbeit-Orden ans Revers heftete. Ich konnte es kaum fassen. Wie war das möglich? Konnte man als blinder Pilot, als taube Opernsängerin doch erfolgreich sein? Oder hatte ich mich in meinem Vater geirrt? War er bei der Arbeit vielleicht ein anderer? Konnte es sein, dass er dort so viel plapperte, dass er, wenn er abends nach Hause kam, all seine Worte für den Tag aufgebraucht hatte?

Nachdem meine Mutter Orangensaft und eine Flasche Rotkäppchen aus der Küche geholt hatte, stießen wir an. Ich bekam »zur Feier des Tages«, wie meine Mutter betonte, sogar einen Schluck Sekt in den Orangensaft gekippt.

»Und was ist die dritte Neuigkeit?«, fragte ich.

Meine Mutter setzte ihr Glas ab. »Das ist die tollste von allen. Stimmt's, Bodo?«

Mein Vater nickte und meine Mutter gab ihm schon wieder einen Kuss, dieses Mal sogar auf den Mund.

»Was ist es denn nun?«, fragte ich.

»Wir ziehen um!«, sagte meine Mutter.

Ihr Gesicht schien vor Begeisterung zu explodieren. Ich hingegen war wie versteinert. Offenbar hatte ich ein grundsätzlich anderes Verständnis von »guten« Neuigkeiten.

»Und wohin?«, fragte ich.

»Das zeigen wir euch übermorgen«, trällerte meine Mutter. »Wir machen einen kleinen Ausfluuug.«

»Das heißt, wir bleiben nicht in der Siedlung?«

»Ach wo!«, sagte meine Mutter, bevor sie aufstand, um einen Prospekt aus der Schublade der Anbauwand zu kramen.

Erst jetzt waren ihre Worte komplett in mein Bewusstsein gedrungen. Schlagartig kam es mir vor, als würde alles um mich herum zusammenstürzen: Die Blocks, die Schule, die Straßen und Autos, sogar das Stromhäuschen und die demolierte Telefonzelle, die ganze Siedlung, meine kleine Welt, fing an zu beben und zu zittern, bevor sie unter lautem Getöse in sich zusammenfiel, sodass bloß eine riesige Wolke aus Staub in der Luft hängen blieb, die, als der Dunst sich gelichtet hatte, nichts zurückließ, außer einem unbebauten Morast, einer Ödnis, eingerahmt von einer Bundesstraße.

»Guck mal, Sascha, ist das nicht toll?« Meine Mutter hatte den Prospekt aufgefaltet und deutete auf die verschiedenen Abbildungen, die eine makellose Reihenhausendwohnung zeigten, in einem Neubaugebiet am anderen Ende der Stadt.

Sie schwärmte von den »todschicken« Wohnungen, vom roten Backstein, von den »nigelnagelneuen« Doppelglasfenstern und dem Carport, in dem sogar Platz für einen »Zweitwagen« wäre. Sie schwärmte von der »Wohnküche«, dem »Laminatboden« und den »zwei Bädern«. Sie pries mein neues Zimmer an, das viel größer wäre als mein jetziges. Sie sprach davon, dass wir dann endlich nichts mehr mit diesen »ganzen Assis« zu tun hätten, und währenddessen schien sie gar nicht zu bemerken, dass ich sie immer verständnisloser anstarrte.

»Und was ist mit mir?«, fragte ich. »Wie komme ich dann jeden Tag zur Schule?«

»Das habe ich schon alles geregelt, Saschalein«, antwortete meine Mutter. »Es gibt da ein ganz tolles Gymnasium in der Stadt. Ich habe schon mit den Kollegen gesprochen. Deine Noten sind ja zum Glück ordentlich. Du kannst schon nach den Ferien dahin wechseln. Das ist gar kein Problem.«

War das ihr Ernst? Am liebsten hätte ich mein Glas Orangensaft auf dem Boden zertrümmert.

»Ich will da nicht hin! Zu den scheiß Bonzen!«, schrie ich und stapfte in mein Zimmer.

Nachdem ich die Tür hinter mir zugeschlagen hatte, warf ich mich auf mein Bett und vergrub mein Gesicht im Kopfkissen. Von draußen hörte ich das Rauschen der Autos, die über die Bundesstraße glitten. Ich musste daran denken, was mein Vater zu mir gesagt hatte, als wir hier eingezogen waren: »Hörst du die Straße, hörst du, wie sie klingt? Wie das Rauschen der Ostsee!« Wie schon erwähnt, hatte ich damals kein bisschen verstanden, wovon er redete. Nun jedoch ahnte ich zum ersten Mal, was er damit gemeint haben könnte. Aber wieso hatte er das vergessen?

Ich holte mein Heft mit dem braunen Ledereinband hervor und blätterte hastig durch die Seiten. Es musste doch irgendein Wort geben, das mir weiterhalf, das beschrieb, wie es ist, wenn deine Eltern dich einfach hintergehen. Doch ich blätterte und blätterte und fand nichts, bis ich plötzlich auf ein Wort stieß, das ich schon vor langer Zeit entdeckt hatte.

Es heißt *Hiraeth* und kommt aus Wales und bezeichnet die Sehnsucht nach den verlorenen Orten der Vergangenheit. Aber, nein, auch das traf es nicht, dachte ich, und schlug mein Heft wieder zu.

Die Siedlung war nicht Vergangenheit, sie war mein Zuhause. Und wenn man ein bisschen Fantasie besaß, konnte man sogar die Augen schließen und hören, wie die Ostsee rauscht.

Am nächsten Tag wachte ich viel zu spät auf. Ich hatte mir vorgenommen, kein einziges Wort mit meinen Eltern zu wechseln. Doch dazu kam es gar nicht. Denn meine Eltern hatten schon gefrühstückt und waren nun bei meiner Schwester im Zimmer. Wahrscheinlich, um ihr die frohe Kunde von unserem Umzug zu überbringen.

Sollten sie doch Nina mitnehmen und ohne mich umziehen, diese elenden Verräter!

Ich verdrückte schnell ein paar Nutella-Toasts, bevor ich mich unbemerkt aus der Wohnung stahl, um mich auf den Weg zu Sonny zu machen. Ich musste unbedingt zu ihm.

Im Treppenhaus, ich war gerade auf dem Absatz angelangt, der in den dritten Stock führte, öffnete sich auf einmal die Tür der Pawelkes. Doch zum Glück waren es nicht Danilo und Enrico, die ich nun sah, sondern eine sehr dünne und sehr blonde Frau mit einem prall gefüllten Müllbeutel in der Hand.

Sie hatte ungefähr das Alter meiner Mutter, aber anders als sie ein Gesicht, das von einer dicken Schicht aus Schminke übertüncht war. Einer Maske aus Lippenstift, Lidschatten und Make-up, die im beinahe verräterischen Kontrast zu ihren Händen stand, die so rot und wund waren, als hätten sie stundenlang Geschirr gespült.

»Hallo«, sagte ich leise, doch sie nickte nur und ihr linkes Auge zuckte nervös.

Ich wusste nicht viel über Frau Pawelke, die Mutter von Danilo und Enrico. Außer dass sie früher im Konsum gearbeitet hatte und dass ihr linkes Auge auch da schon, während sie die Regale eingeräumt oder unsere Einkäufe abkassiert hatte, unablässig auf und ab geflattert war. Ich glaube, es war ein zwanghaftes Zwinkern. Irgendwie, so schien es mir, war es nun noch schlimmer geworden. Ich lief an Frau Pawelke vorbei, weiter nach unten.

Auf dem Weg zu Sonny ließ mich der Gedanke an sie nicht los. Was war eigentlich aus ihrem Mann, aus Herrn Pawelke, geworden, überlegte ich. Früher, im alten Land, war ich ihm, einem Typen, der so geradlinig und aufrecht war wie ein ausgeklappter Zollstock, manchmal im Treppenhaus begegnet. Und jedes Mal hatte er diese hässliche grüngraue Uniform getragen, die alle Leute bei der NVA anhatten. Seine Mütze mit dem schwarz lackierten Schirm hatte er stets unter den Arm geklemmt, sein Haar war akkurat gescheitelt.

Manchmal, fiel mir jetzt ein, hatte ich den Zollstock auch auf dem Parkplatz gesehen, wo er keine Uniform trug, sondern in einem weißen Kurzarmhemd seinen Wartburg wienerte. Es war derselbe lindgrüne Wartburg 1000, mit dem seine Söhne durch die Siedlung fuhren. Doch ihn, Herrn Pawelke, hatte ich darin schon ewig nicht mehr gesehen.

Ich erinnerte mich, dass meine Mutter einmal erwähnt hatte, dass er irgendwie krank geworden sei oder so. Seltsam, dachte ich. Andererseits hatte ich gerade echt andere Probleme, als mich um einen Zollstock zu kümmern.

Als ich bei Sonny angekommen war, tönte mal wieder die Stimme von Frau Sonnenberg aus der Gegensprechanlage. Sie versuchte mich höflich abzuwimmeln. Sonny, sagte sie, sei nämlich gerade furchtbar beschäftigt. Doch da ich darauf bestand, ihn zu sehen, ließ sie mich schließlich herein.

Oben in der Wohnung umarmte mich Frau Sonnenberg, bevor sie mich zu Sonnys Zimmer begleitete, dessen Tür verschlossen war. Sie klopfte vorsichtig an.

»Ronald?«

Hinter der Tür drang ein leises Grunzen hervor.

»Du hast Besuch.«

Frau Sonnenberg zwinkerte mir ermutigend zu. Dann zog sie sich ins Wohnzimmer zurück, als würde sie in Deckung gehen, während ich die Tür zu Sonnys *Muchtbude* öffnete, was ein anderes Wort für *Saustall* ist, aber im Vergleich zu dem, was ich nun sah, eine Untertreibung war.

Die Fenster waren mit Alufolie abgeklebt und nur eine kleine Lampe spendete ein wenig funzeliges Licht, in dem ich Sonny erkennen konnte. Er hatte mir seinen knochigen Rücken zugewandt und saß, nur in Unterhose, auf einem kleinen Hocker über sein Keyboard gebeugt. Die dunklen Haare an seinem Hinterkopf waren zerrauft und standen wirr in alle Richtungen ab, so als hätte er gerade gegen einen Elektrozaun gepinkelt. Um ihn herum herrschte ein einziges Chaos. Also, nicht das gewöhnliche Sonny-Chaos. Es war viel schlimmer.

Sein Zimmer glich einer Müllkippe und es roch bestialisch, als hätte Sonny seit Jahrhunderten nicht mehr geduscht oder als würde er heimlich einen Leoparden unter seinem Bett gefangen halten. Überall türmten sich leere Süßigkeitenpackungen, halb ausgetrunkene Colaflaschen und zerknülltes Notenpapier. Mittendrin, neben Sonnys Plasterüstung, entdeckte ich den Undertaker, er hatte seinen Kopf verloren und lag, nur noch Rumpf und Beine, auf dem Boden, zwischen zertretenen Erdnussflips und der zerrupften pinkfarbenen Federboa.

Ich bahnte mir einen Weg durch die Müllkippe zum Keyboard, die Chipstüten knisterten unter meinen zaghaften Schritten. Als ich neben Sonny stand, legte ich meine Hand vorsichtig auf seine nackte Schulter.

»Hey, du alte Schmierwurst, alles klar bei dir?«

»Fresse!«, sagte Sonny.

Er wischte meine Hand weg und drehte sich zu mir um. Seine Haut war fahl und seine Augen rot geädert, als hätte er seit Tagen nicht geschlafen.

»Was willst du?«

»Ich muss mit dir reden. – Wie läuft's mit deinem Song?«

»Ganz okay«, grummelte Sonny. »Was gibt's denn?«

Ich fegte einen Haufen Klamotten von einem Stuhl und setzte mich. »Es ist einfach alles beschissen!«

»Hat deine Lieblingsfreundin etwa mit dir Schluss gemacht?«, fragte er.

»Nein!«, antwortete ich. »Außerdem sind wird doch gar nicht zusammen.«

»Ist was mit deinen Eltern?«

»Ja ...«

»Lassen sie sich scheiden?«

»Nein!«

»Was dann?«

Ich ließ meine Schultern sinken. »Sie wollen wegziehen. Und ich soll auf eine neue Schule.« Ich war kurz davor zu heulen.

»Ach so!«, machte Sonny.

»Ach so?« Ich schaute ihn an.

»Freu dich doch«, sagte er. »Dann bist du endlich weg aus diesem verschissenen Drecksloch!«

Ich traute meinen Ohren nicht. »Drecksloch? Wieso denn Drecksloch? Die Siedlung ist doch ...«

»Die Siedlung ist ein Haufen KACKE«, sagte Sonny. Wobei er es eigentlich nicht sagte, sondern ausspie. »Vielleicht hast du es noch nicht mitbekommen, aber eigentlich will hier jeder weg.«

»Hä? Seit wann das denn?«

»Schon immer.«

»Nee, nee, Alter«, sagte ich. »Das stimmt nicht! Weißt du nicht mehr, als wir hier hergezogen sind? Da waren doch alle total heiß auf die Wohnungen. Die waren neu und hatten Fernwärme ...«

»Hahaha, Fernwärme!«, lachte Sonny mich aus. »Du redest ja schon wie mein Vater. Mann, damals war das vielleicht so. Aber das ist doch Jahrhunderte her. Jetzt bleiben nur noch die hier, die keine Kohle haben.«

»Und wieso zieht ihr dann nicht weg?«, fragte ich. »Ihr habt doch genug Geld!«

»Nee, eben nicht.«

Sonny stand von seinem Hocker auf und kickte eine der Chipstüten in die Luft.

Während er wie ein Geistesgestörter durch sein Zimmer tigerte, erklärte er mir, dass die ganze Kohle für den neuen Mercedes seines Vaters draufgegangen sei und seine Eltern jetzt immer sagen würden, dass sie sparen müssten.

»Und deshalb hast du auch dein Mountainbike und das neue Taschenmesser bekommen«, sagte ich.

»Das war doch letztes Jahr zum Geburtstag!«, krähte Sonny.

»Okay, okay ...«, sagte ich. »Aber, ey, dir ist schon klar, dass ich dann bald am anderen Ende der Stadt wohne und wir uns nicht mehr so oft sehen.«

»Na und?«

»Wie, na und?«

»Kapierst du's nicht?«, raunzte Sonny mich an. »Das ist doch das Beste, was dir passieren kann! Du musst hier nicht mehr rumdümpeln. Du kannst endlich weg von hier. Weg von den ganzen Pennern, Assis und Versagern. Und wir können uns doch trotzdem besuchen. Ich an deiner Stelle würde mich volles Rohr freuen.«

»Ich freue mich aber kein bisschen«, blaffte ich zurück. »Und wieso redest du eigentlich schon wie meine Mutter? Warum sind denn alle immer Assis? Nur wir nicht?«

»Warumwarumwarum? Das ist halt so.«

»Ach ja?«

»Ja! Und ich sage dir, wenn wir noch länger hierbleiben, werden wir auch welche.«

»Und woher willst du das wissen?«, fragte ich.

»Mann, Labude, hast du dich echt noch nie gefragt, warum die Straßenbahn nur bis Klein Krebslow fährt und nicht weiter? Weil das hier die Endstation ist. Dahinter kommt nichts mehr!«

Ich guckte Sonny verwirrt an, aber er redete einfach weiter.

»Guck mal, vor ein paar Monaten zum Beispiel, da war ich zu einem Vorspielen in der Stadt und die anderen Plebbos da haben mich gefragt, wo ich herkomme. Und weißt du, was sie gemacht haben, als ich ihnen gesagt habe, dass ich in Klein Krebslow wohne? Sie haben mich hart ausgelacht!«

»Na gut«, sagte ich, da mir ja auch nicht unbekannt war, dass in der Stadt so hochnäsige Schnösel wohnten. »Dann willst *du* hier eben unbedingt, so schnell wie möglich, weg. Aber bei dir ist es doch sowieso nur eine Frage der Zeit, bis du ...«.

»Hörst du nicht zu?!« Sonny stand direkt vor mir und ich war mir jetzt sicher, dass es auf keinen Fall der Leopard unter seinem Bett sein konnte, der so einen eindringlichen Geruch verströmte. »Ich habe doch gerade gesagt, dass wir wegen des Mercedes ...«

»Nein, das meinte ich doch nicht«, unterbrach ich ihn. »Ich meinte, dass du irgendwann voll berühmt bist und dann kannst du dir aussuchen, wo du wohnen willst. Dann kannst du dir alles leisten. Deinen weißen Steinway und eine fette Villa mit Pool und hundert Millionen Mercedesse.«

»Nix ist.«

»Wie?«

»Labude«, Sonny klatschte sich mit der Hand gegen die Stirn, »das ist doch alles nur ein Traum!«

»Ja, eben.« Ich riss meine Arme in die Luft. »Das ist dein Traum. Du bist doch Elton Son! Der größte Pianist aller Zeiten! Ein moderner Mozart! ... Das hast du doch selber gesagt.«

»Das war nicht ich, das war der Interviewer«, sagte Sonny. Er klaubte sich eine der halb leeren Colaflaschen vom Boden, nahm einen Schluck und trommelte dann damit nervös auf seinem Oberschenkel herum.

»Ey«, sagte ich und zeigte auf die Poster an den Wänden, »denk doch mal an Elton John. Was würde der denn dazu sagen?«

»Keine Ahnung, Mann. Elton John ist Gott und ich bin nur ein Wurm«, seufzte Sonny.

»Aber Elton John war doch bestimmt auch nicht immer Gott. Der wurde doch nicht so geboren.«

»Nee, wurde er auch nicht. Das ist es ja, was ich so an ihm bewundere.«

Sonny feuerte die Colaflasche in eine Ecke und erzählte mir dann, dass Elton John in einer Sozialwohnung aufgewachsen sei, in irgendeinem Kaff in England. Niemand habe an ihn geglaubt, an diesen kleinen, dicken Jungen mit der fetten Hornbrille und der hässlichen Zahnlücke, der zu allem Überfluss auch noch Reginald hieß. Nicht sein Vater, der schon abgehauen war, als Elton noch ganz klein war. Und auch nicht seine Mutter, die ihn tyrannisierte und regelmäßig verdrosch. Und trotzdem, sagte Sonny, habe Elton es dort rausgeschafft. Obwohl er ein Wurm war, obwohl er keine Chance hatte und obwohl er kein bisschen so aussieht wie ein Popstar.

»Weißt du, das alles«, Sonny zeigte auf die Poster an der Wand, »die Kostüme, die Sonnenbrillen und Ohrringe, sein Toupet ...«

»Warte mal«, sagte ich. »Elton John trägt ein Toupet?«

»Na, logen, was denkst du denn?«

»Ein richtiges Toupet?«, sagte ich lachend. »Nicht so wie Herr Gröhnwald, sondern ein echtes?«

»Ja, ein echtes ...«, Sonny schaute mich an, als wäre ich komplett hohl, »aber darum geht's doch jetzt gar nicht. Es geht darum, dass das alles Latte ist und er es gar nicht bräuchte.«

»Okay, aber dann hast du doch auch eine Chance!«

»Nee, eben nicht«, sagte Sonny. »Weißt du, was der Unterschied zwischen mir und Elton John ist?«

»Dass du kein Toupet trägst?«

»Nein, Mann! Der Unterschied ist, dass Elton John im Gegensatz zu mir in der Lage ist, große Hits zu schreiben.«

Ich stutzte. »Aber du meintest doch eben noch, dass es gut läuft mit deinem Song?«

»Das war gelogen.« Sonny setzte sich wieder auf den Hocker vor seinem Keyboard und schlug die Hände vors Gesicht. »Ich bekomm' gar nix gebacken.«

Jetzt war er es, der beinahe am Heulen war. Sonny konnte sich gar nicht wieder beruhigen. Er saß, immer noch in Unterhose, auf seinem Keyboardhocker und klagte mir sein Leid. Elton John, erzählte er mir, habe »Your Song«, seinen ersten großen Hit, in nur zehn Minuten geschrieben, als er noch zu Hause bei seiner Mutter lebte. Und für

»Rocket Man«, Sonnys Lieblingslied, habe Elton John nur fünfzehn Minuten vor dem Frühstück gebraucht. Er, also Sonny, kriege jedoch schon seit Wochen nichts mehr hin.

Sonny spielte mir sogar einige Melodien auf seinem Keyboard vor, die echt gut klangen, wie ich fand, von denen er allerdings sagte, dass sie nur Schrott seien.

»Aber, Alter, weißt du, was mein größtes Problem ist?«, sagte er schließlich. »Ich habe keinen Text. Mir fällt einfach nichts ein, worüber ich singen könnte. Ich hab' nichts zu sagen.«

»Vielleicht können wir ja mal gemeinsam überlegen?«, schlug ich vor.

»Und was dann? Sollen wir dann einen Text darüber schreiben, wie räudig die Siedlung ist? Nee! Brich dir keinen ab, mein Labüdchen.« Sonny legte seine Hand an die Stirn. »Das wird eh nix. Ich bin am Ende. Es ist alles vorbei.«

»Aber Sonny, Elton John war doch mit 13 auch noch nicht berühmt!«

»Nee, aber er war da an der Royal Academy of Music und wurde von den besten Lehrern der Welt unterrichtet.«

»Du bekommst doch auch Unterricht ...«, sagte ich.

»Ja, na toll, von Frau Dragun aus Klein Krebslow«, sagte Sonny. »Schau dich doch mal hier um. Sieht hier irgendetwas königlich aus? Nee! Ich bin höchstens königlich am Arsch.«

Sonny suhlte sich in seinem Selbstmitleid, er jammerte und jaulte. Wenn er bedrückt war, war er nicht nur bedrückt, er war am Boden zerstört. Selbst wenn mich, so wie jetzt, ernsthafte Probleme plagten, wirkten sie lächerlich klein gegen seine alles verschlingende Verzweiflung. Ich hatte keine Ahnung, warum es so war, doch neben Sonny drohte ich stets zu verschwinden.

Ich spielte immer nur eine winzige, zu vernachlässigende Nebenrolle: Er war Batman und ich war Robin. Er war Michael Jordan und ich Scottie Pippen. Er war Mario und ich Luigi. Er war der Star im Scheinwerferlicht und ich der Statist im Schatten. Wenn es gut lief, durfte ich ihm applaudieren. Und wenn es ihm schlecht ging, musste ich seine Seele streicheln.

Als mir nichts mehr einfiel, womit ich ihn hätte trösten können, rief ich: »Boah, Sonny, ey, dann weiß ich auch nicht weiter!«

»Häh, was hast du denn jetzt?«, fragte er.

»Nee, Mann, was hast du? Ich will dir helfen, aber du lässt das ja gar nicht zu. Und außerdem geht es immer nur um dich. Immer nur Sonny, Sonny, Sonny. Das nervt!«

Sonny guckte mich verdutzt an. Er schien nicht zu begreifen, was ich ihm sagen wollte. Und da ich keinen Bock hatte, es ihm zu erklären, stürmte ich aus seinem Zimmer und ließ ihn einfach stehen.

Die Nachmittagssonne fiel direkt auf mein Gesicht, während ich ziellos durch die Siedlung streunte. Mit zusammengekniffenen Augen schaute ich mich um. Noch war alles da, noch war nichts zusammengestürzt. Doch irgendetwas war anders, dachte ich, als mein Blick an den Linden auf der Lomonossow-Allee hängen blieb.

Sie warfen lange Schatten auf den Asphalt und kamen mir mit einem Mal gar nicht mehr so schwindsüchtig und vergammelt vor wie sonst. Die Linden wirkten gesund und stark und trugen sogar Blüten, deren Staub der Wind sanft über die Straße wehte.

Auch das ausgewaschene Weiß und das fahle Gelb der Blocks schien nicht mehr schmutzig zu sein, wie mir auffiel, als ich weiterlief. Die Blocks strahlten auf eine eigentümliche Art hell und klar, als hätte die gleißende Nachmittagssonne die Schlieren weggeblendet. Selbst der Rost auf den Wäschestangen in den Innenhöfen wirkte so, als habe er aufgehört, das Metall zu zerfressen. Der Rost schien schlichtweg Rost zu sein. Er war einfach da, weil er irgendwie schon immer in die Siedlung gehört hatte. So wie der graue Beton. So wie die silbernen Heizungsrohre und der bronzene Lenin. So wie der gelbe Löwenzahn, der zwischen den Ritzen der Panzerstraßen wucherte. So wie der farblose Bauschutt, der auf den Brachen moderte. So wie ich. Und eigentlich auch so wie Sonny.

Bevor er es mir eben ins Gesicht gespien hatte, war mir nie klar gewesen, wie sehr er die Siedlung hasste. Ich hatte zwar gewusst, dass er alles dafür tat, irgendwann reich und berühmt zu werden. Doch ich hatte nicht geahnt, wie besessen er von diesem Wunsch war. Und vor allem hatte ich nicht geahnt, dass er bereit gewesen wäre, mich im Stich zu lassen und am liebsten sofort von hier abzuhauen.

Ich musste mit jemandem anderen reden, dachte ich. Mit jemandem, der mich ernst nahm und bereit war, auch mir zuzuhören. Mit jemandem, für den ich womöglich nicht unsichtbar war. Es gab nur einen Menschen, der mir einfiel.

14

Auch wenn ich bis zu diesem Zeitpunkt noch nie bei Juri zu Hause gewesen war, wusste ich ungefähr, wo sie wohnte: In der Wladimir-Komarow-Straße, einem schmalen Weg, der nahe der Schule lag und zum rechten Bein der Siedlung gehörte. Ich arbeitete mich von Klingelschild zu Klingelschild vor, bis ich endlich auf den richtigen Namen stieß. Ich klingelte bei KÖHN, erst einmal, dann ein zweites Mal, niemand öffnete. Da die Haustür offen stand, ging ich trotzdem nach oben in den ersten Stock. Hier musste es sein. Ich wollte gerade erneut klingeln, als ich zwei sich überschlagende Stimmen vernahm, die dumpf durch die Tür drangen.

Die eine gehörte, das war unverkennbar, Juri, sie klang wütend und schrie. Die andere Stimme musste die ihrer Mutter sein, sie hörte sich an, als würde sie um etwas bitten. Vielleicht sollte ich lieber umkehren, dachte ich, bevor plötzlich die Tür vor mir aufsprang und Juri herausstürmte.

Als sie mich erkannte, hielt sie abrupt an. »Was machst du denn hier?«

»Äh, ich wollte zu dir ...«, sagte ich.

»Was? Wieso das denn? ...«, sagte sie. »Woher weißt du überhaupt, wo ich wohne?«

Aus dem Hintergrund war Juris Mutter zu hören: »Jenni, jetzt warte doch mal ...«

Doch Juri schlug die Tür hinter sich zu und lief nach unten. Kurz vor der Lomonossow-Allee hatte ich sie eingeholt.

»Alles okay bei dir?«, fragte ich.

»Ja, ja …«, sagte Juri, als sei nichts passiert. »Nur Stress mit meiner Mutter.«

»Wieso das denn?«

»Ach, nix. Aber was gibt's? Hast du was Neues über die Pawelkes?«

»Nee«, antwortete ich.

Wir setzten uns auf den Bordstein an der Straße und ich erzählte ihr von meinen Eltern und dem »todschicken«, makellosen Reihenhaus.

»Das ist alles?«, fragte Juri mich, als ich fertig war.

»Ja, das ist alles. Reicht das nicht?«

»Doch, doch … Aber weißt du, Sascha, umziehen ist nicht so schlimm, wie du denkst.«

Ihre Mutter und sie, erzählte mir Juri, hätten es fast nie länger als ein Jahr irgendwo ausgehalten. Vor allem nachdem ihr Vater abgehauen war, seien sie ständig umgezogen. Von einem Ort zum nächsten, und sie, also Juri, habe andauernd die Schule wechseln müssen. Was ihr anfangs schwergefallen sei. Woran sie sich inzwischen, wie sie meinte, allerdings gewöhnt habe.

Ob ich wissen wolle, was ihr dabei geholfen habe, fragte Juri mich. »Klar«, antwortete ich. Es gebe eine Sache, die sie tröste, sagte sie. Auch wenn sie Streit mit ihrer Mutter habe. Die Sache habe mit dem Universum zu tun. Es sei ganz einfach: Das Universum existiere nämlich seit Milliarden von Jahren. Uns Menschen gebe es aber verglichen damit nur seit einem Augenaufschlag. Ohnehin hätte jeder von uns, wenn es gut laufe, nur so ungefähr 80 Jahre auf diesem Planeten. Weshalb wir kaum mehr als ein Nichts seien und unsere Probleme noch viel nichtiger und weshalb ich mich wegen eines kleinen Umzugs wirklich nicht so verrückt machen sollte.

Wenn Juri vorgehabt hatte, mich damit aufzuheitern, dann war sie komplett gescheitert.

»Na, tolle Wurst!«, sagte ich. »Wenn das eh alles egal ist, dann können wir uns ja gleich aufhängen. – Willst du das damit sagen?«

»Nein!«, sagte Juri. »Ich meinte nur, dass es manchmal nichts bringt, sich den Kopf wegen so was zu zerbrechen ... Ich weiß ja selber auch nicht, wie lange ich es noch hier aushalte.«

»Wie?!«, rief ich. »Sonny will hier weg, und jetzt auch noch du! Und das Universum zieht bald auch noch um oder was?«

»Aber, Sascha ...«

»Nee, nix Sascha!«, unterbrach ich sie. »Weißt du, was Sonny zu mir meinte? Dass die Siedlung eine Endstation ist. Aber ich glaube, das stimmt nicht. Für euch alle ist sie nur ein Zwischenhalt.«

»Das ist nicht wahr!«

»Ach, nee? Du hast mir doch selber gesagt, dass du am liebsten von hier verschwinden willst. Nach Baikonur oder ins Sternenstädtchen.«

»Ja, na und? Das will ich auch. Aber doch nicht, weil ich die Siedlung scheiße finde.«

»Und warum dann?«, fragte ich.

»Wegen meiner Mutter«, sagte Juri ganz leise.

»Was ist denn mit ihr?«

»Nichts.«

»Das glaube ich dir nicht.«

»Glaub doch, was du willst!«, rief Juri. Sie schwieg einen Moment, dann sagte sie: »Ich schaff es einfach nicht mehr, mich um sie zu kümmern, okay?«

»Wieso musst du dich denn um deine Mutter kümmern? Ist sie krank?«

»So was in der Art.«

Juris Gesicht zog sich zu wie ein Vorhang und wir stürzten ins Schweigen.

Warum wollte sie mir nicht verraten, was mit ihrer Mutter war? Ich kapierte es nicht. Genauso wenig, wie ich kapierte, warum sich alle gegen mich verschworen hatten. Offenbar war ich der Einzige, dem etwas an der Siedlung lag. Und offenbar konnten alle außer mir es kaum erwarten, von hier zu verschwinden. Meine Eltern wollten in ein Reihenhaus am anderen Ende der Stadt. Juri wollte ins Sternenstädtchen oder nach Baikonur. Und Sonny wollte irgendwohin, Hauptsache weg. Ich verstand sie alle vier nicht. Was glaubten sie denn dort zu finden?

Klar war es schön, sich an einen anderen, weit entfernten Ort zu träumen. Das musste mir niemand erklären. Schließlich hatte es auch mir gefallen, als dieses Lied von Tariverdiev mich aus Sonnys Wohnzimmer getragen hatte. Aber das bedeutete doch nicht, dass ich wirklich aus der Siedlung wegwollte. Also, jedenfalls jetzt noch nicht. Meinetwegen konnte gerne noch ein wenig Zeit verstreichen, ehe unsere Zukunft begann.

So saßen Juri und ich einen Augenblick lang schmollend nebeneinander. Jeder mit sich selbst beschäftigt. Doch da wir beide uns davor hüteten, den anderen mit weiteren Fragen oder sogar Vorwürfen zu bedrängen, und da ich Juri sowieso nie lange böse sein konnte, kabbelten wir uns nicht länger. Im Gegenteil: Nach einer Weile machte Juri mir ein Versöhnungsangebot, auch wenn sie das wahrscheinlich nie so genannt hätte.

Sie schlug vor, eine zu rauchen, auf den Schaukeln am Spielplatz. Ich fand, das war zur Abwechslung sogar mal eine richtig gute Idee.

Nachdem sie uns zwei Zigaretten gedreht hatte, machten wir uns auf den Weg. Doch schon von Weitem, kurz bevor wir den Sacharow-Ring erreichten, konnten wir ein Mädchen sehen, das heulend und zusammengekauert auf der Wippe saß. Es war Sabrina Kabautzky. Die hatte mir gerade noch gefehlt.

Ich wäre am liebsten sofort umgekehrt, doch Juri schritt voran, als würde sie eine einmalige Gelegenheit wittern, und steuerte direkt auf Sabrina Kabautzky zu, die uns gar nicht zu bemerken schien.

»Hey, Sabrina«, sagte Juri, als wir neben ihr standen.

Sabrina Kabautzky schreckte auf. Sie schaute uns von unten aus verschmierten Kajalaugen an. Einen Moment schien sie um Fassung zu ringen, ehe die gewohnte Feindseligkeit von ihr Besitz ergriff.

»Was wollt ihr denn, ihr Missgeburten? Verpisst euch!«

Ich war schon kurz davor, ihrem Wunsch Folge zu leisten, als Juri ihr – keine Ahnung, aus welchen Untiefen ihrer Hosentasche sie es auf einmal hervorgezaubert hatte – ein Taschentuch reichte. Sabrina Kabautzky starrte uns ungläubig an. Genauso ungläubig, wie ich Juri anschaute. Was zum Teufel hatte sie jetzt schon wieder vor? Wollte sie Sabrina provozieren?

Zu meinem Erstaunen reagierte Sabrina jedoch ganz anders, als ich es erwartet hatte. Sie fluchte nicht, sie kratzte uns nicht die Augen aus, sie nahm einfach leise schluchzend Juris Taschentuch entgegen. Dankbar, aber natürlich ohne sich zu bedanken.

Juri hockte sich neben sie in den Sand und bedeutete mir, es ihr gleichzutun.

»Was ist denn passiert?«, fragte Juri. Ihre Stimme klang so einfühlsam und salbungsvoll, als wäre sie nicht sie selbst, sondern eine schlechte Schauspielerin, die sich bemüht, den richtigen Ton zu treffen.

»Nichts«, antwortete Sabrina.

»Ist es wegen Enrico?«

»Häh, welcher Enrico denn?«, fragte Sabrina.

»Na, Enrico Pawelke«, sagte Juri.

»Woher weißt *du* das denn?«

»Na ja, wir haben da so unsere Quellen«, sagte ich und bemerkte im selben Moment, wie Juri mir einen vielsagenden Blick zuwarf, den ich jedoch nicht verstand.

»Das geht euch gar nichts an!«, kreischte Sabrina.

»Hat er mit dir Schluss gemacht?«, fragte Juri wieder mit dieser samtenen Samariter-Stimme.

Sabrina nickte.

»Wann denn?«

Sabrina fing schon wieder an zu flennen, ihre epischen Brüste bebten. »Gerade eben.«

»Dieses Schwein!«, sagte Juri.

»Enno ist kein Schwein!«, entgegnete Sabrina.

»Nein, er ist kein Schwein«, sagte ich. »Nur ein mieser Fascho.«

»Fascho?«, sagte Sabrina. »Alle reden immer nur von Faschos. Aber was soll das denn eigentlich bedeuten? Nur weil man gegen Ausländer ist, ist man doch kein Fascho!«

»Gut, dass gerade du das sagst«, erwiderte ich. »Deine

Großeltern kommen doch aus Polen oder so, und du machst mit einem Nazi rum.«

»Fick dich!«, sagte Sabrina. »Was weißt du denn schon?! Außerdem ist Danilo sowieso viel krasser drauf als Enno. Enno ist gar nicht so rechts. Er meint das alles gar nicht so ernst.«

»Aber«, sagte ich, »dass er alle abzieht und alten Männern die Rippen bricht, nur weil sie aus dem Iran kommen, das schon?«

Juri funkelte mich böse an und Sabrina schien jetzt echt ungehalten zu werden. Es wirkte, als wäre sie kurz davor, ihre pink lackierten Fingernägel auszufahren, wie eine Tigerin ihre Krallen.

»Warum laberst du mich voll, du Spast?«, fauchte sie. »Keine Ahnung, was Enno alles macht. Er kann sich halt wehren, wenn ihm einer blöd kommt, und zu mir ist er sowieso ganz anders. Er hat auch ein gutes Herz, ja?«

»Du meinst«, entgegnete ich, »weil er früher beim Subbotnik Altpapier gesammelt hat, oder was?«

Juris Blick war jetzt nicht mehr funkelnd, sondern ein Bannstrahl, und Sabrina konnte sich nur noch schwer beherrschen. Sie sah aus, als würde sie mich jeden Moment anfallen und mir den Kopf abbeißen.

»Sascha, halt mal kurz die Klappe!«, sagte Juri zu mir.

Während ich dastand, abgelackt wie ein Trottel, holte sie die zwei Zigaretten hervor, die sie für uns gedreht hatte. Eine gab sie Sabrina, die andere zündete sie sich selber an.

»Sabrina, hör nicht auf ihn«, sagte Juri. »Er ist nur neidisch. Weil er auch gern mit dir gehen würde. Ich meine, das will ja eigentlich jeder Junge in der Siedlung. Die sind ja alle voll scharf auf dich. Ich verstehe nur nicht, warum

Enrico mit dir Schluss gemacht hat. Wer ist denn so doof und macht mit Sabrina Kabautzky Schluss?«

Erst jetzt durchschaute ich, was Juri vorhatte, es war raffiniert. Sie wollte Sabrina mit ihrem Mitgefühl einlullen und sie gleichzeitig bei ihrer Eitelkeit packen. Und tatsächlich schien Juris Strategie aufzugehen.

»Ganz ehrlich«, sagte Sabrina, »ich checke es auch nicht. Enno meinte, er hätte keine Zeit mehr für mich. Er war ganz komisch. Er hat auch so komisch geredet. So richtig spackomäßig. Von wegen, dass er sich auf die wirklich wichtigen Sachen konzentrieren muss und so.«

»Auf die Schule?«, fragte Juri.

Sabrina lachte auf. »Nein, auf die Schule doch nicht!«

»Worauf dann?«

»Keine Ahnung.«

»Hat er denn echt gar nichts gesagt?«

»Nee!«, sagte Sabrina. »Nur, dass es um irgendwas geht, was er mit Danilo durchziehen will. Was weiß ich. Das Ding ist auf jeden Fall, dass es überhaupt nicht zu ihm passt. Er war ja auch voll verknallt in mich.«

»Wie lange wart ihr denn zusammen?«, fragte Juri.

»22 Tage!«

Sabrina fing schon wieder an zu wimmern, ihr Kinn zitterte. Juri und ich schauten peinlich berührt zu Boden.

»Aber, ganz ehrlich, ich bin überhaupt nicht so klettenmäßig«, sagte Sabrina, als sie sich nach einer Weile wieder beruhigt hatte. »Wir müssen uns ja gar nicht jeden Tag sehen. Das habe ich Enno auch gesagt. Ich weiß ja, dass er viel zu tun hat, mit seiner Mutter und so.«

»Seiner Mutter?«, fragte Juri.

»Ja, die hat doch ihren Job gekündigt, weil sie sich um Ennos Vater kümmert. Wisst ihr das nicht?«

Juri und ich schüttelten den Kopf.

»Ey, in welcher Welt lebt ihr eigentlich? Ihr kriegt ja gar nichts mit. Kein Wunder, dass ihr solche Loser seid.«

Sabrina fing jetzt an zu plappern und dehnte die Worte dabei, als wären sie aus Kaugummi. Sie erzählte uns, dass Ennos Vater ein »eeecht hooohes Tiiier« bei der NVA gewesen war, »Oooberstleutnant oder sooo«. Was für Danilo und Enno immer »suuuuper« gewesen sei, weil sie in der Schule machen konnten, was sie wollten, und trotzdem nicht geflogen seien. Nach der Wende jedoch sei ihr Vater »voooll aaabgedreht« und habe »gesoffen wie ein Kameeel«, weil er nicht »drauf klaaarkam«, dass er jetzt für den Feind arbeiten sollte, also die Bundeswehr.

»Na ja, und dann hat er seine Pistole genommen und wollte sich erschießen«, sagte Sabrina so leichtfertig, als würde sie gerade einen Einkaufszettel vorlesen.

»Ist er tot?«, fragte ich.

»Nein, du Honk! Das ist es ja. Irgendwas ist schiefgegangen. Auf jeden Fall hat Ennos Mutter ihn gefunden, alles war voll blutig und so. Der Notarzt hat es gerade noch so geschafft, ihn zu retten. Aber seitdem ist der Typ völlig plemplem. Der kann gar nichts mehr alleine. Nicht mal aufs Klo gehen. Und, ganz ehrlich, das Ding ist, Enno und Danilo leiden total darunter.«

Plötzlich verstummte Sabrina Kabautzky und schlug ihre Hand vor den Mund, als hätte sie sich selbst bei etwas Verbotenem erwischt.

»Ey, aber ihr dürft das keinem erzählen. Die bringen euch sonst um.«

»Wir erzählen das niemanden«, sagte Juri.

»Ihr schwört?«

Wir schworen und waren schon kurz davor zu gehen, als

mir noch etwas einfiel: »Du, Sabrina, Danilo und Enrico fahren doch immer mit ihrem Wartburg rum.«

»Ja, der ist so mega!«, sagte sie.

»Supermega! Aber, sag mal, haben die den von ihrem Vater geerbt?«

»Nicht geerbt, du Spasti! Er lebt doch noch. Aber der Vater hat den voll geliebt. Und die lieben den auch. Ey, einmal habe ich, aus Versehen, Bier verschüttet und da ist Danilo richtig ausgerastet.«

Nachdem wir Sabrina Kabautzky ein weiteres Mal schwören mussten, dass wir natürlich niemandem etwas verraten würden, ließen wir sie und ihr gebrochenes Herz auf dem Spielplatz zurück und liefen durch die Siedlung.

»Krass, oder?«, sagte Juri, als Sabrina uns nicht mehr hören konnte.

»Ja, krass«, sagte ich. »Aber was du da eben gesagt hast, dass alle auf Sabrina Kabautzky stehen – das stimmt nicht. Ich finde sie gar nicht so heiß.«

»Na klar, Sascha!«

»Ist ja auch egal ...«, sagte ich. »Aber glaubst du, wir haben jetzt endlich das herausgefunden, was Herr Reza wollte? Also, er meinte ja, wir sollen verstehen, warum die Pawelkes Faschos sind. Und das könnte doch mit ihrem Vater zu tun haben.«

Juri schaute mich entsetzt an.

»Sascha, wie dumm bist du? Glaubst du, dass ist eine Entschuldigung für irgendwas? Glaubst du, nur weil es ihrem Vater schlecht geht, haben die Pawelkes das Recht, Herrn Reza zusammenzuschlagen? Die Pawelkes sind Feiglinge und die Kabautzky ist so blind, dass sie das nicht einmal sieht. Und außerdem war doch was anderes viel interessanter.«

»Was denn?«, fragte ich.

»Na, hast du nicht gehört, warum Enrico mit ihr Schluss gemacht hat?«

»Doch, natürlich habe ich das gehört. Aber was könnten die Pawelkes denn vorhaben?«

»Alles Mögliche«, sagte Juri. »Sie könnten ein Feuer legen oder eine Bombe hochgehen lassen. Vielleicht planen sie auch ein Attentat.«

»Meinst du wirklich?«

»Klar!«, sagte sie. »Auf jeden Fall hat es etwas mit diesem Paket zu tun. Ich traue den beiden alles zu. Und erst recht diesem kranken Typen, diesem Cobande.«

Juri und ich waren an der Gabelung zum Benno-Voelkner-Weg angekommen. Es war schon Abend geworden. Langsam ergab der Tag sich der Nacht. Ich sagte Juri, dass ich eigentlich nach Hause müsste, auch weil meine Eltern gar nicht wüssten, wo ich hin bin. Doch Juri wollte mich noch nicht gehen lassen. »Ich will dir noch was zeigen«, sagte sie, als auf einmal meine kleine Schwester um die Ecke bog.

»Sascha, du sollst sofort nach Hause kommen«, quäkte sie. »Mama und Papa suchen dich schon überall.«

Ich schaute zu Juri, die mir einen prüfenden Blick entgegensandte. »Jaja, ich komme gleich«, sagte ich. Aber das war natürlich gelogen.

Nachdem ich meine Schwester verscheucht hatte wie eine lästige Fliege, holten Juri und ich uns im Spar von den 20 Mark für mein Zeugnis ein Glas Würstchen und eine Tube Senf, vier Dosen Fanta Mango und eine Tüte Milky Way. Anschließend führte Juri mich in den Wladislaw-Wolkow-Weg, eine kleine Straße, die parallel zu der verlief, in der sie wohnte, und die in einer Sackgasse endete.

Die meisten der Wohnungen dort standen leer, auch der Parkplatz sah verwaist aus. Wir gingen zum Aufgang Nummer 9. Die Tür, auf der ein Riss durchs Glas zackte, war nur angelehnt. Als wir im fünften Stock angekommen waren, nahm Juri eine lange Stange von der Wand und öffnete damit eine Luke an der Decke, an der eine ausklappbare Treppe aus Holz befestigt war.

Zuerst stieg Juri nach oben. Sie schien nicht zum ersten Mal hier zu sein und erklomm die Treppe ebenso flink wie leichtfüßig. Dann war ich an der Reihe. Verzagt hangelte ich mich Stufe für Stufe nach oben, bevor Juri mir ihre Hand reichte und mir aufs Dach half. Es war ganz flach und mit Teerpappe versiegelt. Dennoch hatte ich das Gefühl, das Dach würde unter mir schwanken, als ich meinen Fuß darauf setzte, ganz so, als befände ich mich auf dem Deck eines Bootes, das kurz davor war zu kentern.

Vorsichtig setzte ich einen Fuß vor den anderen und krauchte zu Juri, die schon an den Rand getänzelt war. Unter uns lauerte der Abgrund. Ich traute mich nicht, auch nur eine Sekunde lang hinunterzuschauen. Juri hingegen tat so, als würde sie zu einem Kopfsprung ansetzen. Natürlich »nur aus Spaß«, wie sie sagte. »Hör auf mit dem Scheiß«, ermahnte ich sie und zum Glück hatte Juri ein Einsehen.

Wir lehnten uns gegen einen kleinen Schornstein auf der Mitte des Daches. Erst jetzt wagte ich es, meinen Blick schweifen zu lassen.

Ich hatte die Siedlung, klar, noch nie von oben gesehen. Und obwohl mich der Anblick staunen ließ, wusste ich nicht, ob ich jetzt begeistert oder enttäuscht sein sollte. Die Siedlung sah ganz anders aus, irgendwie abstrakt. Als wäre sie gar nicht lebendig, sondern als hätte ein Architekt – so wie Herr Reza mal einer gewesen war – seine Fantasie ganz den strengen Gesetzen der Geometrie unterworfen. Ja, so als hätte er versucht zum ersten Mal auf einem Gameboy Tetris zu spielen und wäre dabei gleich Gameover gegangen.

Die Schule war ein Klotz und die Wohnblöcke ineinandergeschachtelte Quader, geformt zu Ls und Us. Die Straßen glichen Geraden, die eine Schneise durch die Quader schlugen und in gleichmäßigen Abständen voneinander abzweigten. Dazwischen waren, wie getupft, grüne Punkte zu erkennen, sie störten die Ordnung, verzerrten und durchbrachen sie. Genauso wie die wenigen Menschen, die durch die Gegend wuselten und von hier oben betrachtet nicht größer wirkten als Playmobilfiguren.

Während Juri und ich unseren Proviant verdrückten, versiegte das Abendlicht und der Tag löste sich auf wie eine Brausetablette. Nur eine einzige, sich allmählich verfärbende Wolke war am Himmel festgepappt. Erst schimmerte sie rosarot wie Zuckerwatte, dann loderte sie rot auf, bevor sie sich schließlich, nicht mehr als eine schiefergraue Silhouette, bloß noch undeutlich vom Nachtblau des Himmels abhob, auf dem die Sterne zitternd funkelten und der Mond weiß schillernd schwamm wie eine auf und ab wogende Boje im Meer.

»Das wollte ich dir zeigen«, sagte Juri. »Unglaublich schön, oder?«

»Ja, voll schön«, antwortete ich. »Wahnwitzig schön, wie Herr Reza sagen würde.«

Juri lachte. »Hinreißend!«, sagte sie mit verstellter Herr-Reza-Stimme. »Entzückend! Famos!«

Jetzt musste auch ich lachen, meine Müdigkeit war wie weggewischt. Ich wollte längst nicht mehr nach Hause.

Die Luft war warm, und die Nacht, die wie ein durchgeschwitztes Laken an uns klebte, gerade erst angebrochen. Ich stopfte mir noch ein Milky Way rein und betrachtete den Himmel über der Siedlung. Die Sterne hingen so tief, dass es mir vorkam, als könnte ich Klimmzüge an ihnen machen. Also, falls ich jemals mehr als einen halben geschafft hätte.

»Juri, vielleicht hattest du doch recht«, sagte ich. »Es ist egal, was uns hier unten passiert, es ist egal, ob wir gerade gut drauf sind oder schlecht, es ist egal, ob wir uns streiten oder ob wir umziehen müssen, es ist eigentlich sogar egal, wo wir sind, der Himmel da oben ist immer derselbe.«

Juri ließ ihre Fanta Mango sinken und schaute mich betreten an.

»Du, es tut mir leid, wenn ich das sagen muss. Aber das stimmt nicht. Auf der Südhalbkugel sieht der Himmel ganz anders aus.«

»Wie?« Die Verwirrung war mir ins Gesicht gemeißelt.

»Na ja«, sagte Juri, »die Erde ist rund. Fast so wie ein Ball. Das weißt du doch, oder?«

»Logo.«

»Okay. Dann stell dir vor, du wärst jetzt irgendwo im Süden, also ganz unten auf diesem Ball. Zum Beispiel in Australien oder Südamerika oder am Südpol. Dann würdest du doch ...«

»... von einem ganz anderen Ort ins Universum schauen«, sagte ich.

»Genau, und in eine ganz andere Richtung. Und deshalb würdest du da auch ganz andere Sterne sehen. Der Polarstern zum Beispiel ...«, Juri deutete mit dem Finger nach oben, »siehst du ihn?«

»Wo?«

»Na, da! Der, der so doll funkelt. Hast du ihn?«

»Ich glaube schon«, sagte ich.

»Gut. Also, den Polarstern, den könntest du auch noch sehen, wenn du jetzt nach Süden läufst. Und wenn du immer weiterläufst, würde es dir sogar vorkommen, als würde er dir immer näher kommen. Aber wenn du dann den Äquator überquerst, dann wäre er, zack, auf einmal weg.«

»Mhm ...«, grübelte ich. »Das ist ja wie das, was Herr Reza uns über die Perspektive erzählt hat. Je nachdem, wo wir stehen, verändert sich unser Blickwinkel.«

»Stimmt«, sagte Juri. »Nur weil wir etwas nicht sehen können, bedeutet es noch lange nicht, dass es dieses Etwas nicht gibt.«

»Du bist schlau«, sagte ich.

»Selber.« Juri lächelte. »Aber es ist wirklich so. Nichts ist so, wie es scheint. Guck mal, der große Wagen zum Beispiel ...«, wieder deutete sie mit ihrem Finger auf den Himmel, »das sind die sieben Sterne da oben, die vier, die so einen Kasten bilden, und dann drei, die hinten dranhängen ... Hast du sie?«

»Ja.«

»Okay, diese sieben Sterne sind in echt superweit voneinander entfernt. Aber von hier aus wirkt es so, als würden sie wie ein großer Wagen aussehen.«

»Na ja«, meinte ich, »wie ein Wagen sieht das nun echt nicht aus.«

»Das ist ja auch nur ein Bild. Meinetwegen kannst du es auch Großer Bär nennen wie die alten Griechen, oder Schöpfkelle wie die Amis, oder Pfanne wie die Franzosen.«

»Das ist lustig!«, sagte ich.

»Voll!«, sagte Juri. »Aber schnallst du's? Herr Reza meinte doch, dass wir uns an die Dinge immer anders erinnern, als sie wirklich waren. Dass wir eine Geschichte draus machen, die irgendwie einen Sinn ergeben muss. Und mit den Sternen ist es genau dasselbe. Es ist nur ein Zufall, dass wir sie da jetzt so sehen. Trotzdem erkennen wir darin ein Muster.«

»Dabei ...«, sagte ich und dieses Mal machte ich Herrn Reza nach, » ... ist die Wirklichkeit widerspenstig und stets viel komplexer.«

Juri und ich lachten uns schlapp. Dann schwiegen wir einen Moment und nachdem wir auch die letzten Milky Way aus der Tüte geklaubt hatten, fragte ich: »Aber mal im Ernst, was hat das jetzt zu bedeuten? Also für uns und die ganze Sache mit den Pawelkes?«

»Ich schätze, das heißt, dass wir weitersuchen müssen«, sagte Juri. »Bis wir ein Muster erkennen.«

»Boah, ey, da können wir ja ewig suchen! Guck mal, wie viele Sterne es gibt!« Ich fing an zu zählen, verhedderte mich aber schnell. »Was glaubst du, wie viele sind das?«

»500, vielleicht«, antwortete Juri. »Wenn hier nirgendwo Licht brennen würde und es ganz dunkel wäre, könnten wir vielleicht 2000 Sterne sehen, aber mehr nicht. Dabei gibt es ja viel, viel mehr. Tausend Milliarden Billionen Sterne.«

»Irre!«

»Total.«

Wieder schwiegen wir einen Moment, ehe ich sagte: »Du meintest doch mal, dass die Sterne so unterschiedlich wie Menschen sind?«

»Ja ...«

»Okay, wenn du ein Stern wärst, was wärst du für einer?«

»Ein Blauer Riese«, schoss es aus Juri hervor.

»Ein Blauer Riese?«, gluckste ich.

»Klar. Das sind die schwersten und mächtigsten Sterne. Wenn sie sterben, blähen sie sich auf und werden zu Blauen Riesen, bevor sie dann in sich zusammenfallen und explodieren. Übrig bleibt nur ein schwarzes Loch.«

»Was ist das denn?«

»Das wissen nicht einmal die Astronomen so richtig«, sagte Juri. »Aber eigentlich sind die schwarzen Löcher ein bisschen so wie die Pawelkes. Wenn du dich ihnen näherst, verschlingen sie dich.«

»Aha«, machte ich. Ich hatte kein Wort verstanden. »Und was für ein Stern wäre ich?«

Juri kniff ihre Augen zusammen und überlegte kurz. »Ein Weißer Zwerg.«

»Hey!«, rief ich.

»Wieso? Die sind auch nicht schlecht«, sagte Juri. »Die gehören zu den leichten Sternen. So wie die Sonne. Wenn die ihre Energie aufgebraucht hat, in fünf Milliarden Jahren oder so, dann verwandelt sie sich erst in einen Roten Riesen. Und irgendwann danach löst sich ihre Hülle auf und zurück bleibt nur noch der Kern. Der Weiße Zwerg.«

»So siehst du mich also?«

»Klaro! Bei dem Weißen Zwerg ist es nämlich so, dass er abkühlt und in seinem Innersten ein Diamant entsteht. Und das passt doch zu dir, Sascha ... Du hast doch auch einen guten Kern.«

»Ja, aber ich bin doch kein Zwerg!«, protestierte ich. »Wenn das so ist, will ich kein Stern sein.«

»Na ja«, sagte Juri, »auf eine bestimmte Art sind wir alle Sterne.«

»Wie meinst du denn das schon wieder?«

»So, wie ich es sage. Wir bestehen alle aus Sternenstaub.«

»Du verarscht mich, oder?«, sagte ich. »Menschen sind doch nicht aus Sternenstaub! Wir bestehen aus Blut und Knochen und Wasser.«

»Ja, auch«, sagte Juri. »Aber woraus bestehen denn das Blut und das Wasser und die Knochen?«

Ich schaute Juri zweifelnd an, als sie mir nun erklärte, dass jeder Mensch genau zu 92 Prozent aus Sternenstaub bestehe. Ich fragte sie, woher sie das wisse, und sie sagte, das sei doch ganz logisch. Am Anfang des Universums habe es nur Wasserstoff gegeben. Die Sterne hätten aber daraus einen Haufen anderer chemischer Elemente erzeugt. Zum Beispiel Helium oder Magnesium oder Aluminium oder Eisen. Das halbe Periodensystem sei so entstanden, sagte Juri. Die Sterne seien nämlich so was wie gigantische Schmelzöfen, die ständig neue Elemente schmiedeten. Und wenn die Sterne dann explodierten, würden sie diese Elemente ins Weltall schleudern. Und so, sagte Juri, sei unsere Welt entstanden, auf der wir stehen und herumlaufen – und letztlich auch wir selbst. Aus Sternenstaub.

In meinem Blick lag jetzt nicht mehr nur Zweifel, sondern auch Erstaunen. Vielleicht, dachte ich, verarschte sie mich doch nicht. Denn was wusste ich schon? Wie erwähnt, gehörte Chemie, was auch die Drei in meinem Zeugnis bewies, nicht zu meinen besten Fächern. Und die Sache mit dem Periodensystem hatte ich offen gestanden nie richtig geblickt. Was mir dennoch nicht einleuchtete, war, dass wir Menschen plötzlich nicht mehr sein sollten als Chemie. Das schien mir irgendwie zu banal. Wir waren doch viel komplizierter.

Wir konnten – wie ich vor allem aus meinen Romanen wusste – lieben und hassen, wir konnten lachen und weinen, wir konnten uns streiten und versöhnen, wir konnten bangen und hoffen, wir konnten uns erinnern und uns sogar vorstellen, was vermutlich passieren wird, wenn wir etwas tun. Und genau das sagte ich Juri auch. Doch sie fand, das sei gar kein Widerspruch. Denn um all das zu tun, sagte sie, um zu hassen, zu lieben, und zu denken, bräuchten wir diese chemischen Elemente. Allein während wir jetzt redeten, würde es in unseren Gehirnzellen total abgehen. Die Kalzium- und Sauerstoff- und Kohlenstoffatome würden schuften wie bekloppt. Und ohne Sternenstaub wäre das alles unmöglich gewesen.

Ich war verblüfft. So hatte ich die Welt noch nie betrachtet. In meinem Kopf rauschte es. Wahrscheinlich spielten die chemischen Elemente dort gerade komplett verrückt. Zum ersten Mal in meinem Leben hatte ich das Gefühl, dass ich Teil eines viel größeren Ganzen war, das eine Milliarden Jahre alte Geschichte hatte. Dagegen wirkte sogar das alte Land winzig. Und erst recht meine Probleme. Sie schienen sogar immer mehr zu schrumpfen, während Juri mir noch anderes aberwitziges Zeug erzählte, von dem ich nie zuvor gehört hatte.

Ich kann hier jetzt nicht alles davon erwähnen, das würde zu weit führen. Aber zum Beispiel erzählte Juri mir, dass vor vier Milliarden Jahren ein anderer Planet die Erde gerammt hätte. Die Erde sei damals noch flüssig und glutheiß gewesen. Weshalb ein Stück aus der Erde gebrochen und ins Weltall geschleudert worden sei. Und aus diesem Stück Erde, versicherte Juri mir, sei später der Mond entstanden.

Ehrlich gesagt fiel es mir schwer, das zu glauben. Genauso wie das mit dem Sternenstaub. Wenn es wirklich so war, warum hatte uns in der Schule dann bislang niemand davon erzählt? Doch auf der anderen Seite, das sprach für Juri, neigte sie – anders als Sonny – nicht zur Prahlerei.

Meistens war sie sogar eher aufrichtig bis zur Rücksichtslosigkeit und niemand, der log, nur um Eindruck zu schinden.

Und aus diesem Grund nahm ich es Juri auch ab, als sie mir nun zum ersten Mal von den zwei Voyager-Sonden erzählte, die 1977 vom Cape Canaveral in Florida gestartet waren, um das äußere Planetensystem zu erkunden. Eigentlich war ihre Mission nur auf fünf Jahre angelegt. Doch die beiden Sonden fliegen, so erzählte Juri mir, immer weiter auf unterschiedlichen Bahnen durchs All und senden, obwohl einige Instrumente inzwischen abgestellt wurden, um Strom zu sparen, immer noch Signale zurück an die Erde, von der sie sich immer weiter entfernen.

Doch selbst wenn sie irgendwann keinen Strom mehr haben und keine Signale mehr senden sollten, werden sie, meinte Juri, noch Milliarden Jahre lang stumm durch unsere Galaxie driften. Und vermutlich werden sie dann auch immer noch jeweils eine goldene Platte an Bord tragen. Sozusagen als Geschenk der Menschheit an das Universum.

Wobei ich vermutlich nicht verschweigen sollte, dass dieses Geschenk, also die beiden Platten, eigentlich aus Kupfer sind und nur mit Gold überzogen. Was allerdings nicht schlimm ist, wie Juri mir sagte, weil das Entscheidende nämlich sei, dass auf den beiden Platten Bilder und Audiodateien gespeichert sind, die den Außerirdischen verraten könnten, wer wir Menschen waren. Oder zumindest, wer wir glaubten zu sein.

»Wenn du eine Schallplatte oder meinetwegen eine CD von dir ins Universum schicken könntest«, fragte Juri mich jetzt, »was würdest du draufpressen?«

»Puh«, antwortete ich. »Gute Frage. Einen Gutschein für eine Stereoanlage vielleicht?«

Juri lachte. »Fällt dir nichts Besseres ein?«

»Nee«, sagte ich. »Mir fällt gar nix ein. – Außerdem, hast du mir nicht vorhin erklärt, dass wir alle total unbedeutend sind? Dann kann es den Außerirdischen doch sowieso egal sein, was wir ihnen schicken.«

»Na ja«, sagte Juri, »so habe ich das jetzt auch wieder nicht gemeint. Wäre doch schon cool, wenn es jemanden gäbe, der sich an uns erinnert. Wenn wir irgendwas hinterlassen könnten. – Wie wäre es denn mit deinen Wörtern?«

»Die habe ich ja nicht erfunden. Die sammele ich ja nur.«

»Warum machst du das eigentlich?«

Die Frage hatte ich mir noch nie gestellt.

»Ich würde sagen«, stammelte ich, »weil ich mich gut mit ihnen ablenken kann und weil ... Worte ... doch alles sind, was wir haben ... um uns auszudrücken und die Welt zu beschreiben und ... irgendwie geben sie mir ein gutes Gefühl, als könnte ich ... manches um mich herum besser verstehen ...«

»Interessant«, sagte Juri. »Red weiter.«

»Das war's eigentlich schon«, sagte ich.

»Mhm ...«, machte Juri. »Wenn ich jetzt gemein wäre, könnte ich auch sagen, dass deine Wörter eigentlich nur Schallwellen sind, die wir austauschen, wenn wir miteinander quatschen.«

Sie schaute mich an und ihre Augen blitzten.

»Das ist nicht dein Ernst, oder?«, sagte ich.

»Nee, nicht wirklich.«

»Ein Glück«, sagte ich. »Außerdem geht es ja sowieso nicht um die Schallwellen. Es ist ja nicht wichtig, *wie* etwas zu dir kommt, wenn ich etwas sage. Sondern *was* bei dir ankommt. Stell dir zum Beispiel mal vor, wir hätten keine

Wörter für Gefühle. Dann wären wir doch total am Arsch! Ich meine, es ist zwar megaschwierig, sie zu beschreiben. Aber wenn wir das gar nicht könnten, dann wäre es doch, als würden die Gefühle gar nicht existieren.«

Juri runzelte ihre Stirn. »Ich glaube, das stimmt nicht, Sascha. Überlege doch mal, in Physik, da gibt es doch die Naturgesetze. Die Schwerkraft zum Beispiel. Die hat Isaac Newton zum ersten Mal beschrieben. Das war im 17. Jahrhundert oder so. Aber gegeben hat es die Schwerkraft schon immer. Auch bevor Newton die Formel dafür gefunden hatte. Weißt du, wie ich's meine?«

»Ja, aber das ist ja auch Mathe«, sagte ich.

»Na und? Die Formeln in Physik und Mathe sind doch auch nichts anderes als eine Sprache.«

»Aber eine ziemlich schwere.«

»Kommt drauf an, wer sie spricht«, sagte Juri.

»Okay«, sagte ich. »Aber erinnerst du dich daran, was Herr Reza gesagt hat? Dass Worte Wirklichkeit schaffen? Was ist denn damit?«

»Das kam mir damals schon komisch vor«, sagte Juri. »Das würde ja bedeuten, wir beschreiben die Welt und dadurch verändern wir sie? Aber das glaubst du doch nicht wirklich, oder? Wenn ich jetzt zum Beispiel sage: ›Die Sonne geht auf.‹ Dann ist das der Sonne total egal. Dann bleibt es doch trotzdem dunkel.«

»Klar, das stimmt natürlich«, räumte ich ein. »Aber es gibt auch Sätze, die was verändern können, wenn wir sie aussprechen.«

»Welche denn?«

Ich verstummte. Mir wäre ein Satz eingefallen, doch ich brachte ihn nicht über die Lippen. Der Himmel schien jetzt so nahe zu sein, dass ich glaubte ihn berühren zu können, wenn ich meine Hand nach ihm ausstreckte. Und auch Juri schien immer näher an mich heranzurücken.

Doch weil ich nichts sagte, fuhr sie fort: »Siehst du, Sascha! Du weißt auch keinen. – Ich finde ja auch, dass Sprache wichtig ist. Aber ich glaube, wir wissen viel mehr, als wir erklären können.«

»Ja, eben! Genau das ist es ja«, sagte ich aufgeregt. Juri hatte genau das ausgesprochen, wofür mir zuvor die Worte gefehlt hatten. »Deshalb finde ich meine einzigartigen Wörter ja so toll! Du kannst mit ihnen was erklären, wofür dir sonst die Sprache fehlt. Und wenn ich es dir dann sage, dann verstehst du besser, was ich meine. Dann fällt es dir vielleicht zum ersten Mal auf, dass es so etwas überhaupt gibt. Zum Beispiel ...«, ich stöberte in meinem Gedächtnis nach einem guten Wort, »*Qarrtsiluni.* – Weißt du, was das bedeutet?«

»Nein.«

»Das kommt aus der Sprache der Inuit. Und bedeutet, man sitzt zusammen in der Dunkelheit und wartet darauf, dass etwas geschieht.«

»Das ist schön«, sagte Juri.

Sie schaute mich an und ich hatte das Gefühl, als würden sich unsere Blicke jetzt endlich zum ersten Mal ineinander verfangen. Vielleicht, dachte ich, wäre jetzt kein schlechter Moment.

Juri drehte ihren Kopf zu mir und ihre rauen, aufgesprungenen Lippen waren ganz nah.

Doch dann, vermutlich hatte ich ein wenig zu lange gezögert, lösten sich unsere Blicke wieder voneinander und der Moment war verstrichen.

Auch dazu wäre mir ein Wort eingefallen. Es heißt *Nakakakhinayang*, kommt aus der Sprache Tagalog, die auf den Philippinen gesprochen wird, und beschreibt ein Gefühl des Bedauerns für eine verpasste Gelegenheit. Ich hätte Juri jetzt davon erzählen können, aber ich sah davon ab. Denn erstens hatte dieses Wort so viele Vokale, dass sich meine Zunge sofort daran verknotet hätte. Und zweitens war es ohnehin kalt geworden und vermutlich auch spät. Genau konnte ich es nicht sagen, da ich jegliches Zeitgefühl verloren hatte. Wir beschlossen aufzubrechen.

Nachdem Juri und ich unser Zeug zusammengesammelt hatten, kletterten wir vom Dach und kehrten in die Wirklichkeit zurück. Die Siedlung schlief, in den Fenstern war das Licht ausgeknipst. Die Laternen warfen einen gelben Schimmer auf die leeren Straßen.

Juri und ich liefen vor bis zur Lomonossow-Allee. Es war nachtstill, bloß unsere Schritte auf dem Beton waren zu hören.

»Danke, dass du mir das gezeigt hast«, sagte ich, als wir die Lomonossow-Allee erreicht hatten.

»Gerne«, sagte Juri.

Sie blieb stehen. Und dann umarmte sie mich. Zwar nur kurz und flüchtig, aber es war eine richtige Umarmung. Eine Sekunde lang berührten sich unsere Körper und ich konnte wieder diesen chemisch-süßen Duft riechen, der Juris Geruch sein konnte oder ihr Deo.

»Sehen wir uns morgen?«, fragte ich, als wir wieder berührungslos voreinanderstanden.

»Klar«, antwortete Juri.

»Cool.«

Ich war wie beschwipst vor Glück und gerade im Begriff, den Weg über die Brache nach Hause einzuschlagen, als ich auf einmal das Gefühl hatte, dass links, ungefähr fünfzig

Meter von uns entfernt, ein Umriss aus dem Schwarz einer Häuserecke zackte.

Er schien sich zu bewegen und direkt auf uns zuzuschreiten. Ich konnte allerdings nicht erkennen, wer oder was es war. Doch als der Umriss sich dann aus der Dunkelheit löste, erstarrte ich. Er warf erst einen und dann einen zweiten Schatten auf die von Laternen beschienene Straße.

15

Ich war wie gelähmt. Die Schatten gehörten den Pawelkes und sie steuerten unweigerlich auf uns zu. Mir kam es vor, als würde alles in Zeitlupe ablaufen. Sekunden wurden zu Minuten. Augenblicke zu einer halben Ewigkeit. Mein Körper schien schwer wie Zement. Unendlich langsam wendete ich meinen Kopf herum und schaute zu Juri. Ihre Augen waren wie erfroren vor Angst. Unendlich langsam wendete ich meinen Kopf zurück zu den Pawelkes. Sie rückten immer näher. Hatten sie auf uns gewartet? Uns aufgelauert? Ich wollte schreien. Doch meine Kehle war wie zugeschnürt. »LAUF!«, krächzte ich und plötzlich erwachten Juri und ich aus unserer Starre und rannten.

Wir rannten, so schnell wir konnten, die Lomonossow-Allee entlang in Richtung Schule, die Pawelkes stürmten hinterher, sie jagten uns.

»Ihr seid tot, ihr Wichser!«, brüllte Danilo.

Er und Enrico waren nur noch vierzig Meter von uns entfernt und schienen mit jedem Schritt näher zu kommen. Ich glaubte ihr Schnauben und Hecheln direkt hinter uns zu hören. Meine Lunge brannte, mein Atem stach, wir rannten.

»Hier lang!«, rief Juri, als wir an der Schule angekommen waren.

Wir schlugen einen Haken nach links und stürzten in Richtung Weiher, an der Trauerweide drehten wir uns um.

Die Pawelkes waren auf Höhe des Hügels, von dem aus wir Enrico und Sabrina beobachtet hatten, und hetzten auf uns zu. Uns blieb nur eine Möglichkeit, sie abzuschütteln: der Wald.

Wir stürmten den Trampelpfad entlang, schlugen uns durchs Unterholz, stolperten vorwärts, über Baumwurzeln und durch dorniges Gestrüpp, in dem sich unsere Arme und Beine verfingen, immer weiter hinein in den Wald, ehe unsere Schritte schließlich im weichen Moos versanken und wir die Lichtung erreichten. Wir schauten uns um.

»Wo sind sie?«, keuchte Juri.

»Keine Ahnung«, japste ich.

Wir verbargen uns hinter der dicken Eiche, auf der Sonny und ich die Birkenstämme für unser Baumhaus festgenagelt hatten, und starrten in die Dunkelheit, lauschten in die Nacht. Hörten das Wispern der Bäume. Das Rascheln von Laub. Mein Herz hämmerte wie wild.

»Komm, lass uns nach oben klettern«, flüsterte ich, als plötzlich direkt neben uns Holz knackte.

Ich fuhr herum, doch eine Hand packte mich im Nacken und schleuderte mich zu Boden.

»Na, wen haben wir denn da?«, sagte Danilo.

Er packte mich erneut am Kragen und riss mich nach oben. Enrico hatte unterdessen Juri überwältigt. Er hielt ihren Arm fest umklammert und obwohl Juri sich sträubte und wehrte und nach allen Seiten trat, konnte sie sich nicht aus Enricos Griff befreien.

Wir saßen in der Falle.

Die Pawelkes zerrten uns auf die Lichtung, die vom silbrigen Licht des Mondes übergossen war, und bauten sich vor uns auf. Mit einem Schlenkern seines Handgelenks ließ Enrico sein Butterfly-Messer aufschnappen.

»So, ihr Spackos, jetzt verratet uns mal, warum ihr hinter uns her spioniert und meine Freundin volllabert?«, sagte er.

»Was willst du?«, entgegnete ich. »Du scheiß Fa...«

Ich schaffte es nicht, den Satz zu beenden, mein Stimme versagte, da im selben Moment Danilo einen Schritt auf mich zu trat.

»Was hast du gesagt?«, fragte er.

Seine hässliche Visage war direkt vor mir, als sich auf einmal eine Faust in meine Magengrube bohrte. Der Schmerz zuckte wie ein weißer Blitz durch meinen Körper. Röchelnd sackte ich zusammen.

Danilo wollte gerade erneut zuschlagen, als Juri schrie: »Er hat gesagt, dass ihr Faschos seid und euch ficken sollt!«

Danilo wandte sich um und schritt auf Juri zu. »Hoho, da ist ja noch jemand mit 'ner großen Fresse.«

Er schmetterte seine flache Hand in Juris Gesicht. Sie taumelte und ihre Wange, das war sogar im Mondschein zu erkennen, flammte feuerrot auf.

»Muckst du jetzt immer noch auf, du kleine Zecke?«, sagte Danilo. »Oder hältst du endlich deine Schnauze?«

»Nee«, erwiderte Juri, die Worte aus ihrem Mund pressend, »das mache ich erst, wenn du mir sagst, was in dem Paket ist, das Cobande euch gegeben hat.«

Die Pawelkes schienen verdutzt. Sie tauschten einen irritierten Blick aus und ich nutzte diesen winzigen Moment der Verwirrung, um etwas zu tun, was ich noch nie zuvor getan hatte und mich heute, wenn ich daran zurückdenke, selber überrascht: Ich sprang auf Danilo zu und holte aus.

Danilo jedoch reagierte blitzschnell. Er wich zurück, sodass ich ihn nicht richtig erwischte und meine Faust seine

Wange nur streifte. Im selben Moment allerdings stöhnte Enrico auf. Juri hatte ihm ihr Knie mit voller Wucht in die Eier gerammt, woraufhin Enrico erst strauchelte und dann in sich zusammensank. Sein Butterfly segelte durch die Luft, und Juri floh von der Lichtung in die Dunkelheit.

Ich wollte ihr folgen, ihr hinterherrennen, den Pawelkes entwischen. Doch von der Seite stürzte sich Danilo auf mich. Wir fielen zu Boden. Ich hatte keine Chance.

Danilo begrub mich unter seinem Gewicht, wälzte mich auf den Rücken und setzte sein Knie auf meine Brust. Es gab kein Entrinnen mehr. Seine Faust krachte in mein Gesicht und ein zischender Ton entwich aus meinem Mund. Alles um mich herum wurde schwarz.

Als ich wieder zu mir kam, mein Gesicht auf dem taufeuchten Boden, wusste ich nicht, wo ich war. Ich schmeckte Blut und mir war kalt. Mein Körper fühlte sich an, als hätte mich jemand erst in Stacheldraht gewickelt und anschließend mit einer Betonwalze überrollt. Ich blinzelte vorsichtig, alles war verschwommen. Nur langsam wurde mein Blick klar.

Unter Schmerzen raffte ich mich auf und schaute mich um. Fahles, bleiches Licht fiel auf die Lichtung, der Morgen graute. Die Pawelkes waren verschwunden, auch Juri war nirgends zu sehen. Die Birkenstämme, die mal Sonnys Palace hatten werden sollen, lagen zersplittert und zertreten über den Boden verstreut. Ich spürte, wie ein Zittern durch meinen Körper fuhr, und fing an zu würgen.

Nachdem ich mich erbrochen hatte, schleppte ich mich frierend und zerschunden nach Hause. Die aufgehende Sonne gab der Welt ihre Farben zurück. Schwarz wurde zu Grün, Grau wurde zu Blau, und als ich aus dem Wald trat, schimmerten die gelb-weißen Blocks der Siedlung so matt, als wären sie von einem milchigen Schleier überzogen.

Wahrscheinlich, dachte ich, wäre das jetzt ein guter Zeitpunkt, um abzukratzen. Doch diesen Gefallen tat mir der Tod – oder das Leben, oder was es sonst noch so dazwischen gibt – nicht. Es waren, wenn ich das richtig überschlage, nur noch rund 40 Stunden bis zur Monsterkatastrophe.

Als ich die Tür zu unserer Wohnung aufschloss, brannte Licht im Flur. Es dauerte keine Sekunde, ehe mir meine Mutter im Morgenmantel entgegeneilte. Der rote Zornesfleck auf ihrem Hals leuchtete.

»Sascha, da bist du ja endlich! Wo zum Teufel warst du? Wir haben uns solche Sorgen gemacht. Wir wollten schon die Polizei ...«, sagte sie, als sie plötzlich einen spitzen Schrei ausstieß. »Oh Gott, Sascha! Wie siehst du denn aus?!«

Ich stand da und fing an zu weinen. Mutti schloss mich in ihre Arme, ihr Morgenmantel war ganz weich.

Nachdem sie meine Wunden mit brennendem Jod verarztet hatte, brachte meine Mutter mich ins Bett. »Sascha, Sascha, was ist denn nur passiert?«, fragte sie. Ich schüttelte den Kopf. »Nichts«, antwortete ich. Dann drückte sie mir eine Packung gefrorene Erbsen auf mein geschwollenes Auge und ich schlief erschöpft ein.

Als ich aufwachte, war es schon Nachmittag. Mein Kopf dröhnte, mein Magen fühlte sich an, als würden darin Messer gewetzt, und mein rechtes Auge, das sich dunkelblau und lila verfärbt hatte, puckerte, als hätte jemand ein zweites Herz in mein Gesicht gepflanzt. Ich lag im Bett und während ich versuchte, weiter gegen den Schmerz anzuschlafen, wichen meine Eltern, die unseren geplanten

Ausflug zum Reihenhaus verschoben hatten, nicht von meiner Seite.

Sie brachten mir Eisbeutel, um mein Auge zu kühlen. Sie gaben mir Analgin, um das Dröhnen zu betäuben. Sie bestanden darauf, mich zu einem Arzt zu bringen, um mich röntgen zu lassen. Doch ich weigerte mich. Ich weigerte mich auch, ihnen eine Antwort zu geben. Immer wieder bestürmte meine Mutter mich mit denselben Fragen: Was denn passiert sei und ob Juri mich da hineingezogen hätte, Nina habe uns doch gemeinsam gesehen. Ich sagte nichts.

»Sascha, wenn du uns nichts verrätst, können wir dir auch nicht helfen«, wiederholte meine Mutter unablässig. Was sie nicht verstand, war, dass ich ihren Trost und ihre Fürsorge zwar dankbar annahm, dass ich abgesehen davon aber gar nicht wollte, dass sie mir half.

Was hätten sie und mein Vater denn schon tun können? Unten bei Frau Pawelke klingeln und ihr berichten, was vorgefallen war, in der Hoffnung, dass sie Enrico und Danilo deswegen bestrafen würde? Oder die Pawelkes andernfalls sogar bei der Polizei anschwärzen? Nein! Ich glaubte jetzt zu kapieren, warum auch Herr Reza darauf verzichtet hatte, die Pawelkes anzuzeigen. Es brachte einfach nichts. Ihre Vergeltung würde fürchterlich werden.

So drehten wir uns im Kreis und der Tag verstrich. Während meine Eltern an meinem Bett wachten, döste ich vor mich hin und versank in einen unruhigen Schlaf. Im Traum konnte ich alles wieder vor mir sehen. Die Lichtung. Den Mondschein. Juris feuerrote Wange. Die Faust, die in mein Gesicht krachte, bevor die Energie wie ein leises Pfeifen aus meinem Körper wich.

Ich weiß nicht, ob ich es mir nur einbildete, doch einmal, zwischen Wachen und Dämmern, kam es mir vor, als würde meine Schwester, diese verdammte Petze, auf Zehenspitzen in mein Zimmer schleichen und meine Mutter mit echter Besorgnis fragen: »Wie geht es ihm denn?« Ein anderes Mal glaubte ich meinen Vater durch die angelehnte Tür meines Zimmers zu hören: »Mensch, Carola, nu' mach nicht so einen Herrmann! So ein Junge prügelt sich halt mal.« Ein drittes Mal schien es mir sogar so, als würde Juri anrufen, um sich nach mir zu erkundigen. Doch meine Mutter wimmelte sie ab: »Nein, Juri, der schläft gerade.«

Am nächsten Tag fühlte sich mein Gesicht noch immer an, als hätte jemand ein Kotelett darangetackert. Trotzdem ging es mir schon ein wenig besser, zumindest so gut, dass ich wieder aufstehen konnte. Rausgehen durfte ich allerdings nicht. Das hatten meine Eltern mir verboten. Worüber ich eigentlich recht froh war, da ich sie und Nina deswegen auch nicht zum Ausflug in die Reihenhaussiedlung begleiten musste.

Nachdem die drei sich auf den Weg gemacht hatten, lief ich zum Telefon in den Flur und rief Juri an. Sie hob sofort ab.

»Wo warst du?«, fragte ich, ohne Zeit an ein »Hallo« zu verschwenden.

»Sascha! Wie geht es dir? Ich habe mir solche Sorgen gemacht«, sagte Juri.

»Ach ja? Bist du deshalb abgehauen und hast mich da einfach alleine verrecken lassen? Diese Penner haben mich komplett zusammengeschlagen. Und sogar unser Baumhaus zerstört.«

»Welches Baumhaus?«

»Das von Sonny und mir!«

»Oh, Sascha! Das tut mir alles so leid.«

»Na toll«, sagte ich. »Das hilft mir auch nicht weiter.«

»Aber was sollte ich denn machen?«, sagte Juri. »Ich hatte doch keine Wahl. Enrico ist hinter mir her und ich bin gerannt wie eine Irre. Ich dachte, du wärst auch abgehauen.«

»Nein!«, sagte ich und legte auf.

Ich war selbst erstaunt über meine Reaktion. Sonst hatte ich Juri doch nie böse sein können, aber dieses Mal war es anders. Ich war noch immer ganz wund und aufgeraut, ich fühlte mich noch immer schutzlos. Ich wollte kein Opfer sein und zu meiner eigenen Überraschung machte mich das rasend vor Wut.

Das Telefon klingelte. Ich nahm ab.

»Was?«, knurrte ich.

»Sascha, hör zu, es tut mir wirklich leid«, sagte Juri. »Ich kann doch auch nichts dafür. Das waren die Pawelkes, diese miesen Arschlöcher. Die haben dich zusammengeschlagen. Nicht ich. Wir müssen jetzt zusammenhalten. Wir müssen uns rächen. – Wollen wir uns treffen?«

»Das geht nicht. Ich darf nicht raus.«

»Dann komme ich zu dir!«

»Nein!«, keifte ich. »Lass mich in Ruhe! Ich will mit der ganzen Scheiße nichts mehr zu tun haben. Du hast mich da reingezogen.«

»Ich?«, fragte Juri. »Jetzt bin ich an allem schuld, oder was?«

»Ja, genau. Du wolltest dich doch unbedingt mit den Pawelkes anlegen. Die große Juri mit ihrem großen Juriversum, die jeden fertigmacht.«

»Sag mal, bist du bescheuert? Ich habe dich doch nicht dazu gezwungen. Du hast doch freiwillig mitgemacht. Außerdem ist das genau das, was die Pawelkes wollen.

Die wollen uns einschüchtern, uns fertigmachen. Das dürfen wir uns nicht gefallen lassen. Wir müssen uns wehren.«

»Wir müssen gar nichts.«

»Aber wenn wir das jetzt nicht machen, dann werden die dich für immer ...«

»Wenn wir jetzt was machen«, fiel ich Juri ins Wort, »dann bringen die uns das nächste Mal um. Wir haben eh keine Chance gegen die. Die sind viel stärker als wir.«

»Na und, Sascha? Kraft ist Masse mal Beschleunigung. Wenn einer mehr Kraft hat als du, weil er schwerer und schneller ist, dann musst du dir eben was anderes einfallen lassen. Ich hab da auch schon eine Idee.«

»Ich habe die Schnauze voll von deinen Ideen«, sagte ich.

Juri schwieg einen Moment, dann fragte sie: »Ist das dein Ernst?«

»Ja.«

»Du bist so ein Feigling!«, zischte sie.

»Ach so? Jetzt bin ich der Feigling?!«, schrie ich. »Wenn ich nicht auf Danilo losgegangen wäre, dann hättest du gar nicht abhauen können!«

»Oh, wow, Sascha, du bist so toll! Dann mache ich es eben alleine. Ich halte es hier eh nicht mehr aus.«

»Leck mich«, wollte ich noch sagen, aber da hatte Juri schon aufgelegt.

Ich feuerte das Telefon in die Ecke und trat mit voller Wucht gegen den Türrahmen. Meine Wut lief Amok. Sollte sie ihren Mist doch alleine machen.

Es dauerte ein, zwei Stunden, ehe ich mich ein wenig beruhigt hatte und mein Zorn in Sorge umschlug. Ich hatte keinen Zweifel daran, dass Juri wirklich vorhatte, sich zu rächen. Aber was, wenn sie so leichtsinnig war und direkt zu den Pawelkes marschierte? Was, wenn die Pawelkes Juri umbringen würden?

Ich versuchte Juri anzurufen, aber sie hob nicht ab. Ich erwog, zu ihr zu gehen, doch das war nicht möglich, da kurz darauf meine Eltern und Nina von ihrem Ausflug zurückkehrten. Sie waren schrecklich gut gelaunt.

Nina war restlos begeistert, sie konnte sich gar nicht bremsen. Das neue Reihenhaus sei so toll! Und ihr neues Zimmer noch viel toller! Meine Mutter summte währenddessen fröhlich vor sich hin und plante mit einem Blatt Papier und einem Kugelschreiber in der Hand, wie sie unsere alten Möbel im neuen Haus verteilen würde. Selbst mein Vater ließ sich dazu hinreißen, laut darüber nachzudenken, wie er sich hinten im Carport eine kleine Werkstatt einrichten könnte. Es war schwer zu ertragen.

Später am Abend zog ich mich in mein Zimmer zurück und verschanzte mich in meinem Bett. Durchs Fenster kroch die Dunkelheit hinein. Alles schien ausweglos. Unser Umzug war unabwendbar, Juri hatte ich verprellt, Sonny kreiste nur um sich selbst, und zwei Stockwerke unter mir hockten die Pawelkes, meine Peiniger, denen wahrscheinlich noch immer einer abging, wenn sie sich das Bild, wie ich bewusst- und wehrlos vor ihnen gelegen hatte, in Erinnerung riefen.

Ich lauschte in die Wohnung. Die anderen schienen schon zu schlafen, nur ich fand keine Ruhe. Ich strampelte die Bettdecke nach unten, holte mein Heft hervor und schrieb Juris Namen hinein: Юрий. Sie war ein Rätsel, größer als alle Rätsel, die Herr Reza uns je gestellt hatte. Was sollte ich nur tun? Es gab keine Lösung. Alles war schiefgegangen und außer Kontrolle geraten.

Ich hatte mich verrannt, mich verirrt in einem Labyrinth ohne Ausgang. Dabei hatte ich eigentlich nur gewollt, dass Juri mich sieht. Doch jetzt konnte ich mich kaum noch selber wiedererkennen. Das dachte ich, als auf einmal ein merkwürdiger Geruch durch das angekippte Fenster in mein Zimmer stieg. Beißend, hätte ihn Herr Reza genannt.

Ich stand auf und eilte zum Fenster. Ich hörte meine Mutter rufen: »Bodo!« Ich hörte meinen Vater fluchen: »So eine Scheiße!« Ich schob die Lamellen der Jalousien auseinander, und als ich sah, woher der Geruch stammte, als ich das geschmolzene Metall und das verkokelte Gummi auf meiner Zunge schmecken konnte und das Knistern und Knacken des Feuers hörte, da war sie da, die Monsterkatastrophe.

Nein, das hat sie nicht gemacht, dachte ich. Das kann sie nicht gemacht haben. Ist Juri jetzt komplett durchgedreht?!

Eine Wolke aus Qualm hüllte den Parkplatz ein. Der lindgrüne Wartburg 1000 der Pawelkes brannte, die Flammen loderten. Sie verschlangen den Wartburg und züngelten und leckten auch an den Autos, die danebenstanden. Der Lada unserer Nachbarn war darunter und auch unser lippenstiftroter Mitsubishi Galant.

Ich hörte, wie meine Eltern panisch aus der Wohnung stürmten, und wollte ihnen hinterherlaufen, doch im selben Moment tapste Nina aus ihrem Zimmer. »Was ist denn los?«, fragte sie verschlafen. Ich nahm wortlos ihre Hand.

Unten auf der Straße schlug uns ein heißer Schwall aus Luft ins Gesicht. Ein Pulk von Leuten hatte sich versammelt, auch die Pawelkes waren da. Während Danilo vergeblich versuchte, das Feuer mit einer Decke zu ersticken, kämpfte Enrico mit seiner Bestürzung oder vielleicht auch mit dem Rauch. Es war schwer zu sagen, was ihm die Tränen in die Augen trieb, doch auf jeden Fall stützte er seine Mutter. Gemeinsam starrten sie auf den brennenden Wartburg, das linke, lidschattenblaue Auge von Frau Pawelke flatterte unkontrolliert auf und ab.

Meine Mutter, die sich ihren Bademantel nur flüchtig übergeworfen hatte, schlug unterdessen ihre Hand vor den Mund. Sie wirkte wie betäubt und schien uns, also Nina, die sich an meiner Hand festklammerte, und mich, gar nicht zu bemerken. Genauso wenig wie meinen Vater, der in Jogginghose und Unterhemd neben ihr stand und hypnotisiert auf das Feuer stierte, das nun vollends über unseren Mitsubishi hergefallen war.

Die Flammen waren überall, sie fraßen alles auf. Die Motorhaube und das Heck, das Lenkrad und die Reifen. Die rückenschonende Sitzauflage mit den Holzkugeln, die mein Vater so bequem fand. Den Beifahrersitz meiner Mutter ohne Holzkugeln. Ninas Kindersitz und auch meinen Platz hinten rechts. Wir konnten nichts dagegen tun, wir waren machtlos.

Gemeinsam mussten wir mit ansehen, wie der Mitsubishi vor unseren Augen zerschmolz und sich in Rauch auflöste. Er stieg in dicken Schwaden in den Himmel, als mein Vater auf einmal in schallendes Gelächter ausbrach.

Unsere Nachbarn schauten ihn an, als hätte er den Verstand verloren, und Nina drückte meine Hand noch fester als zuvor. Doch unser Vater lachte und lachte, er konnte sich gar nicht wieder einkriegen. Er lachte so laut, dass seine Brust bebte und er sogar die Sirenen, die von Weitem zu hören waren, übertönte.

»Findest du das etwa witzig?!«, schrie meine Mutter ihn an. »Nein«, sagte er. Sein hagerer Körper wurde immer noch von Lachsalven erschüttert. Es war, als könnte er sich gar nicht dagegen wehren, als platzte das Lachen nur so aus ihm heraus. Ich hatte meinen Vater ewig nicht mehr so gesehen. Eigentlich nur einmal, vor ein paar Jahren, nachdem er erfahren hatte, dass er seinen Job im Kabelwerk verlieren würde.

Mein Vater war damals noch am selben Abend mit ein paar Kollegen in eine Kneipe in die Stadt gefahren, wo er sich, wie er uns am nächsten Tag beichtete, komplett hatte volllaufen lassen. Erst tief in der Nacht war er die Treppe zu unserer Wohnung nach oben gestolpert. Da er angeblich seinen Schlüssel nicht finden konnte und da er auch nicht klingeln wollte, um uns nicht zu wecken, kam er auf eine glorreiche Idee: Er trat die Tür ein.

Ich kann mich noch erinnern, wie ein lauter Knall mich damals aus dem Schlaf schrecken ließ und ich noch ganz benommen in den Flur wankte. Unsere Wohnungstür, in der ein großes Loch klaffte, hing schief in ihren Angeln, Presspappensplitter übersäten den Boden. Davor stand sanft torkelnd mein Vater. Mit betrunken schielendem Blick schaute er in die erschrockenen Gesichter von meiner Mutter, Nina und mir und fing an zu lachen. Genauso, wie er jetzt lachte, im Widerschein des Feuers.

Sein Mund war weit aufgerissen und die Flammen spiegelten sich in seinen Augen, während unser Mitsubishi Galant knackend zerbarst. Es war gruselig und jagte nicht nur Nina, die am ganzen Körper schlotterte, Angst ein; auch ich fürchtete mich. Aber zugleich war ich auf eine merkwürdige Art froh, oder sagen wir besser, erleichtert, dass mein Vater so reagierte.

Denn je länger er lachte, desto unbeschwerter schien er. Ganz so, als würde eine unheimliche Last von seinen

Schultern fallen. Und als er schließlich aufhörte und sein Lachen verstummte, wirkte mein Vater zum ersten Mal seit sehr langer Zeit wie befreit.

16

Der Morgen danach war karg. Der Rauch hatte sich verzogen, der Brand war gelöscht. Dennoch hing ein nebliger, die Sonne verschluckender Dunst über der Siedlung. Wenn ich aus dem geöffneten Fenster guckte, sah ich vier ausgebrannte, verkohlte Wracks, die so eigenartig verformt waren, dass sie an die bizarren Skulpturen erinnerten, die Frau Schlott uns einmal im Kunstunterricht gezeigt hatte. Um sie herum war rot-weißes Flatterband gespannt.

Die Feuerwehr war rasch darauf gekommen, dass die Autos nicht zufällig entflammt waren. Weshalb die Polizei, die wenig später auch eintraf, alle Anwesenden befragte, das heißt alle, die im Pulk standen und sich nicht schnell genug verzogen hatten.

Meine Eltern teilten den Polizisten mit, dass sie sich nicht vorstellen könnten, wer so etwas tue. Ich musste zum Glück nichts sagen, durfte es auch gar nicht, da meine Eltern Nina und mich, nachdem sie bemerkt hatten, dass wir ihnen nach unten gefolgt waren, sofort zurück ins Bett scheuchten.

Von dort oben konnte ich beobachten, dass die Polizisten auch die Pawelkes aushorchten. Ich bezweifle allerdings, dass Danilo oder Enrico ihnen auch nur den kleinsten Hinweis gaben, auf wen ihr Verdacht fiel. Dabei war es ja offensichtlich, auf wen er fallen musste.

Ich hoffte, dass sogar die Pawelkes in der Lage waren zu begreifen, dass es keinen Sinn machte, mich der Brandstiftung zu bezichtigen. Da ich ja niemals so dämlich gewesen wäre, unser eigenes Auto anzuzünden. Aber was zur Hölle war in Juri gefahren? Welcher Dämon hatte von ihr Besitz ergriffen? Ich musste zu ihr. Überraschenderweise war das leichter als gedacht.

Meinen Eltern schien über all der Aufregung ganz entfallen zu sein, dass sie mir verboten hatten rauszugehen. Meine Mutter lief in der Küche auf und ab, ihre ganze Aufmerksamkeit wurde von dem »Versicherungsfuzzi« aufgesogen, mit dem sie telefonierte. Hektisch redete sie auf ihn ein. Mein Vater saß ruhig daneben.

Sein nächtlicher Gefühlsausbruch hatte nicht dazu geführt, dass er plötzlich ein ganz anderer geworden wäre. Dennoch schien er verändert. Auf seinen Lippen lag ein leises, unergründliches Lächeln, während er Nina auseinandersetzte, was gestern Nacht passiert war und dass sie sich keine Sorgen machen solle, weil wir das Geld für unser Auto von der Versicherung schon wiederbekämen.

»Ich gehe kurz nach unten«, sagte ich zu meinem Vater.

»Okay«, sagte mein Vater. »Viel Spaß, mein Schöner!«

Genau so hatte er es gesagt.

Als ich auf die Straße trat, glaubte ich Ruß zu schmecken. Ich schnappte mir mein Fahrrad und fuhr auf schnellstem Wege zu Juri. Ich konnte nicht sagen, ob ich ihr um den Hals fallen oder sie von mir wegstoßen würde, wenn ich gleich vor ihr stand. Ich war hin- und hergerissen.

Einerseits war sie noch immer die Juri, der ich mich öffnen konnte wie niemandem sonst und der ich sogar von meinen einzigartigen Wörtern erzählt hatte. Anderseits war sie aber auch die Juri, die, so wie es aussah, unseren

Mitsubishi in Flammen hatte aufgehen lassen. Ich ahnte zwar, dass sie das nicht beabsichtigt hatte. Doch zumindest, das war nicht abzustreiten, hatte sie es in Kauf genommen.

Alles, was sie wollte, war sich, das heißt vielleicht auch mich, also uns zu rächen. Aber war sie damit nicht genauso schlimm, genauso rücksichtslos und unerbittlich wie die Pawelkes? Hatte sie sich nicht derselben Mittel bedient? War es nicht falsch, Angst und Schrecken zu verbreiten? Oder war es im Gegenteil gerade die einzig richtige Schlussfolgerung, sich gegen diejenigen, die alle terrorisierten, mit Terror zu wehren?

Ich wusste es nicht. Ich wusste nur, dass ich nachts, nachdem mein erster Schock sich gelegt hatte und ich die Verzweiflung in den Gesichtern der Pawelkes sah, so etwas wie Genugtuung verspürte. Wenn es jemanden mit Recht traf, dann sie.

Doch als Danilo und Enrico schließlich völlig niedergeschmettert vor den versengten Überresten des Wartburgs auf die Knie sanken, stieg in mir gleichzeitig ein anderes Gefühl empor. Ich würde tatsächlich so weit gehen zu sagen, dass es Mitleid war. Hatten die Pawelkes das wirklich verdient? Natürlich hatten sie das. Aber irgendwie auch nicht.

Inzwischen jedoch war nichts mehr von meiner nächtlichen Genugtuung übrig und auch nichts von meinem Mitleid. Ich bog in die Wladimir-Komarow-Straße ab und schaute mich ständig um. Ich betete, dass mich niemand verfolgte, denn jetzt pochte da nur noch ein anderes Gefühl in mir: Angst. Angst um Juri. Angst vor den Pawelkes. Sie war größer als je zuvor.

Danilo und Enrico würden Juri, das war völlig klar, bestrafen. Sie würden sie jagen, sie erlegen, sie bei lebendigem

Leib häuten, sie vernichten und in Stücke reißen. Ich sage mal so: Juri war in Gefahr.

Als ich bei ihr ankam, öffnete mir ihre Mutter die Tür. Sie hatte ein schmales Gesicht, das einmal sehr hübsch gewesen sein musste, jetzt jedoch von fettigem, farblosem Haar gerahmt war, dessen dünne Strähnen ihr auf die Schultern fielen. Unter dem ausgewaschenen und ausgeleierten Pullover, den sie trug, stach spitz ihr Schlüsselbein hervor.

»Hallo, ich bin Sascha«, sagte ich.

»Sascha ... Labude?«, fragte sie.

»Ja, genau der. Ist Juri da?«

»Du meinst Jenni?«

»Ja, ist sie da?«

»Nein.«

»Nein? Wo ist sie denn?

»Ich weiß es nicht ...«, sagte Frau Köhn.

Ich konnte Alkohol in ihrem Atem riechen. Ihre Augen, die dasselbe Grün wie Juris hatten, waren gerötet, so als hätte sie gerade geweint.

»Ist sie draußen?«, fragte ich.

»Sie ist weg«, antwortete Frau Köhn.

Der Satz traf mich wie ein Schlag ins Gesicht, der schlimmer war als jeder Schlag, den Danilo Pawelke mir je verpassen könnte.

»Wie, weg?«

»Weg. Verschwunden.«

»Aber sie kommt doch bestimmt bald wieder?«, fragte ich.

»Nein«, sagte Frau Köhn. Sie wankte fast unmerklich und stützte sich mit der Hand gegen den Türrahmen ab. »Sie kommt nicht wieder, das spüre ich.«

Ihre Worte hallten durchs Treppenhaus und ich hatte das Gefühl, dass sich eine Wand aus Kälte über mir zusammenschloss. Sie raubte mir den Atem und ließ alles in mir gefrieren. Juri konnte doch nicht einfach abgehauen sein. Doch nicht so. Doch nicht ohne mich.

Wenn das stimmte, dann war das die wahre Monsterkatastrophe, dachte ich.

Einen Augenblick lang standen Frau Köhn und ich schwer getroffen voreinander, als es auf einmal klingelte. Frau Köhn hob irritiert den Kopf, bevor sie die Haustür aufsirren ließ. Wer konnte das sein? Die Pawelkes? Die Polizei? Zu meiner Überraschung hinkte jedoch kurz darauf Herr Reza die Treppe nach oben.

»Was machen Sie denn hier?«, fragte ich, als er im zweiten Stock angekommen war.

»Gleich, Sascha«, sagte Herr Reza schwer schnaufend. »Zunächst einmal ...«, er holte tief Luft, »möchte ich die Gelegenheit nutzen, um mich Frau Köhn vorzustellen. Mein Name ist ...«

»Juri ist weg!«, fuhr ich dazwischen.

Herr Reza zuckte zusammen.

»So etwas hatte ich bereits befürchtet«, sagte er. »Was für ein Jammer!«

Es dauerte einen Moment, ehe Herr Reza sich gesammelt hatte, dann wandte er sich erneut an Frau Köhn und stellte sich vor. Frau Köhns Blick irrlichterte von ihm zu mir. Was wollen der Junge und dieser alte Mann von mir?, schien ihr Blick zu fragen. Es war schwer zu glauben, dass sie wirklich Juris Mutter sein sollte.

Sie hatte zwar dieselben Augen, aber irgendwie kam sie mir – anders als Juri, die sie merkwürdigerweise ja immer Jenni nannte – ganz verletzlich vor. Wäre sie nicht eine

Fremde gewesen und dazu noch eine fremde Erwachsene, hätte ich sie am liebsten in den Arm genommen.

»Und Sie sollen ein Freund meiner Tochter sein?«, fragte sie Herrn Reza.

»Das ist in der Tat treffend formuliert, Frau Köhn«, antwortete er. »Und ich finde es mehr als bedauerlich, dass wir erst jetzt die Gelegenheit finden, uns kennenzulernen.«

Es wirkte, als würde es Herrn Reza gar nicht bekümmern, dass Juri ihrer Mutter offenbar nichts von ihm erzählt hatte. Aber das hatte ich meinen Eltern ja auch nicht.

»Ich würde Ihnen sehr gern mehr von meiner, sagen wir, väterlichen Freundschaft zu Ihrer Tochter berichten«, fuhr Herr Reza fort. »In Anbetracht der außergewöhnlichen Umstände, die uns heute zusammenführen, zöge ich es allerdings vor, dies auf einen späteren Zeitpunkt zu verschieben. Ich hoffe, Sie finden es nicht anmaßend, aber machte es Ihnen etwas aus, wenn wir kurz zu Ihnen hereinkommen dürften?«

Frau Köhn schien überrumpelt. Sie sah nicht gerade aus, als würde sie uns gern in ihre Wohnung lassen. Nachdem sie uns gebeten hatte, die Schuhe auszuziehen, führte sie uns widerwillig in ihre Küche, die so ordentlich war, dass sie beinahe steril wirkte. Kein Staubkorn, kein Fettfleck, nichts. Herr Reza und ich setzten uns an den Küchentisch. Frau Köhn stellte zwei Gläser Leitungswasser auf die abwaschbare Wachsdecke, dann nahm sie uns gegenüber Platz. Ihre Mundwinkel zitterten und das Zittern verstärkte sich zusätzlich, als Herr Reza uns nun erzählte, dass Juri gestern Abend bei ihm gewesen sei.

Juri sei ganz aufgebracht gewesen, sagte er, und habe gedroht, aus der Siedlung zu verschwinden. Deshalb sei er hergekommen, um nach ihr zu sehen. Von dem Brand und den Pawelkes erwähnte Herr Reza nichts. Ich konnte nicht sagen, ob er nichts davon wusste oder ob er es aus Rücksicht auf Juris Mutter verschwieg.

»Wann haben Sie, Frau Köhn, Ihre Tochter denn zuletzt gesehen?«, fragte Herr Reza. Er war ganz ruhig.

»Gestern Nachmittag«, antwortete sie.

»Und darf ich fragen, was sich da zugetragen hat?«

Frau Köhn zog den Saum ihres Pullovers über ihre Handgelenke, als bräuchte sie etwas, um sich daran festzuhalten. »Wir hatten einen schlimmen Streit ... Jenni hat mir schlimme Dinge an den Kopf geworfen.«

»Was denn?«, fragte ich.

»Sascha, ich glaube, das ist ein Detail, das wir gerade vernachlässigen können«, sagte Herr Reza.

»Dinge, die man niemals zu seiner Mutter sagen sollte«, sagte Frau Köhn.

Sie stand auf, um einen Aschenbecher vom Fensterbrett zu holen. Nachdem sie sich wieder zu uns gesetzt hatte, fischte sie mit tattrigen Fingern eine Zigarette aus der Packung. Frau Köhn rauchte keine F6 wie mein Vater, auch keine Papirossa wie Herr Reza, sondern Karo, die härtesten aller Zigaretten, die es im alten Land gegeben hatte. Als sie daran zog, rasselte ihre Lunge wie ein klappriger Auspuff.

»Und was ist dann geschehen?«, fragte Herr Reza

»Dann ist Jenni aus der Wohnung gelaufen«, sagte Frau Köhn.

»Hat sie etwas mitgenommen?«

»Ja, ihren Rucksack.«

»Und ich nehme an«, sagte Herr Reza, »der Rucksack ist der Grund, der Sie vermuten lässt, dass Ihre Tochter nicht wiederkommen könnte?«

»Ja ... nein«, stammelte Frau Köhn. »Es ist einfach dasselbe Gefühl ... Dasselbe Gefühl wie damals, als ihr Vater gegangen ist.«

Frau Köhn schlug die Hände vors Gesicht und schluchzte. Ich konnte das nur allzu gut verstehen, schließlich war ja auch ich völlig fertig. Doch zugleich wunderte ich mich: Frau Köhn musste doch etwas unternehmen und nach Juri suchen. Wenn ich abgehauen wäre, hätte meine Mutter die ganze Siedlung auf den Kopf gestellt. Frau Köhns Hilflosigkeit fing an, mir auf die Nerven zu gehen.

»Ja, und jetzt?«, fragte ich.

Frau Köhn schreckte auf und schaute mich an, als hätte ich in einer fremden Sprache zu ihr gesprochen.

»Was machen wir denn jetzt?«, setzte ich nach. Am liebsten hätte ich geschrien, um sie aus ihrer Trägheit aufzuwecken. »Wir müssen doch irgendetwas machen.«

»Da hast du vollkommen recht, Sascha«, sagte Herr Reza. »Wir müssen Juri suchen. Die Frage ist nur, wohin könnte sie sein? Haben Sie womöglich eine Idee, Frau Köhn?«

Juris Mutter zuckte mit den Schultern. Im selben Moment schoss es mir ein. »Vielleicht ist Juri ja zu ihrem Vater?«, sagte ich.

Frau Köhn schüttelte den Kopf. »Nein, sie weiß doch gar nicht, wo der jetzt wohnt.«

»Wissen Sie es denn?«, fragte Herr Reza.

»Nein«, sagte Frau Köhn.

»Und was ist mit Baikonur oder dem Sternenstädtchen?«, warf ich ein.

Frau Köhn guckte mich verständnislos an, so als würde sie zum ersten Mal in ihrem Leben davon hören.

»Das könnte natürlich sein«, sagte Herr Reza. »Aber, Sascha, wenn sich Juri wirklich dazu entschlossen haben sollte, wie Walja nach den Sternen zu greifen, dann hätte sie sich ohnehin schon viel zu weit von uns entfernt, als dass wir sie jemals wieder nach Hause bringen könnten.«

So saßen wir eine Weile da und rätselten, wohin Juri beziehungsweise Jenni verschwunden sein könnte. Schließlich schlug ich vor, einen Blick in ihr Zimmer zu werfen. Ich hoffte, dort irgendetwas zu finden, einen Hinweis vielleicht. Doch alles, was wir sahen, war das normale Zimmer einer 14-Jährigen, das genauso groß war wie meines, mit dem einzigen Unterschied, dass Juri es vielleicht ein bisschen cooler eingerichtet hatte als ich.

An den Wänden hingen Poster von den Natural Born Killers und den Sex Pistols, daneben eine rissige Schulkarte des Planetensystems. Auf dem Bücherregal stand ein Buch mit gelbem Umschlag, darauf war in roter Schrift geschrieben: »Walja, die erste Kosmonautin«. In mir flackerte eine zaghafte Hoffnung auf. Vielleicht, dachte ich, hatte Frau Köhn sich getäuscht, vielleicht würde Juri doch zurückkommen. Andernfalls hätte sie doch sicherlich ihr Lieblingsbuch mitgenommen.

Ich hütete mich allerdings davor, diese Beobachtung mit Juris Mutter zu teilen. Denn es kam mir vor, als würde sie erschöpft an der äußersten Kante ihres Lebens kauern und als fehlte nicht viel, um sie von genau dort hinunterzustoßen.

Nachdem Herr Reza und ich uns von Frau Köhn verabschiedet hatten, gingen wir zu seiner Simson, die aufgebockt auf dem Gehweg stand.

»Herr Reza, ich wollte es eben nicht einfach so raushauen, wegen Juris Mutter«, sagte ich. »Aber ich weiß, warum Juri weg ist. Sie hat den Wartburg der Pawelkes angezündet.«

»Ich habe schon geahnt, dass du sie im Verdacht hast«,

sagte er. »Aber ich bin mir nicht so sicher, ob das wirklich Juri war.«

»Natürlich war sie das! Wer denn sonst?«

»Das kann ich dir leider auch nicht beantworten. Aber ich gehe davon aus, dass Juri etwas anderes dazu bewogen hat wegzulaufen.«

»Sie meinen, sie ist abgehauen, weil sie mit ihrer Mutter gestritten hat?«

»Ja, zumindest habe ich allen Grund zu der Annahme. Juri hat mir eindrücklich geschildert, dass das Verhältnis zu ihrer Mutter, nun ja, sehr belastet ist.«

»Weil sie säuft?«, fragte ich.

»Ja, unter anderem auch deswegen«, sagte Herr Reza. »Du musst wissen, dass man Menschen, die sich dazu entschieden haben, ihren Kummer in Schnaps zu ertränken, nur schwer davon abbringen kann, sich selbst zugrunde zu richten. Das ist sogar noch schwerer, als jemanden aufzuhalten, der unbedingt verschwinden will.«

»Jaja, das kann ja sein. Aber, Herr Reza, wenn Juri gestern bei Ihnen war, warum haben Sie es denn nicht wenigstens versucht?«

»Das habe ich«, antwortete er, »mit allen Mitteln, die mir zur Verfügung standen. Ich habe auf Juri eingeredet, ich habe sie gebeten, nichts Unvernünftiges zu tun.«

»Aber ...?«

»Aber sie war wild entschlossen. Sie hat immer wieder gesagt, dass sie es nicht länger mit ihrer Mutter aushält. Offenbar gibt Juri ihr und dem Alkohol die Schuld daran, dass ihr Vater sie verlassen hat.«

»Stimmt das denn?«, fragte ich.

»Ich sehe mich leider außerstande, das zu beurteilen«, sagte Herr Reza. »Meist gibt es ja nicht nur einen Grund, der das Verhalten von Menschen erklärt. Fest steht aber, dass es in jedem Fall unverantwortlich ist, ein Kind in die Welt zu setzen und es dann sich selbst zu überlassen.«

»Häh, von wem reden Sie jetzt gerade?«

»Ich rede von Juris Mutter und von ihrem Vater. Wobei, das muss ich hinzufügen, es uns nicht zusteht, ein Urteil über sie zu fällen. Denn es ist nun mal so, dass jeder das Recht hat, sich selbst in sein Unglück zu stürzen. Entscheidend, mein Lieber, ist ohnehin etwas ganz anderes.«

»Was denn?«

»Entscheidend ist nicht, ob es so war, wie Juri es schildert«, sagte Herr Reza. »Entscheidend ist, ob Juri es so empfunden hat. Und daran scheint es keinen Zweifel zu geben. Andernfalls wäre sie ja noch hier.«

»So eine Scheiße!«, rief ich.

»Bitte, Sascha, verzage nicht. Noch ist es zu früh, um aufzugeben. Auch wenn es zugegebenermaßen nicht leicht werden wird, jemanden zu finden, der nicht gefunden werden will.«

»Okay, wir müssen uns aber auf jeden Fall beeilen«, sagte ich. Weil wenn die Pawelkes Juri zuerst erwischen, dann ist sie am Arsch.«

»Ich hätte es nicht so ausgedrückt«, sagte Herr Reza. »Allerdings fürchte ich, du hast recht damit.«

Nachdem er sich seinen Helm aufgesetzt hatte, knatterte Herr Reza auf seiner Simson davon. Er wollte in der alten Eisengießerei nach Juri Ausschau halten. Ich hingegen beschloss, die Siedlung zu durchkämmen. Ich fuhr alles ab. Ich fuhr zur Lenin-Statue und zum Spar, ich fuhr zu den Heizungsrohren und zu den Strommasten, ich fuhr zur Schule und zum alten Weiher. Aber nirgends konnte ich etwas finden. Keine Zeichen. Keine Juri.

Ich musste daran denken, was sie mir über die Blauen Riesen erzählt hatte. Die mächtigsten und schwersten Sterne, die so waren, wie Juri gern sein wollte. Bevor sie sich auflösen, schwellen sie an und explodieren. Alles, was von ihnen zurückbleibt, ist ein schwarzes Loch. Falls Juri wirklich den Wartburg der Pawelkes angezündet hatte, woran ich, anders als Herr Reza, keinen Zweifel hatte, und falls sie wirklich verschwunden sein sollte, hatte sie es genauso gemacht.

Wie eine Blaue Riesin war sie mit einem großen Knall abgetreten und alles, was sie hinterlassen hatte, war ein finsterer Schlund, der mich zu verschlucken drohte. Ich fragte mich, ob ich das früher hätte erkennen können? Oder vielleicht sogar müssen?

Schließlich hatte Juri doch immer wieder angedeutet, dass sie aus der Siedlung verschwinden wollte. Als sie bei mir im Zimmer war. Als wir an der Lomonossow-Allee auf dem Bordstein saßen. Als wir das letzte Mal miteinander telefoniert hatten. »Ich halte es hier eh nicht mehr aus«, hatte sie gesagt. Das waren die letzten Worte gewesen, die sie an mich gerichtet hatte, aber ich hatte sie nicht gehört. Sie vielleicht auch nicht hören wollen.

Doch was wäre passiert, wenn ich nicht so taub gewesen wäre? Was, wenn ich Juri am Telefon nicht so doof angeblökt hätte? Was, wenn ich vergangene Nacht zehn, meinetwegen auch fünfzehn Minuten eher aus dem Fenster geschaut hätte? – Hätte ich Juri dann davon abbringen können, den Wartburg der Pawelkes anzuzünden? Wäre sie dann womöglich noch da?

Ich versuchte diese Fragen niederzuringen, aber das gelang mir nicht. Sie waren stärker als ich. Dabei wusste ich natürlich selbst, wie unsinnig es war, sie mir überhaupt zu stellen. Denn genauso gut hätte ich mich ja auch fragen können, was gewesen wäre, wenn ich Juri nie kennengelernt hätte? Oder: Was, wenn das alte Land überlebt hätte? Oder: Was, wenn da vor 13,8 Milliarden Jahren kein superheißer klitzekleiner Punkt gewesen wäre, der viel kleiner war als der Punkt unter dem Fragezeichen am Ende dieses Satzes?

Nein, es gab, das sah ich jetzt ein, nur eine Lösung: Ich musste aufhören, mich mit diesen Fragen zu quälen. Denn es war unmöglich, Antworten darauf zu finden. Weil es diese Antworten nämlich gar nicht gab und weil ich die Zeit sowieso nicht zurückspulen konnte und weil mein Leben eben kein bescheuerter Film war, in dem alles vorherbestimmt war.

Es gab kein höheres Wesen, das ausgerechnet mich erwählt hatte, um eine Heimsuchung nach der anderen auf mich niederregnen zu lassen. Und es gab, anders als Sonny vermutete, auch keinen unsichtbaren Regisseur, der unsere Geschicke lenkt und dafür sorgt, dass sich das Glück automatisch und wie von alleine einstellt. Mein Leben war einfach so wie jedes andere Leben auch, im Grunde sogar wie das Universum selbst, eine Aneinanderreihung von Milliarden von Zufällen. Willkürlich und absichtslos hatte sich ein Ereignis aus dem anderen ergeben, sodass ich unweigerlich auf diesen Punkt zugesteuert war, an dem ich mich nun gerade befand.

Wobei das »unweigerlich« streng genommen schon falsch ist. Denn natürlich – und das war die bitterste Erkenntnis von allen – hätte ich anders handeln können. Aber das Problem war ja, dass mir gar nicht bewusst gewesen war, worauf alles zusteuerte. Weshalb ich eben doch nicht anders hätte handeln können. Zumindest nicht bewusst. Und vor allem, darauf kam es eigentlich an, hatte ich es nicht getan.

Nachdem ich alles abgefahren hatte, blieb nur ein Ort übrig, an dem ich noch nicht gewesen war. Eigentlich hatte ich mir vorgenommen, nie wieder dorthin zurückzukehren. Ich stellte mein Fahrrad am Waldrand ab und lief den Trampelpfad entlang zur Lichtung.

Als ich dort ankam, lagen die zersplitterten Birkenstämme, die mal Sonnys Palace hatten werden sollen, noch immer über den Boden verstreut. Ich schaute mich um. Niemand war zu sehen. Niemand, der mich verprügeln wollte. Und zu meinem Unglück auch niemand, der hier einen Unterschlupf gesucht hatte, um sich vor allen zu verbergen.

Ich wollte schon umkehren, als ich an der schweren Eiche einen Zettel entdeckte. Er war mit einer Reißzwecke gegen die Rinde geheftet. Ich nahm ihn vorsichtig ab und faltete ihn auseinander. Darauf stand:

Lieber Sascha,

ich hoffe, du bist nicht sauer auf mich. Ich musste einfach weg. Zum Abschied möchte ich dir ein Wort schenken. Es kommt aus Hawaii, heißt Laniakea und bedeutet »unermesslicher Himmel«.

Pass auf dich auf,

Deine Juri

Als ich die Nachricht las, hatte ich Juris Stimme im Ohr. In meiner Vorstellung sprach sie *Laniakea* ganz behutsam aus, jede einzelne Silbe vorsichtig betonend, so als wäre es etwas sehr Kostbares, das bei der kleinsten Erschütterung sofort zu Bruch gehen könnte.

La-nia-kea.

Den Zettel in der Hand, sank ich auf den Boden und lehnte mich gegen die Eiche. Allmählich begann es zu dämmern. Auf dem Himmel über der Siedlung gingen die ersten Sterne auf. Wenigstens, dachte ich, hatte ich jetzt so etwas wie Gewissheit gefunden. Auch wenn mich das kein bisschen tröstete. Die Sterne schienen unerreichbar und funkelten gleichgültig. Tschaika war ausgeflogen. Juri war weg.

17

Ich weiß schon. An dieser Stelle könnte man nun glauben, dass die Geschichte von Juri und mir ein Ende gefunden hatte. Schließlich wäre die Szene unter der Eiche zwar ein trauriger, doch alles in allem perfekter Schluss. Aber um es gleich vorwegzuschicken, das war noch nicht das Ende. Zumindest nicht das ganze. Es war längst nicht alles vorbei.

Woher ich das weiß? Weil ich es selbst erlebt habe und mir gleichzeitig wie ein Betrüger vorkäme, wenn ich verschweigen würde, was sonst noch alles passieren sollte. Zumal es nicht übertrieben ist, wenn ich sage, dass niemand damit gerechnet hatte.

Ich könnte nun gleich davon erzählen und alles ganz fix herunterrattern. Doch um alles in seinem ganzen Ausmaß zu verstehen, fange ich erst einmal damit an, was sich nach Juris Verschwinden ereignete. Es war nämlich so, dass die Tage und Wochen danach ineinander verschwammen. Ich trieb in ihnen wie in einem Fluss. Die Strömung packte mich und riss mich fort.

Selbst wenn ich versuchte, dagegen anzuschwimmen oder mich wenigstens an ein Stück Treibgut zu klammern, um nicht unterzugehen, wurde ich immer nur weiter auf den Grund gezogen. Es gab keine Rettung, nicht einmal einen Rettungsring. Weshalb ich irgendwann kapitulierte, mich ganz meinem Kummer hingab und freiwillig darin ertrank.

Ich sperrte mich in meinem Zimmer ein und heulte und irgendwann in diesen Tagen, in denen ich kaum aß und noch weniger sprach, musste ich an das Lied von Tariverdiev denken und das Gedicht von Semyon Kirsanov und daran, wie er den wahnwitzig schönen Augen seiner Angebeteten verfallen war.

Als Herr Reza uns davon erzählt hatte, war es mir unglaublich schmalzig vorgekommen. Doch nun glaubte ich zum ersten Mal wirklich zu verstehen, wovon Kirsanov geschrieben und wovon die Sängerin mit der glockenhellen und zugleich dunklen Stimme in dem Lied gesungen hatte.

Nur warum, dachte ich, hatte mich niemand gewarnt? Warum hatte mir nie jemand gesagt, dass Verliebtsein auch so wehtun kann?

Ich holte mein Heft mit dem braunen Ledereinband hervor und legte eine neue Liste an.

DINGE, DIE JURI UND ICH NIE GETAN HATTEN

- Küssen, knutschen, ~~die Sterne am Himmel zählen~~
- Im August die Perseiden beobachten
- Unsere Namen mit einer Lupe in eine Parkbank brennen
- Uns gegenseitig aus unseren Lieblingsbüchern vorlesen
- So viel Wassermelonen essen, bis uns schlecht wird
- Gemeinsam einschlafen
- Gemeinsam auf Herrn Rezas Simson durch die Gegend fahren
- Auf einem Rummel einem Steilwandfahrer zuschauen. (Oder, falls das nicht geht, Achterbahn fahren. Oder Autoscooter)
- Gemeinsam aufwachen
- Gemeinsam in der Ostsee schwimmen (oder wenigstens in einem See)
- Die ganze Nacht wach bleiben, bis die Sonne aufgeht

Als ich mit der Liste fertig war, las ich sie mir noch einmal durch und murmelte dabei leise vor mich hin. Normalerweise ist es ja so, dass jedes Wort, wenn man es nur oft genug wiederholt, irgendwann seine Bedeutung verliert. Doch damals war es genau andersherum. Je öfter ich diese Sätze vor mich hin sagte, umso klarer standen sie mir vor Augen. Ich kam mir klein und dumm vor.

Ich strich die Überschrift der Liste durch und schrieb eine neue hin:

~~DINGE, DIE JURI UND ICH NIE GETAN HATTEN~~

DINGE, DIE JURI UND ICH NIE TUN WERDEN

Danach riss ich die Liste aus meinem Heft und zerknüllte sie. Juri hatte mich nie so gesehen wie ich sie.

Nachdem ich meinen Eltern davon berichtet hatte, dass Juri verschwunden war, ließen sie und auch Nina mich in Ruhe. Um ehrlich zu sein, übertrieben die drei es sogar ein wenig damit. Es kam mir vor, als würden sie mir ausweichen, als würden sie sich regelrecht von mir fernhalten, ganz so, als wäre ich ein Aussätziger, der von Lepra oder irgendeiner anderen schlimmen Krankheit befallen war. Wobei das vermutlich ein schiefer Vergleich ist.

Denn meine Eltern mieden mich ja nicht, weil sie Angst hatten, sich anzustecken. Ich schätze, sie waren eher hilflos. Auf jeden Fall wussten sie nicht, wie sie mit jemandem umgehen sollen, der die meiste Zeit nicht ansprechbar schien und völlig teilnahmslos ins Nichts stierte.

Hin und wieder schlug meine Mutter mir vor, doch mal wieder rauszugehen. Aber was sollte ich da so ganz alleine?

Juri war verschwunden, meinen besten Freund hatte ich verloren, zumindest hatte ich seit Ewigkeiten nichts mehr von ihm gehört, und außerdem waren da ja noch die Pawelkes, die mich wahrscheinlich erneut verprügeln würden, sobald sie mich zu fassen kriegten. Weshalb ich mich entschloss, lieber drinnen auszuharren und mit anzusehen, wie meine Eltern und Nina voller Vorfreude unserem Umzug entgegenfieberten.

Es waren nur noch anderthalb Wochen, ehe wir unsere Couch und unsere Schrankwand nach unten schleppen würden. So wie die vielen anderen Leute, die Klein Krebslow vor uns verlassen hatten. Ich hatte aufgehört, mich dagegen zu sträuben, mein Protest war erschlafft. Es hätte sowieso nichts gebracht. Der Umzug war beschlossene Sache. Der Brand hatte meine Eltern nur noch zusätzlich darin bestärkt, dass sie die richtige Entscheidung getroffen hatten.

Der Polizei fiel es zwar schwer aufzuklären, wer das Feuer gelegt hatte; die Versicherung würde uns jedoch, so wie es aussah, das Geld für den Mitsubishi trotzdem zurückerstatten. Was für ein neues Auto wir uns anschaffen würden, war noch unklar, das wollten meine Eltern später entscheiden. Erst einmal stellte die Firma meines Vaters uns einen aschgrauen VW Passat zur Verfügung und erst einmal drehte sich sowieso alles nur noch ums Reihenhaus. Es gab kein anderes Thema mehr.

Ich war bereit, mich damit abzufinden. Nicht, weil sich meine Meinung plötzlich geändert hatte. Nein, wenn es nach mir gegangen wäre, wären wir nie umgezogen. Doch es ging eben nicht nach mir: Ich *wünschte* mir, in der Siedlung zu bleiben; meine Eltern hingegen *sehnten* sich danach, endlich von hier wegzukommen. Für sie schien das Reihenhaus mehr zu sein als nur eine Wohnung. Für sie war es eher so eine Art neuer Mitsubishi. Ein Symbol dafür, dass sie es schaffen konnten. Ein neuer Traum, den sie sich verwirklichen würden, nachdem ihre alten Träume zerplatzt und einer von ihnen sogar in Flammen aufgegangen war.

Mein Vater hatte im Widerschein des Feuers zwar wie befreit gewirkt, doch das hieß ja nicht, dass er nicht etwas Neues gebraucht hätte, um sich daran aufzurichten. Wahrscheinlich, dachte ich, brauchte das jeder. Wahrscheinlich hätte auch ich das gut gebrauchen können. Doch was sollte dieses »Das« sein?

Meinen Traum, das musste ich akzeptieren, gab es nicht, hatte es nie gegeben. Solange Juri da gewesen war, hatte ich das verdrängen können. Insgeheim hatte ich womöglich sogar geglaubt, dass sie mein Traum sein könnte. Mittlerweile weiß ich jedoch, dass diese Vorstellung von vornherein zum Scheitern verurteilt war. Ein anderer Mensch kann nie dein Traum sein. Ein anderer Mensch kann dich höchstens träumen lassen. Oder dich dazu ermutigen, deinen eigenen Traum zu finden.

Jedenfalls blieb mir nun nichts anderes übrig, als erneut in meine alte Unsichtbarkeit zurückzusinken. Es war alles wieder wie gewohnt. Es gab niemanden mehr, von dem ich zu hoffen wagte, dass er mich sah. Es gab – davon abgesehen, dass die Siedlung immer mein zu Hause sein würde – nichts mehr, was mich noch hier hielt.

Also, natürlich wäre da eigentlich noch Sonny gewesen. Doch der hatte mir ja selbst gesagt, dass er an meiner Stelle in Jubel ausbrechen würde, wenn er endlich von hier wegziehen könnte. Und natürlich wäre da auch noch Herr Reza gewesen. Doch was sollte ich allein und ohne Juri bei ihm? Sollten wir beide etwa gemeinsam versuchen herauszufinden, was in dem Paket war, das Cobande den Pawelkes überreicht hatte? Okay, ich gebe zu, das wäre eine Möglichkeit gewesen. Doch ohne Juri fehlte mir die Kraft dazu.

Unser Umzug rückte näher und obwohl mir eigentlich noch genügend Zeit blieb, fing auch ich irgendwann damit an, die ersten Dinge in Kisten zu verstauen. Ich packte meine Bücher ein und die Schallplatte von Tariverdiev, dann war mein Lego an der Reihe. Ich brachte es einfach nicht übers Herz, es wegzuschmeißen. Schließlich, ich kniete gerade auf dem Boden und überlegte, was ich mit dem Triceratops anstellen sollte, kam meine Mutter zu mir.

»Sascha«, sagte sie, »Sonny ist da.«

Einen Augenblick später stand er schon in meinem Zimmer.

»Na, du Kunde, was geht?«, sagte Sonny.

»Nicht viel«, erwiderte ich.

Während Sonny sich auf mein Bett setzte, wechselte ich in den Schneidersitz und musterte ihn. Er sah besser aus als zuletzt. Sonny wirkte ausgeschlafen und war – nicht unbedingt eine Selbstverständlichkeit, wie ich nun wusste – angezogen. Seine Haut hatte einen rosigen Schimmer, als hätte er gerade geduscht und sich gleich danach eingecremt. Seine geföhnten Haare glänzten dunkel und waren in der Mitte wie mit dem Lineal gescheitelt. Seine ganze Erscheinung kam mir vor wie frisch gepellt. Aber irgendetwas fehlte.

»Was ist denn mit deinem Auge?«, fragte er.

»Nichts«, sagte ich.

Ich hatte Sonny längst nicht verziehen und es fiel mir schwer zu sagen, worüber ich mich mehr ärgerte: darüber, dass mein rechtes Auge noch immer verräterisch gelblich grün schimmerte, oder darüber, dass Sonny das so leichtfertig gefragt hatte, als wäre ihm noch nie etwas Schlimmes passiert.

»Ist ja auch egal«, sagte er. »Ich bin sowieso wegen was anderem hier.«

»Aha?«

»Ja, ich möchte mich bei dir entschuldigen.«

Mein rechtes Auge drohte vor Erstaunen beinahe erneut anzuschwellen. »Willst du mich verarschen?«

»Nein, Mann, das will ich nicht.«

»Na klar!«, sagte ich.

»Sascha, hör mir bitte zu. Ich war ein blöder Penner. Ein richtiger Eimer. Eine totale Kackwurst.«

Ich glaubte ihm kein Wort. Was auch daran lag, dass Sonny jede dieser Selbstbezichtigungen so gedehnt, ihre Silben so in die Länge gezogen hatte, als wollte er sich dazwischen verstecken.

»Jaja, ist schon gut«, sagte ich.

»Nein«, beharrte er, »ich meine es echt so. Es tut mir voll leid, dass ich so doof zu dir war. Und ich finde es auch megascheiße, dass ihr wegzieht. Was soll ich denn ohne dich machen? ... Du bist doch ...«

»Ja?«

»Mein bester Freund.«

Das hatte Sonny mir noch nie gesagt. Es wirkte, als würde er es tatsächlich ernst meinen. Seine Reue schien nicht geheuchelt, seine Demut nicht gespielt. Mir fiel jetzt auch auf, was fehlte: Sonnys Grinsen.

»Okay, das ist ja mal ganz was Neues«, sagte ich. »Darf ich Sie, Elton Son, denn fragen, woher dieser plötzliche Sinneswandel rührt?«

»Lass das mal mit Elton Son. Das ist vorbei.«

»Häh, wieso das denn?«

»Na, damit hat die ganze Scheiße doch angefangen, damit und mit diesem beschissenen Song. Aber weißt du was? Ich habe jetzt endlich gerafft, dass ich das nicht hinkriege und dass das gar nicht so schlimm ist. Dann werde ich eben nicht berühmt. Oder halt erst irgendwann später.«

»Krass!«, entfuhr es mir.

»Ja, Mann«, sagte Sonny. »Das ist krass, aber was soll ich machen? Ich habe jetzt wochenlang alles versucht. Ich habe eine Million Melodien ausprobiert, eine Million Texte geschrieben, aber das war alles schlecht. Und dann bin ich vor ein paar Tagen aufgewacht und wusste plötzlich, das wird nix mehr. Weil ich einfach nichts zu sagen habe. Das war wie so eine Ein... Ein... – wie heißt das denn?«

»Eingebung.«

»Genau. Das war wie eine Eingebung. Ich muss jetzt nur noch bei diesen Leuten von dem Wettbewerb anrufen und absagen. Aber ansonsten habe ich alles weggeworfen. Meine Notizen, die Notenblätter, meine Federboa, die Sonnenbrille. Sogar die Elton-John-Poster habe ich abgehängt.«

»Nee!«, sagte ich.

»Doch!«, sagte er. »Weißt du, ich komme auch ohne diesen Kram klar. Aber ... nicht ohne dich.«

Spätestens jetzt hatte Sonny mich. Ich muss gestehen, ich war ein wenig ergriffen.

»Na ja ...«, sagte er. »Aber bevor es jetzt zu kitschig wird – hast du vielleicht Bock rauszugehen? Zum Baumhaus oder so?«

»Äh, Sonny, äh ...«, druckste ich herum. »Du weißt es wahrscheinlich noch nicht.«

»Was?«

Ich zögerte. Doch ich wusste, es führte kein Weg dran vorbei, ich musste es ihm sagen. Irgendwann würde er es sowieso herausfinden und außerdem dachte ich: Wenn ich bereit war, ihm zu verzeihen, dann konnte er das hoffentlich auch.

»Unser Baumhaus«, sagte ich, »gibt es nicht mehr. Das ist alles futschikato.«

Sonny stutzte, doch zu meiner Überraschung rastete er nicht aus. Er lief auch nicht beleidigt davon, er machte mir nicht einmal einen Vorwurf. Er hörte mir erst einmal einfach zu, als ich ihm nun erzählte, was alles geschehen war, seitdem wir uns das letzte Mal gesehen hatten.

Nur gelegentlich unterbrach er mich, um eine Nachfrage zu stellen oder um seiner Verwunderung Ausdruck zu verleihen. Als ich ihm davon erzählte, wie Juri und ich in den Sternenhimmel geschaut hatten, fragte er: »Und habt ihr euch geküsst?« Als ich ihm schilderte, wie ich auf Danilo zugesprungen war, rief er: »Mann, glaubst du, du bist der Undertaker, oder was?!« Und als ich ihm von dem Brand berichtete, sagte er: »Ah, das habe ich mitbekommen. Aber, ohne Scheiß, euer Auto ist auch abgefackelt? Und du glaubst echt, dass das Juri war?«

Schließlich, nachdem ich ihm auch von Juris Verschwinden erzählt hatte, verstummten wir.

»Dann bist du jetzt bestimmt total fertig, oder?«, fragte Sonny nach einer Weile.

Ich nickte.

»So ein Dreck, ey!«

Ich nickte erneut.

Sonny überlegte kurz, bevor er sagte: »Weißt du was? Lass uns doch mit dem Baumhaus einfach noch mal von vorne anfangen. Da stehen doch sowieso noch genug Birken rum.«

»Okay, meinetwegen.«

»Ich habe nur eine Bedingung«, fügte Sonny hinzu.

»Was denn?«

»Der Name bleibt.«

»Och, nee!«, stöhnte ich. »Nicht schon wieder Sonny's Palace. Wollen wir uns nicht lieber was Neues überlegen?«

Sonny grinste. »Okay. Woran hast du gedacht? An Juris Jurte vielleicht?«

»Das ist nicht lustig!«

»Oder, nee, warte. Wir könnten es auch La Bude nennen. Verstehst du? La Bude?«

Der Witz war so alt und so schlecht, dass sogar ich darüber lachen konnte.

Den Rest des Tages hingen Sonny und ich gemeinsam rum. Wir verschwendeten keinen Gedanken daran, dass das mit dem Baumhaus nicht klappen könnte, da wir uns wegen des Umzugs ja wahrscheinlich seltener sehen würden. Stattdessen fuhren wir einfach zur Lichtung, räumten die zertretenen Äste und Stämme zur Seite und begannen damit, ein paar frische Birken zu fällen. Es war fast wie früher. Mit dem einzigen Unterschied, dass wir, während wir durch die Siedlung rollten, andauernd nach den Pawelkes Ausschau hielten. Wobei: Eigentlich hatten wir das früher auch schon getan.

Als ich abends wieder nach Hause zurückkehrte, fühlte ich mich zum ersten Mal, seitdem Juri abgehauen war, wieder annähernd wie ein Mensch und nicht wie ein ausgewrungenes Stofftaschentuch. Es ging mir zwar noch immer nicht gut, aber es ging mir ein wenig besser. Allerdings bekam ich das mit Sonny und seinem Song nicht aus dem Kopf.

Es sprach ja für ihn, dass er sich eingestehen konnte, sich übernommen zu haben. Andererseits, dachte ich, durfte er auch nicht einfach so aufgeben. Schließlich hatte er mir, als er sich selbst interviewt hatte, doch gesagt, dass sein Talent nicht nur ein Geschenk war, sondern auch ein Auftrag.

Ich holte mein Heft mit dem braunen Ledereinband hervor. Obwohl ich befürchtete, dass Sonny es nicht annehmen könnte, begann ich damit, eine Kleinigkeit für ihn zum Abschied zu basteln. Ich schrieb die ganze Nacht.

18

Am nächsten Tag fuhr ich gleich zu ihm. Sonny hatte nicht gelogen, er hatte die Elton-John-Poster tatsächlich abgehängt. Die Wände in seinem Zimmer waren nackt und weiß, auch ansonsten war alles so aufgeräumt, dass es beinahe kahl erschien. Keine Chipstüten, keine Colaflaschen, die Undertaker-Figur war nirgends zu sehen.

»Hey, Sonny, hast du den Leuten vom Wettbewerb schon abgesagt?«

Sonny, der auf seinem Bett gelegen und vor sich hingeträumt hatte, bevor ich in sein Zimmer gekommen war, setzte sich auf und schaute mich skeptisch an. »Nein, noch nicht. Wieso?«

Ich streckte ihm eine vollgekritzelte Seite aus meinem Notizbuch entgegen.

»Was ist das?«, fragte er.

»Das ist etwas, was ich dir schenken möchte«, antwortete ich. »Ein Text für deinen Song.«

»Nee, nee«, winkte Sonny ab. »Ich weiß, das ist gut gemeint, aber ...«

»Lies doch wenigstens mal.«

»Nee, echt nicht. Ich bin durch damit.«

»Komm, Alter. Bitte!«

»Okay«, seufzte Sonny. »Weil du es bist.«

Widerstrebend nahm er die Seite aus meiner Hand und

dann las er. Er las die Zeilen, an denen ich die ganze Nacht gefeilt hatte. Es war mir nicht leichtgefallen.

Zuerst hatte ich gedacht, ich könnte es machen wie Mikael Tariverdiev und einfach ein Gedicht nehmen. Aber ich kannte nur den »Erlkönig« und »John Maynard« und das passte nicht. Und da wir auch keine Gedichtbände zu Hause hatten, erst recht keine von Semyon Kirsanov, verwarf ich die Idee wieder. Dann kam ich drauf, dass ich doch meine einzigartigen Wörter benutzen könnte. Die waren allerdings so kompliziert, dass sie sich vermutlich in Sonnys Mund verkeilen würden, wenn er versuchte, sie zu singen. Weshalb ich es schließlich mit meinen eigenen Worten probierte.

Spätnachts hatte ich noch gefunden, dass es mir eigentlich recht gut gelungen war. Jetzt jedoch war ich mir da nicht mehr so sicher.

»Alter, Labude!«, rief Sonny.

»Ja, ich weiß«, sagte ich. »Vergiss es einfach, okay?«

»Nein, nein, so meinte ich das gar nicht. Es ist zwar ein bisschen dick aufgetragen. Aber gar nicht schlecht. Wirklich gar nicht schlecht. – Ich habe nur eine Frage. Was heißt denn Tschaika?«

»Das bedeutet Möwe«, sagte ich. »Auf Russisch.«

Doch Sonny schien mich schon gar nicht mehr zu hören. Er war von seinem Bett aufgestanden und hatte sich an sein Keyboard gesetzt, als etwas Erstaunliches passierte. Es kam mir vor, als würde Sonny sich verwandeln, in die alte Version seiner selbst oder in eine ganz neue, das war schwer zu sagen. Es wirkte auf jeden Fall so, als würde eine eigenartige Energie, die von irgendwoher zu kommen schien, erst in seinen Kopf strömen und dann durch seinen Körper bis in seine Finger auf die Tasten des Keyboards fließen.

Leise vor sich hin murmelnd probierte er einen Rhythmus aus, stimmte eine Melodie an, brach ab, fing erneut an, turnte die Tonleiter auf und ab wie ein Akrobat. Ich schwöre, es dauerte keine fünfzehn Minuten, dann hatte er es. Seinen Song.

Ich fand ihn richtig gut, was im Übrigen nicht an meinem Text lag, sondern daran, was Sonny daraus machte. Wie er es schaffte, dass die Musik sich an die Worte schmiegte.

Sonny schien sofort verstanden zu haben, was ich hatte sagen wollen.

Nachdem er seinen Song schließlich ein letztes Mal gespielt hatte, vom Anfang bis zum Ende, sprang Sonny vom Keyboard auf mich zu und umarmte mich.

»Danke!«, sagte er. »Danke, danke, danke! Du bist der Beste! Du bist meine Rettung!«

Als wir wieder aufgehört hatten mit dem Umarmen, fragte er mich: »Also, sag schon, wo hast du das geklaut?«

»Geklaut? Ich habe es selber geschrieben«, sagte ich.

»Du?«

»Ja.«

»Du alleine?«

»Jaha.«

»Aber woher kannst du das?«, fragte Sonny.

»Keine Ahnung«, antwortete ich. »Ich habe es halt versucht.«

»Labüdchen, mein Junge. Gibt's da etwa noch mehr Dinge, die du mir nicht erzählt hast? Dass du zum Beispiel Karate kannst oder Zungenküsse?«

»Vielleicht ist da noch eine Sache«, sagte ich.

Und dann erzählte ich Sonny endlich von meinen einzigartigen Wörtern. Er begriff nicht gleich, was ich damit meinte. Er fragte mich, ob ich von so was wie »Bagalude«

oder »Muschkote« reden würde und ich erklärte es ihm. Sonny war hin und weg.

»Monsieur«, rief er, »du bist ja wirklich ein richtiger Dichter. Du bist ja wie Bernie.«

»Bernie?« Ich schaute ihn fragend an.

»Ja, Bernie Taupin, der Songschreiber von Elton John.«

»Ach so, der hat seine Lieder gar nicht selber geschrieben?«

»Doch, schon. Aber nicht die Texte. Der ist so wie ich, dem ist auch nix eingefallen.«

Elton John, erzählte Sonny mir, habe zuerst nur Cover gespielt, bis er eines Tages zufällig Bernie Taupin kennenlernte. Es sei wie Liebe auf den ersten Blick gewesen. Bernie schrieb die Texte und Elton die Musik dazu. Das sei fast bei allen seinen Songs so gewesen, meinte Sonny, jedenfalls bei den guten, also bei »Your Song« oder »Rocket Man« oder »Tiny Dancer«.

»Na, dann«, sagte ich, »könntest du die Poster von Elton doch eigentlich wieder aufhängen, oder?«

Sonny lachte. »Nö. Ich hänge jetzt höchstens noch Poster von uns beiden auf!«

Sonnys Konzert fand vier Tage vor unserem Umzug statt, in einem großen Saal, der eigentlich eine Turnhalle war, in dem alten Sport- und Kongresszentrum in der Stadt. Ich fuhr gemeinsam mit den Sonnenbergs hin. Sonny hatte sich richtig schick gemacht. Er trug eine schwarze Anzughose und ein weißes Hemd und darüber eine schwarze Weste, die am Rücken silbrig glänzte. Seine Haare hatte er mit Gel nach hinten geschmiert.

Nachdem erst ein paar jüngere Querflöten-Mädchen aufgetreten waren und dann zwei bebrillte Jungs mit

Akkordeon eine Art Seemannslied gesungen hatten, war Sonny an der Reihe. Er stand allein am hinteren Rand der Bühne und wartete darauf, aufgerufen zu werden. Unterdessen waberte ein nervöses Tuscheln durch die Turnhalle, die allerdings nur zur Hälfte gefüllt war.

In den Stuhlreihen vor der Bühne saßen wir und Sonnys Konkurrenten, ihre Eltern und ein Haufen anderer Leute, die offenbar nichts Besseres zu tun hatten, als ihren Sonntagnachmittag gerade hier zu verbringen. Alles in allem waren es vielleicht 200 Menschen, deren Tuscheln nun versiegte, als eine Moderatorin auf der Bühne zu Sonnys Vorstellung anhob: »Meine Damen und Herren ...«

Begleitet von sanftem Beifall und verfolgt von 200 Augenpaaren schritt Sonny in Richtung Klavier, das in der Mitte der Bühne stand. Es war kein kurzer Weg, bestimmt zehn Meter. Ich hoffte, dass Sonny nicht stolpern würde, und das tat er auch nicht. Er wirkte einigermaßen ruhig, also zumindest, sofern man das fast unmerkliche Zittern außer Acht lässt, das seine Beine nur ein wenig schlottern ließ.

Er setzte sich ans Klavier, justierte das Mikrofon, nahm einen tiefen Zug aus seinem Diskus für Asthmatiker. Sonnys Song war eine Ballade. »Elegisch«, hätte Herr Reza sie vermutlich genannt.

Dann fing er an und zunächst hatte ich das Gefühl, dass Sonny ein-, zweimal danebengriff. Er spielte ganz sachte, beinahe verhalten, bevor er sich allmählich zu fangen schien. Immer energischer hieb er auf die Tasten und schließlich sang er. Es war eigenartig. Sonny sang, was ich ihm geschrieben hatte, aber dennoch kam es mir fremd vor, als stammten die Worte nicht von mir.

Vergilbte Tage, erloschene Zeit
Die Luft schmeckt bitter
Nach Abschied und nach Dir
Nach Unermesslichkeit
Geschrumpfter Riese, versengter Traum
Alles, was ich noch sehe
Ist ein schwaches Glänzen
Von irgendwoher
Vom anderen Endes des Raums

Es ist mir ein wenig peinlich, das zuzugeben, aber ich war gerührt, von mir selbst, von meinen eigenen Worten. Und gleichzeitig, eine merkwürdige Kombination, schämte ich mich auch. Denn obwohl die Turnhalle riesig war, schienen meine Worte irgendwie zu groß für sie zu sein. Oder vielleicht waren sie auch zu klein. Auf jeden Fall kamen sie mir unbeholfen vor und viel zu intim. Schließlich waren sie ja eigentlich nur für eine Person bestimmt gewesen.

Ich wünschte mir, dass Juri jetzt hier sein und Sonny zuhören könnte, aber sie war nicht hier. Oder doch? Verstohlen guckte ich mich um.

Manche Leute in den Stuhlreihen blickten in gleichgültigem Ernst nach vorne. Andere wirkten beinahe gelangweilt, irgendjemand gähnte. Doch viele lauschten andächtig. In einigen Gesichtern konnte ich sogar ein wohlwollendes, fast versonnenes Lächeln erkennen.

Juri war nirgends zu sehen.

Ich richtete meinen Blick wieder auf die Bühne. Obwohl Sonny meines Wissens keine Ahnung davon hatte, was es bedeutete, verliebt zu sein, kam es mir vor, als wüsste er genau, wovon er singt. Als würde er es wirklich fühlen. Sein Zittern war längst weg, er verspielte sich auch nicht mehr. Als er beim Refrain ankam, war er wie entfesselt.

Seine Stimme, die aus den Lautsprechern drang, füllte die ganze Turnhalle aus. Sie war schwer und leicht zugleich, sie war tief und ..., ach, es ist schwer zu beschreiben, wie er klang. Aber auf keinen Fall klang er wie Elton John, sondern eigentlich eher so wie er selbst. So wie Sonny.

Meine Worte waren nicht schön genug
Die Siedlung war dir zu klein
Jetzt fliegst du wie Tschaika
Durch das Dunkel
In Richtung Unendlichkeit
Jetzt rast du wie Tschaika
Durch das Dunkel
In Richtung Unendlichkeit

Als der letzte Akkord verklungen war, hüllte die Turnhalle sich einen Augenblick lang in Schweigen, bevor Sonny tosender Applaus entgegenschallte. Die Sonnenbergs und ich johlten. Wir trampelten mit den Füßen auf das alte, schäbige Parkett, während Sonny an den vorderen Rand der Bühne tänzelte und sich verbeugte, woraufhin der Applaus nochmals anschwoll und die Sonnenbergs und ich von unseren Sitzen aufsprangen und wie wild im Stehen klatschten.

Irgendjemand pfiff sogar, also, dieser Jemand pfiff Sonny nicht aus, sondern er pfiff vor Begeisterung, sodass Sonny sich dazu hinreißen ließ, einige Kusshände ins Publikum zu werfen. Er war wie beseelt, er badete im Applaus. Ich war mir sicher: Wäre der Parkettboden nicht so hart gewesen – Sonny hätte am liebsten Anlauf genommen und wäre mit dem Kopf voran zu uns heruntergehechtet.

Zwei Stunden später, nach einigen mal schlechteren, mal besseren Darbietungen, wurden die Sieger bekannt gegeben. Um es kurz zu machen: Sonny wurde Zweiter. Zweiter von zwölf. Der erste Platz ging an die Mädchen mit den Querflöten.

Zunächst glaubte ich, Sonny würde vor Enttäuschung zerfließen. Doch als er erneut auf die Bühne trat, um die Urkunde entgegenzunehmen, war sein Grinsen so breit, dass es schon beim Zusehen wehtat.

Die Moderatorin hielt ihm ihr Mikrofon unter die Nase und ich merkte, wie Sonny es ihr am liebsten entwendet hätte, um es selber in der Hand zu wiegen, während er zu seiner Dankesrede ansetzte. Doch das gelang ihm nicht. Weshalb Sonny nichts anderes übrig blieb, als sich etwas linkisch über die Hand der Moderatorin zu beugen.

»Zuerst möchte ich mich bei meinen Eltern bedanken«, sagte er. »Dafür, dass sie immer an mich geglaubt haben. Und dann möchte ich natürlich auch meinem besten Freund Danke sagen.«

Sonny machte eine kurze Pause.

»Danke für alles, Bernie!«

Ich konnte Sonny ansehen, dass er noch nicht fertig war, doch die Moderatorin zog ihr Mikrofon weg und ging zum Drittplatzierten über. Sonny hätte aber ohnehin keine weiteren Worte verlieren müssen. Ich verstand ihn auch so.

Nach dem Konzert, wir waren alle noch ganz aufgedreht, fuhren wir zu McDonalds, wo wir ein paar Cheeseburger verdrückten. Sonny redete in einer Tour. Er schilderte uns jede Sekunde seines Auftritts. Er erzählte uns, dass nach dem Wettbewerb eine Frau zu ihm gekommen sei, um ihn für ihre Musikschule zu gewinnen. Angeblich habe sie sogar etwas von einem Stipendium erwähnt, meinte er. Sonny schien vor Freude zu platzen, seine Eltern strahlten. Und auch wenn ich selber gerade ziemlich unglücklich war, machte es mich doch froh, sie so glücklich zu sehen.

Als wir wieder in Klein Krebslow ankamen, war es Abend geworden. Die Sonne kroch auf den Horizont zu und die Siedlung, die den ganzen Tag unter der brütenden Hitze geschmort hatte, schien erleichtert aufzuatmen. Die Sonnenbergs setzten mich an der Lomonossow-Allee ab und ich schlenderte nach Hause. Ein weiterer heißer Augusttag, ein weiterer Tag ohne Juri, neigte sich dem Ende entgegen. Wo sie wohl steckte? Wie es ihr wohl ging?

Ich lief die Ernst-Alban-Straße entlang und schaute zum Innenhof, auf dem Juri und ich einst unseren Beobachtungsposten bezogen hatten. Ob sie wohl jemals wieder zurückkehren würde?

Allein der Gedanke daran schürte ein Fünkchen Hoffnung in mir. Und vielleicht wäre es besser gewesen, dieses Fünkchen sofort zu ersticken. Denn letztlich ist es die Hoffnung, die dich umbringt. Inzwischen habe ich das begriffen. Doch damals war ich, wie sich auch gleich zeigen wird, noch nicht so weit.

Ich lief weiter, überquerte den Platz, der keinen Namen trug und auf dem Lenin arglos herumstand, als ich auf einmal Schritte hörte. Niemand war zu sehen, der namenlose Platz war ganz leer, doch die Schritte schienen näher zu kommen. Ich schaute mich um, als ich im Augenwinkel, genauer gesagt im Innenhof, drei Typen erspähte.

Der eine trug eine grüne Bomberjacke, der zweite hatte ein Butterfly-Messer in seinen Hosenbund gesteckt, der dritte war ein großer, schwerer Mann mit kahl rasiertem Schädel.

Cobande redete auf die Pawelkes ein. Die drei waren ganz in ihr Gespräch vertieft, weshalb sie mich auch nicht bemerkten, jedenfalls noch nicht. Denn das schien, ungelogen, nur eine Frage von Sekunden zu sein. Sie stiefelten geradewegs auf mich zu, als Enrico auf einmal seinen Kopf hob und mich ansah. Ich musste hier weg.

Da mir so schnell nichts Besseres einfiel, hastete ich an der Lenin-Statue vorbei und floh in die Ecke eines Hauseingangs. Ich presste meinen Körper gegen die Tür, sie war verschlossen. Ich klingelte Sturm, ich betete, dass mir irgendjemand aufmachte, bevor die Tür plötzlich aufsirrte und hinter mir nachgab.

Panisch huschte ich nach drinnen. Ich warf die Tür hinter mir zu und kauerte mich auf eine Stufe der Kellertreppe, als ich auf einmal eine Stimme hörte. Sie kam von oben und schien einer Frau zu gehören.

»Na, wo bleibst du denn?«

Ich schaute zur Tür, davor zeichneten sich drei dunkle Umrisse ab. Sie rüttelten an der Tür, dann fingen sie an, gegen die Scheibe zu hämmern.

»Was ist nu'?«, fragte die Stimme von oben. »Kommst du endlich oder soll ich hier ewig warten?«

Ich hatte keine Wahl. So schnell ich konnte, lief ich die Treppe nach oben.

Als ich den dritten Stock erreicht hatte, stand da Frau Kletsche in ihrer Wohnungstür. Sie hatte wie immer ihre geblümte Kittelschürze an. Ihre Beine, die ich nie zuvor wahrgenommen hatte, da ich Frau Kletsche sonst ja nur auf der Fensterbank lehnen sah, steckten in einer schwarzen Pantalon. An den Füßen trug sie graue Filzpantoffeln. Außerdem hatte sie, keine Ahnung, warum, ein feuchtes bunt gestreiftes Handtuch in der Hand.

»Was wollen Sie von mir?«, fragte ich. »Ich habe nix gemacht.«

»Ach, geh doch weg!«, erwiderte Frau Kletsche. »Natürlich hast du was gemacht.«

»Ja, okay, 'tschuldigung. Ich hab geklingelt.«

»Sooo«, sagte Frau Kletsche. »Und warum hast du geklingelt? Weil du ausgebüxt bist vor diesen Halunken.«

»Aber ...«

»Nix aber. Du Lümmel kommst jetzt erst mal rein.«

Ich hatte das Gefühl, dass das keine gute Idee war. Doch vermutlich wäre es genauso wenig eine gute Idee gewesen, Frau Kletsche zu widersprechen. Oder, eine noch schlechtere Idee, wieder nach unten zu gehen und Cobande und den Pawelkes direkt in die Arme zu laufen.

Misstrauisch folgte ich Frau Kletsche in ihr Wohnzimmer, das bis oben hin vollgestellt war und in mir ein Gefühl beklemmender Enge auslöste. Gerahmte Schwarz-Weiß-Fotos, Bierkrüge und Zierteller reihten sich in einer Schrankwand aus dunklem Holz aneinander, daneben standen eine Lockenwicklerhaube und ein bauchiger Fernseher. Auf der Couch hockte ein bemitleidenswert zerrupfter Stoffhund mit leblos glänzenden Knopfaugen und nahe der Fenster baumelte einer dieser gelben Klebestreifen von der Decke, an dem ein paar Fliegen verendeten. Es roch nach Möbelpolitur.

Wir setzen uns an einen großen Esstisch, auf dem, obwohl Frau Kletsche hier alleine zu wohnen schien, vier gehäkelte Platzdeckchen lagen. Sie waren gruppiert um eine Vase, in der ein üppiger Strauß violetter Blumen steckte. Ich glaube, es waren Dahlien (meine Mutter mochte die auch). Frau Kletsche legte ihr feuchtes Handtuch in den Nacken.

»Gefallen sie dir?«, fragte sie mich.

»Wie bitte?«

»Die Blumen! Gefallen sie dir?«

»Ach so«, antwortete ich. »Ja, die sind ganz schön.«

»Ja, oder?«, sagte sie. »Früher hatten wir ja gar nix. Da war es schwer, schöne Schnittblumen zu bekommen, Tulpen oder Rosen. Das Einzige, was es immer gab, war die Gürtelrose.«

Frau Kletsche meckerte vor Lachen.

Sie hatte ein fliehendes Kinn, unter dem sich ein Beutel aus Haut spannte, der mich an einen Pelikan denken ließ und der jetzt, während sie lachte, hin und her wackelte. Ich konnte nicht anders, als sie unverwandt anzustarren.

»Nu zieh mal nicht so eine Schnute!«, sagte sie.

»Ich?«

»Ja, du. Siehst du hier noch wen? – Menschenskinder! Ihr jungen Leute versteht auch gar nix mehr. Das war ein Scherz! Weil doch jetzt immer alle schnabbeln müssen, von wegen, dass es früher nix gab. Aber das ist doch Mumpitz! Guck mal hier«, sagte sie und nahm ihr Handtuch aus dem Nacken. »Weißt du, was das ist?«

»Ein Handtuch?«, sagte ich.

»Richtig! Aus Frottee. Echter, guter Ostfrottee. ›Malimo hat Weltniveau.‹ Aber das kennst du wahrscheinlich auch nicht mehr, ne?«

»Nee.«

»Manometer«, schimpfte Frau Kletsche.

Sie klatschte sich ihr Handtuch wieder in den Nacken und ich wusste nicht, was ich ihr entgegnen sollte. Es fiel mir ohnehin schwer, sie zu verstehen, was an der Art lag, wie sie redete. Es kam mir vor, als würde sie die Wörter nicht aussprechen, sondern kauen.

»Sooo«, sagte sie, »nun verrat mir mal, was du mit diesen Halunken zu schaffen hast?«

»Sie meinen die Pawelkes?«

»Natürlich!«

»Mit denen habe ich gar nichts zu tun«, sagte ich.

»Oh doch! Das hast du. Du meinst wohl, ich hätte nicht mitgekriegt, wie du und deine kleine Freundin mit dem Kopftuch denen hinterherspioniert habt.«

Mir wurde das jetzt langsam zu blöd. Ich sprang vom Stuhl auf und rief: »Was wollen Sie überhaupt von mir?«

»Reiß dich mal zusammen!«, motzte Frau Kletsche . »Du setzt dich jetzt schön wieder hin. Sonst platzt hier gleich der Mond!«

Nach einer kurzen Pause, in der ich wie befohlen wieder Platz genommen hatte, fügte sie, schon etwas ruhiger, hinzu: »War ja eh von Anfang an klar, dass ihr nichts rausfindet. So ungeschickt, wie ihr euch angestellt habt. Ihr müsst noch viel lernen, ihr seid einfach nicht blickig genug ... Aber ich hab etwas, was dich interessieren könnte.«

Frau Kletsche, von der auf einmal eine merkwürdige Vertraulichkeit Besitz ergriffen hatte, watschelte zur Schrankwand, aus der sie ein Notizbuch in A4-Format hervorholte. Sie legte es vor uns auf den Tisch und blätterte durch die Seiten, auf denen sie, fein säuberlich, etwas mit einem Kugelschreiber notiert hatte. Links standen Daten, daneben Uhrzeiten. Den Rest konnte ich nicht lesen.

»Was ist das?«, fragte ich.

»Das ist mein Hausbuch«, sagte sie.

Wenn man Frau Kletsche glauben durfte, hatte sie früher, wie sie mir nun erzählte, ein richtig offizielles Buch gehabt, mit Hammer und Sichel und allem Drum und Dran. Darin habe sie eingetragen, wer hier im Haus wohnte und wer sonst noch so ein und aus gegangen war. Nach der Wende musste sie es jedoch abgeben.

»Aber weil ich ja nicht blöd bin«, sagte sie, »habe ich mir ein neues besorgt, in das ich alles aufschreibe, was hier in Klein Krebslow so vor sich geht.«

Frau Kletsche schien richtig stolz zu sein. Sie war nicht nur eine alte Frau, die sich über alles grundlos empören konnte. Sie war auch ein Spitzel oder eine Blockwärtin, wie meine Mutter das genannt hätte. Auf jeden Fall war sie noch viel furchtbarer, als Sonny und ich je vermutet hatten. Was, wenn auch etwas über mich in ihrem Buch stand? Oder über Juri und den Brand?

»Wirklich alles?«, fragte ich sie.

»Natürlich«, sagte sie. »Alles, was ich von hier oben beobachten kann. Irgendeiner muss ja für Ordnung sorgen.«

Frau Kletsche zwinkerte mir zu, als wäre ich ihr Komplize, und ich versuchte mich zu beruhigen. Soweit ich wusste, war es ja nicht einmal ihr möglich, um die Ecke auf unseren Parkplatz zu schielen. Weshalb sie auch nicht gesehen haben konnte, wer den Brand gelegt hatte. Im selben Moment stieg in mir jedoch ein anderer Gedanke auf. Oder anders gesagt: Ich wähnte eine Chance.

»Haben Sie auch etwas über die Pawelkes aufgeschrieben?«, fragte ich.

»Aber hallo?! Natürlich habe ich das.«

Wie oft wollte sie noch »natürlich« sagen?, dachte ich, während Frau Kletsche erneut durch die Seiten blätterte.

»Hier«, sagte sie und die Worte plumpsten nur so aus ihr heraus, »am 13. März 1993 um 01 Uhr 24, da haben sie ein Auto aufgebrochen und ein Radio geklaut. Oder hier, 6. Oktober 1992, um 15 Uhr 43, da haben sie diesen kleinen Bengel mit den großen Augen verdroschen und eine Zigarette auf seinem Unterarm ausgedrückt. Oder hier, 2. Februar 1992, um 23 Uhr 28, da haben sie ein Hakenkreuz an unseren schönen Lenin geschmiert.«

»Wow«, sagte ich.

Sie nickte. »Da kannst du mal sehen, wie man das richtig macht.«

Frau Kletsche lehnte sich in ihrem Stuhl zurück und schaute mich erwartungsvoll an. Sie schien, anders konnte ich es mir nicht erklären, tatsächlich zu glauben, dass sie in mir einen Verbündeten gefunden hatte. Jemanden, dem sie endlich anvertrauen konnte, was sie all die Jahre im Verborgenen getrieben hatte. Jemanden, der ihre Leistungen für den Kampf um die Sicherung des Friedens in Klein Krebslow zu schätzen wusste. Und »natürlich« tat ich alles dafür, um sie in diesem Glauben zu lassen.

Denn obwohl ich mir ja eigentlich geschworen hatte, nichts mehr gegen die Pawelkes zu unternehmen, und obwohl ich Juri für ihre Idee zurückzuschlagen verflucht hatte, schien mir ihr »Hausbuch«, wie sie es nannte, die perfekte Lösung zu sein.

Zwar hatte Frau Kletsche das Wichtigste, nämlich den Angriff der Pawelkes auf Herrn Reza, nicht mitbekommen, auch gar nicht mitbekommen können, da sie ihn von ihrem Fensterplatz aus nicht hatte beobachten können. Aber dennoch konnte ich mit Frau Kletsches Hilfe Rache an den Pawelkes nehmen. Ich konnte das, was Juri und ich gemeinsam angefangen hatten, alleine zu Ende bringen. Und wer weiß, vielleicht würde Juri dann ja wieder zurückkommen.

»Haben Sie denn auch etwas von einem Paket mitgekriegt?«, fragte ich.

»Nee, was für ein Paket denn?«

»Mhm ...«, machte ich. »Oder vielleicht was von einer Waffe oder einer Bombe oder so?«

»Das wäre ja noch schöner«, sagte Frau Kletsche. »Eine Bombe! Bei uns in Klein Krebslow! Na, so weit kommt's noch.«

Mist, dachte ich. Andererseits war es vielleicht auch nicht so schlimm. All das, was Frau Kletsche über die Jahre notiert hatte, müsste locker ausreichen, um die Pawelkes zu verknacken.

»Wären Sie denn bereit«, fragte ich, »damit zur Polizei zu gehen ...?«

»Natürlich!«, platzte es aus Frau Kletsche hervor. »Da wäre ich sofort bereit dazu. Das steht ja alles hier drin.« Sie klopfte mit ihrer fleischigen Hand auf das Buch.

»Frau Kletsche! Das wäre ja mega! Dann könnten wir alles beweisen, was diese scheiß Faschos so verbrochen haben.«

»Na, na, na«, sagte sie. »So was will ich hier bei mir nicht hören.«

»Wieso? Sie haben doch eben selber gesagt, dass die Pawelkes ein Hakenkreuz an den Lenin gesprüht haben?«

»Ach, hör doch auf! Das machen die doch nur, um zu provozieren. Die wissen doch gar nicht, was das bedeutet. Und so was wie Nazis gibt es bei uns sowieso nicht. Ausgeflippte sind das, Rowdys, Bummelanten! Und deshalb müssen die sich auch gar nicht wundern, dass dieser kleine Bengel ihr Auto angezündet hat.«

»Wie?«, fragte ich.

»Na, der kleine Bengel mit den großen Augen, den die immer schikaniert haben.«

»Sie meinen Emil Pasternak?«

»Was weiß ich, wie der heißt?! Der kleine Russenjunge,

der war's! Das habe ich doch alles gesehen.« Sie suchte nach dem richtigen Eintrag in ihrem Buch. »Hier, da ist es!«, rief sie, als sie ihn gefunden hatte. »Am 21. Juli 1994, um 22 Uhr 57, da hat er sich hier unten langgeschlichen und ist zum Parkplatz.«

Ich war sprachlos. Emil Pasternak sollte den Wartburg der Pawelkes angezündet haben? Das hätte er sich doch niemals getraut! Ich versuchte Frau Kletsche davon zu überzeugen, dass mir das mehr als unwahrscheinlich erschien, und ich versuchte auch, ihr nun wieder auszureden, zur Polizei zu gehen. Doch egal, was ich auch sagte, sie war nicht davon abzubringen.

Frau Kletsche redete sich jetzt richtig in Rage. Sie zeigte mir all die Dinge, die sie über die Pawelkes notiert hatte. Wie sie die Telefonzelle demoliert hatten *(3. Januar 1994, 22 Uhr 14)*. Oder wie sie die Scheiben an der Bushaltestelle eingeschmissen hatten *(5. Mai 1993, 21 Uhr 37)*. Oder wie sie die Mülltonnen in die Luft gejagt hatten *(28. Dezember 1992, 13 Uhr 02)*.

Über Juri und mich hingegen stand in Frau Kletsches Hausbuch nur drin, dass wir uns im Innenhof versteckt hatten, um die Pawelkes zu beschatten. Über Sonny und mich jedoch war fast an jedem Tag ein Eintrag zu finden. Jeden einzelnen Morgen hatte Frau Kletsche festgehalten, wann wir an ihrem Fenster vorbeigefahren waren. Die Kletsche hatte echt ein Ding laufen.

Aber wer weiß, dachte ich, vielleicht stimmte es ja auch, was sie sagte? Vielleicht hatte ich mich geirrt und sie und Herr Reza hatten recht und Juri hatte doch nichts mit dem Brand zu tun?

Nachdem Frau Kletsche mir mehrfach versprochen hatte, gleich am nächsten Tag zur Polizei zu gehen, wollte ich los. Ich warf einen Blick aus dem Fenster, um sicherzugehen, dass Cobande und die Pawelkes sich verzogen hatten. Als ich schon im Flur stand, fiel mir noch eine letzte Sache ein.

»Warum eigentlich erst jetzt?«, fragte ich.

Frau Kletsche verstand nicht, was ich meinte.

»Na, warum sind Sie damit nicht schon früher zur Polizei gegangen?«

Jetzt hatte Frau Kletsche es kapiert.

»Du wirst auch noch lernen, wie wir das machen«, sagte sie. »Erst einmal sammeln wir und tragen alles zusammen, dann warten wir auf den richtigen Zeitpunkt. Und dann schlagen wir zu.«

19

Die Polizei kam zwei Tage später, um Danilo und Enrico aus ihrer Wohnung zu führen. Ihre Mutter stand währenddessen völlig aufgelöst im Flur. »Aber wir sind doch die Opfer! Unser Auto wurde doch angezündet«, schrie sie. Also, um genau zu sein, soll sie das geschrien haben. Ich selber war nämlich nicht dabei, das wäre auch viel zu heikel, weil viel zu verdächtig gewesen. Allerdings habe ich es sozusagen aus sicherer Quelle erfahren.

Als die Polizei an der Tür der Pawelkes klingelte, war meine Mutter nämlich gerade dabei, zum letzten Mal die Treppe zu wischen. Sie erzählte mir, dass »der eine, der Jüngere der beiden, du weißt schon, wer«, ausgesehen habe, als würde er sich »gleich in die Hose machen«. Der Ältere habe jedoch »keine Miene verzogen«, meinte meine Mutter, die ihre Schilderung mit den Worten beendete: »Siehst du, Sascha, ich hab dir doch gesagt, dass hier ...«

» ... nur noch Assis wohnen«, ergänzte ich. »Ich weiß.«

Es nervte mich, dass meine Mutter sich nun wieder mal in all ihren Vorurteilen bestätigt sah. Doch davon wollte ich mir meinen Triumph nicht kaputt machen lassen. Ich hatte vielleicht nicht meine Angst besiegt, und, okay, womöglich hatte ich auch Emil Pasternak in Schwierigkeiten gebracht – aber trotzdem: Ich hatte gewonnen. Und die

Pawelkes, wer hätte das gedacht, hatten ein für alle Mal verloren. So sah es nämlich aus.

Am Tag darauf, es waren nur noch 24 Stunden bis zu unserem Umzug, durchforstete ich die Zeitung, die ich sonst nie las, nach einem Hinweis, was nun mit Danilo und Enrico und auch mit Emil Pasternak geschehen würde. Und tatsächlich entdeckte ich auf einer der hinteren Seiten, ganz links unten, eine kleine Meldung:

Mutmaßlich rechtsextreme Jugendliche festgenommen

KLEIN KREBSLOW – Einem Bürgerhinweis folgend hat die Polizei am Mittwoch in Klein Krebslow zwei Jugendliche vorläufig festgenommen. Die beiden Tatverdächtigen im Alter von 16 und 18 Jahren sind polizeibekannt. Ihnen werden mehrere Fälle von gefährlicher Körperverletzung sowie eine Vielzahl von Sachbeschädigungen zur Last gelegt. Wie die Polizei mitteilte, könnte es sich bei den beiden mutmaßlich um Rechtsextreme handeln.

Bei der Durchsuchung der Wohnung fanden die Beamten einschlägige Devotionalien und Pamphlete sowie mehrere Butterfly-Messer und eine Schreckschusspistole. Der Staatsschutz nimmt nun Ermittlungen wegen der Verwendung von Kennzeichen verfassungswidriger Organisationen auf.

Noch ungeklärt ist, ob die Festnahme auch im Zusammenhang mit dem Brand mehrerer Autos steht, der sich vor rund vier Wochen (die Volkszeitung berichtete) in Klein Krebslow ereignete. Polizeiangaben zufolge soll in diesem Fall nun ein 13-Jähriger als Hauptverdächtiger gelten.

nie

Ich las die Meldung immer wieder, es war seltsam. Nichts von dem, was da stand, war falsch. Aber dennoch wurde ich das Gefühl nicht los, dass irgendetwas nicht passte, und ehrlich gesagt ging es mir dabei überhaupt nicht um

Emil Pasternak. Ich dachte, wenn er unschuldig sein sollte, dann würde die Polizei das schon herausfinden.

Was mich viel mehr beschäftigte, war, dass ich so viel Verrücktes erlebt hatte, seitdem Juri in mein Leben getreten war. Und all dies war nun auf eine kurze Meldung in der Zeitung zusammengeschnurrt, die kein bisschen wiedergeben konnte, was wirklich passiert war. Andererseits standen auch Dinge in der Zeitung, die neu für mich waren. Vor allem zwei Wörter fand ich spannend: »Pamphlete« und »Schreckschusspistole«. Was war damit gemeint?

Bei der Pistole war es ja klar. Aber »Pamphlete«? Von was für »Pamphleten« war da die Rede? Waren die Pamphlete und die Pistole in dem Paket gewesen, das Cobande den Pawelkes übergeben hatte? Und würde die Polizei auch ihn deswegen drankriegen? Und welche Strafe drohte den Pawelkes jetzt eigentlich? Mussten sie ins Gefängnis oder würden sie so davonkommen?

Ich riss die Meldung aus der Zeitung und wollte gerade aus der Tür schlüpfen, als mein Vater mich aufhielt.

»Sascha, musst du nicht packen?«

»Bin schon fast fertig«, sagte ich. »Ich muss nur noch schnell raus, was erledigen.«

»Okay, ab mit dir. Aber mach nicht zu lange, ja?«

Bei Herrn Reza im Sacharow-Ring Nummer 5 war alles unverändert. Im Hintergrund lief leise Musik, während wir uns wie immer ins Wohnzimmer setzten. Ich aufs Sofa, Herr Reza auf seinen Sessel. Nachdem er mir eine seiner Papirossa angeboten hatte (was ich ablehnte, da ich ja schon wusste, dass sie mir zu stark waren), legte ich den Zeitungsausschnitt auf den Tisch. Ich war froh, mich mit einer guten Nachricht von ihm verabschieden zu können.

»Das habe ich bereits gelesen«, sagte Herr Reza ungerührt.

»Und?«, fragte ich. »Was sagen Sie dazu? Glauben Sie auch, dass die Pamphlete und die Pistole in dem Paket gewesen sein könnten?«

»Das kann ich dir nicht sagen«, erwiderte er. »Und offen gestanden ist diese Frage auch keine, die ein besonderes Interesse in mir wecken könnte.«

»Wie? Sie freuen sich gar nicht?«

»Nun ja, ich kann nicht leugnen, dass ich durchaus Genugtuung verspüre. Auf der anderen Seite wüsste ich jedoch nicht, wieso ich einen Anlass zur Freude haben sollte. Das Unglück anderer ist nichts, was mein Herz erwärmt.«

Ich weiß auch nicht, was ich erwartet hatte. Vielleicht, dass Herr Reza mich mit Lob überschütten oder eine Hymne auf mich anstimmen würde. Nervös rutschte ich auf dem Sofa hin und her.

»Zudem, mein Lieber«, sagte Herr Reza, »möchte ich die Gelegenheit nutzen und dich sehr gern auf eine Formulierung ansprechen, über die ich in der Zeitung gestolpert bin. Gleich am Anfang hieß es ja, ich zitiere: »Einem Bürgerhinweis folgend ...« – Kann es sein, dass du dieser besagte Bürger bist?«

»Nee.«

»Aber du hast damit zu tun?«

»Na ja, nicht direkt.«

Herr Reza musterte mich argwöhnisch und ich knickte sofort ein. Ich erzählte ihm von meiner Begegnung mit Frau Kletsche.

Als ich damit fertig war, sagte er: »Sascha, ich verstehe ja durchaus, warum du dich dazu entschieden hast, dich gegen die Gebrüder Pawelke zur Wehr zu setzen. Doch selbst wenn man glaubt, in guter Absicht zu handeln, sollte man nie seine Prinzipien verleugnen.«

Ich wollte widersprechen, doch Herr Reza hob seine Hand und redete einfach weiter.

»Daher kann ich es auch nicht gutheißen, dass du dich mit dieser Frau eingelassen hast. Menschen wie sie, ihr Denunzianten- und Untertanentum, sind ein Grund dafür, dass das Land, in dem wir einst lebten, untergegangen ist.«

Allein diese wenigen Sätze genügten, um meinen Sieg in eine Niederlage zu verwandeln. Okay, vielleicht ist Niederlage ein bisschen übertrieben. Vielleicht war es eher ein Unentschieden. Ich war allerdings noch nicht bereit, mich damit abzufinden.

»Aber, Herr Reza, die Pawelkes haben das doch verdient!«, rief ich.

»Das mag sein«, sagte er. »Aber was ist mit Emil Pasternak? Hat er es auch verdient, zu Unrecht beschuldigt zu werden? Oder glaubst du wirklich, dass er es war?«

»Ich, äh ...«, stammelte ich, »nein ... das glaube ich nicht.«

»Und trotzdem hast du es in Kauf genommen, dass die Polizei ihn jetzt verdächtigt?«

Herr Reza schaute mich vorwurfsvoll an und da ich seinem Blick nicht standhalten konnte, guckte ich verlegen zu Boden.

»Aber, ich wollte doch nur ...«, ich stockte.

»Ja?«

»Ich wollte doch nur, dass Juri wieder zurückkommt.«

In Herr Rezas Blick mischte sich jetzt eine Spur von Mitleid. »Mein Lieber, es tut mir schrecklich leid. Doch ich fürchte, es war vergeblich, dass du dich dieser Hoffnung hingegeben hast.«

Ich wusste, dass Herr Reza recht hatte. Juri würde niemals zurückkehren.

»Na toll!«, rief ich. »Das ist doch alles Ihre Schuld!«

»Entschuldige, aber das verstehe ich nicht«, sagte er.

»Na, ohne Sie hätten wir doch mit dem ganzen Scheiß gar nicht erst angefangen.«

Herr Reza kratzte sich mit der Hand über seinen Bartschatten. »Das ist richtig, Sascha. Wobei ich eher zu der Annahme neige, dass wir Juri in dem Moment verloren haben, in dem sie sich entschlossen hat, wie Sandu der Sonne zu folgen.«

Ich musste mich zügeln, nicht vor Wut aus dem Zimmer zu stürmen. »Und warum haben Sie uns dann ...«, schrie ich.

Doch Herr Reza fiel mir ins Wort. »Ich möchte keineswegs verhehlen, dass auch ich Fehler gemacht habe. Ich hätte mich vermutlich von Anfang an weniger missverständlich ausdrücken sollen. Dabei wollte ich nur ...«, Herr Reza hielt einen Augenblick inne, bevor er mir tief in die Augen schaute, »... dass ihr niemals so werdet wie die Gebrüder Pawelke.«

»O-kay«, sagte ich. »Wie kommen Sie denn darauf?«

»Sascha, niemand, fast niemand, ist davor gefeit, böse Taten zu begehen. Ich nicht, du nicht, Juri nicht, vermutlich nicht einmal Emil Pasternak.«

»Häh?«, sagte ich. »Vergleichen Sie jetzt ernsthaft Emil und uns mit den Pawelkes?«

»Nein, im Gegenteil. Ich will dir nur klarmachen, dass ihr, Juri und du, einem Irrglauben aufgesessen seid, als ihr euch auf die Fersen der Pawelkes geheftet habt. Anstatt euch aufs Wesentliche zu konzentrieren, habt ihr euch in Einzelheiten verloren. Ihr habt Verschwörungen gewittert. Ihr habt nach Erklärungen für das Verhalten der Gebrüder

Pawelke gesucht und womöglich gibt es die auch. Aber mir scheinen sie alle nicht hinreichend zu sein. Denn sie bergen mithin die Gefahr, ein falsches Mitgefühl mit ihnen zu entwickeln und ihre Taten zu verharmlosen, da es wirkt, als hätten sie nicht anders handeln können. Und diese Annahme ist offenkundig falsch.

Denn du hast dich anders entschieden, zumindest, bis du dich mit dieser obskuren Frau eingelassen hast. Und auch Juri, deren Mutter nun nicht gerade vor Lebensmut strotzt, hat sich anders entschieden. Verstehst du, Sascha? Du hast immer eine Wahl. Du kannst dich immer wieder gegen den Hass entscheiden.«

»Aber das bringt Juri doch auch nicht zurück!«, sagte ich.

»Nein, das bringt sie nicht zurück«, sagte Herr Reza. »Und bitte, glaube mir, ich weiß, dass es nicht leicht ist für dich. Mit der Liebe ist es wie mit dem Schmerz. Am Ende sind wir immer allein.«

Einen Moment lang schwiegen wir und jeder von uns hing seinen eigenen Gedanken nach. Keine Ahnung, was in Herrn Rezas Kopf so vor sich ging, aber ich jedenfalls musste an Juri denken. An den Zettel an der Eiche und an den Song, den ich für sie geschrieben hatte. An unser letztes Telefonat, den Brand und den Faustschlag auf der Lichtung. Und auch daran, wie wir nachts auf dem Dach gesessen und den Sternenhimmel betrachtet hatten:

»Weißt du noch, was ich Juri und dir über Erinnerung erzählt habe?«, fragte Herr Reza mich auf einmal.

»Ja, ich glaube, schon.«

»Gut. Es ist nämlich so, dass ich euch damals eine Sache verschwiegen habe. Die Erinnerung verfälscht und verzerrt die Dinge nicht nur. Sie kann sie auch schwärzen. Sie kann Erlebnisse aus deinem Gedächtnis tilgen. Vieles von dem, was dir widerfährt, wird dir eines Tages entfallen sein. Und das ist auch gut so. Andernfalls müsstest du unter der schieren Menge der Belanglosigkeiten und Banalitäten, die sich in jedem Leben anhäufen, zusammenbrechen. Wir können uns nämlich nur erinnern, weil wir auch in der Lage sind zu vergessen.«

»Aber ich werde Juri niemals vergessen«, sagte ich.

»Gewiss«, sagte Herr Reza. »Doch ich war auch noch nicht fertig. Worauf ich hinausmöchte, sind die Erlebnisse, die wir verdrängen. Wir verdrängen sie, weil sie schmerzhaft und schambesetzt sind. Oder weil wir eine große Schuld auf uns geladen haben. Aber davor musst du dich hüten. Du darfst nicht vergessen. Du darfst gerade diese Erlebnisse nicht aus deinem Gedächtnis verbannen. Du musst sie bei dir behalten. Denn auch diese dunkelsten Stunden gehören zu dir.«

»Und warum erzählen Sie mir das jetzt?«, fragte ich.

»Das ist ganz einfach, Sascha. Ich erzähle dir das, weil wir auch uns selbst stets an unseren Taten messen sollten.«

Und genau in dem Moment, als Herr Reza das sagte, glaubte ich endlich zu kapieren, was er die ganze Zeit von mir gewollt hatte. Auf jeden Fall sah ich schlagartig die Situation vor mir, mit der alles begonnen hatte. Nämlich, wie ich auf den Heizungsrohren gesessen und Herrn Reza nicht geholfen hatte. Ein bitteres, irgendwie stumpfes Gefühl fuhr durch meinen Körper.

»Ich weiß, ich hätte damals nicht so feige sein dürfen«, sagte ich.

»Feige ist ein zu harsches Wort. Du hattest Angst, das kann ich nur allzu gut verstehen. Wärst du mir jedoch gleich zur Hilfe geeilt, dann wäre das vermutlich die beste Art gewesen, dich zu wehren.«

»Oh Mann! Das tut mir voll leid!«, sagte ich.

Doch Herr Reza reagierte nicht. Er saß einfach da und schwieg. Es schien, als würden er und seine Gedanken langsam von mir wegdriften.

»Wirklich, Herr Reza!«

Er schreckte auf. »Entschuldige. Was hast du gerade gesagt?«

»Dass es mir leidtut.«

»Bitte, Sascha, gräme dich nicht. Manchmal tun wir aus den richtigen Gründen das Falsche. Und manchmal aus den falschen Gründen das Richtige. Aber uns allen unterlaufen Fehler. Wir können sie nicht ungeschehen machen. Das Einzige, was uns bleibt, ist, uns an sie zu erinnern, damit wir sie nicht ein weiteres Mal begehen.«

Herr Reza versank erneut in seiner Schweigsamkeit, er wirkte wie entrückt.

»Was ist denn auf einmal mit Ihnen?«, fragte ich.

»Ich musste nur gerade an etwas denken«, sagte er.

»Und woran?«

»An eine Nacht vor 29 Jahren.«

Ich traute mich nicht weiterzufragen. Doch das war auch gar nicht nötig, da Herr Reza nach einer Weile von sich aus fortfuhr. Er erzählte mir von dieser Nacht. Er erzählte mir, dass sie in seinem Kopf ablaufe wie ein Film. Jedes Mal frage er sich, wie er diesen Film hätte anhalten können. Aber das könne er nicht. Selbst wenn er alles dafür geben würde.

Herr Reza sagte, er habe Amira, seine Tochter, damals vom Geburtstag einer Freundin abgeholt.

Sie hätten im Auto gesessen, es sei schon spät gewesen und draußen ganz finster. Außer ihnen schien niemand unterwegs zu sein, sagte Herr Reza, und er sei auch nicht sonderlich schnell gefahren. Amira und er hätten gerade ganz arglos miteinander geplaudert, als auf einmal, mitten auf der Straße, dieses Reh vor ihnen aufgetaucht sei.

Wie gebannt habe es dagestanden, im Licht der Scheinwerfer. Es habe sich nicht bewegt, sondern sie nur aus seinen großen Augen angestarrt.

Herr Reza sagte, heute wisse er, dass er einfach bremsen und direkt auf das Reh hätte zusteuern sollen, das Lenkrad fest umklammert. Doch er habe nicht gebremst, er habe versucht auszuweichen.

»Ihre Tochter ist tot?«, fragte ich.

Herr Reza fing an zu weinen. Er weinte stumm und ohne zu schluchzen. Die Tränen liefen einfach so seine Wangen herunter. Ich wusste nicht, was ich tun sollte. Also tat ich, was mir in diesem Augenblick am besten erschien, nämlich erst mal nichts. Es gab, so schien es mir, ohnehin nichts, womit ich ihn hätte trösten können.

Nach einer Weile wischte sich Herr Reza mit der Hand übers Gesicht.

»Herr Reza, das ...«, sagte ich zaghaft.

»Danke, Sascha, ich weiß ... Aber die Vergangenheit hört nie auf.«

Wieder saßen wir einen Moment lang stumm nebeneinander, ehe Herr Reza sich in seinem Sessel aufrichtete.

»Bitte verzeih«, sagte er. »Ich wollte eigentlich nicht, dass wir so traurig auseinandergehen.«

»Nicht schlimm«, murmelte ich, »... a-ber da-darf ich Sie noch etwas fragen?«

»Nur zu.«

»Also, ich hoffe, das ist jetzt nicht doof oder so ... Aber haben Sie deshalb dieses Hinken?«

Herr Reza nickte. Er erzählte mir, dass die Ärzte sein Bein

damals nur notdürftig zusammenflicken konnten. Monatelang habe er im Krankenhaus gelegen und als er schließlich wieder nach Hause durfte, habe seine Frau ihn verlassen. Er habe sich gefühlt wie betäubt, sagte Herr Reza.

»Das ist ja schrecklich«, sagte ich.

»Ja«, sagte er. »Mein Leben rann mir durch die Finger, meine Welt war zerbrochen. Und im Grunde ist sie das bis heute. Meine Kraft genügt nicht mehr, um mir eine neue zu erbauen.«

»Haben Sie deshalb das ganze Spielzeug von Amira aufgehoben?«

Ich deutete auf die Kaleidoskope, die sich auf den verstaubten Regalbrettern aneinanderreihten, und auf das Blechspielzeug, auf den Trommler, das Krokodil und den Elefanten, der einen Ball auf seinem Rüssel balancierte.

»Nein«, sagte er. »Diese Dinge gehörten nicht Amira.«

»Und warum sammeln Sie sie dann?«

»Ich sammele sie nicht, Sascha. Ich baue sie. Ich lese Dinge auf, die andere achtlos wegwerfen, und setze sie zu etwas Neuem zusammen.«

Ein leises, wehmütiges Lächeln umspielte seinen Mund, als Herr Reza das sagte.

Kurz darauf verabschiedeten wir uns. Ich stand auf und Herr Reza folgte mir hinkend. Als wir an der Wohnungstür angekommen waren, fragte ich: »Was glauben Sie, wo Juri jetzt ist?«

»Ich hoffe, an einem guten, an einem sicheren Ort«, sagte Herr Reza und streckte mir seine Hand entgegen. »Sascha, auch wenn du umziehst, du kommst mich weiter besuchen, ja?«

»Versprochen«, antwortete ich und schüttelte seine Hand.

»Gut«, sagte er. »Und noch etwas. Ich denke, du bist nun alt genug dafür, dass auch du mich duzen kannst ... Ich heiße Ibrahim.«

»Und ich bin Sascha. Aber das, Herr Reza, weißt du ja schon.«

20

Tja, und ich schätze, das ist das Ende dieser Geschichte. Wobei es natürlich viel leichter ist zu erkennen, wann etwas anfängt, als zu sagen, wann etwas aufhört. Denn wann ist etwas schon wirklich zu Ende? Einige Dinge beschäftigen einen ja noch viel länger. Was, nebenbei bemerkt, nicht nur für Herrn Reza gilt.

Es sind jetzt zwei Jahre vergangen, seitdem Juri verschollen ist. Ich habe nie wieder etwas von ihr gehört. Ich habe auch nie erfahren, wohin sie verschwunden ist. Doch die Erinnerung an Juri, die ist geblieben.

Manches fängt, genauso wie Herr Reza es vorhergesagt hat, langsam an zu verblassen. Andere Dinge, zum Beispiel mich und mein eigenes Verhalten, sehe ich nun klarer. Was vermutlich auch daran liegt, dass ich jetzt ein anderer und alles in allem weniger unsichtbar bin.

Andererseits, das kann ich nicht leugnen, bin ich auch irgendwie immer noch derselbe. Ich glaube, man kann das ganz gut vergleichen mit der Sprache, die man spricht: Je älter du wirst, desto mehr neue Wörter lernst du, desto mehr neue Begriffe und Ausdrücke kommen hinzu. Doch die Buchstaben, die dir, die mir zur Verfügung stehen, um die Wörter aufzuschreiben, die haben sich nicht verändert.

Genauso wenig wie die Gefühle.

Ich kann sie noch immer abrufen, sie wieder herholen und aus den Untiefen meiner Erinnerung fischen, auch wenn das Netz, mit denen ich sie an Bord ziehe, ein wenig löchrig geworden ist. Ich erwische nicht mehr alles, einiges entgleitet mir. Ich muss da nur dieses Gefühl nehmen, das mich hinfortspülte, nachdem Juri verschwunden war.

Damals kam es mir vor wie ein Meer, das mich verschlingt. Heute ist es schon zu einem See verebbt. Und wer weiß, wie es in zehn Jahren aussieht? Womöglich ist es dann kaum noch größer als eine Pfütze. Was jedoch nicht heißt, dass ich die Bedeutung, die Juri für mich hatte und noch immer hat, schmälern möchte. Überhaupt nicht. Ich möchte nichts von dem, was uns passiert ist, verdrängen. Vielleicht werde ich nie wieder jemandem begegnen wie ihr.

Was mich jedoch wenigstens ein bisschen tröstet, ist der Gedanke, dass ich ja heute vermutlich nur derjenige bin, der ich bin, weil ich das damals alles genauso erlebt habe. Weil ich mich in Juri verliebt habe und sie dann verschwunden ist. Okay, ich weiß, dass das keine umwerfende Erkenntnis ist. Aber der Gedanke ist dennoch wichtig, da er mich zur Frage führt, warum ich das alles aufgeschrieben habe: um es zu vergessen oder um mich für immer daran zu erinnern?

Wenn ich Herrn Reza folge, handelt es sich dabei ja um das Gleiche. Oder, genauer gesagt, nicht um das Gleiche und auch nicht um dasselbe, sondern Vergessen und Erinnern bedingen einander. Und weil das so ist, würde ich sagen, dass beides stimmt.

Ich habe das alles hier aufgeschrieben, um die Bruchstücke meiner Erinnerung zu einem Mosaik zusammenzusetzen, das ich immer zur Hand nehmen kann, wenn ich mich an Juri erinnern möchte und daran, dass Sehen und Gesehenwerden zwei völlig unterschiedliche Dinge sind. Und gleichzeitig habe ich das alles aufgeschrieben, um Juri aus meinem Kopf zu kriegen. Um das Mosaik, mitsamt meiner Erinnerung an sie, in eine Schublade meines Gedächtnisses sperren zu können, die ich, sofern mir nicht danach ist, nie wieder öffnen muss.

Keine Ahnung, ob das funktionieren wird. Doch so stelle ich es mir jedenfalls vor.

Womit ich mir allerdings tausendprozentig sicher bin, ist, dass ich ohne Juri nie meine eigene Sprache gefunden hätte. Was wiederum nicht bedeutet, dass ich damit aufgehört habe, meine einzigartigen Wörter zu sammeln. Es sind inzwischen 79, mein Heft mit dem braunen Ledereinband ist fast voll.

Wenn ich es zur Hand nehme und darin herumstöbere, stoße ich ungefähr in der Mitte auf die Briefe, die ich nach unserem Umzug an Juri geschrieben habe. Ich habe sie nicht abgeschickt, da ich ja nicht wusste, wohin. Weshalb ich danach lieber dazu übergegangen bin, eine neue Liste anzulegen. Und während ich diesen Satz schreibe, fällt mir auf, dass der Abschied von Herrn Reza doch nicht das Ende dieser Geschichte war.

Denn in dieser Liste, die nie fertig wird und vielleicht auch niemals fertig werden kann, notiere ich all die Wörter, die noch erfunden werden müssten. Ganz oben steht das Wort, von dem ich am Anfang erzählt hatte. Das Wort, das mir fehlte. Das Wort, das beschreibt, wie es ist, wenn du den Ort, den du am meisten liebst, verlassen musst.

Obwohl ich überall danach gesucht habe, konnte ich dieses Wort nirgendwo finden. Doch mittlerweile kommt mir das gar nicht so schlimm vor. Mir passierte nämlich noch etwas anderes. Etwas, für das man kein neues Wort erfinden muss, da man es, glaube ich, auch ganz gut so versteht. Und zwar war das kurz nachdem mein Vater und ich in den vollbepackten Umzugswagen stiegen, um die letzte Fuhre ins Neubaugebiet zu verfrachten.

Während meine Mutter und Nina die ersten Kisten im Reihenhaus auspackten, tuckerten wir zwei also die Ernst-Alban-Straße entlang. Wir hielten an der Kreuzung, die aus der Siedlung führte, als ich auf einmal Sonny im Seitenspiegel erkennen konnte.

Er näherte sich uns auf seinem sauteuren Mountainbike und ich kurbelte das Fenster runter. Sonny rief irgendetwas, was ich nicht verstand, und ich rief irgendetwas zurück, was ich vergessen habe. Wahrscheinlich war es so etwas wie »Hau rein, du Kunde«. Dann bogen wir ab und Sonny fuhr uns noch eine Weile hinterher, ehe er stehen blieb.

Er stieg von seinem Fahrrad ab und winkte, während er allmählich im Seitenspiegel schrumpfte, genauso wie die gelb-weißen Blocks der Siedlung. Als wir erneut abbogen, konnte ich ihn nicht mehr sehen und erst später, als wir längst im Reihenhaus angekommen waren, wurde mir klar, dass irgendwas an dem Bild nicht stimmte.

Sonny hatte keinen Helm auf und er trug auch keine Schoner, weder an den Händen noch an den Ellbogen oder den Knien. Er hatte seine Plaste-Rüstung abgelegt. Er stand einfach nur da, völlig schutzlos, und winkte uns hinterher.

Klein Krebslow, 28. Oktober 2019

Juri wurde von der Sonne geweckt. Sie fiel durch das Fenster, vor dem keine Gardinen mehr hingen, direkt auf ihr Gesicht. Sie blinzelte. Ihr Rücken tat weh. Sie war nur kurz eingenickt. Auf dem Boden im Wohnzimmer, neben der Heizung, die noch immer glühte, lag verstreut ein Stapel Papier. Sie hatte die ganze Nacht gelesen. Irgendwann musste sie eingeschlafen sein. Im Kopf einen Satz, den sie irgendwo einmal aufgeschnappt hatte. *Jeder ist seine eigene Erinnerung.* Der Satz galt für Sascha. Und er traf auch auf sie zu. Doch im Unterschied zu ihm konnte sie nicht sagen, was sie mehr bereute: die Dinge, die sie getan hatte, oder die, die sie nicht getan hatte? Sie brauchte einen Kaffee. Aber die Wohnung war leer. Sie richtete sich mühsam auf und ging ins Bad. Trank einen Schluck aus der Leitung, klatschte sich Wasser ins Gesicht. Nein, es war kein Fehler, dass sie damals verschwunden war. Doch es war falsch gewesen, ihrer Mutter nicht zu sagen, wohin. Sie dachte daran, wie sie ihren Vater angerufen hatte, um ihn von ihrem Tod zu unterrichten. Einen Augenblick lang glaubte sie, er habe aufgelegt. Nur ein Knistern in der Leitung, dann dürre Worte des Bedauerns. Es war wie damals, als sie ihn endlich gefunden hatte. Nach langen Monaten des Umherirrens, zähen Tagen und durchwachten Nächten standen sie voreinander, unentschlossen und unsicher. Sie kam sich vor wie ein Eindringling. Verlegene Stille. Ihr Vater hatte wie immer nicht gewusst, was er sagen sollte. Oder womöglich hatte er es auch gewusst und sich nur nicht getraut, es über die Lippen zu bringen. Zur Beerdigung war er nicht gekommen. Vielleicht war es besser so. Sie hatte nie aufgehört, ihn zu verklären. Sie nahm ihr Handy und schaute auf die Uhr. Es war noch früh. Viel zu früh. Was sollte sie denn jetzt mit Sascha machen? Ihm antworten? Zu ihm fahren? Ihr Schweigen brechen und sich erklären? Sie wusste es nicht. Warum hatte er ihr den Umschlag überhaupt geschickt? Sie ging in den Flur, kramte in ihrer Handtasche. Irgendwo musste doch noch eine Schmerztablette sein. Alles, was sie fand, war ein angestoßener Apfel. Sie biss hinein, er schmeckte sauer. Erneut blitzten die Erinnerungssplitter auf, die schon beim Lesen unfreiwillig in ihr emporgestiegen waren. Der stechende Geruch von Benzin. Der widerwärtige Geschmack, als sie den Schlauch angesaugt hatte. Das Klicken des Feuerzeugs. Sie ging zurück ins Wohnzimmer, nahm ihr Handy, scrollte durch die Fotos, die sie gemacht hatte. Die Siedlung bei Tag, die Siedlung bei Nacht. Sie scrollte immer weiter zurück im Archiv ihrer Erinnerungen. Ehe sie schließlich bei einem Foto landete, das sie schon seit Ewigkeiten nicht mehr angeschaut hatte. Es war kein Foto, das sie selbst geschossen hatte, es war berühmt. Aufgenommen am 14. Februar 1990, von der Kamera der Voyager 1, kurz bevor sie unser Sonnensystem verließ und kurz bevor die Kamera daraufhin abgeschaltet worden war. Sie schaute sich das Foto an. Es heißt Pale Blue Dot, der blassblaue Punkt und zeigt den Blick zurück auf die Erde aus sechs Milliarden Kilometern Entfernung. Sie sah das große, unendliche Schwarzblau, durchzogen von weißen Streifen und ziemlich genau in der Mitte die

Erde. Ein winziger blassblauer Punkt, umhüllt vom finsteren Nichts. Ihr hatte immer die Doppeldeutigkeit daran gefallen. Die Kamera richtete den Blick zurück, von da, wo sie herkam, und gleichzeitig raste die Sonde weiter ins All. In Richtung Vergangenheit, zum Anfang, an dem alles begonnen hatte, mit einem mikroskopisch kleinen, extrem heißen Punkt. Erst jetzt entfaltete sich die ganze Bedeutung des Fotos in ihr. Erst jetzt wurde ihr klar, dass das, was Sascha in seinem Brief geschrieben hatte, nicht stimmte. Und dass sie sich die ganze Zeit selbst belogen hatte. Es war nicht egal, woher wir kommen. Und es ging auch nicht nur darum, wohin wir wollen. Denn das, was sie schon immer an den Sonden fasziniert hatte, an der Astronomie und der Erforschung des Universums überhaupt, war doch, dass wir zu etwas Neuem und Unbekanntem aufbrechen, um zu erfahren, wie alles entstand.

Juri wusste jetzt, was sie zu tun hatte. Sie steckte ihr Handy weg, knüllte den Stapel Papier in ihre Handtasche und schloss die Wohnungstür hinter sich ab. Den Schlüssel warf sie, wie mit dem Vermieter besprochen, in den Briefkasten. Dann, der Tag war kaum erwacht, trat sie hinaus in die Siedlung, ohne sich noch einmal umzudrehen.

BILDNACHWEIS

S. 16–20: Die Siedlung © Björn Stephan

S. 21: Voyager Golden Record Cover © NASA / JPL-Caltech

S. 139 f: Voyager Golden Record © NASA / JPL-Caltech

S. 142: Diagram of conception / Diagram einer Zeugung © Jon Lomberg

S. 143: Diagram of Male and Female / Diagramm von Mann und Frau © Jon Lomberg

S. 144: Springers (Valeri Borsow of the U.S.S.R. in Lead) / Sprinter (Valeri Borsov aus der UdSSR in Führung) © TopFoto

S. 145: Titan Centaur launch / Titan Centaur Raketenstart © NASA / JPL-Caltech

S. 345: Pale Blue Dot © NASA / JPL-Caltech

DANK AN

Mareike Nieberding.
Meine Eltern und meine Familie. Sören Stephan, Victoria Frate und Maximilian Nieberding.
Jonas Breng, Mario Wezel, Lena Zimmermann, Moritz Herrmann, Vivian Alterauge, Sebastian Kempkens, Theresa Palfi, Nuri Almak und Frederik Obermaier.
Alfio Furnari von Landwehr & Cie.
Benedict Wells, René Heller und Sergej Fedotov.
Und an Esther Kormann, Wolfgang Hörner und alle Mitarbeiterinnen und Mitarbeiter von Galiani Berlin.

Aus Verantwortung für die Umwelt hat sich der Verlag *Kiepenheuer & Witsch* zu einer nachhaltigen Buchproduktion verpflichtet. Der bewusste Umgang mit unseren Ressourcen, der Schutz unseres Klimas und der Natur gehören zu unseren obersten Unternehmenszielen.

Gemeinsam mit unseren Partnern und Lieferanten setzen wir uns für eine klimaneutrale Buchproduktion ein, die den Erwerb von Klimazertifikaten zur Kompensation des CO_2-Ausstoßes einschließt.

Weitere Informationen finden Sie unter:
www.klimaneutralerverlag.de

MIX
Papier aus verantwortungsvollen Quellen
FSC® C014496
FSC www.fsc.org

1. Auflage 2022

Verlag Galiani Berlin

Covergestaltung Barbara Thoben, Köln
Covermotiv Explosion im Galaxiehaufen Ophinchus
© picture alliance / United Archives WHA
Lektorat Esther Kormann
Handlettering Olav Korth, Köln
Gesetzt aus der Karmina und der Quimbie, gestaltet von Peter Wiegel
Satz Buch-Werkstatt GmbH, Bad Aibling
Druck und Bindung GGP Media GmbH, Pößneck
ISBN 978-3-462-00359-8

Im Grunde, sagte Juri mir, sei es mit den Sternen wie mit uns Menschen. Keiner von ihnen ist unsterblich und jeder ist anders.